国家社科基金项目

项目批准号：13XZW009

项目类别：西部项目

项目名称：建安赋研究

最终成果名称：建安赋研究

学科分类：中国文学

建安赋研究

马黎丽 著

上海三联书店

目　录

中编 建安赋题材论

下编　建安赋序与大赋论

序

建安赋是中国赋史上的第二座丰碑。

第一座丰碑是汉赋。汉赋主要有骈词大赋和咏物抒情小赋二体，最具代表性的是大赋，以张衡《归田赋》为代表的抒情小赋，则另为建安赋张目。如何认识及评价汉大赋，众说纷纭，褒贬不一。我以为最客观精当者，莫过刘永济先生近一世纪前的论断："尝试求其所由，固帝王夸侈之心，有以感召；而于时天下殷实，人物丰阜，中于人心，自然闳肆而侈丽。而赋之为物，以铺张扬厉为主，适足以发舒其精神，于是内外相应，心文交需，而此体之昌，遂乃笼罩千古。是知文体之兴，作家之盛，其间关系，至繁且巨，非偶然也。"（刘永济《十四朝文学要略》，黑龙江人民出版社1984年版，第82页）这样的论断，我至今重温，仍觉精警。

马黎丽君面对的是赋史上的第二座丰碑，她不图进行全面研究，以避免重述学术界已然言说过的话头，而是通过对研究现状较为全面详赡的梳理，找到新的研究角度，为多维的建安赋研究增添色彩。这无疑是有意义的。

建安赋已然不具备铺张扬厉的内外条件，但其与汉赋有着千丝万缕的文化和文体因革关系。研究建安赋，不能不上溯到汉赋。刘永济先生评论汉大赋的理路，移以考察建安赋，仍可以有所启发。马黎丽君对建安赋体尽量溯源，以期展现它们从汉赋到建安赋时期的发展变化。这种关注，无疑是必需的。

借"文体之兴，作家之盛，其间关系，至繁且巨"这十六字以考察建安赋，可以了解建安赋和汉赋相比有着已然不同的社会历史文化背景，又有着千丝万缕的文化联系；可以了解建安作家和汉代赋家相比有着不同的视域与心态，又有着在在相关的心理因子；可以了解建安赋的格局与题材和汉赋相比已有很大不同，又有着清晰的传承关系；可以了解建安赋的言意修辞和汉赋相比境界技巧别出，又有着比较明显的因革扬弃。赋史上的每座丰碑都是独立特行的，又是前后相互映照的。我希望对建安赋的研究能建立在这种赋史发展的视角上，充分关注研究对象的前世今生。学术界在此方面已有一些重要研究成果，如程章灿在《魏晋南北朝赋史》中论及的张衡、蔡邕对建安赋的影响。韩高年注意到两汉咏物小赋的体式演变，将对建安赋发生重要影响（韩高年《诗赋文体源流新探》，巴蜀书社 2004 年版，第 227—236 页）。至于汉代神女赋、止欲赋对建安神女赋、曹植《洛神赋》的影响，相关论述较多。马黎丽君此书绪论及有关章节多有提及，她本人亦注意及此，如在讨论建安赋对汉赋讽喻规劝传统之疏离的同时，指出陈琳赋在道德劝谏方面的苦心孤诣。如认为建安校猎赋在继承汉代校猎赋基本特点的同时，呈现出较大的创作自由度。如指出建安咏物赋和汉代咏物赋对所咏对象都有夸饰美化的特点，建安赋甚至对丑物如蝙蝠与蚊子生出谐谑的审丑倾向。但这样还不够，主要是在发现问题的同时，应该进一步向更深层次询问答疑。学术研究应尽量在知其然的前提下，揭示其所以然。我曾经提出，汉代乐赋除《舞赋》外，全是以描写乐器为主。魏晋乐赋在继承汉代乐赋的基础上，有推重清音的趋向，并以清和之美为清音的基本特征，飞扬飘逸为清音的独具性格，空灵闲静为清音的审美追求。魏晋乐赋又有清浊相济、浊显清美的特点。这些与清议向清谈的转变、重意风气的逐渐形成攸关，与作家的心境兴趣转变攸关（参见拙著《魏晋作家创作心态研究》第十四章，贵州人民出版社 2004 年版）。把握一个时期作家群的创作共性及其导因，我看重环环相扣、渐入佳境的研究，虽未必至，心向往之，并以此与马黎丽君共勉。希望能在她今后的研究中再三呈现。

借"内外相应，心文交需"这八个字，进一步考察建安赋与时代、与作家的关系，揭橥当时赋家创作的因缘及心态，亦是重要一环。程章灿教授在《魏晋南北朝赋史》中对此类问题进行了重要考察，贡献不小。但因为是断代赋史，只能是粗线条的。马黎丽君此书进行了一些较为细致的探讨。如谓陈琳《大荒赋》有似张衡《思玄赋》之寄托幽思，用韵奇古，意蕴隐晦，与其归曹前后情感的徘徊哀感相关。这就比较好地把握了作家与创作的"心文交需"问题。又以较细腻的笔触分析曹丕的赋，指出其赋作表现出明显的自我体认与构建意识。联系曹丕《典论》及《三国志·文帝纪》（包括裴注）零星记录，认为曹丕有构建帝王仪表、树立仁君形象的意图。这种意图对作家的自我体认与构建意识，自然会有影响。如果能进一步爬梳整理曹丕全部诗文，持之与赋比照，这种"内外相应，心文交需"的现象，可能会得到进一步揭橥。我曾认为：曹丕《典论·论文》要说明的问题之一是，"声名"是后世之人通过作家的篇籍之实而自得之的（拙著《魏晋作家创作心态研究》，第 140页）。这是名理学发展到建安时期的新见地之一。这种见地，与文学创作的"内外相应"难道不无关联？先师李晖先生曾说，学术研究要善于"农村包围城市"，即善于抓住看似散乱的零星材料、其他体类事项，经过提炼、集中，来说明研究的主旨，使其研究进入更精深的境界。

研究的深入，基础是对研究文本的细读，就文学史研究而言，主要是细读文学作品及相关史料文献。文本细读，是解决微观认识的前提。真正意义的史的研究，一般都是由微观入手的。傅斯年曾说，史学即是史料学。陈寅恪先生的文史研究，被国外汉学界公认为进入史料的自然运用境界。我认为，由微观认识进入中观乃至宏观把握，所把握之理较为可信；先建立宏观或中观的理念，再寻找微观的根据，所建立之理念往往如空中楼阁（参见拙著《魏晋作家创作心态研究·自序》）。我评审过一些国家社科课题及硕博学位论文，感觉多年来有一种不好的风气，一部分研究者不愿多坐冷板凳，不愿细细咀嚼作品，往往先入为主，把作家作品硬塞进既定的结论或理论框架。这样的研究，随便一翻，很容易发现其牵强附会、甚至指鹿为马之误。马黎丽君对建安赋的研究，是建立在对作家作品的文本细读的基础上的，值得肯定。如通过对曹植《七启》的细读，比较准确地揭明其对七体内容的拓展，揭示其独特的审美风范。如指出徐幹将赋的空间与意境构设引入到思妇诗中，将建安诗赋的文体互渗，从外部的铺陈手法扩展到内部的思理构造。如谓建安咏物赋体物追求工细，摹写注重真实，虽不具有汉代咏物赋（主要是乐器赋）的奇伟瑰丽，却显得更为亲切有趣。如指出建安止欲赋中的女性形象具有完美而带有虚幻性的特征，这些形象不仅仅是赋家展现文采、抒写情欲的对象，还是赋家寄托理想追求、表达人生体验的对象。如谓建安赋序较两汉赋序具有更为明晰的文体意识和更强的文学性。以上见地，都是非文本细读不能获得的。

马黎丽君曾从我攻读硕士学位。她好学深思，兼有文学才华，在已获得教授职称后，又北上从诸葛忆兵教授修成博士学位。其国家社科基金课题《建安赋研究》结项后，经过反复修改，行将出版，嘱我为序。其书虽非尽善，然可圈可点处显然。略言其善，间论其不足，皆于学术有益。故赘言于上。

王晓卫

庚子十月初旬于绎史属文斋

绪　论

一、研究对象的界定

在中国古代文学的发展历程中，建安时期无疑是一个重要的转关。自曹魏篡汉，司马氏篡魏，晋祚不长，南北分裂，朝代更迭，混乱几近四百年。建安时期正处于结束汉帝国的统一、开启三国鼎立分裂局面的历史转关。无论从政治史、思想史还是文学史的角度观照建安时期，在两汉与六朝之间，它都是一个承上启下、具有过渡意义的阶段。这个时期，中国社会的政治经济、思想文化均处于剧变之中，士人心态、文学内容、创作风格也都产生了相应的发展变化。处于这个时期的赋体作品，较之汉赋而言，亦随着社会各方面的变化而产生出许多新的特征。研究这个阶段的辞赋创作，有助于厘清赋史自身嬗变发展的过程并考察发展过程中的具体细节。

研究建安赋，首先须界定其文体范围。

赋体文学渊源流变的情况纷繁复杂，研究者很难将赋与诗文截然分开，如关于骚、辞、七体、对问、颂等文体是否归属赋体的不同认识，就是由赋体文学复杂的文体特征带来的。因为这个原因，古人与今人在研究赋体文学以及编纂赋作总集的时候，对赋的文体范围界定存在许多分歧。

在解决这些分歧的过程中，马积高主持编纂《历代辞赋总汇》时所确定的收录原则具有很强的包容性和指导性。其《编辑〈历代辞赋总汇〉刍议》一文将拟收录的作品分为正录、外录两部分，其正录部分标示辞赋的正体，外录部分则标示辞赋的流变。正录收入的主要是清代以前总集、别集中题名为辞赋者，以及七体，不标其他文体名称的骚体（如夏侯湛《秋夕哀》之类），有韵且不标其他文体名称的问答体等，外录则主要收入标题为"文"、"吊文"或其他名称但其体实际为辞赋者，以及汉晋赋颂相混情况下的部分似赋的颂。[1]

遵照马先生确立的收录原则，本课题将辞赋正体作为研究对象，并将建安赋的文体范围确定为以辞、赋名篇的作品，七体，九体，有韵的对问体，不标其他文体名的骚体（如曹植《遥逝》）。《全三国赋评注》的收录标准恰与马先生的原则相符合，故本课题对赋作的数量统计主要依据此书，并将此书作为建安赋作的主要引文出处。[2]

研究建安赋，还需要界定具体赋家赋作，这与建安文学的断限紧密相关。

在建安文学断限问题上，学界存在多种观点。罗宗强说"建安文学的断限向有不同"[3]，他将建安文学起始时限定在建安元年（196）至曹植逝年（232）。葛晓音说"文学史上所说的建安时代通常从黄巾起义（184）算起，到魏明帝景初末年（239）止，包括五

---

[1] 马积高：《编辑〈历代辞赋总汇〉刍议》，《文史哲》1990年第5期。

[2] 龚克昌、周广璜、苏瑞隆评注：《全三国赋评注》，济南：齐鲁书社，2013年。

[3] 罗宗强：《魏晋南北朝文学思想史》，北京：中华书局，2006年，第1页。

十多年的时间"[1]。程章灿说"文学史上的建安时期一般是指建安至魏初"[2]，他将建安赋的时限界定为建安及黄初年间，即公元196年至226年。傅刚将建安诗歌分为三期，总跨度从184年至232年。[3] 袁行霈文学史认为建安文学指曹氏三祖（曹操、曹丕、曹叡）时代的文学创作，大致包括汉献帝和魏文帝、明帝时期的文学。[4] 这一断限方法与葛晓音基本相近。

建安文学作为一个过渡时期，它与自身前后的历史时期有着千丝万缕的关系，由于研究的侧重点和具体需要的不同，很难对其从具体年份上统一划清界限，相较而言，袁行霈曹氏三祖时代文学的说法具有更多包容性。不过曹叡虽工诗文，但"文采渐衰"[5]，强弩之末，终未能与父祖齐名。曹叡时期的文学气象，亦与前代十分不同。这个时期文人留存的赋作多为歌功颂德之京殿赋和祥瑞赋，从风格气象上讲，与建安、正始都不一样。王琳《魏晋人对大赋的态度及魏晋大赋的地位》一文指出，关于魏赋的发展，仅划分为建安与正始两个阶段是有失于笼统的。在建安和正始之间，还应划出一段太和青龙之际辞赋。这一段辞赋，在魏赋史上标志着大赋传统的复归及占据优势。这种赋风弥漫了近十年，大约与明帝曹叡执政的中后期相始终。[6] 徐公持将曹叡视为建安文学与正始文学间的

————————

　　[1]　葛晓音：《八代诗史》，北京：中华书局，2007年，第31页。
　　[2]　程章灿：《魏晋南北朝赋史》，南京：江苏古籍出版社，1992年，第34页。
　　[3]　傅刚：《魏晋南北朝诗歌史论》，北京：商务印书馆，2017年，第8—10页。
　　[4]　袁行霈：《中国文学史·第二卷》，北京：高等教育出版社，2005年，第47页。
　　[5]　刘师培《论汉魏之际文学变迁》言"至于明帝，虽文采渐衰，然亦笃好艺文"。参见刘师培：《中国文学讲义》，扬州：广陵书社，2013年，第88页。
　　[6]　王琳：《魏晋人对大赋的态度及魏晋大赋的地位》，《文学评论》2002年第2期。

过渡性人物。[1] 结合以上三家的观点，建安文学的研究范围宜包括曹氏三祖时期的作品，但"建安文学"这个特定的名称当限于建安初年至曹植去世之年，之后明帝时期的文人，与明帝一起算作建安与正始文学之间的过渡性人物，这个时期的文学从亲缘关系上与建安文学更接近，可以称为"建安余绪"。

由于文学意义上的建安时期与历史意义上的并不等同，有些赋家的归属就有疑问。今人编纂的赋作总集，即存在这方面的疑问。如费振刚《全汉赋校注》[2]，以时代为限收录了祢衡以及陈琳、阮瑀、王粲、徐幹、刘桢、应玚、繁钦等建安文学主力的赋作。但以此为标准，三曹的归属就有疑问。曹操逝于建安末年，其生活的时期与诸子相始终，以历史时期为标准的话，亦当一同归入全汉范围。曹丕、曹植虽逝于以魏代汉之后，但他们的大部分赋作，都与诸子的创作同时，甚至是同题共作，理当与诸子之作一同收录。这个疑问同样存在于韩格平《全魏晋赋校注》[3] 中，此书收入了曹操、曹丕、曹叡、曹植的赋作，当是按照魏氏三祖标准来划分的，但却未收入属于曹操时期的上述诸子的赋作。龚克昌《两汉赋评注》[4] 未收陈琳诸子之作，但收录了祢衡《鹦鹉赋》，将诸子赋作收入《全三国赋评注》中。但是祢衡在建安初被曹操所杀，其《鹦鹉赋》亦作于建安年间，亦当与陈琳等人归入同一个时段。

对作品的解读也会影响作者的归属，比如郭维森、许结认为边

---

［1］ 徐公持：《魏晋文学史》，北京：人民文学出版社，1999 年，第 150 页。

［2］ 费振刚校注：《全汉赋校注》，广州：广东教育出版社，2005 年。

［3］ 韩格平、沈薇薇、韩璐、袁敏校注：《全魏晋赋校注》，长春：吉林文史出版社，2008 年。

［4］ 龚克昌、苏瑞隆评注：《两汉赋评注》，济南：山东大学出版社，2011 年。

让《章华台赋》可能是边让去官还家之后为讽谏曹操筑铜雀台而
作,[1]刘培《汉末魏晋时期的经学与辞赋》[2]一文亦持此观点,
那么边让当归入建安赋家,但费振刚《全汉赋校注》与龚克昌《全
汉赋评注》均将此赋录为汉赋。笔者认为边让虽生卒年不详,但陈
琳在袁绍帐下所写的讨曹操檄文中,有控诉曹操杀害边让一事,故
边让当卒于此檄文作年之前,陆侃如将这一年定在建安五年
(200),[3]而铜雀台成于建安十五年(210),边让在初平年间辞官
归家,《章华台赋》作于建安前的可能性更大,故笔者亦将此赋归
为汉赋。

而魏晋之际的文人,由于所跨越的历史时期比较复杂,有些人
在归属上较难界定,他们或被称为魏晋之际文人,或直接被归属到
正始文人之列。如徐公持就将曹叡、应璩、何晏、刘劭、李康、缪
袭等人与刘伶、向秀等属于竹林七贤的正始文人放在一起,称为曹
魏后期文士。而王琳既将阮籍列入明帝时期文人,又列为司马氏高
压政策下的作家代表。[4]罗宗强《玄学与魏晋士人心态》一书从
士人心态出发,将何晏、夏侯玄与阮籍、嵇康等人称为玄风的创造

[1] 郭维森、许结:《中国辞赋发展史》,南京:江苏教育出版社,1996年,第
194页。
[2] 刘培:《汉末魏晋时期的经学与辞赋》,《南京师大学报》2007年第6期。
[3] 陆侃如:《中古文学系年》,北京:人民文学出版社,1985年,第341页。
陆侃如将陈琳为袁绍檄州郡一事系于建安五年(200)。
[4] 王琳《魏晋人对大赋的态度及魏晋大赋的地位》言:魏明帝在位期间,魏
国局势稳定,是最强盛的时期。魏明帝受其祖、父影响,雅好辞赋,并为了粉饰现
实、宣扬太平盛世鼓励辞赋创作,由此一批赋家崭露头角,如刘劭、何晏、韦诞、
阮籍、应贞、卞兰等,京殿大赋也兴盛起来。魏明帝死后,司马氏操持大权,统治
阶级内部矛盾异常尖锐,司马氏高压政策使知识分子不能自由抒发,这个时期的作
家既想超脱现实的矛盾,又无法忘却现实,代表作家是阮籍和嵇康。

者和玄学的创立者，认为他们的心理、理想、生活状态及趣味，都与建安士人迥异。[1] 照此分法，何晏、夏侯玄就被归入正始士人，罗宗强亦将正始士人群体的上限扩展到魏明帝青龙元年。但《文心雕龙·时序》言："至明帝纂戎，制诗度曲，征篇章之士，置崇文之观，何刘群才，迭相照耀。少主相仍，唯高贵英雅，顾盼合章，动言成论。于时正始余风，篇体轻淡，而嵇阮应缪，并驰文路矣。"[2] 刘勰将何晏归为明帝时期文人，而将嵇康、阮籍、应璩、缪袭归入正始时期。

可见，由于着眼点不同，研究者对一些作家的归属难免存在分歧。笔者认为，以文人的主要文学活动时期为据进行判定，或可解决这个问题。

以上所列陈琳诸子，其文学活动主要在建安时期，身被曹操赏识，且与曹丕、曹植兄弟文学往来、诗酒优游，宜与三曹划分在一个时期，这样也有利于将三曹诸子作为一个创作群体来观照，考察他们在文学创作上的共性、个性以及相互影响。

其余归属不分明的赋家，简要辨析如下：

《历代辞赋总汇》在建安及三国赋部分收入了潘勖的《玄达赋》，费振刚《全汉赋校注》收入此赋，龚克昌《两汉赋评注》及《全三国赋评注》均未收入此赋。有关潘勖的史料不多，很难确定他的文学活动时间，且其赋仅存两句，很难判断写作时期。《文心

---

[1] 罗宗强：《玄学与魏晋士人心态》，天津：天津教育出版社，2005 年版，第 44 页。

[2] 刘勰著，陆侃如、牟世金译注：《文心雕龙译注》，济南：齐鲁书社，1995 年，第 537 页。

雕龙·才略》言"潘勖凭经以骋才，故绝群于锡命"[1]，可见其在建安年间比较活跃，曾代汉献帝起草《册魏公九锡文》，姑且将此赋系于建安时期。

卞兰存世之作《赞述太子赋》作于建安末年，《许昌宫赋》作于明帝时期，但《三国志》本传裴松之注引《魏略》，记载卞兰于建安末年因献赋而得到曹丕嘉奖，曹丕专门写了《答卞兰教》，明帝时期，卞兰则主要是"切谏"，可推知其主要文学活动大致在建安、黄初之时，所以仍归入建安文学时期。

何晏位列正始名士，但他的主要文学活动仍在明帝时期，所存《景福殿赋》，作于太和六年（232）；[2] 刘劭所存赋均作于明帝时期；李康，史载魏明帝异其文；缪袭所存赋虽分属文帝、明帝两个时期，但其赋多作于明帝时期；毌丘俭诗、赋均作于明帝时期；夏侯惠《景福殿赋》、夏侯玄《黄胤赋》、韦诞《景福殿赋》均作于明帝时期；杜挚存赋一篇，陆侃如言其卒于青龙三年（235），[3]《三国志》注引《文章叙录》又言其与毌丘俭乡里相亲并有往来，[4] 故与毌丘俭同属明帝时期。阮籍按年龄可划入明帝时期，但从其创作主要风格与内容来看，当归入正始文学。

综上，可确定归入"建安赋"研究范围的文人，"建安时期"包括曹操、曹丕、曹植、祢衡、崔琰、潘勖、杨修、王粲、陈琳、徐幹、刘桢、应玚、阮瑀、繁钦、邯郸淳、吴质、丁廙、丁廙妻、卞兰、丁仪、傅巽，"建安余绪"时期包括曹叡、何晏、刘劭、李

---

[1]《文心雕龙译注》，第562页。
[2]《中古文学系年》，第496页。
[3]《中古文学系年》，第513页。
[4] 陈寿撰，裴松之注：《三国志》，北京：中华书局，1959年，第622页。

康、缪袭、韦诞、毌丘俭、夏侯惠、夏侯玄、杜挚，凡31家。[1]

根据《全三国赋评注》进行统计，以上建安赋家共存赋（含存目）216篇，加入祢衡《鹦鹉赋》1篇，共217篇。再加入"建安余绪"时期赋家留存赋作（含存目）20篇，建安赋研究对象凡237篇，其中含14篇存目。现存建安赋多从类书中辑出，虽多片段少完篇，但从结构上判断，绝大多数片段都是赋作的主体部分。有些赋作残缺较严重，没有相对完整的片段，甚至仅存零星残句，这部分约有40余篇。

二、 研究综述

随着学界建安文学研究领域的扩展和研究程度的深入，建安赋受到极大的关注，研究成果十分丰硕，举凡思想情感、题材内容、艺术手法、体裁形制，包括作品系年考证，以及赋家个案研究等，无不囊括其中。这些研究大致可分三类：一是建安赋综合研究，二是赋家个体或群体研究，三是题材、体制研究。

1. 建安赋综合研究

建安赋综合研究成果丰硕，上世纪八九十年代是综合研究的集中时期，这个时期学界所提出的问题和观点，为后世研究开启了路径和法门，基本涵括了后世研究的范围。其主要观点是：建安赋题

---

[1] 列入建安时期的文人当有曹操、曹丕、曹植、孔融、陈琳、祢衡、潘勖、王粲、徐幹、刘桢、应玚、阮瑀、崔琰、路粹、繁钦、邯郸淳、杨修、左延年、仲长统、蔡琰、吴质、丁廙、丁廙妻、卞兰、丁仪、傅巽，凡26家。列为"建安余绪"的文人则有：曹叡、应璩、何晏、刘劭、李康、缪袭、韦诞、毌丘俭、夏侯惠、夏侯玄、杜挚，凡11家。其中没有赋作传世的孔融、路粹、左延年、仲长统、蔡琰以及应璩6人除外，余下31家归属建安赋研究范围。

材大大拓展，现实性增强，作家主体性增强，抒情性浓厚，以抒情
小赋为主，有同题共作现象，有骈化倾向，有诗化倾向，有自觉的
艺术追求。

　　池万兴《试论建安抒情小赋产生的多元因素》从经学衰落、主
体意识觉醒、文的自觉、赋的诗化、题材的拓展、个人感慨的自由
抒发等角度，论述建安抒情小赋产生的原因。[1] 这几个因素已将
建安赋的特征基本覆盖。章沧授《论建安赋的新面貌》将建安赋的
主要特征概括为"体制短篇化，内容抒情化，题材多样化，形式诗
歌化，风格个性化，语言通俗化"[2]，非常具有代表性。

　　马积高《赋史》在赋史研究上有筚路蓝缕之功，[3] 虽无建安
赋专章，论述相对比较简略，但不失真知灼见。郭维森、许结《中
国辞赋发展史》将邺下文人集团与曹植分别置入汉末辞赋与魏晋之
际辞赋进行研究，以突出辞赋发展史中汉末赋风的新变和魏晋的拓
境凝情特点。[4] 程章灿《魏晋南北朝赋史》设"建安赋"专
章，[5] 在当时是建安赋乃至建安文学研究的集大成之作，至今仍
代表着建安赋综合研究的最高成就。程章灿提出了张衡、蔡邕对建
安赋的影响，同题共作在建安赋繁荣中的作用，建安赋自觉的艺术
追求（语言形式的多样化、情趣与物象契合构成的诗的境界），建
安赋向楚骚传统的复归（主观情感色彩、鲜明的艺术个性），"自
然、社会、人"的题材分类，京殿大赋、七体及对问体特点，还有

————————

　　[1]　池万兴：《试论建安抒情小赋产生的多元因素》，《安康师专学报》1989 年
第 Z1 期。
　　[2]　章沧授：《论建安赋的新面貌》，《安庆师范学院学报》1991 年第 1 期。
　　[3]　马积高：《赋史》，上海：上海古籍出版社，1987 年。
　　[4]　《中国辞赋发展史》，第 198 页。
　　[5]　程章灿：《魏晋南北朝赋史》，南京：江苏古籍出版社，1992 年。

建安诗赋的关系等问题。后世许多研究，基本是在这个范围和基础上的不断深化和细化。[1]

2. 赋家研究

赋家个体研究主要集中于曹植，其次是曹丕和王粲，其余赋家如陈琳、阮瑀、应玚、徐幹、刘桢等，学界有极少数的个案研究，另有建安七子群体研究，[2] 曹丕、曹植对比研究等。学界对建安赋家的研究主要集中在赋作的思想内容和艺术手法之上，这些研究主要呈现了建安赋家的创作共性，亦呈现了一部分个性特点。

研究者认为建安赋家的创作共性体现在：主要写抒情小赋，促进小赋风气形成；赋作题材广泛，有生活化特点，反映社会现实的功能增强；赋家主体意识增强，赋作抒情性增强，以抒写个人的情志和生活感受为主。赋家有自觉的艺术追求，讲求辞采的华美、对偶和用典，赋作有诗化和骈化现象。在赋家的创作个性方面，论者一致认为曹植学习民间文学，其赋具有极雅极俗共存的特点。

为呈现学界研究成果的丰硕，下面将与本课题研究相关的赋家个体研究和群体研究的主要成果介绍如下：

学界曹丕赋研究所形成的基本共识是：曹丕赋题材广泛、抒情性强、具有诗化倾向，重视赋序写作。主要论文有：高国藩《论曹丕诗赋的艺术特点》[3]、顾农《曹丕的赋体革新试验》[4]、王春庭

---

[1] 本世纪出现的建安赋研究硕士学位论文体现了对以上成果的继承和发展，主要有苏畅：《论建安赋》，硕士学位论文，吉林大学，2005 年；周进：《建安赋研究》，硕士学位论文，四川师范大学，2009 年。

[2] 主要论文有徐公持：《建安七子论》，《文学评论》1981 年第 4 期；桑学英：《建安七子赋论》，《济宁师专学报》1994 年第 1 期；王鹏廷：《建安七子述论》，博士学位论文，中国社会科学院研究生院，2002 年。

[3] 高国藩：《论曹丕诗赋的艺术特点》，《盐城师专学报》1995 年第 3 期。

[4] 顾农：《曹丕的赋体革新试验》，《昌潍师专学报》1999 年第 4 期。

《论曹丕赋》[1]、宋俊伟《以情纬文——曹丕赋的诗化探析》[2]，邹庆浩《曹丕辞赋散文研究》[3]。

曹植是学界研究重镇，[4]关于曹植赋作的思想内容、艺术手法，论者均能达成共识，认为曹植赋题材广泛，有生活化、俗化倾向，抒情性强；讲求修辞，骈偶化明显；以诗为赋，具有诗赋文相互渗透的文体特点。主要论文有：吕美勤《试论曹植的辞赋》[5]，蒋立甫《论曹植赋的继承与创新》[6]，芦春艳《曹植以赋体为中介的诗文互参》[7]，邢培顺《曹植文学研究》[8]，蔡敏敏《曹植诗赋研究》[9]，王萍《曹植研究》[10]。此外，学界还有对曹植赋史地位的研究，肯定曹植在赋体文学抒情言志、骈化、屈骚接受等过程中的作用。另有一些论者关注曹植赋的人物形象、模拟特点、文化内蕴等。

学界对王粲赋的研究成果主要着眼于王粲归曹前后的创作成就

---

[1] 王春庭：《论曹丕赋》，《福州大学学报》2004 年第 2 期。
[2] 宋俊伟：《以情纬文——曹丕赋的诗化探析》，《西藏民族学院学报》2008 年第 3 期。
[3] 邹庆浩：《曹丕辞赋散文研究》，硕士学位论文，山东师范大学，2004 年。
[4] 参看孙明君：《建国以来曹植研究综述》，《许昌师专学报》1996 年第 4 期。该文总结学界曹植辞赋的研究进展主要体现在曹植赋的题材研究、与屈原赋的关系研究以及《洛神赋》主旨研究上。另参看钟桃：《新世纪曹植辞赋研究综述》，《绥化学院学报》2012 年第 1 期。该文共计收入 32 篇论文，分辞赋综合研究、个案研究、艺术渊源与接受传播研究三个部分进行综述。
[5] 吕美勤：《试论曹植的辞赋》，《安徽师大学报》1989 年第 3 期。
[6] 蒋立甫：《论曹植赋的继承与创新》，《安徽师大学报》1993 年第 4 期。
[7] 芦春艳：《曹植以赋体为中介的诗文互参》，《安徽大学学报》2015 年第 1 期。
[8] 邢培顺：《曹植文学研究》，博士学位论文，山东师范大学，2010 年。
[9] 蔡敏敏：《曹植诗赋研究》，博士学位论文，复旦大学，2011 年。
[10] 王萍：《曹植研究》，博士学位论文，陕西师范大学，2012 年。

和风格的差异，以及王粲在抒情小赋创作上的贡献，赋作的艺术特点等，还有相当一部分研究集中在王粲代表作《登楼赋》上。[1]学界对王粲赋的研究共识：写抒情小赋，情感强烈，善于抒情，语言明快，善用比兴，有骈俪色彩，《登楼赋》奠定其赋史地位，归曹前期成就相对更高。主要论文有：吴云、唐绍忠《试论王粲的诗赋创作》[2]，阮忠《王粲诗赋略论》[3]，胡德怀《论王粲赋》[4]，于浴贤《王粲赋论》[5]，王金龙《王粲研究》[6]。

关于其余诸子，论文极少，不过论者颇能结合其人格性情探究作品内容和风格特点。董志广《阮瑀与建安文学》[7]、魏宏灿《论阮瑀》[8]都认为阮瑀诗歌有感伤情调。顾农《徐幹论》认为徐幹人格独立、恬淡寡欲，[9]其代言体诗歌对女性心理的把握准确而细腻。魏宏灿《刘桢新论》认为刘桢壮志难酬、放任倜傥、仗气爱奇，善于写景、刻画、比兴。[10]王鹏廷《陈琳、应场的文风异同比较》对陈琳、应场作品的文采、气骨进行比较。[11]

---

[1] 参看张振龙、胡娅：《21 世纪以来王粲研究综述》，《陕西理工学院学报》2015 年第 2 期。该文总结学界对《登楼赋》的研究主要集中在四个方面，即王粲登楼旧址考证、《登楼赋》主旨探讨、文学地位以及时间考辨。

[2] 吴云、唐绍忠：《试论王粲的诗赋创作》，《天津社会科学》1982 年第 6 期。

[3] 阮忠：《王粲诗赋略论》，《咸宁师专学报》1986 年第 3 期。

[4] 胡德怀：《论王粲赋》，《中国文学研究》1988 年第 2 期。

[5] 于浴贤：《王粲赋论》，《文史哲》1990 年第 5 期。

[6] 王金龙：《王粲研究》，博士学位论文，华中师范大学，2017 年。

[7] 董志广：《阮瑀与建安文学》，《天津师大学报》1987 年第 3 期。

[8] 魏宏灿：《论阮瑀》，《许昌师专学报》1990 年第 1 期。

[9] 顾农：《徐幹论》，《山东师大学报》1992 年第 3 期。

[10] 魏宏灿：《刘桢新论》，《阜阳师院学报》1993 年第 1 期。

[11] 王鹏廷：《陈琳、应场的文风异同比较》，《北京工业大学学报》2003 年第 2 期。

学界对建安赋家创作的内容、风格、艺术手法已有丰富的研究成果，本课题拟重点论述赋家性情与生活体悟在作品中的呈现，将建安赋家研究进一步深入与细化，本课题拟对如下问题进行探讨：

陈琳赋的过渡性：陈琳在诸子中年辈最长，经历丰富，其赋作有老成持重的一面。虽积极创作小赋，但重说理教化，抒情性弱。且其代表作为大赋，与以抒情小赋为主流的建安赋风不甚谐和，故而被曹植视为"不闲于辞赋"者，并成为汉代赋风与建安赋风之间的过渡。

曹丕、刘桢的性情与赋风：曹丕热衷自我体认和自我形象的构建，具有不为人重视的独特性情，诸如宁静活泼、温和包容、好奇尚异、深情敏感等；刘桢处世淡泊清高、深情敏感而又具傲岸之气，积极入世而又主张无为而治与功成身退。曹丕和刘桢在建安士人中无疑是比较独特的存在，他们的性格投射在赋作中，亦形成相应的独特风格。

曹植与阮瑀对人生痛苦本质的敏感体验：曹植赋最突出的特点在于对人生痛苦的敏感体验和对痛苦的努力超越，从这条情感主线切入研究，可全面观照曹植的人生体验和作品内涵；阮瑀赋透出的孤独清高以及对人生痛苦本质的体验和书写，委婉含蓄的文学风格，对阮籍有一定影响。曹植与阮瑀在作品中表现出来的独特体验，可借以切近赋家的心灵世界以及建安时代精神。

王粲赋作在辞赋骈化过程中具有明显的过渡作用，他归曹后的创作表现以及对曹丕、曹植的影响值得关注。

徐幹赋具有冷静克制的风格，其《情诗》对《长门赋》的学习是诗赋互相渗透的一个特殊例证，可以看出诗对赋的学习不仅在铺陈上，也在意境和空间的构造上。

应场作品多寄寓漂泊羁旅之感，形成"不壮"与"靡靡"的情调，其赋作运用巧思的具体表现亦引人关注。

3. 题材、体制研究

对建安赋作按题材、体制（七体、赋序、大赋）分类进行研究的论文相对少一些，因为许多有关问题大多在建安赋综合研究中得到了关注。这方面与本课题研究相关的主要成果综述如下：

关于神女赋和止欲赋，[1] 研究者对其蕴涵的象征意义和所表达的主旨有着客观深刻的概括和精彩的表述，揭示了这类赋作着意表现女性之美、表达情欲及爱慕之意、表达对难以企及的理想的渴望与追求的写作旨意，并指出追求这种理想的空幻和艰难以及由此而来的怅惘、痛苦和悲剧意味。主要成果有郭建勋《论汉魏六朝"神女—美女"系列辞赋的象征性》[2]，程章灿《魏晋南北朝赋

---

[1] 本课题对止欲赋界定如下：自宋玉《登徒子好色赋》《讽赋》，到司马相如《美人赋》以及张衡《定情赋》、蔡邕《检逸赋》《静情赋》，形成了一个赋作的类别，这类赋作多描写女性的美丽动人，或设置女子主动勾引男子的情节，或设置男子对女子百般渴求爱慕的情节，尽情抒发爱欲，最终多以男子守礼止欲为结局，笔者将此类赋作统称为止欲赋，它们被冠以静情、定情、正情、闲情、止欲、检逸、闲邪、弭愁、静思、清虑等名。陶渊明《闲情赋》序曰："初，张衡作《定情赋》，蔡邕作《静情赋》，检逸辞而宗澹泊，始则荡以思虑，而终归闲正。将以抑流宕之邪心，谅有助于讽谏。缀文之士，奕代继作；因并触类，广其辞义。"明人何孟春又言："赋情始楚宋玉、汉司马相如，而平子、伯喈继之为《定》、《静》之辞。而魏则陈琳、阮瑀作《止欲赋》，王粲作《闲邪赋》，应玚作《正情赋》，曹植作《静思赋》，晋张华作《永怀赋》，此靖节所谓奕世继作，而因触类，广其辞义者也。"参看何孟春注：《陶靖节集》卷五，《陶渊明资料汇编》下册，北京：中华书局，1962年，第322页。

[2] 郭建勋：《论汉魏六朝"神女—美女"系列辞赋的象征性》，《湖南大学学报》2002年第5期。

史》[1]，章培恒、骆玉明《中国文学史新著》[2]，王鹏廷《建安七子述论》[3] 的有关部分。王德华《汉末魏晋辞赋人神相恋题材的情感模式及文体特征》[4] 研究此类赋作的文体特征和情感模式。学界还研究神女赋和止欲赋的源头、流变及归属，并指出二者写作重点的不同：前野直彬主编的《中国文学史》将王粲、陈琳等人的《神女赋》以及曹植《洛神赋》，归于宋玉《高唐赋》《神女赋》系统，将陶渊明《闲情赋》归属宋玉《登徒子好色赋》和司马相如《美人赋》系统。[5] 程章灿《魏晋南北朝赋史》将建安神女赋归属在"人物"题材中，称之为神女赋；将以止欲、闲邪等命名的赋归属在"情志"题材中，称之为艳情赋。并指出神女赋以铺写客体的美丽为主，艳情赋以宣泄主体的情感为主。[6] 还有学者指出神女赋、止欲赋的兴起源于思想自由，主要成果有郭维森、许结《中国辞赋发展史》[7]、罗宗强《魏晋南北朝文学思想史》[8] 的相关部分。

　　关于校猎赋、征伐赋，研究者一般从内容和思想情感方面着手探讨，指出这些赋作对战争的纪实性、慷慨昂扬的艺术风貌以及对

[1]《魏晋南北朝赋史》，第 73 页。

[2] 参看章培恒、骆玉明主编：《中国文学史新著》，上海：复旦大学出版社，2007 年，第 212—220 页。

[3] 王鹏廷：《建安七子述论》，博士学位论文，中国社会科学院研究生院，2002 年。

[4] 王德华：《汉末魏晋辞赋人神相恋题材的情感模式及文体特征》，《浙江大学学报》2007 年第 1 期。

[5] 前野直彬主编：《中国文学史》，骆玉明、贺胜遂译，上海：复旦大学出版社，2012 年，第 53—55 页。

[6]《魏晋南北朝赋史》，第 73—74 页。

[7]《中国辞赋发展史》，第 198 页。

[8]《魏晋南北朝文学思想史》，第 8 页。

文人功名意识和理想的表达，并关注曹操能征善战、替天行道对征伐赋的影响。主要论文有：胡大雷《论魏晋南北朝战争军事赋》，[1] 周进《建安赋研究》纪行赋部分，张在存《三国军旅诗赋研究》。[2]

关于建安咏物赋的研究，学界的关注重点在动物赋上，主要观点是认为建安动物赋主客体关系浑融，有抒情性，选取有殊质的动物进行吟咏，比兴寄托手法成熟，注重个体意识表达，同题共作现象突出等。主要论文有李华的《"符采相胜"——论建安动物赋》，[3] 刘婷《先唐禽鸟赋研究》，[4] 张俊荣《魏晋南北朝时期鸟兽赋研究》。[5]

学界专门研究建安代言赋的代表作是林大志《建安代言体诗赋论略》一文，认为代言体是建安文学渐趋文人化的一个表征，是建安文人对艺术化表达方式主动选择的结果，也与建安时期文学集团同题共作的为文造情风气紧密关联。[6]

关于建安七体的研究在具体赋作认识上存在一定的分歧。朱秀敏《建安散文研究》对建安七体进行了较为全面深入的研究，主要从主题模式、思想倾向、情感倾向、艺术技巧四个方面论述建安七体的特点，并指出曹植《七启》中的盛世图景其实是曹操兼用儒

[1] 胡大雷：《论魏晋南北朝战争军事赋》，《中古赋学研究》，桂林：广西师范大学出版社，2011年，第129页。

[2] 张在存：《三国军旅诗赋研究》，硕士学位论文，山东师范大学，2011年。

[3] 李华：《"符采相胜"——论建安动物赋》，《理论月刊》2009年第6期。

[4] 刘婷：《先唐禽鸟赋研究》，硕士学位论文，湖南大学，2013年。

[5] 张俊荣：《魏晋南北朝时期鸟兽赋研究》，硕士学位论文，兰州大学，2012年。

[6] 林大志：《建安代言体诗赋论略》，《西北师大学报》2013年第3期。

术、刑名之学等的治国方略的艺术表现。[1]王德华《唐前七体讽谏功能发微》认为曹植《七启》表达的圣世理想以及崇儒招贤的愿望与曹操的求才旨趣背道而驰，是对曹操的求才过于唯才是举的微讽。[2]王鹏廷《建安七子述论》认为曹植《七启》既与曹操"唯才是举"的政治主张相一致，也表现出曹植热心政治、渴求自试的心理。笔者赞成王鹏廷和朱秀敏的观点。《七启》所标举的用人之道，乃是"举不遗才，进各异方"，并没有表现出与曹操唯才是举的背道而驰。建安七体招隐的主题，应当是为了配合曹操求贤之举所作。这个结论体现在本课题相关论述中。

　　关于赋序，学界存在一些未有定论的疑问，一是赋序标注原则，学界现有赋作总集对"并序"的标注分歧较多。二是对扬雄赋序和桓谭赋序是否自序的看法不一。相关论文有：刘伟生《〈历代赋汇〉赋序研究》提出内序和外序的区别，[3]胡大雷论扬雄赋序时亦提出篇内之序、篇外之序的概念。[4]王琳《魏晋"赋序"简论》认为扬雄诸赋有序且为作者自己撰写。[5]日本学者谷口洋《试论两汉"赋序"的不同性质》则认为这些赋序不是原来就有的，而是扬雄晚年编写《自序》时附上的，与现在所说的赋序不可等同。[6]陈朝辉《扬雄〈自序〉考论》一文指出扬雄晚年有感于辞

　　[1]　朱秀敏：《建安散文研究》，博士学位论文，山东师范大学，2011年。
　　[2]　王德华：《唐前七体讽谏功能发微》，《学术月刊》2010年第2期。
　　[3]　刘伟生：《〈历代赋汇〉赋序研究》，硕士学位论文，湖南大学，2006年。
　　[4]　胡大雷：《从〈文选〉的文体观念论〈文选〉赋"序"》，《惠州学院学报》2007年第2期。
　　[5]　王琳：《魏晋"赋序"简论》，《山东师范大学学报》1999年第3期。
　　[6]　谷口洋：《试论两汉"赋序"的不同性质》，《济南大学学报》2008年第2期。

赋之不用于世，作《自序》阐释赋作旨意，不能认为献赋时就有序。[1] 关于桓谭《仙赋》序，力之《试论汉赋之范围与汉赋"序文"之作者问题——读〈全汉赋〉》指出乃后人录其《新论·道赋》之文并增删改动而成，亦非真正意义上的赋序。[2] 关于建安赋序研究的论文不多，主要着眼于赋序的写作特点和文体功用。主要论文：朱秀敏《由建安赋序的创作方式看当时的文学观念》，论述建安赋序的写作特点、文体功能和作用，认为建安赋序交代了赋作的多种创作方式，体现了建安时期辞赋功用观念的转变。[3]

关于明帝时期复兴的京殿大赋，学界的主要观点在于公认这些赋作的称颂本质，肯定其讽谏内容，指出其产生的原因在于粉饰太平的社会政治需要。王琳《魏晋人对大赋的态度及魏晋大赋的地位》指出太和青龙之际辞赋在魏赋史上标志着大赋传统的复归及占据优势，并分析了魏晋人推崇大赋、在创作上却以小赋为主的原因。程章灿《魏晋南北朝赋史》认为京殿大赋的复苏，一定程度上意味着对建安以来盛行于赋坛的体物抒情小赋的美学倾向的反拨，同时这些大赋表现出以小赋之笔作大赋之文的特点，亦是对自身的修正。[4]另有刘志伟《试论魏晋诗赋创作的复古倾向》提出在这种大赋创作的复兴中，实际也含有反拨君主与文学侍臣关系的意味。[5]

---

[1] 陈朝辉：《扬雄〈自序〉考论》，《四川师范大学学报》2006 年第 2 期。
[2] 力之：《试论汉赋之范围与汉赋"序文"之作者问题——读〈全汉赋〉》，《河南师范大学学报》1999 年第 1 期。
[3] 朱秀敏：《由建安赋序的创作方式看当时的文学观念》，《连云港师范高等专科学校学报》2010 年第 1 期。
[4] 《魏晋南北朝赋史》，第 97 页。
[5] 刘志伟：《试论魏晋诗赋创作的复古倾向》，《许昌学院学报》2009 年第 1 期。

　　从题材和体制研究的角度看，建安赋独特的审美特征、艺术手法、思想观念包括对赋作的重新解读等，亦有待深入研究或重新思考。本课题拟在如下方面进行探讨：

　　尽管学界对神女赋和止欲赋的研究已经很深入，但依然存在一些模糊、有偏差的观点。本课题旨在厘清如下认识：神女赋与止欲赋的写作主旨在于书写女性美，表达情欲，同时展现文采和抒发情感。宋玉赋所具有的宫廷娱乐性以及楚地纵情的风气最早决定了神女赋、止欲赋表达情欲的传统，东汉后期张衡与蔡邕的止欲赋，简化了对女性身体美的书写，将女性身份虚化，使之不具有任何现实身份，并以一种看似含蓄然而更为缠绵悱恻、充满渴望的方式表达情欲。这种写法增强了止欲赋的抒情性，并构成一个具有象征比喻意味的意象系统，后世所谓爱情、理想等寄托都由此系统生发出来。但不能随便给神女赋、止欲赋附加政治寓意。后世神女赋和止欲赋从宋玉赋那里继承的娱乐与抒写情欲的写作传统，比从屈原那里继承的香草美人传统更为直接和显著。神女、止欲赋中的男女之情是虚写，不宜坐实到现实生活中。情欲受阻的"未遂"结局只是一种故意的假想与虚构，目的在于抒发对情欲实现的向往，以及千回百转的情感，借以表达一种对于理想、希望可求而不可得、可望而不可即的体验和感受，而这只能通过情欲受阻实现。将止欲赋中的情感视为婚外之情，[1]将《洛神赋》主旨定为"感甄说"，[2]

---

　　[1]　参见刘淑丽：《先秦汉魏晋妇女观与文学中的女性》，北京：学苑出版社，2008 年，第 238 页。
　　[2]　参见木斋：《论〈洛神赋〉为曹植辩诬之作》，《山西大学学报》2010 年第 1 期；于国华：《曹植诗赋缘情研究》，博士学位论文，吉林大学，2016 年。

将曹植《静思赋》归为写神域爱情的赋,[1] 忽略其与闲邪、止欲之作的关联,以上研究的共同之处在于未对神女赋、止欲赋创作传统进行溯源。

在校猎题材方面,从枚乘到司马相如、扬雄、班固、张衡以及建安赋家,有一个清晰的不断追求超越和发展的过程。在这个过程中,汉代赋家与建安赋家在文学手法和艺术效果上不断创新,使校猎题材呈现出丰富的艺术手法、独特的美学风格以及阳刚的精神。

关于建安征伐赋,现有研究一般认为赋家旨在歌功颂德,笔者认为在体裁功能限制下,建安征伐赋虽以称颂为主,但也表现出相当的社会责任意识,展现出飞扬的文采和独特的审美风格。

在咏物赋研究方面,学界近年出现的咏物赋写作类型研究,在分类上有不当之处。如林继香《先唐动物赋研究》将建安动物赋分为动物言情类,纯描写类,同题而作类,[2] 杨滨《汉魏六朝禽鸟赋的类型化创作特点》据写作手法将禽鸟赋分为托物言志、咏物抒怀和纯咏物三种情况。[3] 笔者认为,纯描写和纯咏物的动物赋作在建安时期几乎没有,从现存作品来看,建安器物赋一般多描写,植物赋多感物抒怀,动物赋则多比兴寄托。而且建安动物赋多由《艺文类聚》存下来,本来就是截取的描写片段,不宜据此得出单纯描写咏物、了无寄托的结论。廖国栋《魏晋咏物赋研究》亦将曹植《鹞赋》以及王粲《鹖赋》视为"纯客观之描写"的咏物赋,[4]

---

[1] 参见王萍:《曹植研究》,博士学位论文,陕西师范大学,2012 年。

[2] 林继香:《先唐动物赋研究》,硕士学位论文,广西师范大学,2013 年。

[3] 杨滨:《汉魏六朝禽鸟赋的类型化创作特点》,《烟台大学学报》2017 年第 1 期。

[4] 廖国栋:《魏晋咏物赋研究》,台北:文史哲出版社,1990 年,第 226 页。

事实上曹植和王粲笔下的鹖鸡，很难定论为纯客观的描写，作者赋予鹖鸡的品质，极易唤起与人相关的联想与象征意义，所以称为纯客观描写，不能说完全准确。从以上研究的分类标准看，动物言情类、纯描写类与同题而作类不属于同一层级的分类，故而相互交叉涵容。托物言志与咏物抒怀从概念上已很难区分，具体到赋作类型更难界定。此文又据主题不同将禽鸟赋分为忧生悲叹、寄居感恩、欣赏娱乐三种类型，但前两种类型往往合二为一，比如祢衡《鹦鹉赋》被归为寄居感恩型，但实际上祢衡在赋中寄托的忧生之叹是大大超过感恩之情的。笔者以抒情型、象征型、游仙型来归纳建安禽鸟赋的主题类型，具有较大的包容性。此外，笔者关注到，建安咏物赋所咏珍稀动物比较多，反映了当时的社会经济与对外交流的发展对文学的影响，也反映出建安赋家好奇尚异的心理。而且汉人状物多凭借想象，注重展现气势，建安赋家则讲求生动逼真，注重真实。曹植咏物注重想象，更接近汉代咏物赋。应场、阮瑀《鹦鹉赋》将祢衡笔下鹦鹉与现实世界的紧张对立关系，变为审时度势、识时务的缓和关系，后世《鹦鹉赋》有较多继承。

在赋序研究方面，本课题旨在厘清赋序的生成过程，将扬雄、桓谭赋序作为赋作他序到自序之间的过渡，并确定赋序的标注原则，描述赋序最早的文体特征，阐释建安赋序文体功能的承变以及建安赋序的文学性。

本课题研究的目的，是在对建安赋的文本细读和体悟的基础之上，在尊重现有文本、考虑文本残佚的前提下，努力发现赋家的个性、人生体验、思想认识在赋作中的投射，发掘建安赋独特的审美风格，探究赋作艺术手法的继承和发展，并对诸如赋序、七体、大赋等作品从体制上进行溯源，展现它们从汉赋到建安赋时期的发展变化。在研究过程中，力求对建安赋进行客观的述评，将其中所蕴涵的值得关注的文学现象的内在本质以及审美意蕴阐释出来，在吸收前贤成果的同时，力求呈现一点新的研究角度，最终能为多维的建安赋研究增添一点色彩。

三、 关于结构安排的说明

本课题研究主体是建安赋作家论和建安赋题材论，分别归为上编与中编。另设建安赋序和大赋论，归为下编。建安时期大赋体制的作品主要包括七体、京殿大赋以及陈琳的《武军赋》等。陈琳赋作仅此一家，未形成类别，故置入作家论陈琳一章中论述。七体在散体大赋中自成一类，故单列一章。建安都城赋与明帝时期宫殿赋同属京殿大赋一类，故置入同一章论述。

上编作家论，设八章分别论述曹丕、曹植以及建安六子（七子中孔融没有赋作传世）等主要赋家的创作个性与成就。因陈琳赋在汉赋与建安赋之间具有过渡意义，故设为第一章。曹丕是建安赋创作的领军人物，是同题共作的主要发起人，设为第二章。曹植赋最具文学价值，王粲赋在六子中成就最高，分别设为第三、第四章，其余赋家按笔者实际写作顺序安排。

曹丕代言赋在建安时期成就最高，故将内容不多的代言赋相关论述置于曹丕论中。徐幹《情诗》的赋化现象比较特别，形成其代言诗歌的独特风格，故将对建安诗赋关系的简要论述置入论徐幹一章。

建安赋本多残篇，且有些赋家赋作留存极少，但结合其诗文创作，可以大致再现他们的创作面貌，把握他们创作中的主要特点。所以，虽然是赋家研究，但在刘桢、阮瑀、徐幹等人的研究中，借助了较多诗文作品作为论据。

中编题材论,设五章分别论述校猎题材、征伐题材、咏物题材、咏物中的禽鸟题材以及女性美题材的书写特点与成就。虽有咏物赋论专章,但对于咏物赋中成就最高的禽鸟赋,单设一章专门论述其书写类型以及思想含蕴对后世的深远影响。

下编设三章分别论述建安赋序、七体以及魏明帝时期京殿大赋的创作特点。

学界有相当丰硕的建安赋研究成果,故而本课题不求全面研究建安赋,对于具有共识的建安赋的主要创作特征及现象,比如抒情性、短篇化、平民化、同题共作、诗赋互渗等,不作专门研究,只将自己的补充置入相关章节,并在结语中对以上特征进行一个综述。

四、 几个研究前提

1. 建安时期儒家思想的地位和影响

建安时期的思想背景,与文人的观念认识以及创作心态紧密相关,是建安文学研究中的重要领域。学界对这个问题的研究呈现出开放态势,在原有的共识基础上,不断出现更为深入和细致的研究。

经学衰微、儒家思想的束缚松弛,是学界对建安时期思想背景的共识。东汉末年大一统政权崩坏,儒学独尊的局面被打破,加上曹操好法术的思想倾向以及唯才是举等具体措施对儒家道德伦理的挑战,极大地改变了汉代以来士人皓首穷经、受缚于儒家经典的状况。俞绍初《建安七子集》认为,东汉王朝崩溃后,儒家思想渐趋衰微，失去了支配地位，从而为文学发展提供了有利条件。[1] 傅刚《吴蜀文学不兴的社会原因探讨》一文认为儒家思想的衰微，带来了文人的地位提高，文学观念得到长足的进步。[2] 曹氏父子对文学进行提倡、鼓励，加之曹操统一北方后，休养生息、积聚力量，北方比较优游，这些因素促成了建安文学的繁荣。

在以上共识的基础上，也有研究指出，曹操的所作所为，只是对两汉经学的叛逆，并非对儒家思想的否定。孙明君《三曹与中国诗史》一书认为，曹操唯才是举的用人政策是对原始儒学人才思想德才并举的弘扬与拓展。曹操重法术，也重德治，与原始儒学的法治思想有内在联系。曹操以两汉经学的叛逆者面貌出现，其精神实质是一种向原始儒学人文精神的回归。[3]

还有一些学者着眼于东汉以来思想发生变化的细节，来探究汉魏思想的特征。如章培恒、骆玉明的《中国文学史新著》与郭维森、许结的《中国辞赋发展史》都关注到了具体的赋作所昭示的思想变化趋势，前者认为冯衍《显志赋》表达对道家思想的推崇，可视为魏晋崇尚老庄的滥觞，而冯衍尊重自身的意识与老庄思想的结合预示着一种虽微弱却崭新的动向。[4] 后者认为张衡《思玄赋》以思玄远之道宣寄情志，而归结为儒家仁义道德，昭示了由儒而玄的变化。[5]

---

[1] 俞绍初：《建安七子集》，北京：中华书局，2005 年，第 2 页。

[2] 参见傅刚：《汉魏六朝文学与文献论稿》，北京：商务印书馆，2016 年，第 90—96 页。

[3] 孙明君：《三曹与中国诗史》，北京：商务印书馆，2013 年，第 133—142 页。

[4] 《中国文学史新著》，第 215 页。

[5] 《中国辞赋发展史》，第 176 页。

　　以上观点很好地描述了建安时期思想背景的复杂性，一方面，东汉晚期，随着大一统政权的崩溃，儒家思想失去了原有的约束力，道家思想逐渐兴盛，表现出由儒而玄的发展倾向。但另一方面，建安士人也体现出对儒家思想的重视、继承和延续。徐幹的《中论》被归为儒家著作，诸子的积极用世精神和行为，亦是儒家精神的反映。曹丕、曹植以及诸子虽有许多不合礼法的任诞举止，但他们的文学创造，依然表现出对儒家事功的看重与追求。徐公持《建安七子论》认为七子归曹前期作品多忧国忧民、感叹身世，后期多表达对功名的追求和对曹氏父子的颂扬，后者建立在前者的基础之上，总体而言，七子的基本创作倾向是积极的。诚如斯言，建安诸子的文学创作明确表达了忧国忧民、感叹身世、追求功名等内容和情感，而这些积极的倾向，也正是儒家思想传统的体现。刘跃进在《从古诗十九首到南朝文学》中指出，曹丕所说"文章乃经国之大业，不朽之盛事"中的"文章"当指经典著述，即使所指确实为诗赋散文等文学作品，且将文学提到与事功并立的地位，文学依然没有摆脱经国附庸的地位。[1] 这个论述也可以证明建安时期儒家思想对文学所产生的影响。曹操的乐府诗《对酒》，书写君贤臣良、民无争讼、仓有余粮、老有所养、风调雨顺、官吏爱民、政治清明的太平盛世理想，俨然是孟子笔下理想王国的再现，表现出对先秦儒家思想的继承。[2]

　　建安时期思想背景的复杂性是阐释文人心态、分析文人作品的

---

　　[1]　刘跃进：《门阀士族与文学总集》，西安：世界图书出版西安有限公司，2014年，第10—13页。

　　[2]　参看夏传才校注：《曹操集校注》，石家庄：河北教育出版社，2013年，第14页。

重要前提。论者必须关注一个事实，就是建安时期思想的变化带来了文学的自由发展，但儒家思想的影响依然十分重要。建安时期被打破的，不是儒家思想本身，而是汉代皓首穷经、死啃书本的经学风气，[1] 所以俞绍初《建安七子集》指出，建安时期，在曹操统治的地区内文学取代了传统的经术，得到了空前的繁荣。[2] 张振龙《汉末儒学及建安七子的儒家思想》即认为，儒学在汉末和建安七子的思想中仍占主导地位，不能因今文经学的衰落而把汉末视为是儒学主导地位的丧失时代。[3]

可以说，建安时期的思想变化，主要体现为汉代今文经学风气的瓦解，当儒士从繁琐的经学风气中解放出来，人的自觉与文学的自觉就随之发生，从而带来文学抒情与审美功能的进一步发展。这个时期，正处在儒学相对衰微、玄学即将兴起的思想领域的转关时期，前述冯衍与张衡的赋作所体现出的由儒而玄的新动向，在建安时期得到了进一步延续，如曹植在作品中，试图借助老庄思想解脱现实的痛苦和困境，这都是老庄思想在汉末魏晋逐渐复兴的足迹。

2. 建安赋与载道讽谕的文学观

建安赋少讽谕之作，研究者往往立足于建安文学追求抒情性和艺术性的立场之上，指出载道讽谕文学观在这个时代的没落。比如程章灿探讨建安赋创作繁荣的因缘，即认为载道讽谕的儒家文学传

---

[1] 孙明君认为曹操主张注重义理阐发的古文经学，反对死啃书本、皓首穷经的腐儒，他学习儒学的目的在于指导现实政治、人生、社会。《三曹与中国诗史》，第 140 页。

[2] 《建安七子集》，第 2 页。

[3] 张振龙：《汉末儒学及建安七子的儒家思想》，《信阳师范学院学报》2007年第 3 期。

统被淡漠甚至被遗弃，而写志抒情的赋的传统得以重新奠立。[1]
罗宗强《魏晋南北朝文学思想史》也认为建安抒情小赋被用来状物
抒情，而不用来美刺，只是作为感情发泄的工具，而完全忘掉汉赋
的规讽之义，似是一种自觉的创作追求。[2] 这种说法突出了建安
赋的抒情性和非功利性，所举之例比如曹丕的《感离赋》《感物赋》
《悼夭赋》《柳赋》以及曹植的《离思赋》《释思赋》《愍志赋》《叙
愁赋》以及兄弟二人的一些其他咏物赋，都是典型的抒情之作。在
抒情作品中，建安赋确实没有表现规讽之义，如罗先生所言，他们
在追求艺术创造的热情下，刻意淡化了这个功能。再如毕万忱《论
三国咏物抒情赋的时代特征》一文认为不管是描写自然物象，还是
反映生活现实，三国咏物赋已放弃了汉赋"曲终奏雅"、"劝百讽
一"的写作模式，政治教化色彩淡化，生活气息浓郁。[3] 还有从
诸子心态和人格上进行批评的，如阮忠《论建安赋风》一文认为诸
子的游猎赋多受曹丕之命而作，且安逸的现实生活既使诸子陶醉，
又软化了他们的性格，使他们忽略了赋讽谕的社会功能或者说根本
就无意以赋讽谏，使这一类赋丧失了传统的讽谕功能而偏重于
颂誉。[4]

　　事实上，建安咏物赋其实并没有彻底放弃讽谏传统，比如陈琳
的咏物赋，虽然留存不多又多为残篇，但从中依然可以看到陈琳在
道德劝谏方面的苦心孤诣。建安赋偏重颂誉，并非是赋家对赋作社
会功能的忽略，也不是他们对儒家载道讽谕文学观的彻底摒弃。首

[1]《魏晋南北朝赋史》，第 36 页。
[2]《魏晋南北朝文学思想史》，第 13—14 页。
[3] 毕万忱：《论三国咏物抒情赋的时代特征》，《文学遗产》1994 年第 1 期。
[4] 阮忠：《论建安赋风》，《许昌学院学报》1992 年第 4 期。

先，这里面有着一些时代变化带来的特殊因素，以阮忠所说校猎赋为例。汉代校猎赋的传统，并不在于一味的讽谕。胡大雷《田猎文化与汉代田猎赋主旨的变换》一文中谈到，至东汉张衡，汉赋中田猎叙写的游艺之乐，以合乎礼制确立了其位置。《上林赋》《羽猎赋》（扬雄）讽谏君王抛弃田猎之乐以实施仁政的做法，已经被田猎是否合乎礼制的评判标准所取代，也就是说，如果合乎礼制，田猎就成为一种仪式，讽谏者和被讽谏者都能接受，田猎之乐就能堂而皇之地被享受。[1]所以，基于这种观念的影响，建安赋家书写曹操出猎的题材，在合乎礼制的前提下，是不需要进行讽谏的。况且当时的曹操常年征战，不可能沉迷校猎之乐中。所以，王粲《羽猎赋》开篇就突显了曹操出猎之合乎礼制："遵古道以游豫兮，昭劝助乎农圃。用时隙之馀日兮，陈苗狩而讲旅。"既然合乎礼制，又何须讽谏？

其次，赋作的社会政治功能并不是必须体现在讽谏之上，颂美本身亦是赋作重要的政治功能之一，建安征伐赋就是一个典型的例证。征伐赋的创作目的在于歌颂王师的武功，并不在于讽谏，这是从东汉崔骃《大将军西征赋》承继而来的传统，生活在儒家载道讽谕文学观居于鼎盛时期的崔骃，其征伐赋的序言明确指出自己作赋的目的就是为了彰显义兵之武功。所以，征伐赋中的这种颂美不能仅仅被视为赋家对统治者的阿谀，这其实也是赋家承担社会责任的一种体现。正如班固《两都赋序》所言"或以抒下情而通讽谕，或以宣上德以尽忠孝"，讽谕和颂美都是赋作的社会功能的体现。况且，建安征伐赋也并非全是对曹操的称颂，如阮瑀《纪征

---

[1] 《中古赋学研究》，第120页。

赋》"希笃圣之崇纲兮，惟弘哲而为纪"，就明确表达了对曹操的希冀和期待，其实质就是一种劝谏。徐幹《序征赋》对赤壁兵败流露出的惆怅失望之情，也突破了颂美的书写模式，显示出赋家的实录意识。

建安时期大多征伐赋虽然极尽颂美，军旅诗歌却表达了丰富深刻的内容，比如征伐之苦、厌战情绪等。这说明建安文人对于征战，并非不敢表达真实感受，建安赋一片颂声的重要原因，乃在于曹操是一个明主，前面所说校猎赋是一个典型例证。再以征伐赋为例，曹操连年征战，是为汉室打天下，并非穷兵黩武。且曹操打仗身先士卒，智勇双全，极少败绩，这两个因素决定了建安征伐赋不以讽谏的面目出现，赋家对曹操的颂美都是发自内心且符合历史事实的。

不过相较汉赋，建安赋整体确实呈现出政治道德教化意识的弱化，但这并不意味着建安赋家着力追求文学的审美功能而摒弃了文学的政治教化功能，所以在具体研究中，既要看到这种意识弱化的大趋势，也要看到在一些特定题材的赋作中，这种观念和意识只是发生了形式上的变化，其本质并没有变，传统的儒家文学观念的影响并没有消失。徐公持《魏晋文学史》指出，建安文学的主流，显然是积极用世的文学，是重人事的文学，是修齐治平的文学。[1]作为建安文学的重要组成部分，建安赋也体现着这样的积极精神和对现实的关怀。刘培《汉末魏晋时期的经学与辞赋》一文即认为建安时期，两汉经学文学观的影响犹存，有不少关乎美刺讽谕的赋作。

---

[1]《魏晋文学史》，第18页。

3. 曹操在建安文学中的作用

曹操戎马一生，连年征战，所存诗赋很少。《全三国赋评注》收录其赋作四篇，其中《沧海赋》《登台赋》仅余残句一二，《鹖鸡赋》仅序言留存，《槐赋》为存目。[1] 曹操对建安赋创作的影响，主要体现在政治上。

曹操乃一代雄主，东汉末年所谓乱世造就了曹操这样的英雄，而曹操又以自己的风格和个性给东汉末年带来了新的变化。[2] 曹操对于东汉末年社会的影响是多方位的，从文学创作上来说，其影响是积极还是消极，学界存在不同的声音。

认为曹操对建安文学发展产生消极作用的，多认为曹操出于政治需要网罗文士，同时又并不重用他们，而是将他们作为文学侍从，替自己的政权鼓吹，从而使他们的创作个性受到压抑，作品多消遣娱乐之用，少有抒情言志之作。比较有代表性的观点如：

刘知渐《建安文学编年史》认为曹操网罗建安七子，由此形成邺下文学活动，提高了曹丕、曹植的写作能力，但对七子自身的写作没有积极作用，反而有不利影响。且建安文学后期作品逐渐脱离现实，为艺术而艺术，这也是曹操对建安文学消极作用的体现。[3]

章沧授《建安诸子辞赋创作的重新审视》认为曹操网罗诸子是出于政治的需求，而不是看中他们的赋学才华，这全然不同于汉代君王喜赋重才的思想动因。诸子随从曹操征战，唯有歌颂武功为主人助兴，只是消遣娱乐替他人言情叙悲，无关自己痛痒。他们作为文学侍从归依曹氏集团，无权参与军政大事，不在其位也就不便谋

---

[1] 《全三国赋评注》，第2—3页。

[2] 《汉魏六朝文学与文献论稿》，第250页。

[3] 刘知渐：《建安文学编年史》，重庆：重庆出版社，1985年，第7页。

其政，作为呈现在主人面前供娱乐的辞赋，自然无需表白自己的政治志向了。[1]

赵义山、李修生主编的《中国分体文学史·散文卷》认为建安赋家有很多题材题目相同、内容风格相似的作品，其产生的原因是曹操搜罗人才集聚自己身边，政治考虑大于文学考虑，文人个性不免受到压抑。大量狩猎、公宴、大暑、霖雨以及咏物之作，虽能显示作者才具，但思想和文学意义不如个人抒情言志之作。[2]

这几个观点正好代表着上世纪八十年代、九十年代以及二十一世纪以来学界在这个问题上立论的一致性，但这些观点都是存在局限性的。比如刘知渐对建安后期作品为艺术而艺术的批评，是不符合诸子的创作实际的，诸子归曹后所写大量公宴、咏物、校猎、征伐等题材的作品，并非脱离现实的作品，因为他们书写的就是自己的生活现实，而且这些作品所表现出来的审美趣味、时代精神、艺术手法、个人情感等，也都是有价值的。章沧授观点的局限性则在于夸大了诸子对曹操人格的依附以及曹操对诸子创作的限制，其实就算在征伐赋中，也不难看到建安诸子对太平盛世的向往之情、渴望建功立业的积极精神以及担忧自己忝列军中、无所建树的苦闷，并非无关自己痛痒的作品。赵义山、李修生的表述比较注意把握分寸感，不将曹操与文学创作的弊端作直接对应，不作决断性的结论，这正好显示出学界在这个问题上的研究有趋于全面公正的态势。不过，须注意的是，建安时期的大量狩猎、公宴、大暑、霖雨

---

[1]　章沧授：《建安诸子辞赋创作的重新审视》，《中国文化研究》1998 年秋之卷。

[2]　赵义山、李修生主编：《中国分体文学史·散文卷》，上海：上海古籍出版社，2014 年，第 264 页。

以及咏物之作，它们所呈现出的独特审美特征，比如征伐赋的铿锵壮烈，校猎赋的血腥暴力，从丰富多样的角度而言，也是对个人抒情言志之作的有益补充，体现着文学创作和审美的多样性。

学界另有学者，对曹操在建安文学中所起的作用采取了肯定的态度。王瑶《曹氏父子与建安七子》一文认为，论及建安文学，绝不能忽略曹氏父子的领导作用。[1] 魏宏灿、杨素萍《曹操对建安文学的贡献》一文将曹操的贡献概括为由于曹操的政治和思想风格，以及他本人的写作实践的指导和影响，才可能形成建安文学大繁荣大发展的局面。[2]

从以上论述可知，肯定曹操对建安文学的贡献，其前提和根本点在于对邺下文学须持肯定态度，如果认为邺下文学仅仅是应酬消遣、歌功颂德的作品，难免会将其视为文学的倒退并将责任追溯到曹操那里。傅刚在上世纪八十年代发表的论文中，已经给予了邺下文学以较为全面公正的评价：他认为邺下文学的内容积极，反映现实的功能强化，发展了古代言志抒情的传统，且部分看似无意义的公宴诗和咏物之作，发展了文学作品的表现能力。[3] 曹虹《文人集团与赋体创作》亦充分肯定了邺下文人集团的创作，指出邺下文人将普通妇女的情感世界作为直接描写对象引入赋中，具有一定的突破性意义；其同题共作容纳互有冲撞之意的主题，有浓厚的创作自由气氛。[4]

---

[1] 王瑶：《中古文学史论》，北京：北京大学出版社，2014 年，第 239 页。

[2] 魏宏灿、杨素萍：《曹魏文学论》，合肥：合肥工业大学出版社，2013 年，第 65 页。

[3] 《汉魏六朝文学与文献论稿》，第 103—109 页。

[4] 曹虹：《文人集团与赋体创作》，《文史哲》1990 年第 2 期。

　　总而言之，曹操对建安文学的影响是积极有益的，论者不必夸大和拔高这个影响，但也必须给予其全面公正的评价，这里面涉及对邺下文学的价值评判，只有客观评价邺下文学的成就和局限，才能在评价曹操的影响时不走极端。

　　4. 建安赋家对曹氏政权的依附与相对独立

　　汉末乱无象，军阀割据，逐鹿中原。曹操采纳毛玠"奉天子以令不臣"[1]的谏议，西迎献帝，迁都许昌，天下士人多有投奔者。

　　建安士人对曹氏政权有很高的认同度，《三国志》毛玠本传载其"将避乱荆州，未至，闻刘表政令不明，遂往鲁阳"，不久接受曹操征辟。曹操虽出身寒门，轻儒重法，但其谋略胆识，颇为时人所重。诸葛亮《草庐对》开篇即写道："曹操比于袁绍，则名微而众寡，然操遂能克绍，以弱为强者，非惟天时，抑亦人谋也。"[2]孔融劝王朗北归曹操，即在《与王朗书》里夸赞曹操爱才："曹公辅政，思贤并立。"[3]曹操政令清明，礼贤下士，又在名义上尊奉汉天子，故士人趋之，若百川归海。

　　但建安士人对曹氏政权的认同，与汉代文人对大一统政权的依附，有着截然之别。汉代士人对大一统政权具有极强的依附性，除了国家高度集权统治的原因外，还在于武帝罢黜百家、独尊儒术，从思想上逐步控制士人。繁琐守旧的经学形成僵化、缺乏创造力的思想模式，士人的情感、自我意识处于被束缚状态。[4]汉代士人

　　[1]《三国志》，第 374 页。
　　[2] 参看马黎丽、诸伟奇编著：《诸葛亮全集》，合肥：安徽文艺出版社，2012年，第 1 页。
　　[3] 参看杜志勇校注：《孔融陈琳合集校注》，石家庄：河北教育出版社，2013年，第 59 页。
　　[4] 参看《玄学与魏晋士人心态》，第 20—22 页。

依附于中央政权，缺少对个体情感和思想的表达。东汉末年，随着大一统政权瓦解，经学中衰，儒学权威地位下降，士人的自我意识逐渐觉醒。在这样的社会背景之下，建安士人具有较大的独立性和自由度。他们首先可以自由决定去留，具有相对独立的人格，他们虽认同曹氏政权，却并不一定受其束缚，即使归曹后，亦可选择远离政权。比如徐幹，建安中，曹操特加旌命，徐幹以病辞。后又请他为上艾长，又以病不愿上任。其次，由于思想界重新活跃，加之曹操唯才是举的衡才用才之道，建安士人思想十分自由，具有强烈的个性和情感，较为极端者譬如孔融、祢衡等，追逐名士风流，行止怪诞，言语狂放。

建安士人这种既依附政权又具有相对独立性的特点，在汉晋士人心态发展历程中，也具有特殊性。

东汉末年，士人对宦官当政、外戚擅权、朝廷昏庸的现实深感失望，由此产生对政权的疏离心态，很多士人高自标置，不受朝廷征辟，尽显名士风流。这种处世态度，很大程度上是对现实产生深重悲哀的表现，是对家国命运深感绝望的结果。至建安时期，士人身逢乱世，反而不受黍离之悲、故国之思的困扰，他们在乱世中寻明主以投，形成一个识时务者为俊杰的时代。他们对政权的依附和亲近，使他们对政治充满热情，对功业充满渴望，表现在文学上，即形成建安文学关怀现实、高唱理想、积极向上的时代特征。就赋体文学而言，建安赋凡 217 篇，其中赞扬曹操征伐的赋作有 16 篇（包括曹丕、曹植兄弟各 2 篇），这些赋作充分显示出文士们对曹操政权的认同，以及自身所具有的强烈的建功立业的渴望。同时，相对的独立性，强化了建安士人的主体意识，让他们能超越政治功业，将人生的价值着眼于更高层次的自我实现上。如刘桢对功成身退的渴望，就是试图将儒家的积极入世与道家的逍遥出世结合起来，既不辜负作为儒生所应担负的社会责任和所具有的家国情怀，同时又能超越世俗名利，完成对自身修洁人格的建立和追求。

自曹丕称帝，曹叡继位，在相对稳定的政治社会环境中，士人与皇权的关系日益紧密，其独立性逐步减弱，依附性逐渐增加，到明帝时期这种依附性已较明显。从赋史来看，京殿赋、祥瑞赋、赞颂太子出生赋、赞颂明帝铸造承露盘之赋，这些阿谀奉承、讨好皇家之作，均出自明帝时期。正始时期是一个特殊的历史阶段，司马氏政权的高压统治，生生剥夺了士人的独立性，以强硬手段将其变成政权的依附者。士人或选择苟合取容，或选择消极逃避，若言反抗，就只能如嵇康一样遭遇杀害。至西晋，士人对政权的依附又增加了投机性，他们追随权臣，并在政治斗争中不断改换门庭，最后葬身于政治的漩涡，陆机、潘岳等人可谓典型。可见，在汉晋之间士人与政权关系的起落变化中，建安士人既亲近政权又独立于政权，显示出独特的个性。

在相对自由的历史氛围中成长起来的建安赋家，是一个富于文采学识、思想刚健活跃、情感细腻丰富、人生经历激荡精彩的群体。据史书记载，建安赋家大多博通典籍，身负才名，其立身行事，颇具个性。在他们中间，有豪族出身、飘零乱世的杨修、王粲等，也有寒门出身、游走贵戚之间的吴质。不拘什么出身，建安赋家大多表现出对曹氏政权的认同，积极投身政治，也表现出积极向上的人生追求和精彩纷呈的人生感受。更为可贵的是，他们就文学创作展开交流和探讨，常以同题共作形式，切磋文学技艺，体认自我价值，这在文学史上，是难能可贵的。曹操统治时期，赋家、赋作众多，佳作迭出，题材丰富，情感浓郁，且于文学批评也大有建树。然建安赋家主力大多早逝，如流星般陨落，令人扼腕叹息。归入"建安余绪"的毌丘俭，出身豪门，文武双全，忠于曹氏政权，正始时起兵讨伐司马师，兵败被杀，他最初为曹植侍臣，不能不说他应当曾经深受建安风骨的熏染，可惜毌丘俭留存的文学作品太少。再如刘劭、缪袭，历仕魏朝四代君主，观二人留存的赋作，多于文帝、明帝期间作，多颂美王业之辞，足见文帝、明帝时期安定的社会生活，使文学创作出现贵族化、宫廷化倾向。建安文人早逝者居多，以至"建安余绪"时期，少有大家，也少有佳作。相对建安文学而言，建安余绪这个过渡时期，好比袅袅余音，即将散尽。

上编

建安赋作家论

第一章　陈琳赋
——汉赋向建安赋的过渡

　　建安文人中，陈琳并不以赋名显当世。曹丕《与吴质书》论及陈琳，称赞其"章表殊健"，认为陈琳突出的文学成就主要在章表写作方面。曹植则在《与杨德祖书》中，直言陈琳"不闲于辞赋"，讥讽他"譬画虎不成，反为狗也"，对陈琳辞赋多有否定。然从赋作数量上看，根据《全三国赋评注》统计，陈琳共留存赋作 15 篇，[1] 其中 9 篇赋作属于与曹氏兄弟及建安诸子的同题共作之赋，表明陈琳曾积极参与邺下文人的文学活动。从赋作质量上来看，陈琳《武军赋》虽仅余残篇，但其飞扬的纵横家气势、富丽的辞采以及对战争的细致描写，具有汉代骈辞大赋的风格，在赋史上亦是难得之作。陈琳辞赋在当时不被看重甚至反遭讥讽的原因，在于陈琳赋的创作个性与当时主流赋风的差异。

---

　　[1]　龚克昌《全三国赋评注》收录陈琳赋作为 15 篇，其中《武猎赋》为存目。俞绍初《建安七子集》收录陈琳赋 12 篇，缺《武猎赋》存目，另将《应讥》和《答客难》归在"文"中。《历代辞赋总汇》收录陈琳赋亦是 15 篇，但缺《武猎赋》存目，多出《正欲赋》。本文以《全三国赋评注》收录篇目为准。陈琳赋作总数排在曹植、曹丕、王粲、应玚之后，名列第五。马积高主编：《历代辞赋总汇》，长沙：湖南文艺出版社，2014 年。

第一节 陈琳归曹及参与邺下文学活动

陈琳一生，在政治上的重大事件是归曹，文学上的重大事件则是参与邺下文学活动，其身世遭遇在建安文人群体中非常具有代表性，分析陈琳赋的创作背景和心态，也能一窥其余诸子的大致境遇和基本心态。

处在天下分崩、群雄逐鹿的乱世，建安文人是一个特殊的群体，他们一方面饱经颠沛流离之苦，甚至死于非命，但另一方面，他们凭藉自身的文才和学识，不仅在政治上得到一定的重用，在文学创作上，更是得到曹氏父子的奖掖与爱赏。特殊的人生境遇，形成他们文学作品中人生苦短的苍凉悲怨，也形成高扬理想的激昂慷慨，表现出追求建功立业的积极向上的人生精神。曹氏父子雅好辞章，大力提倡文学创作，为文人提供较为优渥的处境，使得文学取代传统的经术，得到了空前的发展。

建安九年，陈琳归曹，[1] 建安十二年（207），陈琳跟随曹操征乌桓。这个时期北方尚未平定，天下形势尚未完全明朗化，但曹操"破黄巾、擒吕布、灭袁术、收袁绍"的赫赫战绩以及屯田兴农的治国才能，得到士人的广泛认可。建安九年陈琳曾在《为袁绍檄豫州》中痛骂曹操为乱臣贼子，建安十二年他在《神武赋》中颂美

---

[1] 俞绍初《建安七子集》之七子年谱将陈琳归曹时间系于建安十年，陆侃如《中古文学系年》将此事系于建安九年，《后汉书》记载曹操攻克邺城时间为建安九年八月，《魏志·王粲传》记载"袁氏败，琳归太祖"，故从陆侃如说。张可礼《三曹年谱》亦言：建安九年八月，曹操攻克邺城，陈琳归曹操，操爱其才而不咎既往。张可礼：《三曹年谱》，济南：齐鲁书社，1983年，第85—86页。

曹操征伐，规谏曹操不战而屈人之兵、以礼乐和戎靖边，已经俨然将曹操视作能够一统天下的王师将领，这与他为袁绍讨伐公孙瓒所作《武军赋》相比，区别甚为明显。《武军赋》是一篇炫耀军威为主的作品，反映出军阀混战时代血性、阳刚、好战的心态。《神武赋》则表现出"平定天下"的气度，反映出陈琳对曹氏政权的高度认可与期待。当然，曹操对陈琳的不杀之恩所激发的感恩戴德之情，也会或多或少增加陈琳内心对曹氏政权本身的亲近感。

陈琳归曹后态度的变化，并非出于政治投机以及畏惧、感恩的心理，和他一样，大多数建安文人对曹氏政权持真心的认可和拥戴态度。少数被杀或迫于曹操威慑而死的文人，除了孔融、崔琰、荀彧等人或被怀疑对曹操篡汉野心有所不满之外，[1] 其余被杀的文人，或确因"恃旧不虔"[2]，如许攸、娄圭；或因曹氏兄弟的储位之争成为牺牲品，比如杨修。但他们均无反对曹氏政权之心，这里面反映出文人自身进步的政治历史观念。邹衍的五德终始说和董仲舒的三统循环说，无不阐述着新旧朝代更迭的必然性和合法性。不

---

[1]　孔融被杀的原因，《三国志》归结为"恃旧不虔"，孔融多次对曹操侮慢嘲讽。不过据《后汉书》记载，孔融曾上书请准古王畿制，千里寰内不以封建诸侯。曹操疑其论建渐广，忌惮之。《资治通鉴》卷六十五胡三省注言："千里寰内不以封建，则操不可以居邺城。"可见孔融上书的真正目的在于企图约束曹操篡逆的野心。荀彧亦曾反对曹操复置九州、进爵魏公等，其目的与孔融相类，因此遭到曹操忌恨，《后汉书》所载荀彧服药而死的结局，令人疑心其死亡与曹操的威逼有关。曹操赐死崔琰在自立魏王之后，原因亦当不外乎疑心崔琰忠于汉室而妨碍自己的谋逆野心。孔融、荀彧或许确乎忠于汉室，崔琰则并没有明显的言论或行为反对曹操意欲取代汉室的野心，陈寿在崔琰本传里为之抱屈，言"最为世所痛惜，至今冤之"。孔融事见范晔撰，李贤等注：《后汉书》，北京：中华书局，1965年，第2272页；以及司马光编著，胡三省音注：《资治通鉴》，北京：中华书局，1956年，第2081页。荀彧事见《后汉书》，第2290页。

[2]　《三国志》，第370页。

能顺天安民的朝代必然会被新朝代取代，即使暴虐的君王被杀死，也只不过如孟子所说"闻诛一夫纣矣，未闻弑君也"。古人对汤武革命的态度，尤其是孔、孟、荀以及汉儒董仲舒等所持的较为一致的认可态度，表明古人对于王朝更替的心态是较为开放通达的，他们也试图借此规劝和约束统治阶级的为所欲为之弊。"不私一姓，不愚忠于朝廷，这是中国古代有理智的士大夫忠君的一个重要前提"[1]。汉末宦官外戚擅权，皇权闇弱。党锢之祸，加剧了士人对政权的疏离心理。大一统政权崩坏，汉室飘摇，已不堪天下之任。挟天子以令诸侯的曹操，堪称一位贤明的统治者，故而陈琳等建安文人对曹操的认可与拥戴，具有发自内心的真诚。即便孔融称赞起曹操的时候，也曾一往情深，他的六言诗表达对曹操作为勤王将领的敬爱："瞻望关东可哀，梦想曹公归来。"他的《与王朗书》称美曹操"曹公辅政，思贤并立"。

尽管陈琳等建安文人普遍拥戴、认可曹氏政权，但这并不意味着他们能得到这个政权完美的荫庇，并在这个政权统治下保持内心的安定。陈琳归曹那年，曹操杀许攸。许攸曾为袁绍幕僚，当与陈琳有旧。兔死狐悲，物伤其类，可以想见陈琳内心难以避免的悲哀与恐惧。建安十三年（208），曹操杀孔融。孔融是建安七子里最早入曹操幕中的文人，与曹操年纪相仿，除了陈琳年岁与他悬殊不大，其余诸子皆比他年轻很多。曹丕《典论·论文》列孔融于七子之首，但事实上孔融并未参与邺下文人集团的活动，[2]不曾与曹

---

[1] 刘培：《两宋辞赋史》，济南：山东人民出版社，2012年，第396页。
[2] 因为孔融建安中在许都任职，未及参与邺下文人集团的活动。参看俞绍初：《"南皮之游"与建安诗歌创作——读〈文选〉曹丕〈与朝歌令吴质书〉》，《文学遗产》2007年第5期。

氏兄弟及其余诸子文学酬酢。建安十三年孔融被杀时，诸子中除了
王粲尚未归曹，其余如阮瑀、应玚、刘桢、陈琳皆已归曹数年，但
在他们留存的诗赋文中，并无只字暗示或抒发对此事的感触。这个
事实说明，一来孔融与其余诸子可能并无多少交往，二则孔融之死
为时人忌讳，不能有所议论。但是，孔融之死，充分显示了"太祖
性忌"的特点，这种性格对于当时的文人，不可能没有震慑。只是
从文人们留存下来的有限的文学作品里，我们很难全面把握他们的
心曲。可以推想，陈琳等建安文人认同曹氏政权，有意气风发、理
想高扬的一面，但他们的内心也并非全无忧惧，而是有一定的逢迎
自保倾向，这在同题共作的文学活动中有较明显的体现。

　　同题共作，不仅是一种文学活动，也表明一种政治上的认同拥
戴态度，因为曹氏父子不仅是文学领军人物，也是政治领袖，大量
征伐赋和校猎赋对曹操功业德行的歌颂，正是这种态度的体现。建
安时期，是一个文学自觉时期。曹丕《与朝歌令吴质书》，描写自
己与建安诸子"高谈娱心，哀筝顺耳"的场景，不啻为文学史上诗
酒优游之佳话。陈琳、吴质、阮瑀、徐幹、王粲、应玚、刘桢及曹
植等人都参与此次聚会，史称"南皮之游"。之后不久，上述文人
又在邺城雅集，即所谓邺中游宴。曹氏兄弟与建安诸子在雅集之际
写下了大量酬唱应和的诗赋作品，颇能代表建安诗赋的特点，后世
沈约《宋书》谢灵运传论称誉其为"南皮之高韵"。[1] 文人们在这
样的狂欢里创作出"非功利、主缘情、重个性、求华美"[2] 的诗

---

　　[1]　"南皮之游"与"邺中游宴"详情参看俞绍初《"南皮之游"与建安诗歌
创作——读〈文选〉曹丕〈与朝歌令吴质书〉》。
　　[2]　参看《魏晋南北朝文学思想史》第一章第二节"非功利、主缘情、重个
性、求华美的文学思想的出现"，第 11 页。

赋作品。从根本上说，同题共作是一种文学活动，文人彼此切磋文学技艺，交流感情，驰骋才华，展现自我，表现出共同的审美追求，同时也借此表明他们对曹氏政权的忠诚。

第二节 陈琳建功立业的豪情和失落

陈琳生活的时代，文人对政治功业充满热情，并将自己的人生价值寄托其上。曹植《与杨德祖书》抒发"戮力上国、流惠下民"的壮志，其他文人也在诗文里流露出建功立业的理想愿望，并在"章表书记"中表现出从军参政的热情和智慧。东汉末年，从经学束缚中解脱出来的士人，其个体生命意识得以苏醒和张扬，他们重视自身的欲望、情感，也渴望实现自身价值。《左传·襄公二十四年》里，叔孙豹提出的立德、立功、立言"三不朽论"，于建安文人而言，他们对建立政治功业表现出更多的热情。究其原因，汉末儒学衰微，建安文人在用世方面受轻道德重功利思想的影响，"立德"似乎没有受到太多重视。如陈琳《游览诗》之二写道："收念还房寝，慷慨咏坟经。庶几及君在，立德垂功名。"此处"立德垂功名"并非真正想要"立德"不朽，而是在抒发"骋哉日月逝，年命将西倾。建功不及时，钟鼎何所铭"的忧虑之后的自我宽慰，主要还是想"建功"。

建安时期时局板荡，风云突变，立言传世，亦很难实现。而群雄逐鹿的英雄气概，以及曹操统一天下的胸襟气魄，对建安文人反倒有所感召，激发他们建功立业的豪情。孔颖达在《春秋左传正义》中这样阐释三不朽："立德谓创制垂法，博施济众；立功谓拯

厄除难，功济于时；立言谓言得其要，理足可传。"[1]"拯厄除难，
功济于时"，或许最能形容身处乱世的建安文人的理想。颇能代表
汉末文人心态的《古诗十九首》，着眼于现世的苦乐，表现出及时
行乐的思想倾向。注重现实，注重今生，注重眼前，这或许也是建
安文人更偏向立功的原因，因为立德立言，其实是将自己的人生价
值，留给后世评价景仰，唯有立功，不仅可以垂名史册，而且能给
自己带来触手可及、满足现世欲望的功名。不过，东汉末年，皇权
失去了应有的尊严，大一统政权分崩离析，军阀混战，士人在政治
上没有固定的依附，想要建立政治功业，只能投靠军阀，陈琳在这
个过程中可谓历经坎坷。

　　从史书有限的记载中，可管窥陈琳在处世为政方面颇有谋略和
雄心，以及建功立业之志向，但乱世蹉跎，以致老大无成。《魏
志·王粲传》附陈琳传载，中平六年（189），何进意欲诛杀宦官，
召集董卓等四方猛将带兵入京。陈琳时为何进主簿，上书进谏毋招
外兵："大兵合聚，强者为雄，所谓倒持干戈，授人以柄；功必不
成，只为乱阶。"[2]陈琳所言充分显示出他对时局的清醒认识，对
四方猛将政治野心的预见，但何进一意孤行，终于招致杀身之祸，
并因此引狼入汉室，导致其后的董卓之乱。虽然陈琳的进谏即使被
采纳，也难以挽狂澜于既倒，但是他在政治上的见识，却得到了体
现。时年陈琳大约33岁，[3]已过而立之年，迫于形势，不得不避
难冀州，投靠袁绍。初平二年（191），袁绍使陈琳典文章。在袁绍

　　[1]《十三经注疏》（清嘉庆刊本），北京：中华书局，2009年，第4297页。
　　[2]《三国志》，第600页。
　　[3] 本书陈琳年谱一般依照俞绍初《建安七子年谱》，个别地方从陆侃如《中
古文学系年》，详见具体注释。

幕中将近十五年时间里，陈琳受命作过劝降臧洪的书信、篡改过公孙瓒给其子的密信，撰写过著名的《为袁绍檄豫州》一文。袁绍死后，二子夺权，殃及崔琰，陈琳曾与阴夔一起营救崔琰，由此可知他与崔琰有旧。时年陈琳已大约四十六岁，年近半百，从依附何进到投奔袁绍，可以说都是所托非人。《后汉书·何进传》论何进"智不足而权有余"[1]，《三国志·武帝纪》记载曹操评价袁绍"志大而智小，色厉而胆薄，忌克而少威"[2]。荀彧曾弃袁绍而投曹操，更说明袁绍不堪托付。

归曹后陈琳的政治处境有较大改善，但他的心境变得更为复杂。建安九年（204），曹操攻克邺城，陈琳归曹，《魏志·王粲传》载"太祖爱其才而不咎"，并任命陈琳为司空军谋祭酒，管记室。陆侃如《中古文学系年》假定是时阮瑀大约亦为司空军谋祭酒，管记室，与应玚、刘桢均在曹操幕中。[3]徐公持《魏晋文学史》认为，虽然在当时陈琳、阮瑀等所任官职品秩均不高，但他们都是曹操亲随吏员，与闻机要的程度超过朝廷显贵。[4]其后陈琳跟随曹操北征乌桓，南征刘表，参预赤壁之战，约五十九岁还从征张鲁，约六十岁从征东吴，建安十六年（211）参与南皮、邺中游宴，与曹氏兄弟及其余诸子诗赋酬酢。陈琳在当时享有盛名，《典论·论文》称赞"琳、瑀之章表书记，今之隽也"。《魏志·王粲传》载，陈琳归曹后，"军国书檄，皆琳、瑀所作也"。陈琳身为文人，跟随

---

[1]《后汉书》，第 2253 页。

[2]《三国志》，第 17 页。

[3] 陆侃如将阮瑀归曹时间假定为与陈琳同时，参看陆侃如《中古文学系年》，第 352 页。

[4]《魏晋文学史》，第 5 页。

曹操南征北战，其政治上受重视之程度，可见一斑。又与众人诗酒优游，成就邺下文学之风流。可以说陈琳归曹后，在政治和文学上，都一定程度上实现了自身的价值和追求。

然而，陈琳归曹时已经大约 48 岁了，几十年乱世沧桑，难免会有"日归功未建"的感叹。纵然身被重用，但从军征伐之苦，岁月流逝之疾，亦会令人生出悲凉之叹。且在性格多疑的曹操帐下，陈琳内心有没有难言之隐，或难定论，但物伤其类之悲，一定在所难免。建安诸子中，王粲留存的诗赋最多，与王粲诗赋中对曹氏政权的欢欣鼓舞心态和任性骋才的风流相比，陈琳诗赋更多地流露出老成持重的谨慎。陈琳归曹后的赋作，绝大部分是奉和应制之作，极少抒发内心真实的情感和想法，这与他的心境，是密切相关的。

陈琳在乱世之中，蹉跎岁月、老大无成的苦闷在他的诗歌作品里略见端倪。陈琳留存的诗歌只有寥寥几首，俞绍初《建安七子集》收录其《游览诗》二首，《宴会诗》一首，《饮马长城窟行》一首，失题诗五则。有限的吐露心曲的诗赋作品，让我们无从知晓更多关于他个人内心情感的信息，只能从只言片语中寻找形迹。其《游览诗》之一写道："高会时不娱，羁客难为心。……惆怅忘旋反，歔欷涕沾襟。"之二写道："闲居心不娱，驾言从友生。"作者无论是与朋友高会，还是独自闲居，内心的郁郁不乐总会袭上心头，无法排解，竟至于泪下沾襟。这种愁绪源自"羁客"的身份，源自"骋哉日月逝，年命将西倾。建功不及时，钟鼎何所铭"的忧虑。如前所述，陈琳先后依附何进、袁绍，都是所托非人，尤其在袁绍帐下栖迟淹留达十五年之久，几至于半百之年，年华易逝，功业难成，《游览诗》或许正是抒发这个时期的失意之情。而其失题诗写"沉沦众庶间，与世无有殊"，"轞轲固宜然，卑陋何所羞"，直接描写自己沉沦下僚的命运，也可能是在归曹之前的作品了。失题诗还有"仲尼以圣德，行聘遍周流。遭斥厄陈蔡，归之命也夫"这样的议论，借孔子被困陈蔡，感叹人生有命，流露出对自己命运的不满和无奈。这些诗歌慷慨激昂、志深笔长而又悲凉感伤的情调，正是由乱世中的成就功名之想往与功业难成之现实的矛盾所催生。

第三节　与主流风气有别的陈琳赋

一、　与抒情小赋风气不相谐和

陈琳今存 15 篇赋，《武军赋》颂美袁绍军威，《应讥》替袁绍辩护，[1] 可知作于归曹前；《答客难》散佚严重，据其残句可猜测为归曹后所作。[2]《大荒赋》散佚亦较严重，又无背景可考，很难确定其写作时间。从残句中可以感受到作者内心的孤独苦闷，对现实充满迷惘，上下求索，感伤人生。陈琳应当是在感时伤世的心情下写作此赋，那么有可能是在袁绍帐下功业难成之时所作，也可能是在曹操幕中用以抒发难言之隐所作，具体作年，无从考证。陈琳其余的 11 篇赋作，均为归曹后所写，《神武赋》、《武猎赋》为颂美曹操之作，另外 9 篇赋作都是与曹氏兄弟及诸子的同题共作之赋。从陈琳留存的赋作来看，奉和应制、酬酢唱和之作占了多数。

---

[1]　关于《应讥》为袁绍辩护，参看《全三国赋评注》，第 13 页。
[2]《答客难》有"六合咸熙，九州来同"的句子，似为颂美曹氏政权所作，且"西伯营台，功不浃日"，很像是为建安十五年曹操建铜雀台所作（张可礼《三曹年谱》记载铜雀台建于是年，见第 111 页）。

　　建安时期以小赋创作为主，文人较少创作大赋，陈琳留下来的《武军赋》是建安文学里不可多得的大赋形制的作品。其《大荒赋》亦是长篇巨制，宋人吴棫《韵补·书目》称陈琳"在建安诸子中字学最深。《大荒赋》几三千言，用韵极奇古，尤为难知"。可惜《大荒赋》今存仅数百字，我们已无法窥其全篇。曹植《与杨德祖书》讥讽陈琳"自谓能与司马相如同风"，大约是针对陈琳以自己能创作大赋而自得，且如《大荒赋》用韵奇古，一定古奥难懂，可惜如今仅见残余，零散不成章。建安文人尤其是曹氏兄弟热衷于抒情小赋的创作，讲求文采风流，文辞畅达，又热衷于同题共作，如此滞重的长篇巨制应当自然被排除在风气之外。且陈琳赋重理性，缺乏激情，不尚文采，与建安文学重抒情、尚华美的主流风气颇有些格格不入。曹植批评陈琳"不闲于辞赋"的观点，虽并不十分中肯，但恰好反映出陈琳在辞赋创作上，与时俗不相谐和。

　　陈琳于诸子中为长辈，他长阮瑀、徐幹大约十岁以上，长王粲、应场、刘桢大约近二十岁，长曹氏兄弟则大约在三十岁以上，巨大的年龄落差，形成文学创作方面审美趣味、文学观念的差异，也形成畅所欲言以求尽兴与谨慎出言但求自保的差异。归曹后与诸多后辈同游，酬唱奉和，陈琳辞赋的确呈现一种老成持重之气并偶有自嘲之意。

　　建安赋具有强烈的抒情性，伤别感离，哀己思亲，感物闲思，伤逝悲命，伤春悲秋，以及悼夭悲亡等等，是建安赋的常用题材。但陈琳留存下来的赋作，基本没有以上这些直抒胸臆的作品。其《大荒赋》上下求索、感时伤世，颇类《离骚》，但其抒情仍然较为隐晦，且残缺严重。不过，细读陈琳奉和应制、酬酢唱和之赋作，还是能发现他内心的隐秘和细微之处。

二、 坚持儒家道德说教

汉末建安以来思想界比较自由活跃，如傅玄《举清远疏》所谓"魏武好法术"、"魏文慕通达"，打破儒学独尊局面，但值得关注的是，儒家思想对建安文人的影响依然是很明显的。单就建安七子而言，《四库全书总目提要》评价徐幹《中论》"大都阐发义理，原在经训，而归之于圣贤之道，故前史皆列之儒家"；俞绍初《建安七子集》之《建安七子杂著汇编》，收录孔融《春秋杂议难》五卷，刘桢《毛诗义问》十卷，王粲《尚书问》二卷（以上均为存目）。足见建安七子仍坚持以研治儒经为主的学术活动。这种现象表明，在儒学衰微，玄学未兴，思想领域处于新旧交替之时，建安文人的思想价值观念仍主要以儒家思想为依归。但从文学创作来看，建安文人大多不受儒家思想束缚，他们的创作更注重个性抒发，而不着意承载儒家思想道德，但陈琳却是个例外。

陈琳归曹后的赋作时时表现出沉稳的儒者风度，并自觉担负起道德说教的责任。

陈琳散文与《武军赋》等作品有较明显的纵横家之风，但这只是限于文风而已，研读陈琳辞赋，可窥见陈琳内心实则以儒家思想为支撑。如建安十二年（207）颂扬曹操北征乌桓的《神武赋》，序言中写到"可谓神武奕奕，有征无战者已"；正文中写到"恶先縠之惩寇，善魏绛之和戎。受金石而弗伐，盖礼乐而思终"。陈琳希望曹操不战而屈人之兵，并以儒家礼乐文化和戎靖边。这是借颂扬曹操表达自己基于儒家立场的政治理想。陈琳赋作，亦直接引用或化用儒家经典之语。《大暑赋》引用《论语·述而》"乐以忘忧"句，"爰速嘉宾，式燕以敖"化用《诗经·小雅·鹿鸣》"嘉宾式

燕以敖"句；《悼龟赋》引用《论语·公冶长》"山节藻棁"句，
"既椟且韫"则化用《论语·子罕》"有美玉于斯，韫椟而藏
诸"句。

若将陈琳的同题赋作与其余诸子相较，更易感受到其中的儒家
思想道德因素。如《悼龟赋》，与曹植《神龟赋》同赋神龟。曹植
《神龟赋》想象奇特，广引神话传说，对命运多舛的神龟充满同情，
寄托了强烈的怀疑、虚无及伤感情绪。陈琳赋散佚较多，但残句亦
可见其典雅沉稳、朴实厚重的儒者文风："探赜索隐，无幽不阐。
下方太祇，上配清纯。山节藻棁，既椟且韫。参千镒而不贾兮，岂
十朋之所云。通生死以为量兮，夫何人之足怨？"寥寥数句，"探赜
索隐"引自《易传·系辞上》，"山节藻棁"引自《论语·公冶长》。
"既椟且韫"则糅合了《论语·子罕》"有美玉于斯，韫椟而藏诸"
与《论语·季氏》"龟玉毁于椟中"之意，借以描写神龟被珍藏在
华屋木柜之中。"十朋"出自《易·损》"或益之十朋之龟"，借以
描写人们非常珍爱神龟，千镒黄金都不愿出售，何况只是十朋（一
百个贝壳）？陈琳写神龟身受人们的虔敬供奉，将其作为通晓生死
吉凶的工具，那么它的心中应该是没有什么怨恨的。陈琳之意，似
乎在劝慰因神龟之死而怀疑龟寿千年、感叹生命无常的曹植。这番
言辞体现出陈琳作为儒生的文化修养、平和心态以及循循善诱的说
教风度。两者相较，陈琳赋表现出儒者中规中矩的平和风度，曹植
赋则表现出建安文学特有的慷慨激情和任性骋才、自由奔放的
文风。

再如《车渠碗赋》，陈琳赋仅余四十字，仍表现出明显的儒家
思想倾向。"德兼圣哲，行应中庸"，借描写车渠碗来宣扬儒家的道
德标准。"指今弃宝，与齐民兮"，则有规劝主人放弃宝碗，与民同

乐之意，体现了儒家的仁政思想。而其余诸子的同题赋作，则呈现出截然不同的情态。徐幹赋写车渠碗"盛彼清醴，承以珊盘。因欢接口，媚于君颜"，有生活化、世俗化气息。应场赋美言车渠碗的产地、品貌、色泽等，文辞华丽。王粲赋散佚较多，残篇写车渠碗材质珍贵，颇具文采。曹丕赋状写车渠碗的花纹、光泽，较为生动形象。曹植赋较为完整，除了描写车渠碗的精美，也借机歌颂当政者以仁义教化感动四夷。《车渠碗赋》当是曹丕任五官中郎将至魏太子期间，与诸子同题共作之赋，现存诸篇基本是残篇，但是我们仍然可以感受到，曹氏兄弟和其余诸子重在展现文采、驰骋才气，而陈琳则时时不忘对儒家思想的刻意宣扬，对安身立命之道的刻意表达。

明确了陈琳很大程度上以儒者自居，我们就能更好地理解他的辞赋作品。他的残篇《柳赋》，写景状物并无奇巧之处，其中的歌功颂德之辞反而令人印象深刻。他借赋柳歌颂曹氏政权"救斯民之绝命""文武方作，大小率从""德音允塞"等等，还将柳树比作《召南·甘棠》里的甘棠，以此象征百姓对曹氏政权的拥护。如果不知人论世，会认为这篇赋充斥着谀辞，了解到陈琳是一个儒者之后，则会读出这篇赋中蕴含的诚意和寄托的希望。王粲《柳赋》残篇虽然亦有"嘉甘棠之不伐"的句子，但主要是表达"人情感于旧物，心惆怅以增虑"的情感，与曹丕赋作相呼应。曹丕《柳赋》感人至深，主要抒发感时伤逝之情。在以上同题赋中，他人的赋作政治道德色彩处于被淡化的状态，但陈琳执着地借赋作表达自己基于儒者立场的政治理想和道德意识，其实也是对辞赋讽谏功能的认可和自觉担承，他把应制作赋视为劝谏统治者的时机，由此我们还可以感受到陈琳的用世之志。

三、 老成持重又洒脱自信的风格

陈琳归曹时已年近半百，历经沧桑，他的为人处世也已变得十分成熟，所以归曹之后的赋作注重理性，表现出老成持重的风格。

《大暑赋》是陈琳、刘桢、王粲、曹植同题共作之赋，均为残篇。刘桢与曹植主要借助神话传说，发挥奇特想象，以浓烈的渲染手法，对暑热进行夸张的描绘。王粲亦着重描写种种暑热情状，生动传神。陈琳则表现出理性老成、平和淡然的风格，他描写暑热"土润濡以歊炁，时洟涩以溷浊。温风郁其彤彤，譬炎火之烛烛"，属于写实的冷静的描写，不夸张，不激动。他写暑热"累热而增烦"、"损性而伤神"，更是理智冷静的，是为了劝诫人们在暑热中保持平心静气的。他写"乐以忘忧，气变志迁"，进一步劝诫人们保持快乐的心，才可以忘却暑热的烦恼。从修身养性的角度而言，这篇赋是很有作用的，但是从文学的角度而言，这样的赋最是缺乏魅力。曹植批评陈琳"不闲于辞赋"，除了陈琳创作大赋与时风格格不入之外，应该也因为陈琳赋作这种理性老成、缺乏激情的风格。

再如《迷迭赋》，曹丕、曹植、应玚、王粲都重在状物，流丽清新，颇具文采，陈琳却借机说理，显出阅尽人世的老成沧桑、智慧达观。他写"事罔隆而不杀兮，亦无始而不终"，谈论极盛而衰的道理。他写"馨香难久，终必歇兮。弃彼华英，收厥实兮"，表达不求盛名、但求内心修德的心声和志趣。《玛瑙勒赋》应曹丕之命而作，然曹丕、王粲均重在描状玛瑙勒材质、外形之美，陈琳则毫无例外地借机说理，他借"所贵在人，匪金玉兮"，劝谏曹丕重

视人而非沉溺于宝物；他借"初伤勿用，俟庆云兮"，谈论出处之
道；他借"君子穷达，亦时然兮"，论说时机的重要性。陈琳的咏
物赋，具有明显的说理赋的风格，这与他沧桑的人生阅历、在诸子
中身为长辈的身份（作《大暑赋》时，陈琳已大约六十岁了），[1]
以及深受儒家思想影响诸方面因素是分不开的，这种特点使得陈琳
赋作呈现出老成持重的风格。

但陈琳并不对儒家礼教亦步亦趋，他有儒生积极入世和用世救
世的情怀，有基于儒家立场的政治理想和道德意识，但处在思想活
跃的建安时期，他亦有自信自如、旷达洒脱的特点，从而形成他赋
作的丰富意味。

《神女赋》所反映的陈琳创作心态极有意思。从战国时的宋玉，
一直到建安时期，这种题材可谓由来已久。无论其寓意是爱情说、
情欲说、寄托说还是游戏说，文人在写作时，通常都会表现出缠绵
悱恻、华丽乃至香艳的特点。《神女赋》作于建安十四年
（209），[2]建安十三年陈琳跟随曹操南征刘表，预赤壁之战，次年
初由赤壁还襄阳，渡汉水，作此赋。王粲、杨修、应玚有同题赋
作。从写作背景看，此赋当是一般游戏之作，没有什么寄托。杨修
赋作重在描写神女美好的形象，以及神女与自己交好成欢，反映出
不受礼教束缚的潇洒任性。王粲以华丽的言辞描写神女的容貌、服
饰、体态，又写自己"顾大罚之淫愆"、"心交战而贞胜"，表现出

---

[1] 俞绍初《建安七子年谱》考证陈琳、王粲、刘桢《大暑赋》作于建安二
十一年六月。《建安七子集》，第 450 页。

[2] 陆侃如《中古文学系年》将陈琳《神女赋》写作时间系于建安十三年从
征之时，俞绍初《建安七子年谱》认为此赋当是建安十四年陈琳随军从赤壁还襄阳
所作，后说更为具体，故从后说。见《中古文学系年》，第 370 页；《建安七子集》，
第 428 页。

拘谨守礼、敏感脆弱的心理特点。应场赋仅剩残句，却生动地描绘出一个活泼可爱、笑语嫣然的"红颜晔而和妍，时调笑以笑语"的神女形象。陈琳赋残存部分，首先简单地描写神女现身的排场，然后更多地谈论男女结合乃顺应天地本性："苟好乐之嘉合，永绝世而独昌"，"顺乾坤以成性，夫何若而有辞"。同样是不受礼教束缚，杨修表现出的是狂放不羁，陈琳表现出的却是顺应天地本性的达观、洒脱和老成，并不与礼教抵牾，反而是一种和谐。陈琳时年大约 53 岁，杨修、应场、王粲则均约 30 多岁，如前所述，年龄乃至辈分的差异，以及人生阅历的不同，使陈琳赋形成不同于其余诸子的风格。

　　建安十六年（211），陈琳、阮瑀作《止欲赋》，王粲作《闲邪赋》，应场作《正情赋》。[1] 王粲笔下的"心忉怛而惕惊"，反映出一贯的善感柔弱。应场的"气浮踊而云馆，肠一夕而九烦"，反映出内心的惆怅。阮瑀写"知所思之不得，乃抑情以自信"，表现出较强的自我宽解能力。而陈琳则写"梦所欢之来征"、"若交好而通灵"，借助梦境与所爱的女子见面，显得老练自信，有洒脱的一面。这其中显示出来的差异也颇为耐人寻味。王粲、应场年岁较轻，均为三十多岁，所以即使是虚构爱而不能的作品，他们也能将自身真实的情感灌注其中。阮瑀时年 45 岁，正值中年，人生经验丰富，理性思考多于感性认知，所以尚能自我宽解。而陈琳时年大约 55 岁了，岁月给予的老练自信，表现为一种大胆洒脱，可以将现实中受压抑的欲望，大胆地植入梦境中去实现。陈琳还写道："忽日月

---

　　[1]　俞绍初《建安七子年谱》考证建安十六年陈琳、阮瑀作《止欲赋》，王粲作《闲邪赋》，应场作《正情赋》。《建安七子集》，第 434 页。

之徐迈，庶枯杨之生稊。"对于步入老年的陈琳而言，枯杨生稊的梦想，可能是对年华逝去的哀叹，但是，对于在老年之时写止欲题材，这个梦想又何尝不是一种自嘲呢？陈琳的年龄、阅历以及其性格，在他的赋作中往往体现出一种不动声色的意趣。

四、《武军赋》和《大荒赋》

陈琳的《武军赋》、《应讥》、《大荒赋》是三篇独特的作品。

《武军赋》是一篇通篇描写战争的大赋，可说是前所未有，然赋文残缺不全，散佚严重。从现存的零散段落来看，这是一篇铺陈夸饰、气势非凡的赋作。其中有陈琳从军打仗的实际经验的反映，同时也体现出一个颇有谋略的文人对战争的把握认识以及对建立战功的希冀。这篇赋宣扬袁绍军队的武力军威，没有道德说教，没有劝百讽一，与归曹后《神武赋》所表达的不战而屈人之兵的思想迥异，究其原因，或因大赋体制本是劝百讽一，由于文本散佚，那宣扬儒家思想的"讽一"恰好佚失了；也或许此赋的目的本在于铺采摘文，无须"讽一"。在陈琳赋作中，如此骋才任性、浓墨重彩的赋作，仅此一篇，在汉魏六朝赋史上，也可谓独一无二。此赋当作于建安四年（199），陈琳当时大约44岁，胸中尚有激荡不羁的热情，之后便再也没有这样的赋作。[1]

《应讥》亦当作于袁绍幕中。袁绍曾为各路军阀讨伐董卓的盟主，但是盟军众部各怀私心，导致内乱，袁绍与公孙瓒之战即是如此。时人因此讥讽袁绍，陈琳为之辩护。赋文颇有纵横家雄辩之风，铺张扬厉，行文流畅，用字相对简易，已经颇有建安文学清

---

[1] 对《武军赋》的具体赏析见本书中编第二章第三节。

峻、通脱的特点。

《大荒赋》是一篇奇作。《大荒赋》与张衡《思玄赋》或为同类赋作，张衡在政治斗争中感到人生渺茫，吉凶倚伏，幽微难明，故而作《思玄赋》。如前文分析，陈琳或许是因为归曹前所托非人，或许是因为在曹操帐下有难言之隐，或许是因为年华易逝、功业难成带来满腹牢骚，或者仅仅只是对生命意义本身的一种终极追寻，所以写《大荒赋》寄托幽思吧！这篇赋"字学最深、几三千言、用韵极奇古"，在整个魏晋六朝，也算得独一无二的作品了。赋中流露出的孤独、迷惘、苦闷、惆怅、伤心和不懈的求索精神，与屈子上下求索、感时伤世十分相似。陈琳赋作极少直抒胸臆，《大荒赋》虽然比较隐晦，但是通过其中的情感搏动，还是可以感受到陈琳作为乱世文人，在那个时代的彷徨与呐喊。

陈琳较之建安诸子，其热衷大赋创作的行为，在抒情咏物小赋蓬勃发展的建安时期，或许并不为时人看重；其小赋老成持重、典雅沉稳，偶尔流露出大胆洒脱、旷达自信的风格，但因为不够注重艺术上的追求，缺乏文采风流与强烈的抒情性，也并不被时人所认可，所以曹植批评他"不闲于辞赋"。

但也正因为这些原因，使得陈琳赋在建安赋中具有特殊性，这种特殊性首先体现在陈琳是汉魏辞赋之间具有过渡性的一个赋家。如前所述，陈琳《武军赋》纯是汉代骈辞大赋格局，骚体的《大荒赋》与汉代班固《幽通赋》、张衡《思玄赋》相类。建安时期，骈辞大赋创作已非主流，建安文学主力作家王粲、曹植、曹丕传世赋作皆以抒情小赋为主，唯曹植、王粲有七体留存。大量创制抒情小赋是建安文学新风，大赋式微是一个渐进的过程，长于大赋的陈琳正好是汉代赋风与建安新风之间的过渡。这种过渡性还体现在陈琳

的赋作所表现出的儒家思想、儒者情怀上，他自觉担承辞赋的政治
道德说教功能，其相对保守的文学观与建安时期非功利、重自我的
文学新风不相谐和，在受经学约束的汉代文学与自由发展的建安文
学之间，也具有过渡性。

第二章　曹丕赋

——个体性情与深长文才的结合

　　曹丕存赋 30 篇，[1] 虽远不及曹植，但亦位列建安赋家第二。细读曹丕赋，颇能见其性情特点，且其文辞、气势、感悟、思虑，均有独到之处，令人于字里行间，仿佛看到"天资文藻、下笔成章"的一代文人帝王，文采风流，形象鲜活生动。

　　刘勰指出，"文帝以位尊减才，思王以势窘益价"，在皇位争夺上，曹丕是最终的胜者，为了稳固自己的皇位，对诸弟尤其是曹植多有压制。《三国志·文帝纪》史臣评曰："文帝天资文藻，下笔成章，博闻强识，才艺兼该；若加之旷达之度，励以公平之诚，迈志存道，克广德心，则古之贤主，何远之有哉！"[2] 史臣关于曹丕"旷达之度"和"德心"不足的批评，很大程度上源于曹丕即位后对曹植的疏远和抑制，这种同根相煎的行为成了曹丕一生的道德污点，他的文学才能也因此容易被人们忽视。实际上曹丕与曹植，在文学禀赋上，是各具特色的，总体说来，曹丕与曹植一样，在文学

---

　　[1]《全上古三代秦汉三国六朝文》收录曹丕赋 28 篇，龚克昌《全三国赋评注》收录 30 篇，其中《闲思赋》《思亲赋》均据宋代吴棫《韵补》卷一辑录，仅存残句。严可均辑：《全上古三代秦汉三国六朝文》，北京：中华书局，1958 年。

　　[2]《三国志》，第 89 页。

创作上才力充沛，曹植文采过人，而曹丕亦多具情韵。

第一节　曹丕的自我体认与自我形象构建

一、　曹丕的自我构建意识

曹丕有明确的自我体认意识，这种意识在创作中表现为对自我形象的构建和展现。《典论·自叙》言："所著书论诗赋，凡六十篇。至若知而能愚，勇而能怯，仁以接物，恕以接下，以付后之良史。"曹丕希望自己的作品传世，并希望这些作品能使智者知晓自身的愚钝，勇者了解自身的怯懦，使人们以仁义、宽恕之心待人接物。他认为这些深意能否被后人了解并真正起到感染教化的作用，则需托付后代良史进行记载、评述以及启发。曹丕的愿望固然与传统的立德、立功、立言之三不朽观念紧密相关，是古人超越有限人生的意愿的体现，但是在思考个体人生价值的过程中，曹丕形成了强烈的自我体认意识，受这种意识的驱使，他将自我作为书写对象置入文学作品之中，以文学的手法来构建和展现自我形象。

曹丕不仅注重在文学创作中构建自我形象，亦注重在《典论》以及诏令公文这些非文学创作中构建自己的形象。在《典论·自叙》中，曹丕塑造了一个文武双全、诙谐多趣、平和亲切又善于内省的自我形象：生于中平之季，长于戎旅之间，善骑射、击剑、持复，善读书、写作、谐谑，善于在学习中领悟"夫事不可自谓己长"的道理。这篇自传性文字明白晓畅，其中描写以甘蔗代替兵器与邓展对决击剑的过程，尤为生动有趣。所以，《典论·自叙》不仅是一个自我介绍，更是一次自我构建和自我体认。纵使相隔两千年，曹丕所构建的自我形象仍然能得到今世读者的认同和欣赏。

罗宗强论建安士人的通脱风气，言士人从经学束缚中解脱出来，发现了自我，发现了情感、欲望、个性，而通脱正是这种自我发现在行为上的反映。[1]不过，自我体认和构建与"人的自觉"是不能完全等同的，人的自觉是士人对自我情感、欲望、个性的重视和自由表达，而自我体认和构建则偏重对自我形象的展现与塑造，有别于一般的叙事抒情，它的显著特点在于作者不仅以第一人称出现在作品中，而且要将自己作为描写对象进行观照，书写和塑造自我形象。在现存建安赋中，唯曹丕赋较明显地具有这样的意识和倾向。

二、 曹丕的自我形象塑造

曹丕赋作表现出明显的自我体认与构建意识，作者常将自身作为书写对象，融进吟咏他物的赋中。

比较一组同题赋作：

> 脂余车而秣马，将言旋乎邺都。玄云黯其四塞，雨濛濛而袭予。涂渐洳以沉滞，潦淫衍而横湍。岂在余之惮劳，哀行旅之艰难。仰皇天而太息，悲白日之不旸，思若木以照路，假龙烛之末光。[2]（曹丕《愁霖赋》）

> 迎朔风而爱迈兮，雨微微而逮行。悼朝阳之隐曜兮，怨北辰之潜精。车结辙以盘桓兮，马踯躅以悲鸣。攀扶桑而仰观

---

[1]《魏晋南北朝文学思想史》，第7页。
[2]《全三国赋评注》，第293页。

兮，假九日于天皇。瞻沉云之泱漭兮，哀吾愿之不将。[1]（曹植《愁霖赋》）

听屯雷之恒音兮，闻左右之叹声。情惨愦而含欷兮，起披衣而游庭。三辰幽而重关，苍曜隐而无形。云暧暧而周弛，雨濛濛而雾零。排房帐而北入，振盖服之沾衣。还空床而寝息，梦白日之馀晖。惕中寤而不效兮，意凄悢而增悲。[2]（应玚《愁霖赋》）

《愁霖赋》作年不详，[3] 或共作于一次行军返邺途中。从内容上看，三篇赋都抒发了"愁霖"之思，描写了云雾低沉、淫雨霏霏的情形，尽管曹丕侧重描写霖雨泥途、行路艰难，曹植、应玚侧重描写日月黯淡、星辰隐形，但三者的写作重点均是"愁霖"。不同的是，曹丕赋多次代入第一人称，将自身作为书写对象，其开篇"脂余车而秣马"，所唤起的想象即是曹丕个人的形象。在描写淫雨霏霏之情状时，曹植"雨微微而逮行"、应玚"雨濛濛而雾零"、曹丕"雨濛濛而袭予"有着描写上的趋同，但其最明显的区别亦在于曹丕代入了第一人称，在模仿《九歌·少司命》"绿叶兮素华，芳菲菲兮袭予"句式的同时，亦再次于赋中强化了自我个体的存在。后文"岂在余之惮劳，哀行旅之艰难"，更是塑造和展现了一个心系苍生的自我形象。比较而言，曹植、应玚赋中没有曹丕这种明显

---

[1]《全三国赋评注》，第 404 页。

[2]《全三国赋评注》，第 108 页。

[3] 赵幼文《曹植集校注》认为此赋作于建安十八年，但龚克昌《全三国赋评注》对此提出了合理质疑，认为赋作时间无法确定。龚克昌等《全三国赋评注》，第 405 页。

的自我体认意识，他们只是以文学的手法，来完成对愁思的抒发以及对霖雨的描写，而没有试图在赋中构建和展现自我形象的意图。他们的赋作所唤起的想象以及营造的情境中，自我形象是模糊的，次要的，而曹丕赋则不仅要完成对"愁霖"这一文学对象的书写，还要建构清晰的自我形象，完成自我体认。

再比如《喜霁赋》，曹丕、曹植、缪袭均有同题赋作留存，[1] 曹植赋残缺较多，但从语言风格上判断，当与缪袭赋同为歌功颂德之作，《全三国赋评注》认为二者乃是于魏晋禅代之际歌颂曹丕之作。[2] 曹丕赋亦被认为作于是年，[3] 曹丕在赋中展现和构建了自我形象："振余策而长驱，忽临食而忘饥。思寄身于鸿鸾，举六翮而轻飞。"曹丕描写自己策马飞奔、临食忘饥的举止，抒发化身鸿鸾的希冀，表达久雨放晴之后的欢喜心情和将即帝位的踌躇满志，塑造和构建出一个性情真率、情感丰富的自我形象。

曹丕常利用赋序来叙述描写自身生活细节，构建和展现自我形象。

上建安十八年至谯，余兄弟从上拜坟墓。遂乘马游观，经东园，遵涡水，相伴乎高树之下。驻马书鞭，作《临涡》之赋。[4]（《临涡赋序》）

丧乱以来，天下城郭丘墟，惟从太仆君宅尚在。南征荆楚，还过乡里，舍焉，乃种诸蔗于中庭。涉夏历秋，先盛后

---

[1]　王粲亦写《喜霁赋》，然仅余存目。
[2]　参见《全三国赋评注》第 218 页、第 441 页。
[3]　谷阳《曹丕赋系年》一文将此赋系于延康元年曹丕即将受禅之际。
[4]　《全三国赋评注》，第 292 页。

衰。悟兴废之无常，慨然永叹，乃作斯赋。[1]（《感物赋序》）

　　余种迷迭于中庭，嘉其扬条吐香，馥有令芳，乃为之赋。[2]（《迷迭赋序》）

　　文昌殿中有槐树，盛暑之时，余数游其下，美而赋之。王粲直登贤门，小阁外亦有槐树，乃就使赋焉。[3]（《槐赋序》）

　　昔建安五年，上与袁绍战于官渡，是时余始植斯柳。自彼迄今，十有五载矣，左右仆御已多亡。感物伤怀，乃作斯赋。[4]（《柳赋序》）

　　在这几篇赋序中，曹丕展现出自身多愁善感、潇洒疏狂以及富有生活情趣的特点。他叙写自己亲手种植甘蔗、迷迭、柳树，或陶醉于花香，或游观于树荫，俨然一个热爱生活、极具生活趣味的贵公子。他叙写自己徜徉高树之下，驻马书鞭，尽显文人潇洒疏狂之态。面对亲手种植的甘蔗与柳树，他感叹岁月不居，物是人非，兴废无常，情思深挚丰富而敏感。

　　这些内容表面上看起来与通常的叙事抒情没有什么区别，但是曹丕通过对自身行为、情感的叙述描写，塑造了一个具有鲜明个性的自我形象，尤其在与他人作品的对比中，更能体现出这个特点。曹植赋作数量在建安赋家中位列第一，是曹丕的一倍多，但读者从曹植赋作中感受到的主要是他的志向、情感，领略到他的文采，甚至体察到他人生的痛苦以及对痛苦的努力超越，但读者无法通过赋

---

[1]《全三国赋评注》，第280页。
[2]《全三国赋评注》，第308页。
[3]《全三国赋评注》，第309页。
[4]《全三国赋评注》，第294页。

作去了解曹植生活的细节，感受他丰富的性情，而只能通过史料的记载去还原他的形象。但曹丕则偏好将自身作为书写对象，通过书写各种个人行为、生活细节以及内心想法来构建一个看起来真实而丰富的自我形象。

傅刚论曹丕"一变乃父悲壮之习"的意义，首先指出的便是曹丕对个人情感的自重与抒发，认为曹丕以自我为中心、将个人情感体验上升为诗歌主题的创作方法，贯穿于他全部的作品之中。曹操以及同时代其他诗人在抒情方面侧重历史使命感的抱负，而曹丕则偏向对个人情感的自重，努力表达个人情怀。[1] 曹丕对个人情感的自重与抒发，实际就是自我体认、自我构建意识的表现，他不仅要抒发个人情感，还要构建自我形象，进行自我体认，并希望藉由自己的文字给后世留存一个理想的自我形象。

曹丕在治国理政中也表现出强烈的自我体认和自我形象构建意识。《三国志·文帝纪》裴松之注引《魏书》记载，三年之中，孙权不服，曹丕颁《太宗论》表示不以武力征伐天下。《文帝纪》又引胡冲《吴历》，言曹丕"以素书所著《典论》及诗赋饷孙权，又以纸写一通与张昭"[2]。可见，曹丕试图以德行仁义感化孙权以使他放弃武力、归顺朝廷的作为，显得颇为天真，史臣评曰："其欲秉持中道，以为帝王仪表者如此。"如史臣所言，曹丕的行为反映出他有意构建帝王仪表、树立仁君形象的意图，此后多次兴兵伐吴，更证明他深知自己的主观意愿与现实之间的冲突，他并非一个政治幼稚的君主，而是想借助这种类似行为艺术的举动来构建理想

[1]　参看傅刚《魏晋南北朝诗歌史论》，第19—20页。
[2]　《三国志》，第88—89页。

中的仁君形象。可贵的是，曹丕的自我构建并不是沽名钓誉之举，而是他内心真诚意愿的体现。《全三国赋评注》在《玉玦赋》后的辨析里谈到，初读曹丕《答钟繇谢玉玦书》，总以为曹丕故作谦恭姿态，而行巧取豪夺之实，但细察曹丕在此前后的行止，却认为此书是曹丕一向谦恭真情的流露。辨析还称赞曹丕称帝后为政宽仁。[1] 当然，出于对史料的组合与解读方式的不同，曹丕给人的印象也可能是截然相反的，比如邢培顺的博士论文《曹植文学研究》中，曹丕即被描述为亲情淡漠、行为放诞、政治才能平庸、追逐权力之人。基于史料本身的缺乏和不确定性，今人已无法完全还原真实的历史人物形象，只能立足自身的研究角度，秉持审慎的态度，结合相关文献，力求自圆其说。本文立足曹丕存世赋作及其他作品，结合相关文献，力求对其辞赋的创作个性，作出较为客观的描述。

第二节　曹丕的性情在赋作中的投射

曹丕的自我体认与构建，正是主体意识与个性的张扬在文学创作上的一种表现形式，可贵的是，曹丕的自我体认与构建，没有矫情伪饰的成分，而是坦诚真实，自然而然。傅刚这样描述曹丕："他极敏感而又细腻，多情而又钟情，内心世界的隐秘曲折，竟能全部裸陈于自己的诗歌之中，他向世人展示了一个真实的、毫不做

---

[1]《全三国赋评注》，第299页。

作的自我。"[1]

一、 宁静喜悦、生机充盈

曹丕赋宁静喜悦、生机充盈，在慷慨任气、悲凉激昂的建安风骨中，可谓是一个特别的存在。当然，这种特点并不全出自天性，处境的不同，也会形成性情和文风的不同。曹植赋常有不平之语，这是因为曹植生性敏感，又经历了储位争夺之败，此后长期处于郁郁寡欢的受压抑状态，现实的处境和内心的理想时常处于对立之中。曹丕则一生处境优容，从贵公子、太子到帝王，基本没有遭遇多少挫折和失败，这样的境遇容易造就平和优越的心态，投射在文学创作中，形成独特风格。

建安十六年（211），曹丕为五官中郎将、副丞相，保持着储位争夺的优势地位。一时间"天下向慕，宾客如云"[2]。在宴游娱宾之际，曹植亦作赋赞美恭维曹丕，其《娱宾赋》言："欣公子之高义兮，德芬芳其若兰。扬仁恩于白屋兮，踰周公之弃餐。听仁风以忘忧兮，美酒清而肴甘。"言辞诚恳恭敬。曹丕处境若此，其自在自得的优越心态，必定表现在文字中。试比较曹丕、曹植同题赋作：

> 建安十七年春，游西园，登铜雀台，命余兄弟并作。其词曰：
> 登高台以骋望，好灵雀之丽娴。飞阁崛其特起，层楼俨以承天。步逍遥以容与，聊游目于西山。溪谷纡以交错，草木郁

---

[1]《魏晋南北朝诗歌史论》，第20页。
[2]《三曹年谱》，第114页。

其相连。风飘飘而吹衣，鸟飞鸣而过前。申蹄躇以周览，临城隅之通川。[1]（曹丕《登台赋》）

　　从明后而嬉游兮，聊登台以娱情。见太府之广开兮，观圣德之所营。建高殿之嵯峨兮，浮双阙乎太清。立中天之华观兮，连飞阁乎西城。临漳川之长流兮，望众果之滋荣。仰春风之和穆兮，听百鸟之悲鸣。天功坦其既立兮，家愿得而获呈。扬仁化于宇内兮，尽肃恭于上京。唯桓文之为盛兮，岂足方乎圣明！休矣美矣，惠泽远扬。翼佐我皇家兮，宁彼四方。同天地之矩量兮，齐日月之辉光。[2]（曹植《登台赋》）

　　曹植这篇《登台赋》是否曹丕所言建安十七年（212）之作，学界观点不一，[3]笔者倾向于曹植赋作于建安十五年（210）铜雀台新成之际，其十七年所作或已佚失。但无论作于何时，曹氏兄弟《登台赋》都是奉曹操之命而作，因此具有可比性。曹丕《登台赋》描写登台所见风景，"骋望"一词尽显悠闲自得之态，"好"字表达出内心的欢悦，更兼远处西山矗立，溪谷中春水流淌，草木茂盛，风吹起衣袂，鸟飞过眼前，大自然充满勃勃生机，令人惬意陶醉。

---

[1] 《全三国赋评注》，第 286—287 页。
[2] 《全三国赋评注》，第 402 页。
[3] 《中古文学系年》与《三曹年谱》将曹植赋作年系于建安十七年，《全三国赋评注》《三曹诗文全集译注》则认为曹植此赋作于建安十五年。《三国志》曹植本传裴松之注引阴澹《魏纪》系此赋于铜雀台初成之际，《三国志·武帝纪》言曹操于十五年冬作铜雀台，那么此赋作于十五年无误。但曹植赋所描写的乃是春景而非冬景，似乎又与曹丕赋序所说春游西园更相契合。傅亚庶认为赋作描写景物可能存在夸饰之词，不足为据，仍将此赋系于十五年。笔者认为据此赋对曹操的颂扬之辞来判断，系于建安十五年铜雀台初成之际似乎更为合理。参看《中古文学系年》第388 页，《三曹年谱》第 121 页，《全三国赋评注》第 403 页。傅亚庶译注：《三曹诗文全集译注》，长春：吉林文史出版社，1997 年，第 722 页。

陶渊明必定深味这宁静欢悦又生机充盈的意境，在《归去来兮辞》中直接引用曹丕成句，以"舟遥遥以轻飏，风飘飘而吹衣"来表达自己归隐田园之时的欢欣。曹植《登台赋》着眼于歌颂曹操所开创的伟业，洋溢着热情和崇敬之情。其景物描写较之曹丕的明丽风格，显得十分雄伟壮阔："建高殿之嵯峨兮，浮双阙乎太清。立中天之华观兮，连飞阁乎西城。"曹植重在运用夸张手法渲染景物的气势与格局，以此烘托曹操匡扶汉室的丰功伟绩，无怪乎曹操"甚异之"。

再如建安十八年（213）春，曹丕跟随曹操征伐东吴，攻破孙权江西营，退兵至谯郡，沿涡河乘马游观，作《临涡赋》：

荫高树兮临曲涡，微风起兮水增波。鱼颌颁兮鸟逶迤，雌雄鸣兮声相和。萍藻生兮散茎柯，春水繁兮发丹华。[1]

赋文形式明显诗化，内容情感亦如诗歌一样流畅明丽：涡水之畔，高树投下阴凉，微风荡起涟漪，水中鱼儿舒尾，树上好鸟相鸣。水藻招摇，枝柯四布，春水涣涣，繁花盛开。曹丕对外部世界细致的体察和生动的描绘，成就一派春意盎然，蕴含着无限生机，而序言中"相佯乎高树之下，驻马书鞭"的疏狂之举，又隐含着志得意满的喜悦。

曹氏兄弟的赋作，都是内心情感的真实流露，曹丕不是故作淡泊，曹植也并非有意阿谀。曹丕在文学书写中淡出社会政治，极少抒发建功立业的抱负，曹植则满怀政治热情和理想抱负进行创作，

[1]《全三国赋评注》，第292页。

这是二人一以贯之的态度，从而也形成二人迥异的文学风格。曹植积极而强烈的情感，被钟嵘誉为"骨气奇高"，其酣畅淋漓的表达，被钟嵘誉为"辞采华茂"。与之相比，曹丕对外部世界抱持着天真自在的心态，其文风便宁静喜悦。曹丕对大自然的观察以及对情感的体悟十分敏感，其文风便生机充盈。这是因性情使然，也是由处境成就。

二、 温和包容、舒缓优雅

在书写外部世界的矛盾时，曹丕赋表现出相对温和的包容状态，形成舒缓优雅的特点。

比如曹氏兄弟的《出妇赋》，马积高先生《赋史》批评曹丕，认为他虽同情出妇，可是又说："信无子而应出，自典礼之常度。"这是对男权的认同，这样的写法削弱了对出妇的同情，也降低了赋作的思想境界。而曹植谓出妇"恨无愆而见弃，悼君施之不终"，是对男子的批判，是完全站在出妇立场上的同情。[1] 笔者认为，实际上曹丕对出妇不乏同情，只是他笔下的出妇更为隐忍，更为认同命运，这其实是非常真实的历史再现。从《卫风·氓》里的弃妇到《古诗为焦仲卿妻作》的刘兰芝，男权社会中的不幸女性即使抗争，也只不过是"躬自悼矣"或者以死相拼罢了，她们是无法改变命运的。且古代妇女对道德纲常的认同和遵守，也束缚了她们自身反抗的愿望。汉乐府《上山采蘼芜》里的弃妇，其怨而不怒的形象，充分表现出古代妇女的这种特点。所以曹丕笔下认同自己不幸命运的出妇，具有真实性和代表性。况且，曹丕笔下的出妇亦有怨

---

[1] 《赋史》，第155页。

言："悲《谷风》之不答，怨昔人之忽故。"对男子的薄情变心亦表达了怨恨，只是这种相对克制的情感没有形成与现实的强烈对立。但是，曹丕却借此从一个侧面表现出女性对自己命运的无能为力和绝望，从这个意义上讲，曹丕对女性心理的体察和对她们不幸命运的同情，其实是很深刻的。诚如马积高先生所言，曹丕赋批判性不强，但笔者认为这并不代表他有着比曹植更顽固的男权意识，可以说，作为代言体作品，曹丕更为真实地反映了当时出妇的处境、命运以及内心情感。

再如《莺赋》，曹丕笔下的笼莺虽然不幸被囚，但却能"升华堂而进御，奉明后之威神。唯今日之侥幸，得去死而就生"。与出妇一样，笼莺似乎也认清了自己的命运，最后选择顺天委命，聊以自保。而王粲的同题赋作，则悲叹笼莺的命运，有一种强烈的身世之感。同类题材的祢衡《鹦鹉赋》，则是相当凄厉的一篇作品。这些作品与曹植赋一样，表现出与现实的对立和格格不入，形成一种文学和情感的张力。而曹丕相对克制以及更多认同的心态，则形成他舒缓优雅的独特风格。

曹丕《登城赋》亦是如此，赋中展示了一幅欣欣向荣、富庶自足的田园美景："平原博敞，中田辟除。嘉麦被垄，缘路带衢。流茎散叶，列倚相扶。水幡幡以长流，鱼裔裔而东驰。"在宁静美好的景物中，即使夕阳西下、时光逝去，也并不勾引出内心的伤感消沉，反而生出"望旧馆而言旋，永优游而无为"的逍遥之想。在这里，优游无为的想法，并非曹丕刻意表现的人生态度，而是面对眼前景象自然生发的情感体验，这里没有现实世界与理想世界的冲突，也没有渴望摆脱和超越现实的迫切，更没有理想无法实现的痛苦。反观曹植赋作，其无为之想往往源于对现实世界的痛苦体验，源于与现实世界的对立。如《离缴雁赋》中"纵躯归命，无虑无求。饥食稻粱，渴饮清流"的愿望是面对突如其来的灾难之后的无奈选择。《闲居赋》"冀芬芳之可服，结春蕙以延伫。入虚廓之闲馆，步生风之广庑"的清静出尘之想，则源于"出靡时以娱志，入无乐以消忧"的痛苦。曹植即使在顺境中，也有着超乎常人的对人生痛苦的敏感。

刘勰在《文心雕龙·时序》中称赞曹丕"妙善辞赋"，又在《文心雕龙·才略》中称赞曹丕之才"洋洋清绮"，并说他的创作特点是"虑详而力缓"，刘勰此论可谓知人。周振甫《文心雕龙今译》将"力缓"翻译为"思力迟缓"[1]，陆侃如《文心雕龙译注》译为"才力迟缓"[2]，结合曹丕诗赋创作实际，笔者认为这种思力或才力之迟缓不仅指向写作速度，亦指向由此形成的写作风格。曹植才思敏捷，史书亦有关于曹植挥毫立就、下笔成章的记载，[3]所以创作速度比常人快，确乎是曹植的特点。且曹植善于铺排，其妙句如连珠齐发，文采飞扬，来势迅猛，文气逼人，情感强烈。而曹丕则下笔从容，力道遒劲，来势缓而稳健，文气雍容，情感舒缓，与曹植的激情飞扬的创作风格相较，是为力缓。

《三国志》曹植本传评曹丕"矫情自饰"，遂能争取太子之位，但曹丕性格中的温和包容，在他做皇帝之后，也是一以贯之的。曹丕将上古传说中的禅让制变为现实，[4]以温情脉脉的姿态完成与

---

[1] 周振甫：《文心雕龙今译》，北京：中华书局，1986年，第428页。

[2] 《文心雕龙译注》，第571页。

[3] 《三国志》曹植本传载："铜爵台新成，太祖悉将诸子登台，使各为赋。植援笔立成，可观，太祖甚异之。"《三国志》第557页。

[4] 傅刚《魏晋南北朝诗歌史论》说曹丕"将传说中的禅让搬到现实中代汉自立，这也算是中国历史上的第一人"。第22页。

汉献帝的皇权禅让，并给予山阳公许多特权，允许他在封国内保留汉代典制。[1]曹丕体恤何夔、礼遇杨彪不夺其志，废止日食弹劾太尉的成规，禁止人们报复私仇，[2]以及试图以仁德感化东吴的行为等等，都充分表明他对世界所持有的温和包容、带有理想化色彩的态度，这正是他天真性情的体现。曹丕一以贯之的温和包容态度以及天真的性情，正是其独特文风形成的重要原因。

三、 好奇尚异、生动多趣

曹丕性情丰富，性格多面，赋作风格也具有多样性，其好尚奇异的性格，形成其赋作生动多趣的特点。

傅刚论曹丕，言其通达好奇，并以曹丕与繁钦关于倡乐的往来书信为例，论证曹丕"兼爱好奇"的性格特征。[3]诚如斯言，曹丕好奇的性格，在生活中表现为猎奇的心理，在文学创作中则呈现为生动多趣的特点。

曹丕在日常生活中是一个爱好广泛、富于情趣、喜欢享受的贵公子，他对奇珍异宝有着浓厚兴趣。《文选》李善注在《与钟大理书》一文中引《魏略》，记载曹丕听闻钟繇有一块美玉，十分想据为己有，便让曹植转达索取之意，得到钟繇赠玉后，特写书信赞美玉玦并表达自己高兴的心情。曹丕还专门作《玉玦赋》，以"昆山之妙璞"代指玉玦，以传说中的丹水、炎波、瑶树、玄枝等形容玉

[1] 见曹丕《为汉帝置守冢诏》。
[2] 体恤何夔、废止日食弹劾太尉、禁止人们报复私仇分别见《报何夔乞逊位诏》、《日食勿劾太尉诏》、《禁私复仇诏》。礼遇杨彪不夺其志，出自张溥《汉魏六朝百三家集题辞》"礼遇汉老臣杨彪不夺其志"。张溥著，殷孟伦注：《汉魏六朝百三家集题辞注》，北京：人民文学出版社，1981年，第67页。
[3] 《魏晋南北朝诗歌史论》，第22页。

玦长于仙境，以"包黄中之纯气，抱虚静而无为"赞美玉玦所象征的品性。曹丕对来自西域的玛瑙、车渠、迷迭香等都有着同样浓厚的兴趣，他欣赏玛瑙勒、车渠碗，甚至亲自种植迷迭香，不仅自己作赋美之，还令其他文人一同作赋美之。从现存作品来看，共作《玛瑙勒赋》者有曹丕、陈琳、王粲，共作《车渠碗赋》者有曹丕、曹植、陈琳、王粲、应玚、徐幹，共作《迷迭赋》者有曹丕、曹植、陈琳、王粲、应玚。诸子共赋，唯有曹丕在赋序中对玛瑙、车渠的产地、特点作了描述介绍：

> 玛瑙，玉属也。出自西域，文理交错，有似马脑，故其方人因以名之。或以系颈，或以饰勒。余有斯勒，美而赋之。命陈琳、王粲并作。[1]《玛瑙勒赋序》
>
> 车渠，玉属也。多纤理缛文。生于西国。其俗宝之，小以系颈，大以为器。[2]《车渠碗赋序》

此类赋序属知识性短文，读起来饶有趣味，充满生活气息，充分显示了曹丕好奇的性格特点对创作的积极作用。

曹丕好奇的性格在文学中的投射，还表现在他不仅注重对奇珍异宝的介绍，还注重对名物铺陈时的生动性和趣味性。这方面的代表作品是《沧海赋》，与王粲《游海赋》应当是同时所作。

王粲《游海赋》叙写大海怀珍藏宝，神隐怪匿，令人眼花缭乱。如写鸟则"爱居孔鹄，翡翠鹍鹕"，写鱼则"横尾曲头，方目

---

[1]《全三国赋评注》，第304页。
[2]《全三国赋评注》，第306页。

偃領"，还有贲蛟大贝、明月夜光、蠯鼊瑇瑁，以及长洲别岛、桂兰、珊瑚，群犀巨象，黄金碧玉等等。曹丕《沧海赋》只是选取了几种名物：鼋鼊、鸿鸳、孔鹄、大贝、明珠、悬黎、武夫，但曹丕赋的特点在于用心描绘笔下名物，使之生动有趣，且将主观情感投射于名物之上，比如鸟的哀鸣，鱼、鸟的自在，巨鱼横冲直撞的霸道等。其"巨鱼横奔，厥势吞舟"的夸张描写，颇具气势和文采，读之也格外有趣。

曹丕还对弹棋兴趣浓厚，他在《典论·自叙》中说"余于他戏弄之事少所喜，唯有弹棋略尽其巧，少为之赋"。此《弹棋赋》生动有趣，是细致观察的结果，也是一个弹棋高手的心得体会。曹丕摹写棋局的复杂多变："尔乃详观夫变化之理，屈伸之形，联翩霹绎，展转盘萦，或暇豫安存，或穷困侧倾，或接党连兴，或孤据偏停"；又摹写观棋者种种情态："于时观者莫不虚心竦踊，咸侧息而延仁，或雷抃以大嚎，或战悸而不能语。"实乃写尽观棋百态，观棋者的种种表现，既真实传神，又滑稽多趣。

曹丕好奇的性格，在诏令中亦有体现，他留下的十则《诏群臣》，为《艺文类聚》、《太平御览》等类书收录，所描写的物产、习俗，无不充满趣味和生活气息，即使对于现代读者，也带来一种满足好奇心的快感。比如诏书中记述降将孟达介绍蜀地饮食习俗，因蜀地羊肉和鸡鸭味淡，蜀人烹饪时以蜜糖涂之。读这则诏书，简直可以想象曹丕与孟达当面交谈时对蜀地民风民俗的兴奋好奇之心理。曹丕喜食葡萄，亦在诏书里大肆渲染葡萄的美味宜人，"醉酒宿醒，掩露而食，甘而不饴，脆而不酸，冷而不寒，味长多汁，除烦解渴"云云，可谓童心犹在，令人莞尔。

第三节　曹丕的满怀深情及代言赋写作

曹丕感情细腻，情思深长，他将满怀深情灌注在作品里，取得了真挚细腻、感人至深的艺术效果。

一、代言赋的写作

曹丕赋重情的特点，突出地表现在代言赋的写作中。曹丕是文学史上第一个大量创作代言体作品的文人，他的诗歌代表作《燕歌行》，即是一首出色的代思妇言情的作品。此外，其《于清河见挽船士新婚与妻别一首》《于清河作一首》《见挽船士兄弟辞别诗》《代刘勋妻王氏杂诗二首》《寡妇诗有序》等，亦均是代言之作，不仅代女子言情，亦代男子抒情。[1]

汉末抒情文学复苏，重情是文人创作的普遍特点，建安文人尤多情感强烈真挚的作品。曹丕的独特之处在于，他不仅以传统方式抒情，还大量创作代言体，揣摩他人情感，替他人抒情。徐公持《魏晋文学史》言："曹丕拟作之赋与诗相类，皆表现出揣摩和刻划他人心理相当纯熟的技巧。"[2]

曹丕现存代言赋大致有《哀己赋》《离居赋》《悼夭赋》，以及代言赋中最优秀的作品《寡妇赋》《出妇赋》：

> 陈留阮元瑜，与余有旧，薄命早亡。每感存其遗孤，未尝

---

[1] 曹丕诗歌依据傅亚庶《三曹诗文全集译注》统计。
[2] 《魏晋文学史》，第56页。

不怆然伤心，故作斯赋，以叙其妻子悲苦之情。命王粲并作之：

惟生民兮艰危，在孤寡兮常悲。人皆处兮欢乐，我独怨兮无依。抚遗孤兮太息，俛哀伤兮告谁？三辰周兮递照，寒暑运兮代臻。历夏日兮苦长，涉秋夜兮漫漫。微霜陨兮集庭，燕雀飞兮我前。……去秋兮就冬，改节兮时寒。水凝兮成冰，雪落兮翻翻。北风厉兮赴门，食常苦兮衣单。伤薄命兮寡独，内惆怅兮自怜。[1]（《寡妇赋并序》）

念在昔之恩好，似比翼之相亲。惟方今之疏绝，若惊风之吹尘。夫色衰而爱绝，信古今其有之。伤茕独之无恃，恨胤嗣之不滋。甘没身而同穴，终百年之常期。信无子而应出，自典礼之常度。悲谷风之不答，怨昔人之忽故。被入门之初服，出登车而就路。遵长涂而南迈，马踟蹰而回顾。野鸟翩而高飞，怆哀鸣而相慕。抚騑服而展节，即临沂之旧城。践麋鹿之曲蹊，听百鸟之群鸣。情怅恨而顾望，心郁结其不平。[2]（《出妇赋》）

《寡妇赋》是替阮瑀未亡人抒发内心悲苦之情的作品，王粲、曹植均有同题赋作。曹丕此赋最大的亮点在于通过景物描写，真切感人地传达出寡妇内心的感受。在他笔下，寡妇孤苦无依，独守残年，她看到日月星辰东升西落，她感受到寒来暑往，冷热交替。夏季的白昼、冬天的黑夜格外漫长，这孤独的时光是多么漫长难熬。

---

[1] 《全三国赋评注》，第 290 页。
[2] 《全三国赋评注》，第 311 页。

寒霜降在庭中，觅食的燕雀叽叽喳喳，更衬托出寡妇的孤独寂寞。天寒地冻，大雪纷飞，更表现出寡妇生存的艰难辛酸。曹丕将自己变身为抒情主人公，设身处地为寡妇着想，他对人物心理的揣摩表现，十分真实感人。同时，曹丕对自然景物的变化十分敏感，大自然的一花一叶，风起云散，寒暑更迭，都在他心中掀起波澜，留下感触。通过细致的景物描写，他成功描摹了寡妇的艰难处境，抒发了寡妇内心的悲苦。

再如前文所述《出妇赋》。平虏将军刘勋喜欢上山阳司马氏的女儿，于是以"无子"之由休弃相守二十余年的发妻。王粲、曹植亦均有同题赋。曹丕此赋开篇即是一个鲜明的对比："念在昔之恩好，似比翼之相亲。惟方今之疏绝，若惊风之吹尘。"昔日的恩爱，今日的绝情，写出了女子在男权社会里命运的无常甚至荒谬。曹丕用惊风吹尘，比喻弃妇命运的突变，以尘土喻弃妇，很好地表现了弃妇命运之微贱和不能自主。这样的体会，若非深切揣摩女子心理，是绝对写不出来的。如前所述，曹丕是揣摩他人心理的高手，他的七言诗《燕歌行》最大的艺术特色之一，便在于成功摹写了一个思妇"援琴鸣弦发清商，短歌微吟不能长"的复杂内心活动。这种技巧，源自曹丕心思情感的细腻敏锐，也出自他的周密的思虑，以及内心的深情。在《出妇赋》中，他借出妇之口，写出了女子悲剧的根源，乃在于"色衰而爱绝"；同时也表现了男权社会中，女子对于自己悲剧命运的隐忍和无奈："信无子而应出，自典礼之常度。"最后写出妇离开夫家，独自上路的凄怆："遵长涂而南迈，马踌躇而回顾。野鸟翩而高飞，怆哀鸣而相慕。"曹丕没有着意刻画哀切流泪的可怜女子，只是通过踌躇回望的马，哀鸣相慕的鸟，状写出妇之无人怜惜，这种侧面烘托的手法，更见作者对出妇之悲悯。虽然通篇是模仿弃妇的自叙，但读者分明可以感受到，曹丕在文字中寄予了对弃妇深深的同情。

《全三国赋评注》论曹丕《寡妇赋》，言其"是以阮瑀之妻的口吻用第一人称来写的，这在辞赋发展史上，实属创格"。[1]代言赋的写作，在建安时期形成一个小的高峰，曹丕、王粲、丁廙妻《寡妇赋》以及曹丕、曹植、王粲《出妇赋》，均为第一人称代言赋作。丁廙《蔡伯喈女赋》前半部分用第三人称叙写蔡琰身世遭遇，后半部分用第一人称，抒发蔡琰被匈奴人掳掠、滞留胡地蒙受耻辱，年华老去，思乡心切的痛苦和哀伤之情。这些作品都是替身世不幸、命运悲惨的女性代言，寡妇、出妇以及从胡人手中赎回的才女，还有曹丕笔下失去幼子的母亲、与丈夫离别的思妇等，莫不如此。

这是一个值得关注的文学现象，代言赋在建安时期大量出现，其表层原因主要有如下几点：第一，文人同题共作的风气带来代言赋数量的激增。严可均《全后汉文》在丁廙妻《寡妇赋》下题注："寡妇者，阮元瑜之妻，见魏文帝《寡妇赋序》，言命王粲等并作之，此篇盖亦当时应教者。"与《寡妇赋》一样，《出妇赋》、《蔡伯喈女赋》都是曹丕与其他文人同题共作之赋。第二，抒情小赋的兴盛为代言赋提供了创作背景。汉末，以描写、呈现帝国气象为主要功能的大赋逐渐式微，文人喜好创作抒情小赋，建安代言赋强烈的抒情性，正是这个背景之下的产物。第三，对女性的尊重和关注，对女性命运的同情，也是建安代言赋兴起的重要原因。

前引赵逵夫《魏晋赋的局限与拓展》一文中写道："曹魏集团同题共作诗赋，主要在自身周围的细小事物和个人的思想、情绪、

---

[1]《全三国赋评注》，第291页。

心理范围中寻找题目，写树木、禽鸟、文具、武器、以至棋酒、筝、扇之类，写自己、写朋友、写朋友之妻，犹不足，则以妇女的口吻代妇女写心。"赵逵夫认为代言赋的兴起，是曹丕影响下的文人集团取材的审美趣味日常化、细化乃至带有猎奇倾向的结果，这里面也强调了同题共作的影响。其实，审美趣味的日常化和细化，必然带来情感心理开掘的纵深发展。傅刚曾以《寡妇赋》为例，论述建安文人对人性动人本质的深入开掘，并说建安同题《寡妇赋》很清楚地反映了人欢我哀的凄凉心态和以悲为美的美学思想。[1]

所以，这些集中书写悲情的赋作，还体现了建安文人的创作心态和审美取向，此可谓是代言赋兴起的内在原因，值得探讨和关注。首先，建安代言赋集中反映出当时文人"以悲为美"的创作审美取向。袁济喜《汉魏六朝以悲为美》一文论汉魏六朝文艺思潮："自东汉末年以来，由于时代环境的感染，产生了以悲哀怨愤为审美表现内容的文艺思潮，涌现了一系列新的美学规范。"又论汉魏六朝文学："汉魏六朝的悲怨作品，则把悲哀怨愤放到广阔的人生际遇中来表现，举凡怀乡、行役、闺思、离别、遭乱、流徙，都可以作为悲怨的题材来描写。"[2]建安代言赋所钟情的题材，便是闺思以及女性在不幸命运中的悲怨悲哀之情，这反映的正是文人以悲为美的创作取向。徐公持《论汉代悲情文学的兴盛与悲美意识的觉醒》一文对"以悲为美"的创作动机进行了深入探讨，揭示了悲情文学以及悲美意识萌生发展的过程和内在原因，并指出"以悲为乐，以悲为美，意味着悲情从此不再是一种'悲事'的抒发和反

---

[1]《汉魏六朝文学与文献论稿》，第 108 页。
[2] 袁济喜：《汉魏六朝以悲为美》，《齐鲁学刊》1988 年第 3 期。

映，它也可以是一种人生乐趣，甚至成为一种较高层次上的审美享受。"[1] 这正是建安文人创作心态和审美取向形成的基础，不同的是，建安文人不仅乐于抒发自身的哀情，还热衷于体察他人内心的痛苦，并试图将其真实生动地再现出来。

其次，建安代言赋的产生反映了建安文人对深层情感心理的关注和探求。前文论及曹丕重视个人情感的表达和抒发，从一定程度上，这其实是文人对自我内心世界的探求。曹丕将这种对自我的探求延伸扩展到对他人内心世界的探求和表现，他不仅自己写作代言赋，还要求他人与自己一起写作。他们的作品描写女子的行为动作，摹写她们周遭的自然环境，表现她们内心的痛苦感受，力求真实地再现她们的不幸处境。可以说，作者必须进行细致的观察和深入的想象，并化身为书写对象，才能做到情感真挚而不造作，才能塑造出令人同情感动的女性形象。

代言手法在诗歌中出现很早，《诗经》时代，就已经有诸如《王风·君子于役》以及《卫风·伯兮》这样的作品，司马相如《长门赋》亦有代言特点。但建安文人的集体书写，产生了数量众多的代言赋，形成了一种创作风气，将代言手法的艺术探索推进了一大步。较之诗歌，在描写女性处境与内心情感的时候，赋体可以容纳更多细节描写和情感的渲染。而与《长门赋》相比，首先，建安代言赋已是纯粹的代言体，《长门赋》不是。[2] 其次，《长门赋》中还有很多篇幅用于与抒情关系不大的景物描写、名物铺陈，而建

---

[1] 徐公持：《论汉代悲情文学的兴盛与悲美意识的觉醒》，《文艺研究》2015年第8期。

[2] 《长门赋》开篇"夫何一佳人兮"四句是第三人称叙述，到"言我朝往而暮来兮"方转为第一人称代言。

安代言赋中的景物描写莫不与主人公的内心情感浑然相融，对女性心理的体察更为细致，情感抒发更为真切，环境描写更为具体。可以看到，实现这个目的，无疑需要对人物内心世界进行更为深入的体察和想象。这是对文学表现力的探索和增强，而在这个具有探索性的创作潮流中，曹丕起着非常重要的推波助澜的作用。[1]

二、 人生苦短、生命无常的感慨

曹丕赋重情的特点，也体现在抒发人生苦短、生命无常之感慨的赋作中。曹丕为文的最可贵之处，在于他不将文字视作游戏，也不以文字作为进身求荣的工具，他用文字表达心声，抒发感情，尤其是抒发一己之感悟，而非表现社会政治、国家命运、理想抱负等宏大的命题。正因如此，曹丕赋往往十分自由地表达出真挚的内心情感，散发出感人的艺术气息。如《柳赋》，曹丕见到自己十五年前亲手种植的柳树，"始围寸而高尺，今连拱而九成"，真可谓"树犹如此，人何以堪"！于是想到左右仆御多亡，感物伤怀，作赋一篇。又如《感物赋》，曹丕写自己在庭院中种植了一些甘蔗，涉夏历秋，甘蔗先盛后衰，于是从中感悟到兴废无常的道理，不禁慨然咏叹。又如《悼夭赋》，曹丕的族弟文仲年仅十一岁便夭折了，有感于母氏之哀，又出于宗族之爱，曹丕写下凄切动人的词句："时徘徊于旧处，睹灵衣之在床。感遗物之如故，痛尔身之独亡。"这篇赋实际是代言体，代亡者母亲抒情。曹丕设身处地，想象亡者母亲每日徘徊于爱子生前居处，睹物思人，沉浸悲痛，不可自拔。将

---

[1] 曹丕《寡妇赋》《出妇赋》是建安代言赋中最优秀的作品，且建安代言赋在写作内容及手法上具有趋同现象，故而本文不再对其他代言赋进行文本分析。

痛失爱子的母亲悲惨的境遇和痛苦的内心世界表达得十分真切感人。袁行霈《中国文学史》言："曹丕对人生中凄凉情感的体验，是超出于同时代其他诗人的。"[1] 曹丕辞赋中的凄凉情感，不是出于为文造情的矫饰，也不是出于自身人生遭际的坎坷悲辛，而是出于他自身情感的丰富细腻，出自他对自然外物的敏感，以及对他人的同情理解。

重抒情是建安赋较为普遍的特点，单从命题上看，曹丕《永思赋》《悼夭赋》《哀己赋》《闲思赋》《思亲赋》，以及曹植《离思赋》《愁思赋》《慰情赋》《愍志赋》《幽思赋》《归思赋》《悲命赋》《思人赋》，还有王粲《思友赋》《伤夭赋》，杨修《伤夭赋》，徐幹《哀别赋》，都是以情感命名，直抒胸臆，将内心情感作为书写对象的作品。这些作品所表达的情感，大多关乎生离死别，人生的无常，生命的短暂，离别的愁思，对亲友及故土的思念带来的痛苦等，曹植赋还表达了时光飞逝，时局艰难，有志难骋，悲秋感怀等感伤的情绪。建安赋家抒情真挚感人，多借助细节描写以及景物描写传情达意和烘托渲染。建安赋对情感的书写，体现了建安赋家对生命本质的深刻体验和深入思考，而末世之乱，给他们的思考和体验烙上感伤的印记。曹丕、曹植大量创作以抒情为主要内容的赋作，为建安赋抒情性强的整体风格的形成起到了决定性作用。

三、　调动最细腻的情感来统摄景物

曹丕赋善于调动最细腻的情感来统摄景物，借景抒情，是曹丕的特长。其《燕歌行》融情于景，成为绝唱。前所列举《寡妇赋》、

---

[1]　袁行霈：《中国文学史·第二卷》，第 31 页。

《临涡赋》、《登城赋》、《愁霖赋》、《喜霁赋》诸篇，都表现出这一特长。再如《感离赋并序》，作者写建安十六年，曹操西征，自己居守，老母诸弟皆从征，不胜思慕。作者通过景物描写来寄托内心对亲人的无限思念和牵挂："柯条惨兮无色，绿草变兮萎黄。感微霜兮零落，随风雨兮飞扬。"萧瑟悲凉的秋景，很好地传达出作者内心的感伤。

将曹丕的赋作与曹植、王粲同题赋作相比，我们发现，曹丕运用了更多的笔墨、调动了更多细腻的感受，来描写自然景物。或许是因为创作习惯，或许是因为性格原因，曹丕对自然景物的变化尤其敏感，对自然景物的描写尤其用心，他还常常将自身融进眼前景物之中进行描写，仿佛他是自然的一部分，他的视听觉，皮肤触觉，都成为情感表达的一部分，也成为传递信息给读者的途径。如前述《愁霖赋》，作者这样描写淫雨霏霏的情景："玄云黯其四塞，雨濛濛而袭予。"作者写黑云黯淡，冷雨纷飞的情景，传达给读者视听觉的感受；"袭予"二字，则似乎将自己在雨中皮肤的触觉，也传达给了读者。这就是所谓身临其境，设身处地。正因为作者自身经受着久雨不晴的苦楚，所以接下去"岂在余之惮劳，哀行旅之艰难"这样心系苍生的表白便显得更加亲切，有感同身受的效果。同理，在《喜霁赋》中，曹丕将自身置身于原野之上，清风吹尽了雨天的积水，阳光照耀着大地，面对久雨放晴的太阳，曹丕尽情抒发内心的喜悦。

叶嘉莹曾这样解释王夫之赞誉曹丕的评语"精思逸韵"："他的诗不只是一个感情的直接反射，而是有一种思索的意味在里边，这是精思；他那种敏锐的感受是一般人所没有的，而且他也不在文字上进行雕琢，如果你没有他那种感受，你就没有办法也没有途径去学他的诗，这是逸韵。"[1] 叶先生所言，不仅适用于曹丕的诗歌创作，更适用于其辞赋创作，因为在辞赋作品中，曹丕更多更全面地展示了自己的才情。

第四节　清丽质朴与稳健遒劲共存的语言风格

钟嵘《诗品》将曹丕诗歌语言特点概括为"率皆鄙质如偶语"，这是因为钟嵘受到南朝时风的熏染，偏好华美的文辞。徐公持《魏晋文学史》认为，钟嵘所谓"鄙质如偶语"，是指曹丕的某些诗歌仿效汉乐府民歌语气。但实际上曹丕此类作品，并非民歌的简单重复，应当说质而不鄙。[2] 葛晓音《八代诗史》认为：钟嵘所批评的曹丕诗歌口语化的特点，为曹丕的诗歌情调添了几分自然的风致。曹丕更多地接受了《古诗十九首》的影响，所以在建安诗人慷慨任气的高唱中，独以清隽婉约的风格自立一宗。[3] 诚如葛晓音所言，曹丕诗歌语言，多受古诗十九首影响，清新自然，秀丽隽永，这个特点同样适用于评价曹丕的赋作。

一、清丽质朴的主要语言风格

清丽质朴，是曹丕赋的主要语言风格。曹丕赋作，于铺采摛文方面，不属于浓墨重彩、精雕细琢、华美锦绣之类，而是状物多求

[1] 叶嘉莹：《汉魏六朝诗讲录》，石家庄：河北教育出版社，1997年，第143页。
[2] 《魏晋文学史》，第54页。
[3] 《八代诗史》，第47页。

天然，抒情多用口语，有一种简约清雅的文人化气质。如前述《临涡赋》，通篇清词丽句，不追求华丽的词采和精细的雕饰，只是通过选取自然景物进行如实描写，便传达出大自然美景的天然韵致。再如《柳赋》，描写柳树枝叶青葱繁茂，枝干婀娜交错："应隆时而繁育兮，扬翠叶之青纯。修干偃蹇以虹指兮，柔条阿那而蛇伸。上扶疏而孛散兮，下交错而龙鳞。"言辞平淡，细细体味，却也不乏清新秀丽之风，能摹写出柳树枝叶扶疏、柔条婀娜的姿态。这篇赋是感物伤怀之作，抒发盛衰无常、怀念故友之情："在余年之二七，植斯柳乎中庭。始围寸而高尺，今连拱而九成。……昔周游而处此，今倏忽而弗形。感遗物而怀故，俯惆怅以伤情。"可谓深挚感人。作者抒情的言辞均较为口语化，但并不粗鄙，而是质朴清新，自有一种文士的简约雅致之风。又如前述《寡妇赋》中最精彩的写景文字，没有刻意雕饰的痕迹，没有锤炼新奇的词句，作者仅仅通过平实的言辞，对日月更替、季节变换进行描写，来传达寡妇内心的愁苦和孤独难捱。在这些平淡无奇的言辞之中，却包含着作者深深的用心，这一点和古诗十九首的温丽悲远、语近情遥，确乎是一脉相承。曹丕赋作的语言风格，很好地践行了他自己所提出的"诗赋欲丽"的文学主张。纵观曹丕赋作，其语言风格大抵如此，即使是《浮淮赋》、《校猎赋》等气势非凡的作品，亦非倚靠雕饰言辞取胜，而是在于作者自身的独特体会和感发。

二、 豪壮铿锵的吟唱与稳健遒劲的语言

如上文列举种种，曹丕赋作既有清新秀丽的风格，也有多愁感伤的情调，还有天真怡然的况味，这些特点总体而言，都是秀气婉约的。然而，曹丕赋作亦有豪壮铿锵的吟唱，表现出建安文学慷慨

激昂之共性，语言风格稳健遒劲。如《浮淮赋并序》，这是一篇文采飞扬、气势豪壮的佳作，序言和赋都写得极好：

> 建安十四年，王师自谯东征，大兴水运，泛舟万艘。时予从行，始入淮口，行泊东山，睹师徒，观旌帆，赫哉盛矣，虽孝武盛唐之狩，舳舻千里，殆不过也。[1]（《浮淮赋序》）

单是读序言，已经领略到王师东征的盛况，而曹丕进一步用赋来渲染、铺排这一空前盛况，他先用四句骚体写王师东征的行程，然后运用一连串四字句、三字句，集中描写王师的气势："乃撞金钟，爰伐雷鼓。白旄冲天，黄钺扈扈。武将奋发，骁骑赫怒。于是惊风泛，涌波骇。众帆张，群棹起。"这些句子一气呵成，读来酣畅淋漓，极有气势。再如《济川赋》、《沧海赋》、《述征赋》等，都是此类豪壮铿锵之作。再如《校猎赋》。校猎，实际是军事演习，一开篇，作者写对敌战争的正义性和必要性："高宗征于鬼方兮，黄帝有事于阪泉。愠贼备之作戾兮，忿吴夷之不藩。将训兵于讲武兮，因大蒐乎田隙。"接下来铺排正义之师的庞大阵容、严明军纪以及高昂的士气："部曲按列，什伍相连；峙如丛林，动若崩山。"然后描写校猎的排场："超崇岸之曾崖，厉漳滏之双川。千乘乱扰，万骑奔走。经营原隰，腾越峻阻。彤弓斯彀，戈铤具举。"再写校猎之成果："聚者成丘陵，散者阗溪谷，流血赫其丹野，羽毛纷其翳目。"最后写论功行赏："考功效绩，班赐有叙。"这里运用一连串四字句与六字句，节奏和谐，读来气势非凡，淋漓酣畅。可见，

---

[1]《全三国赋评注》，第 278 页。

曹丕的征伐、校猎以及河海类赋作，突破了他以个人情感为主的微观题材范围，一变而为宏观阔大，曹丕依然能驾驭自如，并充分展现文学铺排之才能。但是，与同时期的曹植相比，还是有所不同。曹植赋常用大段的铺叙排比，令人眼花缭乱，有种文气逼人的感觉。相形之下，曹丕赋则显得收敛克制。这种区别既在于创作个性之不同，也源于个人才力之不同。曹植才情张扬奔放，形成文采华茂的特点；曹丕则收敛克制，给人"力缓"的印象，形成豪壮铿锵的气势和稳健遒劲的语言风格。

曹丕赋注重自我体认与自我构建，风格宁静喜悦、优雅从容而又生机充盈，生动多趣而又深情灌注，豪壮铿锵而又稳健遒劲，在建安赋家中，既张扬了鲜明的创作个性，又以其内在的活力与生机，融进建安风骨的主旋律之中。傅刚《魏晋南北朝诗歌史论》较为全面地总结了曹丕在诗歌形式体裁、文学理论乃至政治策略等方面的创新，并肯定他通达好奇的性格对各种创新的作用。[1] 诚然，曹丕是个具有创造力的文人，在赋的创作方面，除了以上所论艺术风格、手法上的创新外，曹丕在赋序写作上亦是具有创新意识和引领风气之影响的。

曹丕十分重视赋序的写作，所留存 30 篇赋作，16 篇有序言。汉魏以来的抒情咏物小赋，很多是没有序言的，至曹丕，始重视小赋序言的写作，如前所述，其《车渠碗赋序》、《玛瑙勒赋序》均可视为知识性小文，其《浮淮赋序》叙事完整，描写生动，气势非凡，堪称一篇独立的散文。建安咏物赋大多比较平淡，曹丕《弹棋赋》、《柳赋》是其中的上乘之作。曹丕和建安时期赋家，重视咏物赋创

---

[1]《魏晋南北朝诗歌史论》，第18—23页。

作，在题材及艺术手法等方面，为后来的赋家提供了可资借鉴之处。

徐公持《魏晋文学史》言："曹丕之赋比诗更多地担当着抒写本人情志的功能。他在赋中更多地袒露着自己的心迹，记录着自己的心路。作为抒情体裁，它比曹丕的诗更充实、更丰满。"[1]诚如斯言，曹丕辞赋，较为充分地展现了其文才、襟抱、情感等，显现出充沛的才力，比诗歌更能代表曹丕的文学成就。

---

[1]《魏晋文学史》，第 56 页。

第三章　曹植赋

——对人生苦厄的敏感体验与努力超越

　　曹植今存赋 63 篇，包含咏物，述志感怀，宴游田猎，神女止欲，气候节物，述行记游，论道说理，记人（《寡妇赋》《出妇赋》），征伐，藉田，俗赋以及七体，题材之广泛，汉魏以来，鲜有人及。[1] 曹植在赋史上的影响并不如他的诗歌在文学史上的影响那么大，古代评论家论赋，或略掉建安赋家，直接由两汉而六朝，或在论及建安赋之时，将注意力主要集中在王粲那里。曹植诸赋，唯《洛神赋》被后世广泛关注与接受。[2]

第一节　曹植文学创作背景及成就的总体观照

　　太和五年（231）冬，曹植应诏朝京师，他的瘦弱憔悴让魏明帝大为惊讶，明帝下诏嘱其"节水加餐"，并御赐食物。太和六年

---

　　[1]　根据《全三国赋评注》统计归纳，含存目一篇。

　　[2]　曹植《七启》亦为《文选》收录，为刘勰关注，但古人将七体归在赋体之外，《文选》将七体置于骚体和诏令之间，《文心雕龙》将七体归入杂文。

十一月，曹植黯然离世。[1]陈寿在《三国志》曹植本传里写道：
"植每欲求别见独谈，论及时政，幸冀试用，终不能得。既还，怅
然绝望。时法制，待藩国既自峻迫，僚属皆贾竖下才，兵人给其残
老，大数不过二百人。又植以前过，事事复减半，十一年中而三徙
都，常汲汲无欢，遂发疾薨，时年四十一。"[2]这段话恰为曹植后
半生写照，政治上遭受抑制，有志难骋；生活上颇为潦倒，迁徙无
定；情志上郁郁寡欢，积忧成疾。曹植二十五岁时曾作述志之语：
"吾虽德薄，位为蕃侯，犹庶几戮力上国，流惠下民，建永世之业，
流金石之功，岂徒以翰墨为勋绩，辞赋为君子哉！"（《与杨德祖
书》）这番话语，掷地有金石之声，其铿锵之音与曹植后半生的惨
淡形成巨大的反差。理想的高远与现实的无情，人生的苦短与对生
命意义的追求，生存的苦厄与个体努力的超越，其间的矛盾冲突、
积极求索和奋力挣扎，孕育出曹植的热烈、慷慨、进取、急切、深
情、放纵、痛苦、天真，乃至绝望、虚无的多元性格心理，这是曹
植生命的全部内涵，亦是曹植文学创作的背景和底色。

　　曹植一生中的前后两个时期，起落分明，否泰分明，由盛而衰
的人生际遇，加之多元的性格心理，构成其文学创作的缤纷景象，
其中诗歌成就尤其令人瞩目。曹植诗歌被钟嵘列为上品，给予极高
评价："其源出于国风。骨气奇高，词采华茂，情兼雅怨，体被文
质，粲溢今古，卓尔不群。嗟乎！陈思之于文章也，譬人伦之有周
孔，鳞羽之有龙凤，音乐之有琴笙，女工之有黼黻。"[3]《诗品总

[1]《三曹年谱》，第229—231页。
[2]《三国志》，第576页。
[3] 王叔岷撰：《钟嵘诗品笺证稿》，北京：中华书局，2007年，第149页。

序》又曰:"故知陈思为建安之杰,公干、仲宣为辅。"[1] 钟嵘对曹植诗歌尤其是五言诗的情感、内容、文采、文学地位等,都进行了不遗余力的夸赞。林庚《中国文学简史》指出曹植在五言诗发展史中的重要作用:"曹植是第一个以大力来写五言诗的作家。他的五十多首五言诗的出现,乃是诗坛的一件大事,从此在诗坛上就正式承认了这新兴的诗歌形式的地位。这是一个时代的事业,却通过了曹植才获得完成。"[2]

曹植不仅是五言诗创作的大家,更是文学的全才。刘勰《文心雕龙·才略》称赞"子建思捷而才俊,诗丽而表逸",《明诗》称赞曹植兼擅四、五言诗:"若夫四言正体,则雅润为本;五言流调,则清丽居宗;……兼善则子建仲宣,偏美则太冲公干。"《章表》称赞曹植章表出类拔萃:"陈思之表,独冠群才。观其体赡而律调,辞清而志显,应物掣巧,随变生趣,执辔有余,故能缓急应节矣。"[3]

在辞赋创作上,曹植以其千古名作《洛神赋》博得历代论者欣赏,刘开《书洛神赋后》评此赋:"余读曹子建《洛神赋》,见其吐泄芳华,备陈容饰,钩神绘形,骋色摹声,亦既尽瑰质之奇矣。"[4] 浦铣《复小斋赋话》曰:"子建《洛神》,直可鼎足《高唐》《神女》二赋。"[5] 王世贞《艺苑卮言》曰:"《洛神赋》,王右

[1]《钟嵘诗品笺证稿》,第 67 页。
[2] 林庚:《中国文学简史》,北京:清华大学出版社,2007 年,第 107 页。
[3] 分别见陆侃如、牟世金《文心雕龙译注》,第 569、146、309 页。
[4] 孙福轩、韩泉欣编辑校点:《历代赋论汇编》,北京:人民文学出版社,2014 年,第 513 页。
[5] 浦铣著,何新文、路成文校证:《历代赋话校证(附〈复小斋赋话〉)》,上海:上海古籍出版社,2007 年,第 402 页。

军、大令各书数十本，当是晋人极推之耳。清澈圆丽，《神女》之流。"[1] 徐公持《魏晋文学史》称曹植为辞赋大家，认为其主要贡献是"在两汉体物大赋向魏晋抒情小赋的转变过程中起了主力作用"，并称曹植在建安赋家中"作赋数量最多，亦最具代表性。所谓代表性，即其作品题材最广，抒情性最强，而艺术价值亦最高"[2]。

从文学之总体成就上而言，《文心雕龙·时序》曰："自献帝播迁，文学蓬转，建安之末，区宇方辑。魏武以相王之尊，雅爱诗章；文帝以副君之重，妙善辞赋；陈思以公子之豪，下笔琳琅：并体貌英逸，故俊才云蒸。"[3] 终其一生，曹植于诗文赋方面留存的作品于建安文学诸家中均可谓数量最多而成就最高，堪为一代文豪。魏明帝在曹植逝后，下诏清除官员弹劾曹植的文件并整理保存曹植的作品："陈思王昔虽有过失，既克己慎行，以补前阙，且自少至终，篇籍不离于手，诚难能也。其收黄初中诸奏植罪状，公卿已下议尚书、秘书、中书三府、大鸿胪者皆削除之。撰录植前后所著赋颂诗铭杂论凡百余篇，副藏内外。"[4] 明帝此举，除了表达对叔父的追悼体恤，显示己身宽大胸怀，同时也表达出对曹植文学作品的欣赏和喜爱。

曹植无疑是建安文学最杰出的代表，但若论辞赋成就，从历代论者的评点来看，其影响远逊于诗文。刘勰对曹植总体评价很高，但在《诠赋》中仅将王粲、徐幹誉为"魏晋赋首"，却不曾提及曹

---

[1]《历代赋论汇编》，第 836 页。
[2]《魏晋文学史》，第 95 页。
[3]《文心雕龙译注》，第 537 页。
[4]《三国志》，第 576 页。

植。综观古代赋论,几乎没有对曹植辞赋成就的总体评价,而古人对于王粲,却较多较一致地肯定其赋作高古,有古风等等。相形之下,曹植辞赋所受关注明显不足。曹植赋仅《洛神赋》颇受好评。但除前面所引浦铣、刘开等对《洛神赋》的赞誉外,其余相关赋论多关注《洛神赋》是否具有曹植与甄后不伦之恋的写作本事,甚至对《洛神赋》颇有微词。"感甄说"出自《文选》李善注所引《记》中故事,然而《记》本是不见于其他任何记载的可疑文献,且这个故事也有诸多不合理之处,但是它所激起的广泛的好奇之心,与曹植本人的悲情遭遇所激起的同情之心,打并在一起,成为后人不倦的谈资。何焯《义门读书记》专为此事辩诬,指出其中种种荒谬之处。[1] 胡应麟《诗薮》直接批评《洛神赋》文胜于质,与六朝赋相类:"《洛神》《铜爵》诸篇,已有浏亮意,而质浸为文掩也。故魏之诗,冢嫡两汉,而赋鲁卫六朝也。"[2]《汉魏六朝百三家集题辞》在评介《梁昭明集》时,直接称"然《洛神》放荡"[3]。

除《洛神赋》外,曹植《七启》颇受论者好评,刘勰《杂文》曰:"陈思七启,取美于宏壮;仲宣七释,致辨于事理。"[4] 傅玄《七谟序》曰:"七启之奔逸壮丽,七释之情密闲理,亦近代之所希也。"[5] 但刘勰将七体归入"杂文"类,并未归入"赋"类,萧统《文选》将七体与赋分开,列于骚体之后,诏令之前。这种文体分

---

[1] 何焯著,崔高维点校:《义门读书记》,北京:中华书局,1987 年,第 884 页。

[2]《历代赋论汇编》,第 842 页。

[3]《汉魏六朝百三家集题辞注》,第 209 页。

[4]《文心雕龙译注》,第 222 页。

[5]《历代赋论汇编》,第 492 页。

类观念对古人影响甚深，一直影响到今人[1]，所以对于《七启》的评论，不见于古人的赋论，而多见于七体论和杂文论。现代学者将《七发》作为汉大赋的奠基之作，并将七体归入赋类。《七启》是一篇非常有特色的赋作，其文采之烂漫与《洛神赋》相当，且气势壮丽，生气勃发，表现手法十分独特，与《洛神赋》同为曹植最优秀的赋作。

曹植其余赋作，咏物赋在其赋作总数中比例最大，且大凡咏物赋无非描写禽鸟、器物、树木等微小之物，但曹植在咏物之中寄托的情志，依然有动人之处。胡应麟批评曹植《洛神赋》有文胜于质的弊端，表达的乃是对六朝及之后骈赋、律赋追求唯美形式的不满，事实上曹植赋作虽有骈化倾向，但内容充实，情感充沛，仍然当得起文质彬彬的赞语。且赋作不同于诗文，从其发展源流观照，赋来源复杂，有骋词华靡的战国散文，有词藻瑰丽、情感强烈的楚辞，有诗、骚的铺排描写手法以及倡优的娱乐表演功能等等，所以赋的体式亦非一种，有骚体赋，散体大赋，抒情小赋，亦有形式杂糅之赋，而赋的写作目的，则既可以体物写志，亦可以铺采摛文。祝尧《古赋辨体》曰："盖西汉之赋，其辞又工于《楚辞》，东汉之赋，其辞工于西汉，以至三国六朝之赋，一代工于一代。辞愈工则情愈短，情愈短则味愈浅，味愈浅则体愈下。"[2]此语笼统，有失公允。比如建安赋，以曹丕、曹植、王粲为代表，是既文辞精工，又情感深沉、韵味深长的，与汉赋相比，仍具有自身的魅力。

---

　　[1]　如韩格平《魏晋赋校注》不收七体，但马积高《历代辞赋总汇》、费振刚《全汉赋校注》、龚克昌《全三国赋评注》等均收入七体。韩格平、沈薇薇、韩璐、袁敏校注：《全魏晋赋校注》，长春：吉林文史出版社，2008年。
　　[2]　《历代赋论汇编》，第49页。

曹植赋数量宏富，题材广泛，形式上亦追求多样，比如尝试写作俗赋、诗化之赋、骈赋等等，尽管与诗文相比，曹植赋作之成就和影响相对逊色，但透过这些作品，依然可以发掘其奇伟之处，勾勒其在赋史乃至整个文学史上的位置，并体味其深情款款和意味深长。

第二节　曹植赋对人生苦厄的书写和
对超越现实愿望的表达

曹植是一个天生多愁善感的人，无论是前半生纵情诗酒、踌躇满志，还是后半生郁郁寡欢、境遇悲惨，他对于人生的无常、生命的短暂都有着同样敏感的体验和表达，加之后半生受制于曹丕父子，有志难伸，处境危殆，他对人生苦厄的体验就更加真切哀痛，终其一生，无论是追求建功立业，还是揄扬老庄思想，甚至谈仙说道，沉迷宴游享乐，醉心辞赋小道，抑或观照万物，放纵情感，都无不是在借文字书写这些行为，以寻求对人生苦厄的解脱和超越。

一、　对人生苦厄的敏感体验

曹植对人生无常、生命短暂的体验特别敏感。王瑶《文人与药》一文写道："我们念魏晋人的诗，感到最普遍、最深刻，能激动人心的，便是那在诗中充满了时光飘忽和人生短促的思想与情感。"[1]魏晋诗人对时光飘忽、人生短促的感受，一方面源于强烈的生命意识，另一方面源于当时动荡不安的社会现实。曹植诗赋对

---

[1]《中古文学史论》，第 145 页。

光阴流逝、人生易老的突出感受不仅与他所处的战乱年代相关,与他个人的遭际相关,与生命意识觉醒的时代潮流相关,也和他与生俱来的敏感性情相关。

翻检他的诗歌,无论是后期遭受抑制还是前期踌躇满志,这种咏叹都像一股汹涌的暗流,奔腾在字里行间。建安十六年(211),曹植新见宠于曹操,[1] 随军西征马超,路过洛阳作《送应氏》二首,其二便写道:"清时难屡得,嘉会不可常。天地无终极,人命若朝霜。"如果说是别离之悲引发了这样的哀叹,在描写贵族公子游乐生活的《名都篇》中,曹植亦写"白日西南驰,光景不可攀",给斗鸡走马的欢娱生活印上淡淡的伤感色彩。《赠徐幹》写"惊风飘白日,忽然归西山",《箜篌引》亦写"惊风飘白日,光景驰西流。盛时不再来,百年忽我遒",曹植以极度夸张的手法,形容时光短暂仿佛遭遇了惊风的偷袭,百年盛世转眼成空,给人以深刻的印象和无尽的慨叹。另如《浮萍篇》写"日月不恒处,人生忽若愚",《赠白马王彪》写"人生处一世,去若朝露晞"等。曹植诗对人生苦短的抒写,正是"一弹再三叹,慷慨有余哀"。

这种对人生困苦的敏感体验,在赋作中同样突出。如《节游赋》先写游园饮酒之乐,然后笔锋陡转,以"念人生之不永,若春日之微霜。谅遗名之可纪,信天命之无常"抒发乐极生悲之叹。《愁思赋》写悲秋之情,因秋景萧瑟联想到生命短暂,青春易老,神仙难慕,人寿有限却无人能怨:"居一世兮芳景迁,松乔难慕兮谁能仙。长短命也兮独何怨?"《慜志赋》中"岂良时之难俟?痛余

---

[1] 《三曹年谱》言建安十五年(210)曹操宠爱曹植,虽又言"备考",但此年曹植确因登铜雀台作赋得到曹操赏识。《三曹年谱》,第113页。

质之日亏"将良时难俟、年华易老的反差表现得十分沉重。

曹植一生大起大落，前后两个时期的文学风格有明显不同。但他的许多赋作缺乏时间交代或事件暗示，无法给予准确的系年，不能轻易断言为前期或后期之作。不过他的有些赋作极为哀痛沉重，与前期生活境遇不甚相符，大致可归入后期，这些作品无不表现了人生的困境和苦厄。如《闲居赋》之"何吾人而介特，去朋匹而无俦。出靡时以娱志，入无乐以销忧。何岁月之若骛，复民生之无常"，抒发孤独、郁郁寡欢之情，以及光阴易逝、人生无常之慨叹。[1]《感节赋》吟咏人生无常、生命短暂之悲，开篇写与友生同游，由征夫长勤之叹触发对时间流逝的忧惧："惧天河之一回，没我身乎长流。"继而抒写想留住时间的幻想："折若华之翳日，庶朱光之长炤。"再抒写欲化作飞鸟的幻想："青云郁其西翔，飞鸟翩而上匿。欲纵体而从之，哀予身之无翼。"种种幻想破灭后，曹植以大风四起、黄尘冥冥、野兽惊散、草木落英来渲染内心的绝望哀伤，这段描写生动再现了一个人在命运与时间之流中苦苦挣扎、不甘心被埋没、不甘心被吞噬、最终却无从超脱与幸免的悲剧，读之令人怅然。[2]

曹植重情，他有较多赋作抒发对父兄、胞弟、胞妹、子女的情感，表现出对生离死别的敏感和深刻体验。如《叙愁赋》写两个妹妹被汉献帝聘为贵人，曹植奉卞夫人之命作赋以表依依不舍之情："顾堂宇之旧处，悲一别之异乡。"旧处，异乡，勾画出时空的距离

---

[1]《全三国赋评注》（第418页）认为此赋乃后期为兄、侄冷落时期所作。赵幼文《曹植集校注》（第195页）猜测为建安二十年春，但并无切实依据。从内容看，《全三国赋评注》所言更为合理。

[2]《全三国赋评注》（第436页）认为此赋为后期之作，赵幼文《曹植集校注》（第747页）将其列入太和年间之作，二者观点出入不大。

带来的无奈和绝望，令人似乎切实触摸到了曹植的忧伤。《释思赋》以同根树木比喻兄弟之情，以树枝别干比喻胞弟出养族父，尽显眷眷深情。《离思赋序》则写自己从征马超之时，心中怀恋留守监国的曹丕。《怀亲赋》写自己途经先帝旧营，停马驻驾，细细寻访旧日踪迹，往事历历在目，一往情深，不能自已："猎平原而南骛，睹先帝之旧营。步壁垒之常制，识旌麾之所停。在官曹之典列，心仿佛于平生。回骥首而永逝，赴修涂以寻远。情眷眷而顾怀，魂须臾而九反。"这些赋作充分表露出曹植重情善感的性格心理，其《金瓠哀辞》《行女哀辞》《慰子赋》抒发痛失爱女、爱子之情，在诉说幼子夭折之痛中，曹植深刻地体验着生死之隔带来的悲伤和绝望。《慰子赋》"彼凡人之相亲，小离别而怀恋。况中殇之爱子，乃千秋而不见"，由离别之情递进到永别之伤，读之令人动容。

由于储位之争的宿怨，曹植成为曹丕的心腹大患，曹丕称帝后，曹植虽然名义上是诸侯王，实际却由贵公子沦为迁客，特殊的遭遇让曹植后半生对生活的困苦亦有深刻体验。

储位之争形成曹氏兄弟之间难以化解的宿怨，曹丕即位魏王之时，兄弟的权力之争尚未尘埃落定。相关文献记载，曹操病卒，曹彰曾企图拥立曹植为王。即使在曹丕代汉称帝之时，相关记载也显示出兄弟阋墙并未落下帷幕，曹植发服悲哭，深为曹丕忌恨。[1]

---

[1]《三国志·魏书·贾逵传》载："时鄢陵侯彰行越骑将军，从长安来赴，问逵先王玺绶所在。逵正色曰：'太子在邺，国有储付。先王玺绶，非君侯所宜问也。'"《任城威王彰传》注引《魏略》曰："彰至，谓临淄侯植曰：'先王召我者，欲立汝也。'植曰：'不可，不见袁氏兄弟乎！'"《三国志》卷十六《苏则传》载："则及临淄侯植闻魏氏代汉，皆发服悲哭，文帝闻植如此，而不闻则也。帝在洛阳，尝从容言曰：'吾应天而禅，而闻有哭者，何也？'"注引《魏略》曰："临淄侯植自伤失先帝意，亦怨激而哭。其后文帝出游，追恨临淄。"

所以，可想而知，黄初年间曹植备受猜忌的危殆处境。曹丕对曹植，或许欲除之而后快，[1] 曹植对曹丕，则极尽示好之事，希望冰释前嫌，[2] 但直到黄初六年（225），曹丕去世之前，兄弟关系才有所缓解。[3] 曹丕去世后，相关文献记载曹植又一次成为曹叡权力的威胁者。《明帝纪》注引《魏略》："（太和二年）是时讹言，云帝已崩，从驾群臣迎立雍丘王植。京师自卞太后群公尽惧。及帝还，皆私察颜色。卞太后悲喜，欲推始言者，帝曰：天下皆言，将何所推？"《魏略》记载可能并非信史，然曹植在明帝期间，虽积极进取，屡次上表，表达为国效力的心志，但依然不受重用。[4] 徐公持《魏晋文学史》认为这些表文毫不掩饰功名心，其急切参政、任性而行的态度，可能会引起明帝的怀疑和警惕。徐

---

　　[1] 黄初元年，曹丕诛曹植羽翼丁仪、丁廙。同年，曹植上表请求祭祀先王被拒。黄初二年，监国谒者灌均希指，奏"植醉酒悖慢，劫胁使者"。帝以太后故，将曹植贬爵安乡侯，其年改封鄄城侯。黄初三年，东郡太守王机、防辅吏仓辑等诬告曹植，曹植诣京都陈诬告之罪。黄初四年五月，曹植朝京都，七月与曹彪欲同路东归还国，而监国使者不听。其后不久曹植徙封雍丘，其《自诫令》曰："及到雍，又为监官所举。"《三曹年谱》，第166—204页。

　　[2] 黄初元年，曹植作《魏德论》《魏德论讴》，歌颂曹丕文治武功及政治制度。作《大魏篇》，为魏代汉叙写灵符祥瑞，作《秋胡行》歌魏德，又作《上先帝赐铠表》（先帝所赐铠甲，"今代以升平，兵革无事，乞悉以付铠曹自理"）、《献文帝马表》（先帝时所得大宛紫骍马，调教完毕）、《献璧表》、《上银鞍表》（先武皇帝所赐）、《上牛表》（形少有殊，敢不献上）等，借进献先帝所赐以及其他珍稀之物频频向曹丕示好。黄初三年曹植又作《贺瑞表》（《龙见贺表》）、《上九尾狐表》。黄初六年，作《自诫令》（《黄初六年令》），以表忠诚。《三曹年谱》，第166—211页。

　　[3] 黄初六年，曹丕过雍丘，至曹植宫，作《诏雍丘王植》，赐曹植衣。见《三曹年谱》，第210页。

　　[4] 太和二年，曹植上《求自试表》，后复上此表。太和五年，曹植作《求通亲亲表》，曹叡作《诏报东阿王植》，曹植作《陈审举表》，曹叡优文答报。魏取诸国士息，曹植作《求免取士息表》，曹叡还所发士息。

公持先生认为这些表文在文学上欣赏价值极高，在政治上甚为拙劣。[1]

　　曹植将自己后半生境遇的困顿、命运的凄惨都写进赋中。《白鹤赋》《九愁赋》《九咏》《洛神赋》《闲居赋》《感节赋》，都是他坎坷遭遇的寄托与人生失意的抒发。[2]另如《临观赋》写自己春日登高之时愁思满怀的心情和进退两难的处境："乐时物之逸豫，悲予志之长违。进无路以效公，退无隐以营私。俯无鳞以游遁，仰无翼以翻飞。"[3]再如太和三年（229），曹植徙封东阿王，作《迁都赋》，其序言是曹植对自己后半生遭遇的一个小结："余初封平原，转出临淄，中命鄄城，遂徙雍丘，改邑浚仪，而末将适于东阿。号则六易，居实三迁，连遇瘠土，衣食不继。"迁徙不定，甚至衣食不继，可见当时藩王的大致境遇以及曹植遭受排挤和迫害的惨状。曹植在藩国的境遇，正如其《慰情赋序》的意境一般凄凉："黄初八年正月，雨，而北风飘寒，园果堕冰，枝干摧折。"[4]冰封雪寒的天气，困窘失意的生活，郁郁寡欢的曹植对人生苦难有着切实的深刻体验。在一生最后的日子里，曹植形容极其憔悴枯槁，甚至让明帝大为惊讶，于心不忍。一代文豪，虽贵为诸侯，晚境如此悲凄，思之令人泪下。

――――――――――

　　[1]《魏晋文学史》，第 87 页。

　　[2] 这些赋大多在本文其余部分有分析，此处仅列题目。曹植《九愁赋》《九咏》都是取法《离骚》的赋作，《九咏》残缺比较严重，不过从内容判断，两篇赋都借《离骚》表达了对君王的愤恨哀怨，应当归为后期之作。具体辨析参看《全三国赋评注》第 452 页、472 页。

　　[3]《全三国赋评注》（第 460 页）认为此赋为后期之作。

　　[4]《三曹年谱》将此赋系于太和元年，并推测赋序中黄初八年的可疑说法，乃是因为此赋作于太和元年改元之前，见该书第 215 页。

二、 对人生苦厄的努力超越

先天的敏感，加之后天的遭遇，曹植内心涌动着强烈的悲情，为了求得对人生苦厄的超越，曹植做出了种种努力，并用文字记录下他的心曲。

（一）曹植有较多禽鸟赋，非禽鸟赋亦多用飞鸟意象，综观此类赋作，可知飞鸟是曹植寄托身世遭遇以及寄托超越人生苦厄之愿望的载体。

首先，飞鸟可以用来寄托不幸的人生遭际。这是汉代《穷鸟赋》以来禽鸟赋的惯用手法，曹植常借助吟咏禽鸟来书写人世间的悲惨遭遇。《离缴雁赋》开篇即呈现茕独的孤雁形象，以怜惜、惆怅、伤情奠定全篇基调。然后转而渲染孤雁的超群美质，以及随季候变化高飞远游的惬意和自由，紧接着叙写孤雁突遭横祸，被弓箭射落的悲惨命运。最后摹写孤雁乞怜求生、感恩图报、委命顺从之意。虽不出祢衡《鹦鹉赋》窠臼，却也跌宕有致，颇为感人。此赋作年无法确定，赋中有"假魏道而翱翔"之句，写自己见到大雁飞过邺城上空，则此赋可能作于建安十八年（213）曹操封魏公之后，也可能作于曹丕代汉之初。[1] 此赋是否曹植自喻亦无法确定，但它所书写的人生困境以及对超越困境的渴望，却是十分真切的。再如《白鹤赋》描写一只遭逢灾祸、离群独处、戢羽穷栖的白鹤，赋中"痛良会之中绝兮，遭严灾而逢殃。共太息而祗惧兮，抑吞声而不扬。伤本规之违忤，怅离群而独处"的抒写十分哀痛低沉，似是有感而发，《全三国赋评注》将其视为曹植后期遭受曹丕迫害之时

---

[1] 参看《全三国赋评注》，第 377 页。

的作品，[1] 是很有道理的。赋末所表达的全身远害、重获自由的心愿，以及与世无争的想法，其实亦都表现出在人生困境中的努力挣扎。所以，曹植是否以鸟自喻并不重要，重要的是他可以借助咏鸟这个形式，书写所有的乃至他自己之外的人生悲剧，含蓄间接地抒发内心的不平之气，宣泄内心的痛苦和幽愤，从而获得一定程度的精神解脱。

其次，飞鸟意象本身可以象征自由与超越。[2] 曹植的非禽鸟赋中有许多飞鸟意象，寄托着作者内心对自由舒展人生的向往，对超越凡尘俗世的向往，以及实现青云之志的向往。前述《感节赋》作者幻想化为飞鸟摆脱人世烦恼，可理想难以实现，只余满心悲哀："青云郁其西翔，飞鸟翩而上匿。欲纵体而从之，哀予身之无翼。"飞鸟成为自由自在、追逐青云之志的象征。《闲居赋》写"翡鸟翔于南枝，玄鹤鸣于北野。青鱼跃于东沼，白鸟戏于西渚"，以飞鸟、游鱼各适其所，反衬人生的不自由、不如意。《幽思赋》写自己于岁暮感伤物华零落，于是"观跃鱼于南沼，聆鸣鹤乎北林"，却不免心绪烦乱交错，亦正是受困于这种羡慕游鱼飞鸟之自在自得而不能的失望。其余包含飞鸟意象的赋作，还有《登台赋》《大暑赋》《节游赋》《车渠碗赋》《愁思赋》《静思赋》等。曹植诗歌也有大量飞鸟意象，如《赠王粲》"中有双鸳鸯，哀鸣求匹俦。我愿执此鸟，惜哉无轻舟"，《赠徐幹》"春鸠鸣飞栋，流飙激棂轩"，《朔风》"愿随越鸟，翻飞南翔"，《情诗》"游鱼潜绿水，翔鸟薄天飞"

---

[1]　参看《全三国赋评注》第 442 页。赵幼文《曹植集校注》（第 354 页）将此赋系于黄初年间。

[2]　参看本书论禽鸟赋部分。

等。这些诗赋中的飞鸟意象并非全有象征寄托，但它们一起构成了曹植诗赋飞鸟意象的密度，彰显出一种自由飞翔、超越现实的愿望。

（二）曹植视屈原为千古知音，在模仿屈原的作品以及继承其香草美人的创作传统里寻找到宣泄和消解人生苦闷的办法。

曹植模仿屈原那样陈述自己的美政理想，抒发政治失意的哀怨彷徨，并借屈原"进不入以离尤兮，退将复修吾初服"之志，消解内心的烦忧。如《玄畅赋》先抒发自己上同契于稷卨、下合颖于伊望的政治理想，希望能像古代贤臣一样辅佐君王治理国家，共谋美政，然而所图莫合，理想落空：

　　嗟所图之莫合，怅蕴结而延伫。志鹏举以抟天，蹶青云而奋羽。舍余驷而改驾，任中才之法御。望前轨而致策，顾后乘而安驱。匪逞迈之短修，取全真而保素。弘道德而为宇，筑无怨以作蕃。播慈惠以为圃，耕柔顺以为田。不愧景而惭魄，信乐天之何欲？[1]

既然无法实现鹏举之志，那就舍弃自己的四马之车，任由车夫驾车而往，或依据前车的距离快马加鞭，或依据后车的距离缓缓前行。只求回归初心，全真保素，选择柔性的道家哲学，乐天知命，以超脱现实的苦厄。全篇字里行间，处处是屈原的影子。

曹植较多模仿《楚辞》之作，其《九愁赋》题目模仿《楚辞》之《九思》《九叹》，内容上则模仿《离骚》："以忠言而见黜，信

---

[1]《全三国赋评注》，第 444 页。

无负于时王。俗参差而不齐，岂毁誉之可同？竞昏瞀以营私，害予身之奉公。共朋党而妒贤，俾予济乎长江。"信而见疑，忠而被谤，小人营私，朋党妒贤，曹植笔下的自己，俨然是屈子再世。傅亚庶引丁晏评语，认为中肯："楚骚之遗，风人之旨。托体楚骚，而同姓见疏，其志同其怨亦同也。文辞凄咽深婉，何减灵均。"[1]《九咏》亦是对《楚辞》的模仿："芙蓉车兮桂衡，结萍盖兮翠旌。驷苍虬兮翼毂，驾陵鱼兮骖鲸。茵荐兮兰席，蕙帱兮苓床。"这与《湘夫人》中"筑室兮水中"一段十分相似。"何世俗之蒙昧，悼邦国之未静。任椒兰其望治，由倒裳而求领。寻湘汉之长流，采芳岸之灵芝"数句则出自对《离骚》的模仿，椒兰在这里就是指楚怀王时期的大夫子椒和令尹子兰。《橘赋》写橘树移植到北方后，萌根而弗干、结叶而不华，似托物喻志，类似屈原《橘颂》。

曹植赋深受"香草美人"传统的影响，常借书写苦无良媒、不能与君子或君王成欢的美女，来抒发内心老之将至、功业难成、人生失意的焦虑、担忧和痛苦。《感婚赋》写"悲良媒之不顾，惧欢媾之不成"，与其诗歌《美女篇》所言"佳人慕高义，求贤良独难"所抒情感一致，充满怀才不遇、时不我待的幽愤和焦虑。即使从男性角度来书写这个主题，作者依然会设置同样的阻碍。如《愍志赋》写男女之间因缺乏良媒而被迫永绝生离，《洛神赋》写君王对洛神"情悦其淑美兮，心振荡而不怡。无良媒以接欢兮，托微波而通辞"，而最终人神殊途。

老之将至，修名不立，曹植的人生紧迫感和建功立业的急切

---

[1]《三曹诗文全集译注》，第785页。

感，与屈原的时不我待以及无法实现存君兴国理想的焦虑，跨越时空的距离，交融在一起。身被谗言、遭遇流放、形容枯槁的屈原，像一个老朋友，抚慰着有志难骋、坎坷悲辛的曹植。无力改变现实的曹植，通过对《楚辞》的模仿和对屈原的致意，找到了宣泄悲情的出口和抒发牢骚的载体。

（三）曹植在赋中借助道家思想以超脱现实的苦厄。曹植《骷髅说》模仿张衡《骷髅赋》，在道家思想中寻求对苦闷的解脱，希望超越形体的束缚，视死亡为解脱困厄、回归自然的归宿。《释愁文》将道家思想和游仙故事作为超脱现实苦厄的寄托："吾将赠子以无为之药，给子以澹泊之汤，刺子以玄虚之针，灸子以淳朴之方。安子以恢廓之宇，坐子以寂寞之床。使王乔与子携手而游，黄公与子咏歌而行，庄生为子具养神之馔，老聃为子致爱性之方。趣遐路以栖迹，乘轻云以高翔。"这段文字通过描写道家的清静无为、神仙的潇洒无忧，来幻想无忧无愁的人生，借以实现对现实苦厄的超越。除了直接阐发道家思想，一些赋作对虚静的向往与描写，亦带着老庄思想的气息。如《闲居赋》："仰归云以载奔，过兰蕙之长圃。冀芬芳之可服，结春荑以延伫。入虚廓之闲馆，步生风之广庑。践密迹之修除，即蔽景之玄宇。"兰蕙，春荑明显具有香草美人的意味，而虚廓、闲馆、广庑、玄宇，无不寂静高远，远离尘俗，颇有道家的清静虚无之感。在运用道家思想观照现实以及在宁静超然的意境中，曹植暂时实现了对生死之忧与人生之苦的超脱。

（四）曹植赋偏好具有神话色彩的意象和想象，正代表着他试图超越现实困顿的努力。曹植大量写游仙诗，他虽然没有写游仙题材的赋，但他的赋作总是偏爱使用带有神话色彩的意象。如《大暑赋》渲染暑热，运用了炎帝、祝融、羲和、南雀这些神话形象，又以"暵扶桑之高炽，燎九日之重光"的神话想象形容天气的炎热，用"蛇折鳞于灵窟，龙解角于皓苍"的夸张手法来描写暑热之苦。反观王粲同题赋作，皆是对日常生活的叙写或夸张，二者相较，曹植赋作的飘飘仙气，拂面而来。刘桢、王粲、陈琳、杨修、繁钦均作《大暑赋》，俞绍初先生考证此赋作于建安二十一年（216）六月。考察众作，从今存作品内容比较，唯曹植与刘桢运用神话想象描写暑热，这种想象无疑是对炎热天气的文学化处理，甚至在某种程度上代表古人对暑热的原始认知，并在苦热之际成为娱人娱己、超越烦闷的解脱之道。再如其《愁霖赋》写"攀扶桑而仰观兮，假九日于天皇"；《神龟赋》开篇以苍龙、白虎、玄武、朱雀等神兽作为神龟出场的铺垫；《芙蓉赋》形容荷花初开与盛开之美，也运用了扶桑、九阳这样的具有神话色彩的意象："其始荣也，皦若夜光寻扶桑；其扬晖也，晃若九阳出旸谷。"《释愁文》描写"使王乔与子携手而游，黄公与子咏歌而行"的游仙想象。这些带有神话色彩的意象和想象，其本质特点都是对理想境界的向往。古人的神话想象，总是与凡人向往的超能力、长生不老、极乐世界相关，曹植诗赋突出的神话色彩，正是对这些向往的表达，是试图超越生命本身的局限以及现实苦厄的一种努力。

当以上努力失败，当曹植直面人生无常、生命短暂的悲伤，或面对政治命运的坎坷，以及后半生遭遇压制和迫害时，他会在赋中表达对天道神明的怀疑和质问。《神龟赋》写神龟遨游天地之间，却遭遇渔夫捕捉，虽继而幸遇仁人，但最终仍不免剖腹割皮之祸，面对祸福之无常，曹植质疑天道神明："天道昧而未分，神明幽而难烛。黄氏没于空泽，松乔化于株木。"表现出极度的虚无、迷惘乃至绝望。《神龟赋》当作于建安十九年（214）[1]，时曹丕尚未被立为太子，曹植亦尚未失宠于曹操，《神龟赋》对天道神明的质疑，并非来自政治的失意和命途的坎坷，而是曹植透过神龟之命运，深刻体会到人生的无常，从而产生的对生命的哲理性思考。其后期作品《赠白马王彪》中"虚无求列仙，松子久吾欺"的悲愤呐喊，掷地有声，则是面对政治失意、遭遇人生绝境时的质疑。曹植的这种质疑，从反面说明他是将神仙、神话传说作为自己超越现实苦厄的寄托，当这寄托落空之时，他的内心就不免充满迷惘、失望和悲愤。

（五）追求建功立业以及纵情人生享乐，亦是曹植超越人生苦厄的方法和途径。陈琳《游览》诗之二云："骋哉日月逝，年命将西倾。建功不及时，钟鼎何所铭？"及时建功立业，是许多建安士人面对人生苦短时的共同愿望，而敏感的曹植，其功名之心显得尤为迫切。上文提及曹植在明帝时期屡次上表求自试的狂热行为，正是在及时建功立业超越短暂生命的心态驱使之下发生的。所以，曹植乃至建安士人的积极进取精神，都是他们面对人生苦短的悲哀时所采取的抗争姿态。为了实现建功立业的理想，曹植曾在储位之争中表现积极，以《赠丁仪王粲》一诗来分析：曹植作诗赠好友，伤其不见用："君子在末位，不能歌德声。丁生怨在朝，王子欢自营。欢怨非贞刚，中和诚可经。"此诗当作于建安十六年（211），而曹植大约于建安十五年（210）见宠于曹操，并于次年

---

[1] 陈琳《答东阿王笺》有"因示《龟赋》，披览粲然"之句，故曹植此赋必作于陈琳生前。吴云《建安七子集校注》将此赋系于建安十九年，因为陈琳称曹植为"君侯"，而是年曹植被封临淄侯。至于题目当是后人所加，因陈琳死后曹植才被封东阿王。吴云：《建安七子集校注》，天津：天津古籍出版社，2005年，第171页。

封平原侯，可以说这一年曹氏兄弟的储位之争已拉开序幕。时丁仪、王粲任丞相掾属，地位较低，曹植在对其处境表示不平和安抚的同时，多少流露了自己渴求掌权、重用贤达的野心和培植羽翼的用心。

曹植常在赋中表达对曹操的颂扬与讨好，他确实有很强的功名之心，与曹丕的诗赋相比尤为明显。曹丕诗赋极少歌颂曹操的文治武功。曹植《槐树赋》"杨沉阴以博覆，似明后之垂恩"，《离思赋》"念慈君之光惠，庶没命而不疑"，《宝刀赋》"有皇汉之明后，思潜达而玄通"，都是对曹操的恭维赞美。《登台赋》"从明后而嬉游兮，聊登台以娱情。……扬仁化于宇内兮，尽肃恭于上京"，全篇都是对曹操丰功伟业的赞颂以及对曹操的祝福。曹丕《登台赋》乃奉曹操之命与曹植同题共作，其内容均是对景物的描写。建安赋多由类书保存下来，很多都不是完篇，或许曹丕赋中歌功颂德之言被编者省略了，但是曹丕其他赋作留存的内容亦基本如此，不得不说这可能是曹丕淡出社会历史政治的文学创作风格的表现了。曹丕长于曹植，按长幼次序，他离王位更近，曹植则须博得曹操欢心，越过长幼之序方能接近王位，这或许也成为他急于表现的动因之一。

曹植诗赋，因建功立业的豪情呈现出积极进取、昂扬向上的一面。《白马篇》是最有代表性的作品，诗中飞驰的骏马，武艺高超、立志报国、视死如归的英雄游侠，以及铿锵有力的语言，热烈潇洒的气概，形成雄放的诗风，高昂的精神，给人以强烈的感染力。曹植较少直接抒发雄心壮志之赋，《鹖赋》借描写鹖鸡来张扬理想。《鹖赋》乃前期赋作，与曹操、王粲同题共作，借鹖鸡之孤傲不凡以及每战均抱必死之心的勇猛贞烈，来展现尚武精神、勃勃生机以及对死士的赞美。赋作意气风发，代表了曹植早期的自信和积极上进的心态。在怎样超越生命的局限问题上，叔孙豹"三不朽"之论影响深远，曹植《与杨德祖书》所言"建永世之业，流金石之功"，即表达了通过建功立业来实现生命不朽的愿望。终其一生，在生命的最后时光，曹植仍不断上表魏明帝，以求为国效力，正说明渴望建功立业是曹植为超越人生苦厄所做出的一种努力。

（六）曹氏兄弟与建安诸子宴饮雅集，诗酒优游，曹植借纵情欢娱慰藉内心的苦闷。

曹植《娱宾赋》是宴游题材，对当时的欢宴场景有较为真实生动的记载：

> 感夏日之炎景兮，游曲观之清凉。
>
> 遂衍宾而高会兮，丹帷晔以四张。辨中厨之丰膳兮，作齐郑之妍倡。文人骋其妙说兮，飞轻翰而成章。谈在昔之清风兮，总贤圣之纪纲。欣公子之高义兮，德芬芳其若兰。扬仁恩于白屋兮，逾周公之弃餐。听仁风而忘忧兮，美酒清而肴甘。[1]

美酒、丰膳、妍倡、妙说、文章，正是历代文人雅集的典型场景。在美酒佳肴、佳人歌舞以及高谈阔论中，人们暂时忘却了内心的忧伤，进而在仁者之言的启发中身心通泰，并咂摸美酒的清香和肴馔的甘甜。赋中对"公子"的恭维赞美，可见出建安十六年

---

[1]《全三国赋评注》，第 378 页。又，"德芬芳其若兰"，龚本原作"得芬芳"，从赵幼文《曹植集校注》改为"德芬芳"，见第 70 页。

（211）新晋"五官中郎将、置官署、为丞相副、天下向慕、宾客如云"的曹丕的主人身份以及风光排场。曹植在赋中表达对曹丕的敬爱之情，如其《公宴》诗所写"公子敬爱客，终宴不知疲"。曹植这些诗赋均作于建安十六年之际，之后储位之争暗流汹涌，兄弟之间矛盾重重，也就难再有此赋中其乐融融的温情了。在这样的赋作当中，曹植似乎已暂时忘却了生命的烦恼和人生的困苦。

再如曹植《酒赋》极力铺陈饮酒之乐：

> 尔乃王孙公子，游侠翱翔。将承欢以接意，会陵云之朱堂。献酬交错，宴笑无方。于是饮者并醉，纵横谨哗。或扬袂屡舞，或扣剑清歌；或嚬蹴辞觞，或奋爵横飞；或叹骊驹既驾，或称朝露未晞。于斯时也，质者或文，刚者或仁；卑者忘贱，窭者忘贫。和睚眦之宿憾，虽怨仇其必亲。[1]

这段文字将王孙公子欢饮场景描写得非常生动，尤其描写醉后潇洒不羁、纵乐无度、得意忘形、贫贱无忧、宿怨冰释之情状，令醉酒成为超脱人生局限、进入极乐状态的捷径。

曹植对人生苦厄的敏感体验，以及他对这种痛苦的努力超越，都经由文字表达出来，形成其赋作丰富、深刻、感人的内容和情感，历经千载，犹有余温。

---

[1]《全三国赋评注》，第408页。

第三节 曹植赋的艺术追求

一、 神话想象与瑰丽奇异的风格

曹植赋有瑰丽奇异的色彩，这与他偏好运用神话想象与意象进行创作紧密相关，这也是曹植赋最突出的艺术特点之一。如前所述，在同题共作之《大暑赋》《神龟赋》《愁霖赋》等作品中，曹植的这一偏好尤为鲜明。

曹植的代表作《洛神赋》，更是集中体现了丰富的神话想象与瑰丽奇异的风格特征。《洛神赋》是前代神女赋和止欲赋的集大成之作，赋中所营造的众神欢娱的场景，以及对洛神神仙特质的描写，在前代赋作中基本没有出现过：

> 尔乃众灵杂遝，命俦啸侣。或戏清流，或翔神渚。或采明珠，或拾翠羽。从南湘之二妃，携汉滨之游女。叹匏瓜之无匹兮，咏牵牛之独处。
>
> 于是屏翳收风，川后静波。冯夷鸣鼓，女娲清歌。腾文鱼以警乘，鸣玉鸾以偕逝。六龙俨其齐首，载云车之容裔。鲸鲵踊而夹毂，水禽翔而为卫。[1]

《洛神赋》以众神欢娱的场面反衬洛神遭遇误解后的孤独伤情，又以众神簇拥的情景作为洛神离去的背景，并想象文鱼、六龙、鲸鲵、水禽为洛神担任驾车与护卫的职责，这两段文字充分展现出曹

---

[1] 《全三国赋评注》，第 453 页。

植对塑造神仙境界的熟稔与对此境界的向往。现留存的其余神女赋，从未出现过神仙形象，亦未有对神仙境界的想象和描写。洛神在曹植笔下，不只是容颜出众的普通女性，而是具有神仙特质也就是具有超能力特质的女神。宋玉《神女赋》是最早描写神女的赋作，巫山神女在宋玉笔下，与人间美丽多情的女子并无二致，宋玉着力铺排描绘的，正是神女绝世的姿容和宜人的性情。汉代未有神女赋留存下来，建安时期，陈琳、王粲、杨修都有《神女赋》留存下来，通过比较可发现，王粲、杨修对神女的描写与宋玉一样，都是将其作为凡间美女进行描摹，唯有陈琳笔下的神女，拥有仙人的车驾："文绛虯之奕奕，鸣玉鸾之嘤嘤。"这样的女子总算有一些神女的特质，可是陈琳赋亦仅此两句。而曹植笔下的洛神，不仅有众神的衬托，还有自身神仙特质的显现：

> 于是洛灵感焉，徙倚彷徨。神光离合，乍阴乍阳。
> 体迅飞凫，飘忽若神。陵波微步，罗袜生尘。[1]

洛神离合不定的神光，以及她迅疾若飞、飘忽不定的身形和凌波行走的轻盈，无不是神女才具有的特质。丰富的神话想象和意象，使得《洛神赋》在传统神女赋精致瑰丽的风格之上，又多了奇异怪诞的意味，具有更为缤纷的色彩和灵动的梦幻之感。

陈琳《答东阿王笺》言曹植《神龟赋》"披览粲然"，此言不虚，可谓的评。曹植《神龟赋》借助神话想象，渲染神龟命运的大起大落，形成奇异的艺术效果。在曹植笔下，神龟遨游宇宙仙界，

---

[1] 《全三国赋评注》，第453页。

像庄子笔下藐姑射山神人一样自由自在："食飞尘以实气，饮不竭于朝露。步容趾以俯仰，时鸾回以鹤顾。"曹植以极度夸张的手法形容神龟对时间和空间的超越："忽万载而不恤，周无疆于太素。"在曹植的想象中，神龟与天地同寿，无穷宇宙任其遨游。然而作者笔锋一转，写神龟命运的突变："感白灵之翔薆，卒不免乎豫且。虽见珍于宗庙，罹刳剥之重辜。"神龟惨遭渔父捕捉，被剖腹割皮，供奉于宗庙之中。人生无常的忧惧和感叹，在这样的书写中表现得十分深刻而又具有充分的文学艺术性。这种表达效果正得之于曹植的神话想象，他所创造的超绝尘世的无穷无尽的时空与拥有绝对自由的神龟形象，与人们熟知惯见的人类社会相比，充满神异和梦幻的色彩。而这一切却转眼归于神龟被捕杀的厄运，否泰之落差，令人唏嘘、深思，和曹植一起，堕入对天道、神明的怀疑和虚无情绪中。

如前所述，曹植深受屈原影响，其赋作在内容上对《楚辞》作品尤其是《离骚》多有模仿。《楚辞》浸淫于巫风盛行的楚文化之中，以《离骚》为代表的作品充满神话想象和意象，在对《楚辞》的模仿中，曹植赋亦偏好运用神话想象和意象。另外，东汉以来道教兴起，曹植不免受到一些影响，这种影响从其《辩道论》可见一斑，此文写道：建安年间，曹操为了巩固统治，将当时有名的方士甘始、左慈、郤俭集聚到邺城，防止他们妖言惑众。文中将方士怪诞离奇之言斥为"虚妄"，但却又十分详细地记录了他们神奇的方术并表示出叹服之意。可见，无论曹植是否相信道教，相信神仙道化，可以肯定的是，他对道教、对神仙方术感兴趣，也曾亲自接触过方士，在兴趣的驱使下，他对神仙道化这一套语言和意象系统是有所了解的。道教与巫文化之间有着天然亲缘关系，葛兆光《道教与中国文化》一书认为："与南方巫文化密切相关的道教那里保存了大量楚文化因子。"[1] 葛兆光还指出，道教给人的影响，不同于老庄带给人们的宁静的情感和恬淡的心境，而是一种热烈与迷狂的情绪。同时，道教带给中国文学艺术的，是追求绚丽神奇的审美情趣，是色彩缤纷、瑰伟怪诞的意象群，是近乎沉浸于幻觉之中的热烈想象力。当道教逐渐摆脱巫觋色彩，其为文学提供的意象就包括神仙与仙境的意象、鬼魅精怪意象以及道士法术意象。[2]

　　曹植写作游仙诗，运用神话想象和意象，其原因在于他受到了从《楚辞》一直到道教神仙方术的影响。上世纪八十年代，《文学评论》曾刊发陈飞之、张士骢、张平三位先生的争鸣文章，就如何看待曹植游仙诗进行学术探讨，[3] 陈飞之认为曹植游仙诗只是寄托，并无求仙之意。两位张先生则认为曹植游仙诗证明他是信神仙的。傅刚《魏晋南北朝诗歌史论》认为"曹植并不相信游仙世界的存在，其游仙诗只是比兴寄托，抒发他在现实中的郁闷"。[4] 笔者认为，曹植是否笃信神仙并借游仙诗表达求仙之想，今人很难完全证实或证伪，但是在曹植诗赋中，确实有着明显的神话色彩、丰富的神话意象，以及前述葛兆光所归纳的神仙与仙境的意象，绚丽神奇的审美情趣，缤纷的意象群以及热烈的想象，这些都说明，曹植诗赋是受到《楚辞》影响并且也体现出一定道教影响的。对于这个

[1]　葛兆光：《道教与中国文化》，上海：上海人民出版社，1987 年，第 378 页。

[2]　《道教与中国文化》，第 371—386 页。

[3]　详见陈飞之：《应该正确评价曹植的游仙诗》，《文学评论》1983 年第 1 期；张士骢：《关于游仙诗的渊源及其他——与陈飞之同志商榷》，《文学评论》1987 年第 6 期；张平：《有关曹植游仙诗的几个问题与陈飞之同志商榷》，《文学评论》1987 年第 6 期。

[4]　《魏晋南北朝诗歌史论》，第 61 页。

问题，戴燕在对曹植游仙诗的精当分析基础上，得出的结论颇令人信服："正是在这样的熟悉道教神仙世界的前提下，才有可能写出《洛神赋》里的洛神以及众神仙。无论相信神仙的存在与否，这些知识储备，这些笔墨训练，都为曹植最终完成《洛神赋》奠定了基础。"[1]

二、 诗化、骈化、俗化的倾向

曹植赋的诗化、骈化和俗化倾向不是一个新话题，本文只是补充一些细节性的阐释。

曹植赋的诗化特点最突出的表现在于句子内在节奏的诗化。如《感婚赋》所留存的部分全用六言写成，几乎每句话都是由兮、以、而连缀，若将其去掉，其上二下三的结构以及句读停顿与五言诗则无二致："阳气动兮淑清，百卉郁兮含英。春风起兮萧条，蛰虫出兮悲鸣。"在曹植之前或与之同时的赋家之作，包括曹植自己的大多数赋作，去掉虚字之后形成的五言句式多为上三下二结构，此处随机观察几篇建安赋，如陈琳《神武赋》"伫盘桓以淹次，乃申命而后征"，阮瑀《鹦鹉赋》"配秋英以离绿，苞天地以耀荣"，徐幹《西征赋》"过京邑以释驾，观帝居之旧制"，因为上三下二结构，读起来散文意味更浓，而曹植创造的上二下三句式，读起来则更具诗歌的意味。

再如《愁思赋》若去掉"兮"字，则几乎通篇是一首七言抒情诗：

[1] 戴燕：《〈洛神赋〉——从文学到绘画、历史》，《文史哲》2016 年第 2 期。

四节更王兮秋气悲，遥思悄悦兮若有遗。原野萧条兮烟无
依，云高气静兮露凝衣。野草变色兮茎叶稀，鸣蜩抱木兮雁南
飞。西风凄悇兮朝夕臻，扇箑屏弃兮絺绤捐。归室解裳兮步庭
前，月光照怀兮星依天。居一世兮芳景迁，松乔难慕兮谁能
仙？长短命也兮独何怨？[1]

西晋潘岳《秋兴赋》"于是乃屏轻箑，释纤絺，藉莞箬，御袷
衣"是对曹植"扇箑屏弃兮絺绤捐"的化用，二者相较，可见出典
型的赋语言与诗化语言之间的差异。

曹植赋骈化的特点亦十分明显，常被视为赋作骈化或最早写作
骈赋的代表。在王粲辞赋研究的部分，笔者将对这个问题进行论
述，此处不复赘述。曹植讲求对偶，偶句的使用，使得曹植赋形式
更为精巧，内容更为凝练，风格更为雅致。前文所列举曹植《七
启》与枚乘《七发》关于美食的描写，正可看出这个特点。

熊蹯之臑，芍药之酱，薄耆之炙，鲜鲤之脍，秋黄之苏，
白露之茹。[2]（《七发》）
芳菰精稗，霜蓄露葵。玄熊素肤，肥豢脓肌。[3]（《七
启》）

《七发》的句式亦是整饬的，但结构松散，散文化特点明显，
而《七启》句式结构紧密，用两句话铺排四种名物，枚乘则每句话

[1]《全三国赋评注》，第461页。
[2]《两汉赋评注》，第23页。
[3]《全三国赋评注》，第380页。

仅铺排一种名物。不仅如此，曹植赋还采用了句内对偶，如芳菰对精粹，霜蓄对露葵，使得句式内部结构更为紧致。二者相较，足见曹植赋骈化的倾向。

赋的骈化与诗化，是一种新变，同时也是赋体文学逐渐失却个性的过程，后世赋家推王粲赋高古，而对曹植赋不够重视，其原因或在于此。但无论如何，曹植赋的诗化、骈化，代表了他在创作上求新求变的有意追求。

曹植还创作了《鹞雀赋》这样故事性强、具有浓厚民间文学色彩的俗赋，伏俊琏等学者在有关俗赋的论文论著里对其有着较为全面深入的研究，本文不再狗尾续貂，画蛇添足。不过值得关注的是，曹植《蝉赋》亦具有故事性，讲述蝉逃过了黄雀、螳螂、蜘蛛的捕杀，最后却落入狡童之手，遭遇被炙烤入腹的厄运。这篇赋一方面继承了班昭《蝉赋》对蝉的歌颂，另一方面却在其中植入了一个惊险生动的悲剧故事，但是赋中对狡童的刻画并不带有贬义，反而有几分幽默之感：

> 体离朱之聪视兮，姿才捷于猴猿。条罔叶而不挽兮，树无干而不缘。翳轻躯而奋进兮，跪侧足以自闲。[1]

这是一个目力过人、矫健敏捷，为捕蝉在果树林里上蹿下跳，时而飞跑，时而跪地隐藏的风度翩翩、面容姣好的美少年。整篇赋难以判断褒贬，有对蝉的歌颂、同情，也有对狡童的欣赏喜爱。此篇本非俗赋，然而雅致的语言透出诙谐的效果，给人以深刻印象。

---

[1] 《全三国赋评注》，第482—483页。

这种雅俗结合，也算是曹植的创新吧。

王粲与曹植，在两汉至六朝之间，一个主要承担着上承汉赋高古之风的作用，另一个则主要承担着下启六朝赋华美之风的作用，曹植赋真情流露，内容充实，形式精美，在建安赋中，成就最高，在赋史上，也是屈指可数的小赋大家。

余论

曹植生性热烈奔放，最能见此性情的当数建安十九年与邯郸淳会面一幕，《三国志》王粲本传注引《魏略》记载如下故事：

> 时天暑热，植因呼常从取水自澡讫，傅粉。遂科头拍袒，胡舞五椎锻，跳丸击剑，诵俳优小说数千言讫，谓淳曰："邯郸生何如邪？"于是乃更著衣帻，整仪容，与淳评说混元造化之端，品物区别之意，然后论羲皇以来贤圣名臣烈士优劣之差，次颂古今文章赋诔及当官政事宜所先后，又论用武行兵倚伏之势。乃命厨宰，酒炙交至，坐席默然，无与伉者。[1]

曹植天生的过人之才情、奔放之性情、热烈之心绪、狂傲之风采、天真之态度，经由这段文字生动再现出来。无怪乎邯郸淳惊为天人，但凡亲眼见到曹植者，都会叹为谪仙人。王粲本传注引《魏略》亦记载，其时曹丕亦想延引邯郸淳为属官，但是曹操偏爱曹

[1]《三国志》，第 603 页。

植，将邯郸淳派遣为临淄侯文学。曹植见宠于曹操，恐怕正是其悲剧一生的开端。王夫之《读通鉴论》曰："故魏之亡，亡于孟德偏爱植而植思夺适之日。兄弟相猜，拱手以授之他人，非一旦一夕之故矣。"[1] 兄弟阋墙，不仅直接削弱了魏朝的实力，也导致了曹植后半生遭受迫害、郁郁而死的悲剧结局。设若曹植不曾有因受宠而膨胀的功名之心和权力之欲，比如前文所述曹植曾有意识培植羽翼，在储位之争中积极作为；如果曹植不曾有过于奔放不羁的性情，如建安二十二年酒后擅闯司马门，建安二十四年又因醉酒不能受曹操军令，直接导致失宠于曹操，曹丕代汉时他又禁不住发服悲哭，导致曹丕忌恨——如果没有这一切，或许他会奉献给文学史更多奇伟瑰丽之作。然而历史不可以假设，曹植的文学创作，正是他一生性情和遭遇的写照。

---

[1] 王夫之撰，舒士彦点校：《读通鉴论》，北京：中华书局，1975 年，第 268 页。

第四章　王粲赋
——贵公子孙的身世书写与文采风流

　　王粲今存赋作 29 篇，[1] 作品数量在建安赋家中位列第三，仅次于曹氏兄弟。曹丕《典论·论文》称赞王粲长于辞赋，并将其《初征》《登楼》《槐赋》《征思》诸赋誉为"虽张蔡不过也"。曹丕《又与吴质书》说"仲宣续自善于辞赋，惜其体弱，不足起其文，至于所善，古人无以远过"，给予王粲辞赋等同古代名家的地位。刘勰在《文心雕龙·诠赋》中将王粲与徐幹归入魏晋赋首之列，并称赞"仲宣靡密，发端必遒"[2]，又在《才略》篇中称赞"仲宣溢

---

　　[1]　费振刚《全汉赋校注》收录王粲赋作 31 篇，龚克昌《全三国赋评注》收录 28 篇，吴云《建安七子集校注》收录 26 篇，其差异在于《全汉赋校注》收录包括《述征赋》在内的 4 篇存目，《全三国赋评注》未收《述征赋》存目，且将《弹棋赋序》、《围棋赋序》、《投壶赋序》合而为一，称《弹棋赋序》，吴云《建安七子集校注》则不收存目，不收七体，《弹棋赋序》亦分为三篇。俞绍初《建安七子集》收录王粲赋 25 篇，其中《弹棋赋序》注释中指出所谓《弹棋赋序》、《围棋赋序》、《投壶赋序》当属同一篇作品，并在序后附《弹棋赋》，且说明这篇赋文究竟是丁廙还是王粲所作，至今存疑。俞绍初在《建安七子佚文存目考》中，列出包括《述征赋》在内的共四篇存目。综合以上各家收录情况，笔者认为，俞绍初的考证说明最为细致合理，故王粲今存赋作（包括 4 篇存目）总共 29 篇。本文所引王粲赋作均出自《全三国赋评注》。本文所引王粲诗文，均出自吴云《建安七子集校注》。

　　[2]　《文心雕龙译注》，第 165 页。

才，捷而能密，文多兼善，辞少瑕累，摘其诗赋，则七子之冠冕乎"[1]。在建安诸子中，王粲具有重要的文学地位。

第一节　贵公子孙的身世起落与创作

从贵公子孙到寄人篱下、怀才不遇，王粲身世的起落，对其伤情、愀怆的创作风格和内容有着深刻的影响。王粲出身世家，身世显赫，据《三国志》本传记载可知，王粲曾祖父和祖父均位列三公，其祖父与李膺交好，名预清流。父亲王谦为大将军何进长史，曾拒绝何进的联姻要求。[2]曹植在《王仲宣诔》一文中赞誉王粲先祖、近祖以及父亲曰："猗彼侍中，远祖弥芳。……自君二祖，为光为宠。……伊君显考，奕叶佐时。"高贵的出身、良好的家风，令少年王粲博学多识，应对清奇，蔡邕对他极为赏识，目为奇才，延为上宾，直至倒屣相迎，[3]还将自己近万卷藏书载数车相送。[4]王粲十六岁即被司徒征辟，又诏为黄门侍郎，均因董卓之乱未能赴任，后与族兄王凯、友人士孙萌一起前往荆州避乱，依附刘表。[5]王粲身体羸弱，形貌丑陋，不拘小节，深为刘表嫌弃，

---

[1]《文心雕龙译注》，第568页。
[2]《三国志》，第597页。
[3]《三国志》，第597页。
[4]《三国志》钟会传注引《博物记》言："蔡邕有书近万卷，末年载数车与粲。"第796页。
[5]《三国志》本传载王粲十七岁被司徒征辟、诏为黄门侍郎并赴荆州依附刘表，然俞绍初《建安七子集》之《建安七子年谱》考证当为十六岁。《建安七子集》，第387页。

淹留荆州十数年，郁郁不得志，步入人生的低谷。建安十三年
（208），曹操南征刘表，王粲积极劝降刘琮，得归曹操帐下，被辟
为丞相掾属，赐爵关内侯。后曹操为魏公，王粲官拜侍中，为曹操
制礼作乐。但他似乎对自己的处境地位并不满意，建安十九年
（214）曹植《赠王粲》一诗劝慰他言："重阴润万物，何惧泽不周。
谁令君多念，自使怀百忧。"[1] 生逢乱世，命运浮沉，王粲的诗赋
都带着自己身世的痕迹，谢灵运《拟魏太子邺中集诗》言其"家本
秦川，贵公子孙，遭乱流寓，自伤情多"。[2] 钟嵘《诗品》言其五
言诗"其源出于李陵，发愀怆之词，文秀而质羸，在曹刘间别构一
体，方陈思不足，比魏文有余"。[3] 伤情与愀怆，可为王粲人生及
文学之写照。

　　王粲由衷地拥护曹氏政权，热衷于追求功名，由此形成其诗赋
多歌功颂德之作的特点。初平三年（192），王粲怀抱政治理想，前
往荆州依附刘表。但刘表本质上乃一介文士，并无戡乱之志，在群
雄逐鹿中但求自保，正如王夫之《读通鉴论》所言："不为祸先而
仅保其境，无袁、曹显著之逆，无公孙瓒乐杀之愚，故天下纷纭，
而荆州自若。"[4] 王粲依附刘表那一年，曹操虽初显雄主本色，败
于毒，破眭固，击匈奴，降黄巾[5]，然征战不息，艰苦卓绝，确
非文士的理想依归。王夫之又言："绍与操自灵帝以来，皆有兵戎
之任，而表出自党锢，固雍容讽议之士尔。"[6] 王粲时本年少，又

[1]《三曹年谱》考证此诗作于建安十九年。第131页。
[2] 萧统编，李善注：《文选》，北京：中华书局，1977年，第437页。
[3]《钟嵘诗品笺证稿》，第160页。
[4]《读通鉴论》，第245页。
[5]《三曹年谱》，第48—50页。
[6]《读通鉴论》，第245页。

乃文弱书生，所以选择投奔享有令名、不好征战、据有荆州富庶之地、生活相对安定的雍容讽议之士刘表，实为情理中事。然荆州固可为一时安身之地，却难以成为追求事功之所。陈寿在《三国志》中评价刘表"外宽内忌，好谋无决，有才而不能用，闻善而不能纳，废嫡立庶，舍礼崇爱"[1]，可想见刘表实非可托之人，因此，王粲在刘表帐中由少年而至二毛之年，始终沉沦下僚、仕途偃蹇，对刘表的无所作为深感失望，对自己的怀才不遇怨愤不平，对自己的未来充满迷茫，他把内心的郁郁不平都抒发在《登楼赋》中。而这一切得以转变的契机，便是挟天子以令诸侯的曹操，在建安十三年（208）南征刘表，归曹成为王粲实现政治理想的重要寄托。所以，曹军当前，王粲积极劝降刘琮，以至于被王夫之讥为求荣之举，将王粲等人与韩嵩视为同类："韩嵩，智而狡者也。刘表旧与袁绍通，而曹操方挟天子以为雄长，绍之不敌操也，人皆知之，故杜袭、繁钦、王粲之徒，日夕思归操以取功名。嵩亦犹是而已矣。嵩之劝表以归操，明言袁、曹之胜败，而论者谓其奉戴汉室，过矣。"[2]《三国志》本传记载：王粲归曹之初，随大军由赤壁还，至襄阳，曹操置酒汉滨，王粲奉觞贺操，称赞他能引用贤俊："明公定冀州之日，下车即缮其甲卒，收其豪杰而用之，以横行天下；及平江汉，引其贤俊而置之列位，使海内回心，望风而愿治，文武并用，英雄毕力，此三王之举也。"[3]王粲对曹操的溢美之词，于客套之外，表达了对曹氏政权由衷的拥护，流露了心底对曹操重用自己的热切期待。

---

[1]《三国志》，第 217 页。
[2]《读通鉴论》，第 247 页。
[3]《三国志》，第 598 页。

　　正是因为这种期待过于热切，王粲表现出急于获取功名的态度，这种心态甚至被载入史书，被目为"躁竞"，遭到后人批评。《三国志》杜袭本传载："魏国既建，（杜袭）为侍中，与王粲、和洽并用。粲强识博闻，故太祖游观出入，多得骖乘，至其见敬不及洽、袭。袭尝独见，至于夜半。粲性躁竞，起坐曰：'不知公对杜袭道何等也？'洽笑答曰：'天下事岂有尽邪？卿昼侍可矣，悒悒于此，欲兼之乎！'"[1]杜袭、和洽与王粲都曾避乱荆州，魏国初建，三人均官拜侍中，作为近臣受到曹操厚待，这段记载对当时三人的优容处境可见一斑，但是王粲对杜袭与曹操夜谈一事表现出难以掩饰的妒忌和不安，暴露出心底对权势功名的极度渴望，因此被陈寿归为"性躁竞"，这个评价几乎成为后世对王粲的共识。《颜氏家训》评王粲为"率躁见嫌"，《颜氏家训集解》注释此条："《三国志·魏书·杜袭传》：'王粲性躁竞。'《文心雕龙·程器》：'仲宣轻脆以躁竞。'此皆六朝人谓王粲为率躁之证。"[2]王粲对曹氏政权的由衷拥护与急于进取的心态，均流露在文学创作中，其诗歌代表作《从军诗》以及现存赋作（不包含存目）的二分之一（约十三篇），都与颂美曹氏政权、示好曹氏父子有所关联。徐公持《魏晋文学史》认为王粲表现追求功名的诗赋数量不少，且往往与赞颂曹操融为一体，并认为王粲《从军诗》在对曹操的颂美和自我表态方面流露出过分姿态。[3]无怪王夫之在《读通鉴论》中将王粲描述为一个急于事功、邀宠谄媚之人："（繁）钦与王粲则邀官爵燕乐之

［1］《三国志》，第 666 页。
［2］王利器：《颜氏家训集解》，北京：中华书局，2014 年，第 233 页。
［3］《魏晋文学史》，第 110—111 页。

欢于曹丕者也，夫岂能鄙表而不屑与居者哉！"[1]

　　王粲与曹氏兄弟周旋自如、交往密切，常与二人尤其是曹丕同题共作，这种交游状态一方面令王粲赋对曹氏兄弟的创作起到一定的示范作用，另一方面则对王粲赋的创作成就形成一定的影响和制约。张溥《汉魏六朝百三家集》之《王侍中集》题辞言："子桓子建交怨若仇，仲宣婉娈其间，耦居无猜。身没之后，太子临丧，陈思作诔。……彼固善处人骨肉，亦由天性宿深，长于感激。不但和光宴咏，为两公子楼护也。"[2]言辞之间对王粲重情、懂情、善于以情相处的性格特征欣赏有加，同时也展现出王粲安然地周旋于曹氏兄弟之间并受到他们的尊重与喜爱的历史场景。王粲与曹氏兄弟交好以及得其赏识，除了劝降刘琮有功于曹家，歌功颂德讨好于曹家之外，他亦凭借自己的文学才能建立起自己的交游地位。王粲生于熹平六年，比曹丕年长十岁，比曹植年长十五岁，在诸子与曹氏兄弟的文学应酬活动中，他的同题作品数量最多，有些作品对曹氏兄弟起到了一定的引导示范作用。但在同题共作过程中，王粲难免有被动应酬甚至敷衍礼让之意，从而影响和制约了其创作成就。

　　如上所述，王粲出身世家，少负才名，然经历坎坷，长期蹭蹬，形成热衷功名、急于求成的心态，从而表现出对曹氏政权的强烈期待，被认为邀宠诎媚于曹氏父子，以至遭人诟病。王粲一生的文学创作，无不与其人生经历和性格行为密切相关，其赋作的内容、风格、成就，尤其受制于斯。

---

[1]《读通鉴论》，第 246 页。
[2]《汉魏六朝百三家集题辞注》，第 78 页。

第二节　王粲赋的总体风格

一、　王粲赋在赋作骈化进程中的过渡性

王粲在赋作骈化进程中具有过渡作用，古人常将其赋目为高古、有古风之作，今人却常将之视为骈偶化的典型。二者看似抵牾，实际只是观照的角度不同而已。

古人论赋，如清人李元度《赋学正鹄》将《登楼赋》归入"高古类"，王之绩《铁立文起》则言："古赋，如汉司马相如《长门》，班婕妤《自悼》、《捣素》，张衡《思玄》，晋潘岳《秋兴》，唐柳宗元《梦归》，汉祢衡《鹦鹉》，王粲《登楼》，晋孙绰《游天台山》，汉扬雄《甘泉》，以上正体而俳体间出于其中。……俳赋，如晋陆机《文赋》，宋鲍照《芜城》，谢惠连《雪赋》，谢庄《月赋》，鲍照《野鹅》，颜延之《赭白马》，鲍照《舞鹤》。"[1]费经虞《雅伦》卷四引《类编》之言将这个问题阐述得更为明确："古今言赋，咸以两汉为古，至三国六朝而其体一变。建安七子，独王仲宣词赋有古风。晋陆士衡《文赋》等作，已用俳体，流至潘岳，首尾绝俳。"[2]可见，所谓古赋，乃针对俳赋而言。今人论赋，如马积高《赋史》言王粲赋题材广泛，体式多俳，间有骚体。[3]郭英德、过常宝《中国古代文学史》言王粲《登楼赋》的骈偶化以及用语、用

---

[1]《续修四库全书》，上海：上海古籍出版社，2002年，第1714册第323页。

[2]《续修四库全书》，第1697册第62页。

[3]《赋史》，第149页。

典的精致十分值得注意。[1] 前野直彬《中国文学史》认为建安时期迈出了骈文的第一步,曹植《洛神赋》与王粲《登楼赋》便是代表。[2] 古人从六朝之后骈赋的流弊着眼,推重王粲赋有古风,此为强调其承前的作用。今人则从散文到骈文的发展历程着眼,论述王粲赋骈化的特点,此为强调启后的作用。

所以,从汉代古赋到六朝骈赋,建安时期正好是一个赋作渐趋骈化的过渡。刘师培言:"西汉之时……或出语雄奇,或行文平实,咸能抑扬顿挫,以期语意之简明。东京以降,论辩诸作,往往以单行之语,运排偶之词,而奇偶相生,致文体迥殊于西汉。建安之世,七子继兴,偶有撰著,悉以排偶易单行,即非有韵之文,亦用偶文之体,而华靡之作,遂开四六之先,而文体复殊异东汉,其迁变者一也。"[3] 刘师培指出,东汉之文奇偶相生,建安之文,则几乎全用俳偶。于景祥《骈文的形成与鼎盛》一文言:"曹植之文,以俪语为主体,已经是骈偶体制,不过对偶还不十分精工细密,散行气息犹存一些,因而不乏清峻疏朗之态,这是骈文形成的最初状态。"[4] 可见,建安时期骈俪风气渐起,但是相对后世成熟的骈体,建安赋尚带有疏朗的特点,而这点在王粲赋中体现得尤为突出,曹植赋则较王粲赋呈现出更为成熟的骈化形态。罗宗强《魏晋南北朝文学思想史》言:骈赋的发展比骈文的发展更快些。此时之抒情小赋,有一种普遍骈化的倾向,抒情与骈句结合,既情思流

---

[1] 郭英德、过常宝:《中国古代文学史》,北京:中国人民大学出版社,2012年,第240页。

[2] 前野直彬:《中国文学史》,第57页。

[3] 刘师培:《中国中古文学史论文杂记》,北京:人民文学出版社,1959年,第116页。

[4] 于景祥:《骈文的形成与鼎盛》,《文学评论》1996年第6期。

畅，又抑扬顿挫，极富节奏感。王粲《大暑赋》《思友赋》《神女赋》，陈琳《止欲赋》，繁钦《柳赋》等，都可以说是初步骈化的作品，句六字，中有一些完整的骈句。曹植小赋，骈化已相当完整。如《幽思赋》。[1]

罗先生将王粲赋骈化的特点界定为"初步"是很有道理的，正因为只是初步骈化，王粲赋才被后世目为高古之作。吕美勤《试论曹植的辞赋》一文还认为王粲辞赋多铺陈直叙，尚存汉赋的古风，而曹植辞赋则更多体现了以气为主，以情动人，以诗为赋的"纯乎魏响"特点。若论以气为主，以情动人，王粲赋也很突出。但以诗为赋方面，曹植赋确实更为突出。

与曹植较成熟的骈化相比，王粲赋的初步骈化主要体现为以下两个方面：

其一，王粲赋作不以偶句为主，散句较多。如其代表作《登楼赋》散句比较多，偶句相对少一些，总体读来不似六朝骈赋整饬。

其二，王粲赋句式多变，淡化了骈化色彩。比如王粲《游海赋》与曹丕《沧海赋》相比，二赋内容颇多趋同之处，王粲赋用四字句、五字句、六字句、七字句等，并夹杂少量骚体句式，曹丕赋则多用四字句和六字句，杂有少量三字句。王粲赋句式长短的随性变化，使全文结构有开阖自如的特点。相较之下，曹丕赋显出更为精心构结的特点，形式也更为整饬。再如曹植《洛神赋》虽句式多变，但与王粲相比，《洛神赋》全篇多用四字句和六字句，且多用偶句，对仗亦颇为严密工稳，更趋近后世骈赋的形式。

郭维森、许结《中国辞赋发展史》认为《洛神赋》多用俳偶，

---

[1]《魏晋南北朝文学思想史》，第25—26页。

开启了骈赋时期。[1] 王粲《登楼赋》是归曹前所作,属早期建安赋。曹植《洛神赋》是黄初年间作品,属建安赋创作的尾声。王粲赋的初步骈化,到曹植赋骈化程度的加深,正好体现出建安时期赋作骈化的进程,在这个进程中,王粲赋成为古赋与骈赋之间的过渡。

二、 王粲赋长于抒情、善于布局、工于造语的艺术特点

在六朝骈赋兴盛以及唐代律赋继起的赋史上,建安赋成为雄奇高古的汉代古赋向华丽整饬的六朝骈赋过渡的中间状态,既具有相对自由疏朗的形式,又具有真情流露的内容,而王粲以其《登楼赋》名动千古,并因其赋体式相对高古从而独树一帜。以《登楼赋》为代表的王粲赋,其总体艺术成就主要体现在长于抒情、善于布局、工于造语几个方面。

(一)长于抒情。长于抒情是《登楼赋》的主要成就,也是王粲赋作的突出特点。后世论者将《登楼赋》目为建安赋作之首。相去建安不远的西晋,赋家对《登楼赋》即十分推崇,陆云《与兄平原第十八书》曰:"所诲云文,所比《愁霖》《喜霁》之徒,实有可尔者,《登楼》名高,恐未可越尔。"[2] 陆云《与兄平原第三十一书》又云:"视仲宣赋集,《初》《述征》《登楼》前即甚佳,其余平平,不得言情处。"[3] 陆云认为王粲《初征》《述征》《登楼》之外的其余赋作平平,乃在于其"不得言情处",反观《登楼》诸赋,其动

---

[1] 《中国辞赋发展史》,第230页。
[2] 《全上古三代秦汉三国六朝文》,第2043页。
[3] 《全上古三代秦汉三国六朝文》,第2045页。

人之处，当在感情深挚。祝尧《古赋辨体》卷五云："（《登楼赋》）末段自'步栖迟以徙倚'之下则兼有风、比、兴义，故犹有古味。以此知诗人所赋之六义，其妙处皆从情上来。情之不可已也，如是夫！"[1] 浦铣《复小斋赋话》云："王仲宣《登楼赋》，情真语至，使人读之堪为泪下。文之能动人如此，晋枣据亦有此赋，皆脱胎于粲。"[2]

建安十一年（206）前后，王粲登麦城城楼，作《登楼赋》[3]。《评注昭明文选》中方伯海评此赋曰："是时汉室播迁，故粲南依刘表。表多文少实，外厚内猜，岂是可依之人。此赋虽是怀乡，实是感遇。故借登楼而发其恋土之情，亦逝将去汝之意也。"[4] 李元度《赋学正鹄》评此赋曰："因登楼而四望，因四望而触动其忧时感事、去国怀乡之意。"[5]

《登楼赋》所抒何情、怎样抒情以及抒情效果如何，古人均已有共识和定论。这种身世之感和怀乡之情在战乱年代具有极大的普遍性，非独王粲所有，故而千载之下，引人共鸣。王粲十六岁投奔刘表之时，内心对刘表寄予了深厚期望，对未来充满殷切期待，然而"遭纷浊而迁逝兮，漫逾纪以迄今"，从初平三年（192）至建安

[1]《历代赋论汇编》，第50页。
[2]《历代赋话校证》，第394页。
[3]俞绍初《建安七子年谱》将《登楼赋》系于建安十三年（208）王粲归曹之初所作。陆侃如《中古文学系年》根据赋中"漫逾纪以迄今"推断此赋作于王粲依附刘表十二年之后，即建安十一年（206）前后。吴云《建安七子集校注》则认为此赋当作于建安九年后，以及刘琮降曹前，具体作年无法考证。笔者认为结合赋作内容情感分析，俞绍初先生认为作于归曹初肯定是不对的。本文采纳《中古文学系年》的结论，将此赋系于建安十一年前后。《中古文学系年》，第356页。
[4]费振刚：《文白对照全汉赋》，广州：广东教育出版社，2006年，第788页。
[5]《历代赋论汇编》，第751页。

十一年（206）前后，王粲已由少年进入二毛之年，因貌寝通侻不受刘表待见，长期沉沦下僚，心中郁积着浓烈的怀才不遇之忿恨以及时光流逝之焦躁。所以在抒发"虽信美而非吾土兮，曾何足以少留"的思乡之情的同时，怀才不遇的叹息以及功业难成的忧惧显得更为明显。一介文弱书生在乱世中有所作为是非常困难的，但看群雄逐鹿，愿择良枝而栖，一切不确定的因素，令前途命运格外渺茫无望，所以王粲内心对太平之世充满渴望："惟日月之逾迈兮，俟河清其未极。冀王道之一平兮，假高衢而骋力。"王粲深知唯有天下一统，纷争停歇，自己这样的文人才能借机实现经世济人的理想，成就一生的功业。然而时光飞逝，转眼年岁已老，刘表既不可依，明主尚未出现，王粲内心对前途命运的忧惧之情愈发浓厚："惧匏瓜之徒悬兮，畏井渫之莫食。"赋中用了一段景物描写来表现这种忧惧："步栖迟以徙倚兮，白日忽其将匿。风萧瑟而并兴兮，天惨惨而无色。兽狂顾以求群兮，鸟相鸣而举翼。"天地惨淡，凉风萧瑟，鸟兽无依，内中凄凉之感，力透纸背。士人追求理想的愿望与残酷现实的反差，令人动容。无怪浦铣读之泪下，感喟"文之能动人如此"，这实在是文人心性相通、感同身受的表达。

王粲赋作长于抒情，《登楼赋》之外，叙写人情的《思友赋》《伤夭赋》《出妇赋》《寡妇赋》以及寄托身世之感的《莺赋》《鹦鹉赋》《鹖赋》诸禽鸟赋，乃至带有一定娱乐色彩的《闲邪赋》，都有较强的抒情性。

王粲赋长于抒情的特点首先在于能很好地选取景物以表达情感，《登楼赋》自不必多言，其《思友赋》亦堪称赋中翘楚。

登城隅之高观，忽临下以翱翔。行游目于林中，睹旧人之故场。身既没而不见，馀迹存而未丧。沧浪浩兮回流波，水石激兮扬素精。夏木兮结茎，春鸟兮愁鸣。平原兮泱漭，绿草兮罗生。超长路兮逶迤，实旧人兮所经。身既逝兮幽翳，魂眇眇兮藏形[1]。

此赋为悼念亡友所作，主要通过景物描写表现思悼之情："夏木兮结茎，春鸟兮愁鸣。平原兮泱漭，绿草兮罗生。"树木的枝叶在夏日里愈发繁茂，然而春鸟的哀鸣还没有停止。失去挚友的痛苦不就像这哀鸣一样从春到夏久久不能散去吗？宽广的平原，芳草无边，静寂而漫长的古道，仿佛都是故友曾经游历之地。无处不在的思念，犹如芳草一样绿遍天涯。建安时期，大多数赋作中的景物与情感尚不如诗歌那样交融一体，相得益彰，赋家似乎尚未熟练掌握这个文学技巧。唯王粲与曹氏兄弟赋作已能较好地借景抒情。再如王粲《寡妇赋》"观草木兮敷荣，感倾叶兮落时"，以草木生长反衬人心的枯槁，以落叶翻飞烘托人心的凄凉。"日掩暧兮不昏，明月皎兮扬晖"，以日月的光辉表现寡妇的永昼之愁和长夜之叹。

其次，王粲赋长于抒情的特点在于善于描写情感渐趋深入的过程。王粲笔下的情感，总有一个层层递进、步步深入的发展历程，读来尤为真实感人。《登楼赋》先叙写登楼所见，"花实蔽野，黍稷盈畴"的美景，触发"虽信美而非吾土"的怀乡之情，然后过渡到北望家山、山高路遥之叹，最后归结到人生苦短、壮志难酬之上。《思友赋》抒发情感比较含蓄，主要通过景物描写来展现情感层次，首先叙写登楼远眺，遥见故人坟茔；然后感叹故人已逝，生者尚

[1]《全三国赋评注》，第169页。

存；接着以沧浪回流、水石相激表达内心激荡的悲痛；以茂林鸟鸣表现这悲痛历久不散，以平原悠远、绿草无涯喻示悲痛渐渐平复却又无处不在。《寡妇赋》描写寡妇提携孤孩步出东厢，观草木、感落叶心生悲苦，处幽室、登空床难捱永昼长夜，最后涕泪交零，这其间亦有时间的推移和情感的变化。

王粲现存赋作中流露的情感，除去歌功颂德之作中的昂扬，多为身世之叹与悲情体验，所以谢灵运言其"自伤情多"，钟嵘言其"发愀怆之词"。身世遭遇坎坷，是许多建安士人的共同特点，而王粲尤多伤情体验。究其原因，大抵有两个。其一，王粲体弱，王叔岷《钟嵘诗品笺证稿》援引有关王粲的史传记载及前人的经典评价，证明钟嵘《诗品》所谓"文秀而质羸"之"质羸"，与曹丕所谓"惜其体弱"之"体弱"，与《三国志》本传所言"表以粲貌寝而体弱通侻"之"体弱"同义，都是指王粲身体羸弱。[1] 皇甫谧《针灸甲乙经序》载王粲二十岁遇见张仲景，被预言四十而眉落，半年后身亡[2]。此事虽貌似玄乎，但亦可证明王粲体弱与最终早逝的关系。魏晋之人对生死问题原本十分敏感，体弱多病之人更容易产生伤感灰心的情绪。其二，王粲出身显赫，建功立业、光宗耀祖的迫切心理与动乱的现实之间存在难以调和的矛盾。即使归曹后倍受曹操优宠，且与曹氏兄弟相交甚欢，然而王粲仍时时有功业难成的忧惧心理。其《杂诗》之四抒发有志不获骋的郁闷之情："天资既否戾，受性又不闲。邂逅见逼迫，俯仰不得言。"从"遭遇风云会，托身鸾凤间"两句看，此首当作于归曹之后。曹植《赠王

---

[1]《钟嵘诗品笺证稿》，第 161—162 页。

[2] 皇甫谧：《针灸甲乙经》，北京：中华书局《丛书集成初编》本，1991 年，第 1 页。

粲》一诗安慰王粲"重阴润万物，何惧泽不周"，或许即是针对此首而言。如前所述，作为文弱书生，在天下一统的大业中，要能成就伟大业绩，是非常困难的，王粲对功业的期待与他实际能实现的理想之间，存在一定的差距，更何况太祖性严、性忌，自孔融以来，多有文士被杀，且从军征战，餐风宿露，于体弱书生尤苦不堪言，王粲在建安二十二年（217）瘟疫爆发之前死于从军途中，亦可为佐证。王粲的身世之感和悲情体验，在其《鹖赋》《莺赋》《鹦鹉赋》等咏物赋中都打下了烙印。

《鹖赋》是与曹操、曹植的同题共作，曹操赋虽仅存序言，但可看出与曹植赋立意大体相似，都是歌颂死士之勇武贞刚，充满尚武精神。王粲赋亦赞美鹖鸡"厉廉风与猛节，超群类而莫与"之品格气质，但却以"惟膏薰之焚销，固自古之所咨"批评鹖鸡如膏薰自焚，难以全身远害，最后以"逢虞人而见获，遂因执乎绁累。赖有司之图功，不开小而漏微。令薄躯以免害，从孔鹤于园湄"，描写鹖鸡的命运：被虞人捕获进献，得以保全性命，却最终沦为与孔雀、白鹤一样供人观赏的凡鸟，失去了用武之地和人生价值。王粲《鹦鹉赋》《莺赋》立意与《鹖赋》相似，王粲写被囚禁的鹦鹉"听乔木之悲风，羡鸣友之相求"，写笼莺"既同时而异忧，实感类而伤情"，对其失去自由的命运深感同情。这些赋作，以及《思友赋》《登楼赋》《伤夭赋》等，都或寄寓着王粲的身世感怀，或抒发着王粲的悲情体验，带着王粲文字特有的愀怆伤情意味。

（二）善于布局与工于造语。曹植《王仲宣诔》言其"文若春华，思若涌泉，发言可咏，下笔成篇"。王粲赋作之布局、造语往往令人称道，其中以《登楼赋》最为人称赏。王粲为赋，布局与造语的最大特点在于精心而又自然。

《登楼赋》之布局为人叹赏。李元度《赋学正鹄》评《登楼赋》之善于布局可谓的评:"因登楼而四望,因四望而触动其忧时感事、去国怀乡之意。凡三易韵,段落自明,文意悠然不尽,此汉赋规模也。"[1] 这段话将《登楼赋》布局安排之巧妙阐发得十分到位。《登楼赋》三个段落,由登楼所见到怀乡之情,再到忧惧命运,内容相互联系又各自独立,情感层层递进,意境丰富鲜明,所见景物之美,怀乡情感之深挚,忧惧心理之惨淡,愈转愈深,最后直达作者内心深处的忧虑感伤。此种布局,极人工之妙,得天然之致。

王粲赋工于造语亦为古代论者称赞。曹丕《典论·论文》言王粲长于辞赋,"虽张、蔡不过也",张衡、蔡邕是东汉赋家英杰,王粲辞赋创作与此二人风格成就的可比性,造语之精心是一个重要方面。刘勰《文心雕龙·丽辞》言:"自扬马张蔡,崇盛丽辞,如宋画吴冶,刻形镂法,丽句与深采并流,偶意共逸韵俱发。至魏晋群才,析句弥密,联字合趣,剖毫析厘。然契机者入巧,浮假者无功。"[2] 刘勰指出张、蔡为赋,追求文采,讲究对偶,而这个特点在建安文人手中得到了发展。如前所述,建安时期是古赋向骈赋的过渡,所以赋作的结构、语言更加精心细致。《文心雕龙·丽辞》言:"故丽辞之体,凡有四对:言对为易,事对为难,反对为优,正对为劣。……反对者,理殊趣合者也;正对者,事异义同者也。……仲宣《登楼》云:'钟仪幽而楚奏,庄舄显而越吟。'此反对之类也。……幽显同志,反对所以为优也。"[3] 刘勰这段分析展现了王粲赋作在对偶上的精致巧妙。

---

[1] 《历代赋论汇编》,第 751 页。
[2] 《文心雕龙译注》,第 436 页。
[3] 《文心雕龙译注》,第 438 页。

王粲赋造语之特点在于既十分精心，又自然流畅。正如《评注昭明文选》中周平固所言："篇中无幽奥之词，雕镂之字，期于自摅胸臆，书尽言，言尽意而止，无取乎富丽也。"[1]《登楼赋》写景有"华实蔽野，黍稷盈畴"之语，抒情有"虽信美而非吾土兮，曾何足以少留"之语，论理有"昔尼父之在陈兮，有归欤之叹音；钟仪幽而楚奏兮，庄舄显而越吟。人情同于怀土兮，岂穷达而异心"之语，均可谓清新自然，晓畅流丽，堪为千古名句。漆绪邦《中国散文通史》论王粲赋，认为其语言较汉大赋有很大改进，不再有明显的雕琢痕迹以及排比故实的"类书"倾向，而是运用明快、朴实的文字，旨在言志抒情[2]。诚然，建安抒情小赋的共同特点，在于用字浅易，语言晓畅，抒情性强。

王粲赋造语风格亦多样。如《大暑赋》描写苦热情形："征夫瘼于原野，处者困于高堂。患衽席之焚灼，譬洪燎之在床。起屏营而东西，欲避之而无方。仰庭槐而啸风，风既至而如汤。气呼吸以祛裾，汗雨下而沾裳，就清泉以自沃，犹澳涩而不凉。"此段文字将暑热描写得如在眼前：床席、微风、清泉均灼热难当，人们呼吸困难，汗流如雨，行止难安。整篇赋造语通俗，生动形象。再如《登楼赋》造语之典雅，《羽猎赋》造语之气势非凡、遣词生猛："山川于是乎摇荡，草木为之以摧拨。禽兽振骇，魂亡气夺。举头触丝，摇足遇挞。陷心裂胃，溃颈破颅。鹰犬竞逐，奕奕霏霏。下韝穷绁，搏肉噬肌。坠者若雨，僵者若坻。"

王粲赋作尽管讲究布局与造语，注重形式美，但总体以抒情为

---

[1]《文白对照全汉赋》，第 788 页。

[2]漆绪邦：《中国散文通史》，北京：首都师大出版社，2014 年，第 404 页。

本，不为辞章所累，不受骈偶拘束，没有堆砌雕琢之病，故能为后人称道。

第三节　王粲归曹后的创作评述

　　王粲所存 29 篇赋作，其中《登楼赋》可知作于荆州依附刘表之时，《感丘赋》《弹棋赋》《思友赋》三篇无法确定写作背景及时间，其余 25 篇均当作于归曹之后，且其中有 20 篇当属与曹氏兄弟及诸子的同题共作。这组数据表明，王粲现存大部分赋作是归曹后的同题共作之赋，即归曹后王粲作赋的主要动力是与曹氏兄弟、诸子乃至曹操在文学上的应酬往来，[1] 这些应制之作并非全无是处，而是总体流畅清丽，但像《登楼赋》那样真情充溢、形式纯美的作品，归曹后未能再有超越者。徐公持《魏晋文学史》认为，王粲归曹前人格较独立，社会及个人忧患意识浓厚，归曹后对曹氏的依附关系或主从关系十分明确，独立人格削弱，忧患意识淡薄，所以文学成就不如归曹前。[2] 诚然，归曹对王粲文学创作的影响，总体而言束缚大于推动，新的局面、新的希望在王粲心中引发的创作激情，因为王粲对功名的急切期望，而被烙上揣摩迎合、小心谨慎的色彩。但也必须看到王粲归曹后在同题共作的竞技创作中，依然有出色的表现。他对曹氏兄弟创作的影响，也非常重要。

---

　　[1] 王粲与曹操、曹植同题之作是鹖鸡赋，王粲今存《鹖赋》，曹操存《鹖鸡赋序》，曹植存《鹖赋并序》。王粲与曹操、曹丕同题共作沧海，王粲存《游海赋》，曹丕存《沧海赋》，曹操《沧海赋》仅余存目。

　　[2]《魏晋文学史》，第 113 页。

一、　题材趋同，不如前期创作有个性

同题共作类似于带有游戏竞技色彩的命题作文，其取材往往以咏物为主，便于着手与敷演，间或即席成篇，则少有精心构思的时间。在这样的创作情境下，天才作家往往会有天才之作，但大多数作品，很难臻于极致。王粲 20 篇同题共作之赋，咏物赋共占 9 篇，分别是《鹦鹉赋》《莺赋》《白鹤赋》《鹖赋》《柳赋》《槐树赋》《迷迭赋》《车渠碗赋》《玛瑙勒赋》。受祢衡《鹦鹉赋》影响，建安禽鸟赋基本都用来抒写身世之感，在立意命篇、遣词造句上多有模仿。器物赋多以描写为主，间或将器物之美与士人修德联系起来，少有佳作。植物赋多描摹物象，带有一定的抒情意味，总体平平。另如神女赋和止欲赋，这是自宋玉以来的赋作传统的延续，建安赋家除了曹植《洛神赋》集神女、止欲两类赋作之大成，其余作品在艺术上少有对前人的超越。当然，同题共作在题材上也会具有一定的创新和探索，比如王粲与曹氏兄弟同题共赋寡妇、出妇，便是对题材和艺术手法的创新。王粲的同题赋作，比较优秀的是《游海赋》《浮淮赋》《羽猎赋》《七释》，取材宏大，多以逞才为主，很少寄托深沉的情感意蕴，所以这些作品在赋史上名气均不如《登楼赋》。同题共作是文人切磋交流的机会和手段，但若主宾地位悬殊，亦难免形成宾客偏于奉承、为文造情的局面，这就是王夫之将王粲归曹后的创作贬低为"邀官爵燕集之欢于曹丕"的原因。

二、　以对曹氏政权的迎合歌颂为主要内容

归曹后王粲主要以迎合歌颂曹氏政权为目的进行创作，一定程度上限制了其赋作情感的丰富性。

　　王粲归曹后的文学创作多有迎合歌颂曹氏政权的内容。以文为例，王粲对曹操心理的揣摩与迎合，往往不动声色又曲尽其意。建安十六年七月曹操西征马超，由邺城而西行，道近首阳山。[1] 王粲与阮瑀从征，一同作文凭吊伯夷叔齐，阮瑀《吊伯夷文》全是赞美伯夷叔齐之词，王粲《吊夷齐文》在赞美之外，批评伯夷叔齐"知养老之可归，忘除暴之为仁"，并批评他们"不同于大道"，刘勰称誉此文"讥呵实工"[2]。其实王粲之讥呵除了表达自身见解之外，同时也表达了对曹操的致意。建安十五年春，曹操颁布《求贤令》，[3] 希望能与天下贤人君子乃至被褐怀玉、盗嫂受金之人共治天下，这种野无遗贤的理想，自然是不希望有伯夷叔齐这样的隐士存在的。更重要的是，曹操已有代汉之势，王粲通过批评伯夷叔齐来肯定武王伐纣以周代商的正义性，不得不说是对曹操心理最体贴的揣摩与迎合。作为"兴废继绝、润色鸿业"的文体，赋作更多地承担着颂美的功能，所以王粲赋作表达出更为明确和强烈的对曹氏政权的迎合与讨好。

　　首先看征伐赋对曹操功业的赞颂。征伐赋一般都以歌颂主帅功业、渲染军威为主要内容。如建安十四年七月，曹操领军自涡入淮，出肥水，军合肥，王粲与曹丕同作《浮淮赋》，极力赞美曹军军容气势，王师风范。[4] 再如作于建安十四年归曹之初、曹丕赞

---

［1］《建安七子集》，第 436 页。

［2］刘勰《文心雕龙·哀吊》曰："胡、阮之《吊夷齐》，褒而无闻；仲宣所制，讥呵实工。然则胡、阮嘉其清，王子伤其隘，各志也。"《文心雕龙译注》，第 213 页。

［3］《三曹年谱》，第 111 页。

［4］《建安七子集》，第 429 页。

誉有加的《初征赋》，[1] 赋文以欣喜的笔触，表达对曹操的崇敬以及归曹的心情："赖皇华之茂功，清四海之疆域。超南荆之北境，践周豫之末畿。野萧条以骋望，路周达而平夷。春风穆其和畅兮，庶卉焕以敷蕊。行中国之旧壤，实吾愿之所依。"此段用春风和煦、百花盛开之美景来衬托自己得其所归的喜悦心情以及对美好未来的憧憬，情景交融，获得曹丕的赞誉。但是，此篇亦有可能是因为歌颂曹氏功业而被曹丕重点推荐。

再看咏物赋。王粲咏物赋多应制之作，对曹氏政权的奉承迎合在赋中时有流露。如曹丕《典论·论文》评价很高的王粲《槐赋》，其"鸟取栖而投翼，人望庇而披衿"两句即包含示好曹氏政权之态。另如《车渠碗赋》之"侍君子之宴坐，览车渠之妙珍"，《马瑙勒赋》之"游大国以广观兮，览希世之伟宝"，《迷迭赋》之"去原野之侧陋兮，植高宇之外庭"等，无不表现出对曹氏政权的奉承赞美。再如建安二十年（215）与曹丕的唱和之作《柳赋》，[2] 曹丕赋睹物怀旧、伤时惆怅、真情流露、感人至深，相比之下，王粲赋除了寥寥几句描状柳树的语句之外，其余基本属于客套奉承话。这样的赋作缺乏真情实感，难以充分施展才华。

王粲还借咏物支持与鼓吹曹操的政治措施与手段。如其《酒赋》，先叙写酒的起源，然后铺写饮酒的美德与饮酒的害处，铺写害处尤为详细："贼功业而败事，毁名行以取诬。遗大耻于载籍，满简帛而见书。……昔在公旦，极兹话言。濡首屡舞，谈易作难。

---

[1] 《建安七子集》，第 428 页。
[2] 《中古文学系年》考证为建安十九年作《建安七子年谱》据曹丕赋序言考证为建安二十年所作，笔者认为后说有理，故采纳。见《建安七子集》第 449 页。

大禹所忌，文王是艰。"此赋还有残句"暨我中叶，酒流犹多。群庶崇饮，日富月奢"，这些句子似乎在为批评当时之人豪饮而造势。孔融曾作《难曹公禁酒书》，引经据典陈述饮酒之美德，借以讥讽曹操。王粲《酒赋》，大有针对孔融之语而发之意，虽然王粲归曹前孔融已被曹操所杀，但并不妨碍王粲归附曹操后仍然撰文为曹操辩护，且曹植亦有《酒赋》，内容也不过铺写饮酒之妙及酗酒之害，很可能与王粲同题共作。所以，《酒赋》亦当作于归曹之初，时孔融新死，作此赋似有肃清流毒之意，亦可视为效力于曹操的行为。不过，关于《酒赋》的作年缺乏具体文献支撑，只能依据推测，聊备一说。

王粲《七释》亦如此，此赋与曹植《七启》，在立意上十分相似，是七体发展史上的齐名之作。《七释》虚构文籍大夫劝说隐者潜虚丈人出山，以五味、宫室、音乐、游猎、美色等种种享受为诱惑，均未能令其动心，最后文籍大夫以当朝的德政、教化说服了潜虚丈人，使其决定出山。曹植的《七启》亦是虚构镜机子以当朝盛世之景打动玄微子，令其出山。这两篇赋的立意应当与《吊夷齐文》一样，是为配合曹操的求贤令而作。建安十五年（210）颁布《求贤令》之后，建安十九年（214）十二月，曹操又颁布《敕有司取士毋废偏短令》，建安二十二（217）年八月，曹操再颁布《举贤勿拘品行令》，[1] 此为有名的求贤三令，表现出曹操求贤若渴、一统天下的雄心壮志。王粲与曹植的赋作具体作于何年已无法考证（只能排除建安二十二年，因为这年初王粲病逝。《建安七子集》将

---

[1]《三曹年谱》，第 136、148 页。

其系于建安十八年或稍后。[1]），但在曹操选贤任能的强大舆论势力之下，赋家以文学的手法为之鼓吹，是非常符合情理的。《七释》乃尽情逞才之作，常与曹植《七启》相提并论，成为七体文的杰出代表。

效力并歌颂曹氏政权，是王粲归曹后作赋的主要动机，这直接形成了其归曹后赋作题材和思想单一，情感不够充沛，艺术表现力亦受制于政治话语的创作特点。

三、 王粲在与曹丕同题共作中的表现

王粲归曹初期与曹丕共作之赋颇能尽情展现文采，之后与曹丕共作之赋则未能尽显风流。王粲于建安十三年归曹，建安二十二年去世，其归曹初期大致可划在前三年。

归曹之初，王粲赋作意在展现其真实文采，与曹丕同题共作之赋显示出一定的示范作用和竞技色彩。先以王粲《游海赋》为例。以大海为题材的赋作，建安之前只有班彪的《览海赋》，赋作主要表现游仙的想象，对大海并没有什么描述。建安时期曹操、曹丕各作《沧海赋》，王粲作《游海赋》，丕、粲之赋当是与曹操唱和之作。曹操赋作已佚，仅余存目。曹操另有四言诗《观沧海》，作于建安十二年（207）秋北征乌桓凯旋途中，[2]次年秋王粲归曹，所以曹氏父子与王粲共赋沧海，应当在王粲归曹后不久。王粲赋中"登阴隅以东望，览沧海之体势。吐星出日，天与水际"应该是对曹操诗歌"东临碣石，以观沧海。……日月之行，若出其中。星汉

---

[1]《建安七子集》，第 446 页。

[2]《三曹年谱》，第 97 页。

灿烂，若出其里"的致敬。归曹之初，王粲处在急于展现自身才华的心理状态之中，所以其《游海赋》虽然是同题共作，却颇能展示其真实的文采，以下为片段：

> 登阴隅以东望，览沧海之体势。吐星出日，天与水际。其深不测，其广无㝵。寻之冥地，不见涯泄。章亥所不极，卢敖所不届。洪洪洋洋，诚不可度也。处嵎夷之正位兮，同色号于穹苍。苞纳污之弘量，正宗庙之纪纲。总众流而臣下，为百谷之君王。洪涛奋荡，大浪踊跃。山隆谷窳，宛亶相搏。怀珍藏宝，神隐怪匿。或无气而能行，或含血而不食，或有叶而无根，或能飞而无翼。鸟则爱居孔鹄，翡翠鸀鳿，缤纷往来，沉浮翱翔。鱼则横尾曲头，方目偃额，大者若山陵，小者重钧石。[1]

写大海之宽广无涯，波涌涛动，怀珍藏宝，可谓造语自然，语势酣畅，描写生动。曹丕《沧海赋》并非完篇，但亦可称佳作：

> 美百川之独宗，壮沧海之威神。经扶桑而遐逝，跨天崖而托身。惊涛暴骇，腾踊澎湃。铿訇隐磷，涌沸凌迈。于是鼋鼍渐离，泛滥淫游。鸿鸾孔鹄，哀鸣相求。扬鳞濯翼，载沉载浮。仰噬芳芝，俯漱清流。巨鱼横奔，厥势吞舟。尔乃钓大贝，采明珠。搴悬黎，收武夫。窥大麓之潜林，睹摇木之罗生。上塞产以交错，下来风之泠泠。振绿叶以葳蕤，吐芬蒀而

---

[1]《全三国赋评注》，第143页。

扬荣。[1]

　　曹丕、王粲赋作已无游仙色彩，而是对大海的广袤无际、波涛汹涌、奇珍异物进行描状，符合同题共作之赋在结构内容上的趋同特点，且在对大海奇珍异宝的铺陈上，二赋亦是由鸟而鱼，由鱼而贝，由贝而珠，带有明显趋同性。且王粲赋时时出现"宗庙、纪纲、臣下、君王"等政治词语，说明赋作乃是向曹操致意，亦可证明此赋乃归曹后的同题之作。且这一现象亦说明归曹之初，王粲创作已开始显示出身份变化的痕迹。

　　再以《浮淮赋》为例，建安十四年（209）七月，曹操引军自涡入淮，曹丕、王粲从征，并作此赋：

　　　沂淮水而南迈兮，泛洪涛之皇波。仰岩冈之崇阻兮，经东山之曲阿。浮飞舟之万艘兮，建干将之铦戈。扬云旗之缤纷兮，聆榜人之喧哗。乃撞金钟，爰伐雷鼓。白旄冲天，黄钺扈扈。武将奋发，骁骑赫怒。于是惊风泛，涌波骇。众帆张，群棹起。争先逐进，莫适相待。[2]（曹丕《浮淮赋》）

　　　从王师以南征兮，浮淮水而退逝。背涡浦之曲流兮，望马邱之高滋。泛洪橹于中潮兮，飞轻舟乎滨济。建众樯以成林兮，譬无山之树艺。于是迅风兴，涛波动，长濑潭渨，滂沛汹溶。钲鼓若雷，旌麾翳日，飞云天回。苍鹰飘逸，递相竞轶。凌惊波以高骛，驰骇浪而赴质。加舟徒之巧极，美榜人之闲

[1]《全三国赋评注》，第274页。
[2]《全三国赋评注》，第278页。

疾。白日未移，前驱已届，群师按部，左右就队，轴轳千里，名卒亿计。运兹威以赫怒，清海隅之蒂芥。济元熏于一举，垂休绩于来裔。[1]（王粲《浮淮赋》）

曹丕此赋结尾部分疑已佚失，王粲赋的保存相对比较完整，对曹操军队的气势、排场做了很好的渲染。但仍可看出二赋从结构上都是先叙写王师行军征途，然后铺写舳舻千里、军威震天的情景，尤其突出描写如林的桅杆，以及风起浪涌、千帆竞发的场景。二赋在语言上亦有明显的趋同："扬云旗之缤纷兮，聆榜人之喧哗"与"加舟徒之巧极，美榜人之闲疾"，"武将奋发，骁骑赫怒"与"运兹威以赫怒"，"惊风泛，涌波骇"与"迅风兴，涛波动"，"乃撞金钟，爰伐雷鼓。白旄冲天，黄钺扈扈"与"钲鼓若雷，旌麾翳日"。

以上王粲与曹丕的同题共作之赋，在立意、结构、内容与修辞上的趋同，表现出明显的竞技色彩，同时亦表现出王粲作赋以示范的可能。曹氏兄弟均具有过人的文学天赋，但王粲年长曹丕十岁，长曹植十五岁，创作天才既非远逊于二曹，创作经验又较二曹丰富，所以在同题作赋时应当起着一定的示范作用。这一点还可以曹植《洛神赋》为依据进行观照，《洛神赋》是建安神女止欲系列赋中最晚出的一篇，其描写洛神的手法与词句，与王粲《神女赋》有诸多相似之处，明显存在借鉴与学习的痕迹。《浮淮赋》作年与《游海赋》均作于归曹之初，其创作心态亦当处于急于展现自我才华之时，因此较能体现王粲真实的创作水平。

归曹后期，王粲与曹丕同题赋略显逊色，究其原因，大约有如

<hr>

[1]《全三国赋评注》，第147页。

下两点：

其一，与曹丕同题共作之赋或因敷衍礼让而未能尽情挥洒文采。以作于建安二十年（215）的《柳赋》为例，赋中"嘉甘棠之不伐，畏取累于此树"，一方面将曹丕比喻为受人爱戴的召公以示恭维，另一方面表达了自谦之情，即与曹丕同题作赋何等荣幸，因而担心自己所写之赋配不上这样的殊荣。这种客套而拘谨的心理，与归曹之初无挂无碍的创作心理有很大的不同。事实上王粲的文采，相较曹氏兄弟，并不逊色，钟嵘《诗品》就将王粲与曹植同列上品，品评其诗"方陈思不足，比魏文有余"，刘勰《文心雕龙》独将王粲、徐幹列为魏晋赋首，曹丕多次称赞王粲长于辞赋。因文献散佚的缘故，今人无法了解王粲辞赋全貌，但根据残留下来的赋作分析，王粲归曹后期的创作，确实有未能尽兴之嫌。这里面如《寡妇赋》是王粲与曹氏兄弟共赋之作，当作于阮瑀去世之建安十七年（212），[1] 距离王粲归曹已有四年。就赋作留存内容来看，曹丕尽情渲染，王粲则有所克制：

> 惟生民兮艰危，在孤寡兮常悲。人皆处兮欢乐，我独怨兮无依。抚遗孤兮太息，俛哀伤兮告谁？三辰周兮递照，寒暑运兮代臻。历夏日兮苦长，涉秋夜兮漫漫。微霜陨兮集庭，燕雀飞兮我前。……去秋兮就冬，改节兮时寒。水凝兮成冰，雪落兮翻翻。北风厉兮赴门，食常苦兮衣单。伤薄命兮寡独，内惆怅兮自怜。[2]（曹丕《寡妇赋》）

---

[1]《建安七子集》，第222页。
[2]《全三国赋评注》，第290页。

闺门兮却扫，幽处兮高堂。提孤孩兮出户，与之步兮东厢。顾左右兮相怜，意悽怆兮摧伤。观草木兮敷荣，感倾叶兮落时。人皆怀兮欢豫，我独感兮不怡。日掩暧兮不昏，朗月皎兮扬晖。坐幽室兮无为，登空床兮下帷。涕流连兮交颈，心慴结兮增悲。[1]（王粲《寡妇赋》）

此为代言体赋，对寡妇心理的体察十分细致，对寡妇处境的表现十分真实，景物描写与情境表达相得益彰，融为一体，颇为动人。王粲赋与曹丕赋有许多异曲同工之处：二赋均以众人欢娱与寡妇独悲进行对比，均借晨昏更迭、日月交替、草木荣枯、落叶纷飞来衬托寡妇的孤苦无依。但是王粲下笔似乎稍有些拘束，不及展开渲染就已收笔。曹丕则从容舒展，在不长的篇幅里，尽情敷演时光流逝、季节变换、永昼长夜、霜冻雪寒，以此展现寡妇内心的孤寂悲凉。二者相较，虽描写手法有趋同之处，但王粲笔下的场景描写，略显得简单敷衍。如王粲的景物描写"观草木兮敷荣，感倾叶兮落时"，有些点到即止的感觉。再如"日掩暧兮不昏，朗月皎兮扬晖"，不如曹丕"历夏日兮苦长，涉秋夜兮漫漫"更能表现寡妇的孤苦寂寞。从全篇布局分析，王粲赋结构层次分明，从寡妇早起独处高堂，写到提携孤儿步出东厢，观草木感落叶，见他人欢娱，叹自己哀伤。太阳落山明月东升，寡妇回到空闺泪下如雨。与曹丕赋相比，这种规矩的写法，像极命题之作的范文，又像一个示范写作的大纲，与曹丕赋相较，缺乏淋漓尽致的书写自由和由此而来的感染力。当然，曹丕也许更擅长此类题材的写作，但王粲的表现，

---

[1] 《全三国赋评注》，第153页。

亦难免敷衍礼让之嫌。

其二，与曹丕同题共作之赋因应酬之语而减损文学色彩。如《柳赋》对柳树的描状仅数语而已，其余内容均是对曹丕赋作内容的照应：

> 昔我君之定武，改天届而徂征。元子从而抚军，植佳木于兹庭。历春秋以逾纪，行复出于斯乡。览兹树之丰茂，纷旖旎以修长。枝扶疏而覃布，茎槮梢以奋扬。人情感于旧物，心惆怅以增虑。行游目而广望，睹城垒之故处。悟元子之话言，信思难而存惧。嘉甘棠之不伐，畏取累于此树。苟远迹而退之，岂驾迟而不屡。[1]

开篇追溯柳树乃是建安五年曹丕随军征伐时所种，接着叙写曹丕十五年后再次途经此地，看见此树高大挺拔，枝叶扶疏。然后慨叹岁月流逝，睹物思旧，心生惆怅。最后表达自己作赋的心情。当然赋作可能并非完篇，但从文字押韵的情况与起承转合的情况来分析，此赋散佚的内容应当不多。王粲此赋多为应酬之语，缺乏足够的真情实感与文学色彩。

曹丕《寡妇赋序》写"命王粲并作之"，《玛瑙勒赋序》写"命陈琳、王粲并作"，《槐赋序》写"王粲直登贤门，小阁外亦有槐树，乃就使赋焉"，言辞之间，表现出对王粲的文学才华欣赏有加，乐于与之唱和，而王粲因此与曹丕在上下尊卑关系外，形成了亦师

---

[1]《全三国赋评注》，第159页。"植佳木"，龚本原为"值佳木"，从《历代辞赋总汇》改，见第407页。

亦友的亲密关系。

　　作为"七子之冠冕"，尽管王粲归曹后未在文学创作方面尽情施展才华，但其归曹后的赋作依然可圈可点。其对曹氏兄弟创作的影响，尤不可忽视。他与三曹诸子的唱和，不仅成为赋史上一段佳话，亦是汉赋向六朝赋发展过程中的重要转关。王粲赋作的动人情感，高妙词句，带着他个人性情的色彩，也镌刻着汉末建安的历史印迹。

第五章　刘桢赋
——洒脱傲岸的性情与文字的合一

　　刘桢处世淡泊清高而又深情敏感，积极入世而又主张无为而治与功成身退，其文学作品亦因此具有一定的独特性。

　　刘桢存赋 7 篇，除《遂志赋》相对完整，其余均残缺较多，《大阅赋》仅余存目。如此少量的作品，很难仅据此研究其赋作的风格特点。然通读刘桢诗、赋、文，可发现其中存在的创作共性，所以，将诗、赋、文作为一个整体进行研究，可大致勾勒出刘桢创作的特点。另外，刘桢作品虽散佚严重，但所存多为吐露心曲、直抒胸臆之作，将其与历代论者对刘桢的评价进行对照，可知古代论者多中肯之言，二者结合亦能一窥其个性心态，感受其情感思绪和创作特点。

第一节　刘桢其人其文

一、　历代论者塑造的刘桢

在历代论者对七子的评价坐标中，刘桢以诗闻名。

曹丕《典论·论文》言："王粲长于辞赋，徐幹时有齐气，然粲之匹也。……琳、瑀之章表书记，今之隽也。应玚和而不壮；刘桢壮而不密。孔融体气高妙，有过人者。"[1]《又与吴质书》又言："（徐幹）著《中论》二十余篇，成一家之言，……德琏常斐然有述作之意，其才学足以著书，……孔璋章表殊健，微为繁富。公干有逸气，但未遒耳；至其五言诗之善者，妙绝时人。……"[2]根据曹丕的评价，大致可了解到：孔融、阮瑀、陈琳在当时以文章名世，王粲、徐幹以辞赋著称，应玚才华大概亦在诗文，刘桢则以五言诗"妙绝时人"。

刘勰《文心雕龙·明诗》论建安五言诗创作成就："暨建安之初，五言腾踊。文帝、陈思，纵辔以骋节；王、徐、应、刘，望路而争驱。并怜风月，狎池苑，述恩荣，叙酣宴；慷慨以任气，磊落以使才。"[3]而王、徐、应、刘四人中，以王粲、刘桢为特出："若夫四言正体，则雅润为本；五言流调，则清丽居宗。华实异用，惟才所安。故平子得其雅，叔夜含其润，茂先凝其清，景阳振其丽。兼善则子建、仲宣，偏美则太冲、公干。"[4]

钟嵘《诗品》总序亦推重王粲、刘桢："降及建安，曹公父子，笃好斯文；平原兄弟，郁为文栋；刘桢、王粲，为其羽翼。"[5]钟嵘又推曹植、王粲、刘桢为建安时期五言诗的代表："故知陈思为建安之杰，公干、仲宣为辅。"并列举其诗歌代表作给予高度评价："陈思赠弟、仲宣七哀、公干思友……斯皆五言之警策者也。所以

---

[1]《曹丕集校注》，第 235 页。

[2]《曹丕集校注》，第 110 页。

[3]《文心雕龙译注》，第 143 页。

[4]《文心雕龙译注》，第 143 页，第 146 页。

[5]《钟嵘诗品笺证稿》，第 58 页。

谓篇章之珠泽，文彩之邓林。"[1] 在品第曹植诗歌时，钟嵘以"升堂入室"为比方，来比较众诗人的创作成就："故孔氏之门如用诗，则公干升堂，思王入室，景阳、潘、陆，自可坐于廊庑之间矣。"[2] 以"升堂"比喻刘桢，与曹丕"妙绝时人"的评价足相发明。

刘桢共存诗 27 首，其中有 13 首不完整甚至仅余残句，从这些有限的作品出发描述刘桢诗歌创作的风格成就极易失之片面。但历代论者对其诗风的评价，观点大致相同。

钟嵘列刘桢诗为上品，言其"仗气爱奇，动多振绝。真骨凌霜，高风跨俗。但气过其文，雕润恨少。然自陈思以下，桢称独步"。[3] "仗气爱奇"，"气过其文"，当从曹丕"有逸气"而来。所谓"逸气"，在这里可理解为超逸的才气以及纵横字里行间的气势、气度，[4] 曹丕以"壮"形容刘桢的创作，亦当指这种气势、气度所带来的豪壮风格。至于"雕润恨少"，与曹丕所谓"不密"，则当同指刘桢诗歌斟酌词句不够精细，率意而作，文采不足。

钟嵘还以"真骨凌霜，高风跨俗"赞誉刘桢诗作，指出刘桢诗歌具有高洁傲岸、超脱凡俗的特点。刘勰《文心雕龙·才略》言"刘桢情高以会采"，情高，即情操高尚；会采，指与文采相结合。刘勰此论不如钟嵘表达明晰，但意思却是相近的。谢灵运《拟魏太

---

[1] 《钟嵘诗品笺证稿》，第 117 页。

[2] 《钟嵘诗品笺证稿》，第 149 页。

[3] 《钟嵘诗品笺证稿》，第 156 页。

[4] 夏传才、唐绍忠校注曹丕集，将"公幹有逸气，但未遒耳"，解释为有超然豪迈之气，但是不够强劲有力。夏传才、唐绍忠校注：《曹丕集校注》，石家庄：河北教育出版社，2013 年，第 112 页。

子邺中集诗》小序言:"刘桢卓荦偏人,而文最有气,所得颇经奇。"[1] 皎然《诗式·邺中集》即言:"邺中七子,陈王最高。刘桢辞气,偏正得其中。不拘对属,偶或有之。语与兴驱,势逐情起,不由作意,气格自高,与《十九首》其流一也。"[2] 皎然所谓"不拘属对",即"雕润恨少";"势逐情起"之"势",即气势气度。《唐诗品汇》卷七"五言古诗七"载:"秦少游云苏武、李陵长于高妙,曹植、刘公幹长于豪逸。"[3]"豪逸",即指其豪壮洒脱。

陈祚明《采菽堂古诗选》稍有异议:"公幹诗笔气隽逸,善于琢句,古而有韵,比汉多姿,多姿故近,比晋有气,有气故高。如翠峰插空,高云曳壁,秀而不近,本无浩荡之势,颇饶顾盼之姿。诗品以为气过其文,此言未允。"[4] 陈祚明认为刘桢诗并非不拘属对,雕润恨少,而是善于琢句。从创作实际看,刘桢《公宴诗》有"清川过石渠,流波为鱼防。芙蓉散其华,菡萏溢金塘。灵鸟宿水裔,仁兽游飞梁"之句,虽可见精心结对的痕迹,但颇为稚拙。《赠徐幹》有"细柳夹道生,芳塘含清源。轻叶随风转,飞鸟何翩翩"之句,虽清丽然并不工整。陈祚明将刘桢诗与汉诗相比,然两汉五言诗至《古诗十九首》方有韵致,前如班固《咏史》质木无文,刘桢诗与之相比,自然善于琢句,有韵多姿。但是与六朝诗歌相比,雕润恨少、不事雕琢之论当更为公允。但陈祚明亦肯定刘桢

---

[1] 穆克宏主编:《魏晋南北朝文论全编》,上海:上海远东出版社,2012 年,第 129 页。

[2] 何文焕辑:《历代诗话》,北京:中华书局,1981 年,第 29 页。

[3] 高棅编纂,汪宗尼校订,葛景春、胡永杰点校:《唐诗品汇》,北京:中华书局,2015 年,第 354 页。

[4] 陈祚明评选,李金松点校:《采菽堂古诗选》,上海:上海古籍出版社,2008 年,第 202 页。

诗歌"有气"、"笔气隽逸"。

历代论者公认刘桢诗歌不以文采取胜，而是凭借字里行间的气势气度之豪壮洒脱、高洁傲岸，自成一体。

二、 刘桢作品中的自我形象

刘桢作品的散佚过程已无从还原，吴云主编的《建安七子集校注》认为其作品在隋唐之际与宋代有两次较多的亡佚。[1]其文现存不过 4 篇，另有少量失题文残句。历代论者所见到的作品数量不尽相同，但他们对刘桢诗歌呈现出来的自信洒脱与豪壮之气以及高洁傲岸具有共识，这些均可于现存作品与史料中得到证实。

刘桢《赠从弟》组诗被视为其诗歌代表作：

其一

泛泛东流水，磷磷水中石。萍藻生其涯，华叶纷扰溺。

采之荐宗庙，可以羞嘉客。岂无园中葵，懿此出深泽。

其二

亭亭山上松，瑟瑟谷中风。风声一何盛，松枝一何劲！

冰霜正惨凄，终岁常端正。岂不罹凝寒，松柏有本性！

其三

凤凰集南岳，徘徊孤竹根。于心有不厌，奋翅凌紫氛。

岂不常勤苦，羞与黄雀群。何时当来仪，将须圣明君。[2]

---

[1]《建安七子集校注》，第 552 页。

[2]《建安七子集校注》，第 569 页。

刘桢豪壮洒脱、高洁傲岸的气质，在这组诗里得到了很好的体现。组诗运用比兴手法，分别以萍藻、山松、凤凰喻人，以此勉励从弟坚守高洁本性、树立高远志向。萍藻、山松、凤凰均为出类拔萃之物，天赋异禀、不同流俗、志存高远。萍藻出于深泽，用以荐宗庙，羞嘉客，普通的园中葵与之不可同日而语，宗庙、嘉客所指，正如公西华"端章甫，愿为小相焉"的志向一样，乃是要效力王室与国家。山松历经严寒而不凋零，犹如身处乱世之人，无论环境如何残酷恶劣，终须守住自身高洁本性。凤凰有凌云之志，但绝不会明珠暗投，而是亟待圣明君主，以求有为于世。《赠从弟》以萍藻、山松、凤凰勉励从弟，实际亦是以此自喻，借以表达自身志向情操与理想追求。刘桢以此等奇异之物自喻，足见其自信洒脱的心性。而他对所寄托之物的赞美，亦体现了其对己身人格、气节的追求和爱惜。对自身之才能有自信，对自身之作为有选择，对自身之人格气节有坚守，刘桢的高洁傲岸，从中得以自然展现。组诗语言清丽，不事雕琢，读之确实"雕润恨少"，但全诗以沛然正气横贯其中，有着"向前敲瘦骨，犹自带铜声"的铿锵豪壮，充满生气，自有一种感染人心的力量。

《三国志》卷二十一注引《典略》言："太子尝请诸文学，酒酣坐欢，命夫人甄氏出拜，众人咸伏，而桢独平视，太祖闻之，乃收桢，减死输作。"[1] 这是刘桢一生为人所知的最著名的事件，同时也成为他人生经历的一次重大坎坷。建安时期，士人群体尚未推重名士做派，虽然此时士人亦有一些脱略礼法的言行，孔融甚至因此

---

[1]《三国志》，第 602 页。

被罗织罪名而殒命,[1] 但人们并不以此种风气相尚,在史料中也难以找到关于刘桢放浪形骸的不羁之举的记载。所以他在宴席上失礼,其原因不得而知,无法猜测他是为甄氏美貌震慑而忘记低头,还是因为脱略礼法或出于傲岸的性格而不愿意低头。这起事件中曹操的反应颇耐人寻味,曹操本不是主张道德礼法之人,他对刘桢的处罚,当出于维护曹氏政权的权威和尊严,或许他从刘桢的行为中,看到的是傲岸之气。《颜氏家训》言刘桢"屈强输作"[2],倔强与傲岸都有不臣服之意。这一点在刘桢作品里有着鲜明体现。

刘桢所存诗、赋、文,与其余诸子最大的不同,在于他的作品里少有称美歌颂奉承曹氏父子之词。严羽曾批评刘桢与王粲将曹操称为元后、圣君,无视汉帝的存在,当叩头伏罪。张溥为之辩护道:"然诗颂铺张,词每过实,文人之言,岂必由中情哉?"[3]严羽的批评可能确实有些苛责,刘桢《遂志赋》称曹操为"明后",《射鸢诗》称之为"我后",《赠五官中郎将诗》称之为"元后",可见这个称呼在当时是常见通用的,对作者而言,有臣服之意,却并无特别的谄媚之意。比较诸子同题所作公宴及赠曹丕诗作,可发现刘桢并无称颂赞美曹氏父子之语。王粲《公宴诗》写"愿我贤主人,与天享巍巍。克符周公业,奕世不可追",阮瑀《公宴诗》写"阳春和气动,贤主以崇仁",应玚《公宴诗》写"巍巍主人德,佳会被四方",《侍五官中郎将建章台集诗》写"凡百敬尔位,以副饥

---

[1]　路粹《枉状奏孔融》有"又前与白衣祢衡跌荡放言"。见夏传才主编,张兰花、程晓菡校注:《三曹七子之外建安作家诗文合集校注》,石家庄:河北教育出版社,2013年,第70页。

[2]　《颜氏家训集解》,第237页。

[3]　《汉魏六朝百三家集题辞注》,第84页。

渴怀"（呼吁众人敬慎己身，以慰曹丕求贤若渴之情怀）。而刘桢
《公宴诗》通篇没有称颂祝福之语，结尾写"投翰长叹息，绮丽不
可忘"，似是对欢宴的留恋以及曲终人散、乐极生悲的感叹。其
《赠五官中郎将诗》共四首，第一首回忆欢宴盛会，第二首感念自
己病中得到曹丕的关怀并诉说离别的情意，第三首抒发时光飞逝的
感叹以及对曹丕远征的牵挂，第四首则想象曹丕征战的居所和终夜
赋诗的情形，并称赞曹丕"君侯多壮思，文雅纵横飞"。这组诗最
能见出刘桢心目中对自己和曹丕关系的定位，他视曹丕为挚友，对
其充满真心的感激、思念、牵挂和欣赏，他们之间似乎没有地位之
悬殊，身份之差异，正如《赠五官中郎将诗》之一所写："夕我从
元后，整驾至南乡。过彼丰沛都，与君共翱翔。"诗中刘桢与曹丕
相共翱翔，乃是平等之人。而第四首对曹丕的赞誉，也是出自对曹
丕文学才华的肯定、欣赏和客观评价，并无谄媚之意。刘桢作品有
意无意地消解了他与曹丕身份地位的差异所应具有的痕迹，这种骨
子里的傲岸之气，或许正是他平视甄氏的原因。建安士人身处乱
世，但他们积极进取，大多怀抱济世之志，在追求理想的过程中，
对明主的向往期盼与称颂赞美均无可厚非，但是刘桢在其作品中对
称颂之事克制有加的表现，实属难得，这其中展现的是一个士人有
意保持独立高洁人格的努力。

　　说刘桢有意为之，绝非揣测虚妄之言。在刘桢诗歌中，诸如
"得托芳兰苑，列植高山足"（失题诗一）、"幸蒙庇养恩，分惠不可
赀"（失题诗二）这类表达，均含蓄蕴藉，无法坐实为对曹氏政权
的感恩戴德。即使在《遂志赋》中，亦只是不卑不亢地写"幸遇明
后，因志东倾"，刘桢肯定曹操是明主，但也表明自己投奔曹操之
举，乃是因为有志于匡扶乱世。对歌功颂德、奉承阿谀之辞的克

制，于此可见。

另举一例。《文心雕龙·书记》言："公幹笺记，丽而规益，子桓弗论，故世所共遗。若略名取实，则有美于为诗矣。"[1]刘桢之文散佚甚多，"丽而规益"的笺记，仅存《谏曹植书》，从中不仅可见刘桢为文言辞典雅精炼，表述精准有力，亦可见其气节与人格。文中针对曹植对自己礼遇殊特，对家丞邢颙却疏远简慢进行劝谏，指出这种做法会招致"习近不肖、礼贤不足"的罪名。全文如下：

> 家丞邢颙，北土之彦。少秉高节，玄静淡泊，言少理多，真雅士也。桢诚不足同贯斯人，并列左右。而桢礼遇殊特，颙反疏简，私惧观者将谓君侯习近不肖，礼贤不足，采庶子之春华，忘家丞之秋实。为上招谤，其罪不小，以此反侧。[2]

《三国志》卷十二邢颙本传载，邢颙为平原侯家丞，因"防闲以礼，无所屈挠"与曹植不和。本传又载："初，太子未定，而临淄侯植有宠，仪等并赞翼其美。太祖问颙，对曰：'以庶代宗，先世之戒也。愿殿下深重察之。'"[3]从史书记载可知，曹植与邢颙不和，可能并不仅止于邢颙欲以礼约束曹植，在立储问题上，邢颙鲜明的态度，亦当在素日里有所表露，因此曹植对邢颙当不止于疏远，更应该有所顾忌。曹植大约于建安十五年（210）见宠于曹操，曹氏兄弟的储位争夺之战当于此拉开序幕。十六年（211）曹植封平原侯，邢颙不与丁仪等人一同"赞翼其美"，而是不屈不挠地以

---

[1]《文心雕龙译注》，第345页。

[2]《建安七子集校注》，第611页。

[3]《三国志》，第383页。

礼约束曹植。十九年（214）曹植徙封临淄侯，邢颙劝谏曹操不要废长立幼，以庶代宗。以上足见邢颙在曹氏兄弟储位争夺问题上的一贯立场。刘桢劝谏曹植一事大约发生在建安十六年，直言劝谏本是一件难以讨好之事，何况正值曹氏兄弟储位之争渐趋激烈、兄弟二人各自培植党羽之时，去要求曹植亲近礼让一个在政治立场上不支持自己的人，并对其大加赞赏并为其抱不平，似乎并非明智之举。可见刘桢作为平原侯庶子，不以党羽自居投其所好，而是将自己置于一个与曹植平等的立场，以朋友身份提醒他"为上招谤，其罪不小"，从君子道德修养和人格方面去劝谏曹植礼遇贤才雅士，足见刘桢的气节和独立的人格。

第二节　与时代风气相异之理想

刘桢《处士国文甫碑》反映的价值观和思想倾向非常值得关注探究。碑主国文甫，史料不载，只能通过刘桢撰写的碑文了解其生平事迹。刘桢所称美之国文甫，"长安师其仁，朋友钦其义，闺门称其慈，宗属怀其惠"，俨然一介道德高尚的儒士形象。但此儒士并不入世为官，而是"潜身穷岩，游心载籍，薄世名也"，又仿佛一位淡泊名利的隐士。此隐士又并非超凡脱俗、不关世事之人："初海内之乱，不视膳羞十有余年，忧思泣血，不胜其哀。形销气竭，以建安十七年四月卒。"作为一个隐士，却比在乱世中积极进取、怀抱济世之志的士人更加忧心家国命运，以致食不知味、哀痛泣血而死。不知国文甫是否实有其人，但不得不说，无论他是否真实存在，在这篇碑文里，其生平事迹负载的，亦有刘桢自身的价值观和人生理想。这种价值观和理想与传统儒家士人经世济人的理想有所不同，它带有道家淡泊名利、超越俗世的色彩，但同时又主张在乱世心系家国甚至以死相殉、在所不辞，与道家全身远害的思想相去甚远，与孔子所言"邦无道，危行言孙"亦相去甚远，孔子亦是主张在乱世中当保全自身的。此文正反映了刘桢看似矛盾的人生理想和价值取向。

在现存作品中，刘桢极少抒写建功立业的人生志向，极少表达对功业荣名的向往。其余诸子，或多或少会表达对现世功名或身后修名的向往。如陈琳、王粲直抒胸臆，表达建功立业的理想：陈琳写"庶几及君在，立德垂功名"（《游览》之二），王粲写"冀王道之一平兮，假高衢而骋力"（《登楼赋》）；如徐幹、应玚、孔融，间接表达对功业的向往：徐幹《西征赋》颂曹操西征而写"登明堂而饮至，铭功烈乎帝裳"，应玚《愍骥赋》借良马不遇写"制衔辔于常御兮，安获骋于遐道"，孔融《荐祢衡疏》肯定贾谊、终军所建立的奇功；或如阮瑀对身后修名的肯定，在《吊伯夷文》中称赞伯夷、叔齐"没而不朽，身沉名飞"。

刘桢是有用世之志的，其《赠从弟》组诗虽重在展现人格志向之高洁，但也表达了用世之意，提倡投奔贤明君主，有所作为，这都是积极入世思想的表现。但他又对建立功业、追求荣名持淡泊态度，借国文甫表达"薄世名"之观念，且不去涉笔有关功业、荣名的题材和言语。在《遂志赋》中，他表达了对曹氏政权统一天下、建立太平盛世的憧憬，却在赋末抒写自己功成身退的理想："袭初服之芜秽，托蓬芦以翱翔。"同时，刘桢还表达了希冀君主无为而治的政治理想："四宇尊以无为，玄道穆以普将。"

由此可见，刘桢试图将儒家的积极入世与道家的逍遥出世结合起来，既不辜负作为儒生所应担负的社会责任、家国情怀，同时又能超越名利世俗，功成身退，完成对自身修洁人格的建立和追求，做到仕隐两全。这符合他的自信洒脱，也符合他的高洁傲岸。当然，刘桢作品大部分已散佚，或许在散佚的作品中，存在截然不同的理想和人格的表达，也或许"心画心声总失真，文章宁复见为人"，作者所写与实际所想存在差距，但是，刘桢现存诗、赋、文呈现出同样的不慕荣名、功成身退的价值取向，这是历史所能呈现给今人的最真实的刘桢。

理解这一点，在解读刘桢作品的时候，才不会出现分歧。《遂志赋》虽出自《艺文类聚》，然结构完整，似是完篇。对这篇赋的解读，今人存在较大分歧。全文照录如下：

> 幸遇明后，因志东倾。披此丰草，乃命小生。生之小矣，何兹云当？牧马于路，役车低昂。怆恨恻切，我独西行。去峻溪之鸿洞，观日月于朝阳。释丛棘之馀刺，践檀林之柔芳。曒玉粲以曜目，荣日华以舒光。信此山之多灵，何神分之煌煌！聊且游观，周历高岑。仰攀高枝，侧身遗阴。磷磷礧礧，以广其心。伊天皇之树叶，必结根于仁方。梢吴夷于东隅，掣叛臣乎南荆。戢干戈于内库，我马絷而不行。扬洪恩于无涯，听颂声之洋洋，四寓尊以无为，玄道穆以普将。翼俊乂于上列，退仄陋于下场。袭初服之芜蕨，托蓬芦以游翔。岂放言而云尔，乃旦夕之可忘？[1]

---

[1] 《全三国赋评注》，第117页。

费振刚《文白对照全汉赋》认为此赋表达了刘桢被曹操征辟时的心情，[1] 吴云《建安七子集校注》认为抒写了希望曹魏统一天下、重用贤能、无为而治的政治理想，且认为乃刘桢自东平归附曹操时所作（或作于某次奉曹操之命远行之时）。[2] 二者观点接近。但是龚克昌《全三国赋评注》却认为此赋当作于建安十三年（208）间，刘桢遭遇打击，心情沮丧，所以产生了归隐之想。[3] 但是刘桢所受打击即前文提到的平视甄氏遭"减死输作"一事并非发生在建安十三年，《世说新语》载此事于建安十六年（211），《建安七子年谱》亦系于此年。[4] 从赋作内容分析，刘桢所写"梢吴夷于东隅，掣畔臣乎南荆"，与后文所写"四宇尊以无为，玄道穆以普将。翼俊乂于上列，退仄陋于下场"都是他对曹氏政权的歌颂以及期待，并非都是对往事的回忆。所以，龚本所言刘桢的归隐之想乃遭受打击之后的念头并不正确。结合刘桢的性情和价值取向，"袭初服之芜秽，托蓬芦以翱翔"并非牢骚之语，而是功成身退的愿望之表达，这个愿望与赋中所描述的无为而治的盛世图景也是相谐和的。且赋作结句为"岂放言而云尔，乃旦夕之可忘"，更是表明自己的归隐之想，并非一时冲动说说而已的牢骚，而是一贯的志向。

刘桢的这种思想个性，与他所受的教育及影响以及所经历的现实密切相关。《后汉书》卷八十下刘梁本传言刘梁乃刘桢祖父，宗室子孙，少孤贫。常疾世多利交，以邪曲相党，乃著《破群论》。

---

[1]《文白对照全汉赋》，第 866 页。
[2]《建安七子集校注》，第 602 页。
[3]《全三国赋评注》，第 118 页。
[4]《建安七子集》，第 438 页。

时人比之仲尼作《春秋》，能令俗士愧心。[1]《三国志》卷二十一注引《文士传》言，刘桢父刘梁，少有清才，以文学见贵，终于野王令。[2]无论刘梁是刘桢的祖父还是父亲，作为宗室子孙，刘桢的出身是高贵的。刘梁反感世人以利相交，以邪曲结党，所撰《破群论》批评世俗，令俗士愧心。可见刘梁不慕荣利的高洁人格以及心忧天下的情怀。且其著书立论被时人与孔子相提并论，足见其才华学问过人。《三国志》言其"少有清才"，亦当是对其人格与才华学问的肯定。俞绍初《建安七子年谱》录《太平御览》卷三八五所引《文士传》言："刘桢字公幹，少以才学知名。年八九岁，能诵《论语》、《诗》、论及篇赋数万言。警悟辩捷，所问应声而答当，其辞气锋烈，莫有折者。"[3]从中可见刘桢自幼接受正统儒家思想的熏陶与教育，且其少年成名，又是贵族出身，自信洒脱性格的形成即在情理之中。长大后继承祖父不慕荣利、人格高尚的家风，形成既胸怀天下又看淡功名以及重视人格修洁的性格特征。

刘桢身处乱世，济世之志既难以实现，易苦于世事纷杂，厌倦公务劳累，其《杂诗》写道：

职事相填委，文墨纷消散。驰翰未暇食，日昃不知晏。沉迷簿领间，回回自昏乱。释此出西城，登高且游观。方塘含白水，中有凫与雁。安得肃肃羽，从尔浮波澜。[4]

[1]《后汉书》，第2635页。
[2]《三国志》，第601页。
[3]《建安七子集》，第372页。
[4]《建安七子集校注》，第571页。

诗歌表达了对公务的厌倦以及对自由的向往。令人沉迷、昏乱的事务，代表着俗世间一切不得已而为之之事，或为了谋生不能放弃，或迫于世情无从推拒，或因其他原因不得不忍受。无论原因如何，刘桢笔下的现实生活是深受束缚和役使的，所以他羡慕塘中飞鸟，恨不能生出羽翼，随其自由浮泛绿波之上，不求庙堂之高，但求江湖之远。这对于刘桢功成身退想法的产生，或许也起着影响。

第三节　人格性情与文字之合一

以上将史料、存作与后世评论相结合，大致勾勒了刘桢的性情及其在作品中的体现，在此基础上，以下对刘桢作品的风格特点进行专门论述。

一、　豪壮超逸与清高淡远

刘桢性情的洒脱自信，在其赋作中有所体现。比如《黎阳山赋》写自己的行程："而乃逾峻岭，超连冈，一登九息，遂臻其阳"，虽行程较多艰难，但逾峻岭、超连冈，给人以轻快自如之感，甚至一登九息的艰难攀登，也给人一气呵成的爽快利落之感。这样的文字蕴含着超越万水千山的豪迈，体现出刘桢的洒脱自信。《遂志赋》中"幸遇明后，因志东倾。披此丰草，乃命小生。生之小矣，何兹云当"的书写，虽有自谦之辞，仍能感受到刘桢受命前往效力的意气风发之情和洒脱自信的性情。这种洒脱自信性情的呈现，形成刘桢赋豪壮超逸的风格特征。

刘桢诗歌集中体现出豪壮超逸、清高淡远的创作风格。如前所述，在自信洒脱、高洁傲岸的性格驱使下，刘桢的《赠从弟》组诗确乎具有超拔之气，组诗选取的意象，诸如深泽、高山、南岳、萍藻、松柏、凤凰，无不远离尘世，超脱世俗，有助于表现诗人高洁傲岸、睥睨人世的性情，有助于展露气骨，形成铿锵有力的文字、豪壮刚健的情感和清高淡远的意境，在建安文学中独树一帜。

刘桢《射鸢诗》则很能体现豪壮超逸的风格：

> 鸣鸢弄双翼，飘飘薄青云。我后横怒起，意气凌神仙。发机如惊焱，三发两鸢连。流血洒墙屋，飞毛从风旋。庶士同声赞，君射一何妍![1]

这首诗节奏非常明快，畅达的语言，一气贯通的描写，将鸢鸟高飞戾天到血洒墙屋，以及射者横怒发机到观者同声称赞的过程，凝炼为一个瞬间，读来干脆利落，酣畅淋漓。其空间从高远的天空转换到地面的人群，声响从庶士的凝神静气转换到高声喝彩，场景和音效的设置起到了极好的烘托效果，一个英姿勃发、意气昂扬、技艺超群的射手跃然纸上——这个人就是曹操。刘桢没有运用任何客套的赞美奉承之语，他仅运用自己修辞的才能，令读者欣赏到一个豪气干云、气势凌人、沉着冷静的雄主形象，但见他横怒而起，发箭如飞，三箭中两鸢，娴熟高妙的动作令人目不暇接。而鸢鸟则应声而落，血溅当场，它脱落的羽毛，在空中盘旋飘飞。这个场景描写动静结合，刚柔相济，尤其对飞旋的毛羽的描写，既真实又取得了超逸的艺术效果，仿佛这是观者眼花缭乱、猝不及防后的一个

---

[1]《建安七子集校注》，第573页。

小小的缓冲，他们未看清射者如何暴起，未看清猎物如何落地，但他们看见了那飞旋在空中的轻盈的羽毛，于是他们恍然大悟，欢声雷动。《文心雕龙·体性》言刘桢"言壮而情骇"，"情骇"颇令人费解，细思之，当指情感十分强烈，能震撼人心。《射鸢诗》以明快的节奏，乐观的基调，豪迈的气概，一气呵成的酣畅，以及阔大的场景，纷至沓来的画面，远近高低、刚柔动静的镜头转换等手法，所蕴蓄激发的情感格外昂扬澎湃、刚健有力，这大概就是刘勰所谓的"情骇"。《采菽堂古诗选》论《射鸢诗》言："流血"二句生动，"庶士"二句健，是建安调。评论虽粗略，但生动刚健之语，倒也贴切。

二、深情感伤

刘桢作品还有一个非常突出的特点，就是深情，充满感伤气息。如其《黎阳山赋》是建安时期少见的咏山与行旅结合的赋作。作者写自己登山远眺，思念故乡："云兴风起，萧瑟清冷。延首南望，顾瞻旧乡。桑梓增敬，惨切怀伤"，言辞深情感伤，颇为动人。

再如前面所引《遂志赋》，其"幸遇明后，因志东倾。披此丰草，乃命小生。生之小矣，何兹云当？牧马于路，役车低昂。怆恨恻切，我独西行"这部分，既抒发了幸遇明后的庆幸之情，又抒发了洒脱自信、意气风发之情，随即以"怆恨恻切，我独西行"抒发去乡羁旅之情。在情感的跳跃和跌宕变化中，呈现出刘桢性情的真率和情感的丰富，其去乡羁旅的痛苦体验，亦呈现出深情感伤的文学特点。

此类作品以《赠五官中郎将诗四首》为代表。吴云《建安七子集校注》与陆侃如《中古文学系年》及《三曹年谱》均引《文选》

二十三卷李善注的分析，认为组诗作于曹丕镇孟津之时。[1] 从诗歌本身提供的信息分析，当时刘桢病居漳河之滨。

一

昔我从元后，整驾至南乡。过彼丰沛都，与君共翱翔。四节相推斥，季冬风且凉。众宾会广坐，明镫熺炎光。清歌制妙声，万舞在中堂。金罍含甘醴，羽觞行无方。长夜忘归来，聊且为太康。四牡向路驰，欢悦诚未央。

二

余婴沉痼疾，窜身清漳滨。自夏涉玄冬，弥旷十余旬。常恐游岱宗，不复见故人。所亲一何笃，步趾慰我身。清谈同日夕，情眄叙忧勤。便复为别辞，游车归西邻。素叶随风起，广路扬埃尘。逝者如流水，哀此遂离分。追问何时会，要我以阳春。望慕结不解，贻尔新诗文。勉哉修令德，北面自宠珍。

三

秋日多悲怀，感慨以长叹。终夜不遑寐，叙意于濡翰。明灯曜闰中，清风凄已寒。白露涂前庭，应门重其关。四节相推斥，岁月忽已殚。壮士远出征，戎事将独难。涕泣洒衣裳，能不怀所欢。

四

凉风吹沙砾，霜气何皑皑。明月照缇幕，华灯散炎辉。赋诗连篇章，极夜不知归。君侯多壮思，文雅纵横飞。小臣信顽

---

[1] 吴云将写作时间系于建安二十年至二十二年之间，《建安七子集校注》，第 562 页。张可礼系于建安二十年，《三曹年谱》，第 140 页。陆侃如系于建安二十一年，《中古文学系年》，第 404 页。

鲁，黾勉安能追。[1]

　　组诗之一主要回忆昔日曹丕在谯郡宴请诸子的欢乐情形。俞绍初《建安七子年谱》言，建安十四年十二月，曹军由合肥还谯，曹丕夜宴众宾，刘桢作《赠五官中郎将》叙此事。[2]刘桢深情地描写了当时与曹丕相聚的时光："昔我从元后，整驾至南乡。过彼丰沛都，与君共翱翔。"不言"公子敬爱客"之客套，而言"与君共翱翔"之友谊，内中真情自显。"四节相推斥，季冬风且凉"的描写，则隐含着时光飞逝的感慨，读之颇有伤感之意，这既是对当时欢宴实际情景的描写，也是隔着几年时光回望过去时对人生的慨叹。

　　这种慨叹在组诗其二、其三更加强烈。在组诗之二中，刘桢描写自己病中的灰心消沉："常恐游岱宗，不复见故人。"感念曹丕亲自探望："所亲一何笃，步趾慰我身。"回忆两人之间亲切的叙谈："清谈同日夕，情眄叙忧勤。"对于离别的场景，刘桢做了特别渲染："素叶随风起，广路扬埃尘。逝者如流水，哀此遂离分。追问何时会，要我以阳春。"整首诗深情诚挚，感情敏感细腻，并因身染痼疾以及聚散离合而格外伤感低落。其三抒写对即将远征的曹丕的牵挂之情，与第二首一样，诗歌运用景物描写渲染烘托心绪，并对时光飞逝有所感叹："明灯曜闺中，清风凄已寒。白露涂前庭，应门重其关。四节相推斥，岁月忽已殚。壮士远出征，戎事将独难。"许是病中的缘故，秋日的清风格外凄寒，岁月的倏忽而逝格

---

[1]《建安七子集校注》，第562页。
[2]《建安七子集》，第427页。

外令人心惊。诗人由自己庭前的白露，想到对方宫门的重关，空间的阻隔格外令人伤感。而即将远征的曹丕，须独自面对重大的兵戎之事，格外令人牵挂。此二首基调伤感，抒情也格外细腻感人。

俞绍初《建安七子年谱》言刘桢大约于建安五年来到许都，及至写作此组诗之际，已十有五年了。十五年中，时光飞逝，功业难成。刘桢一生所任仅为丞相掾属、平原侯庶子、五官中郎将文学等官职，有限的史料对他的生平作为无有记载，后世所能知晓的仅是他应制写作之事：如建安十八年，曹丕从曹操出猎，命陈琳、王粲、应玚、刘桢等作校猎之赋，刘桢作《大阅赋》（已佚）。再如建安二十年（215），刘桢与徐幹奉命各作行女、仲雍哀辞（均已佚）。功业既已无成，太平盛世遥遥无期，功成身退的理想已成泡影，更兼年届不惑，身婴痼疾，这一切感慨忧患都蕴含在组诗的伤感气息里。这组赠诗给予曹丕的印象应当非常深刻，因其浓郁的伤感情调被认为"未遒"，亦在情理之中。陈祚明对这组诗青眼有加，《采菽堂古诗选》卷七论组诗之二言："楚楚直叙，情自宛切，句亦俊快。"论组诗之三言："'涕泣洒衣裳，能不怀所欢'并能凄切，'白露'二句是建安句法，有隽致，尖于汉而高于晋。"论之四言："'极夜'句文雅，句皆建安法，声调可辨。"[1] 可谓的评。

三、 机敏多趣

刘桢性情中还有机敏多趣的一面，《三国志》二十一卷注引《典略》载刘桢答文帝赐廓落带一事，言刘桢词旨巧妙，特为诸公

子所亲爱。《世说新语》[1]言语篇与《水经注》卷十六《穀水注》[2]亦引《文士传》，言刘桢服刑磨石之时妙语对答曹操一事。《答曹丕借廓落带书》一文最能展现刘桢的机敏多趣、自尊傲岸。文中针对曹丕"夫物因人为贵。故在贱者之手，不御至尊之侧"的傲慢嘲戏，答之以"夫尊者所服，卑者所修也；贵者所御，贱者所先也。故夏屋初成而大匠先立其下，嘉禾始熟而农夫先尝其粒"，可谓不卑不亢，虽顺势以贱者自居，但措辞机敏多趣，说理充分有力，不乏嘲讽亦多有调侃，既维护了自己的尊严，又不令曹丕难堪。

　　刘桢作品散佚严重，其赋、文留存尤少，甚为可惜。《瓜赋》虽为残篇，但却生动有趣，具有浓郁的生活气息，值得一说。

　　　　桢在曹植坐，厨人进瓜。植命为赋，促立成。其辞曰：

　　　　含金精之流芳，冠众瓜而作珍。三星在隅，温风节暮。枕翘于藤，流美远布。黄华炳晔，潜实独著。丰细异形，圆方殊务。扬晖发藻，九采杂糅。厥初作苦，终然允甘。应时渐熟，含兰吐芳。蓝皮密理，素肌丹瓤。乃命圃师，贡其最良。投诸清流，一浮一藏。更布象牙之席，薰玳瑁之筵，凭彤玉之几，酌缥碧之樽。析以金刀，四剖三离。承之以雕盘，羃之以纤绤。甘逾蜜房，冷亚冰圭。[3]

　　［1］刘义庆撰，徐震堮校笺：《世说新语校笺》，北京：中华书局，1984年，第38页。
　　［2］郦道元著，陈桥驿校证：《水经注校证》，北京：中华书局，2007年，第394页。
　　［3］《全三国赋评注》，第135页。

从后人附加序言得知，此赋乃即席之作，援笔立成。从现存内容来看，行文十分有章法。作者先总写此乃众瓜之冠，然后依次铺叙瓜的生长过程，其藤，其花，其形，其芬芳，其色彩纹理，其由苦转甜的滋味，其成熟后诱人的皮肉等等，仿佛一个幻术大师，将美味之瓜生长成熟的过程一一展现在观者眼前，读之颇有趣味。

刘桢《鲁都赋》残缺不全，许多段落零散不堪，但其中有些描写，依然趣味十足。比如写鲁都之物产：

> 水产众夥，各有彝伦：颁首莘尾，丰颅重断，戴兵挟刀，盘甲曲鳞。[1]

简单几句话，运用拟人手法，描写了头大尾长、龇牙咧嘴、舞刀弄枪之水中鱼虾的生动形象，具有莫名的滑稽感，读之令人莞尔。再如"龟螭潜滑于黄泥，文鱼游踊于清濑"，以"潜滑"与"游踊"描状淤泥中潜藏的龟螭和清水中的游乐的文鱼，遣词生动形象，极易唤起读者的联想，从而形成有趣的体验。

总而言之，刘桢性情丰富，文学风格多样。其作品少称美歌颂之辞，多深情真意之抒发；少建功立业之壮语，多人格、志趣、理想之表露。

---

[1]《全三国赋评注》，第124页。

第六章 应场赋
——积极有为个性的显现与巧思逶迤的创作

第一节 应场其人与时风

应场存赋 16 篇,[1] 均有不同程度的残缺,这些作品多为同题共作以及应制之作。其诗文留存更少,均不过十篇且残缺甚多。但是从这些留存的作品中,后世读者可以了解一些建安时期的社会状况、士人的生活情景、士林风气以及应场的某些创作心理和动机。

《三国志》对应场生平无有记载,从《后汉书》卷四十八《应奉传》可大致了解,应场祖父应奉,汝南南顿人,汉桓帝时为司隶校尉。父亲应珣,伯父应劭。史称应场与其弟应璩"并以文才称"。[2] 应氏家族为东汉儒学世家,作为汝南应氏,当有良好家风传世。孔融曾作《汝颍优劣论》,对汝南士人忧国哭世的情怀,颉颃天子的傲岸不羁,治世理政的才能,通灵鬼神的奇异,一目五行的聪慧,以及杀身成仁、破家为国、投命直言的德行,给予了肯定和赞赏。其中一目五行者,正是应场祖父应奉。

---

[1] 根据《全三国赋评注》统计。
[2] 《后汉书》,第 1607—1615 页。

《元丰九域志》卷一载："应玚兄弟自比高阳才子。"[1]《左传·文公十八年》载古代高阳氏有才子八人，天下之民谓之八恺。高辛氏有才子八人，天下之民谓之八元。[2]后世以八恺、八元为才德之士的代称。张衡《思玄赋》写"二八之俦，列乎帝庭"，应玚《驰射赋》亦写"纷纭络驿，次授二八"，均以"二八"指代才能出众之人。以上文献记载的真实性已无法判断，但其中所透露出的应玚兄弟自比高阳氏才子的自信狂放，应当符合后世对他们兄弟二人的认知，这种性情也算得上是对汝南士风的传承。

关于应玚在文学上的才华，曹丕《与吴质书》描述如下："德琏常斐然有述作之意，其才学足以著书，美志不遂，良可痛惜。"《文心雕龙·才略》则称其"学优以得文"。[3]应玚作品留存不多，其诗文留存尤少，但亦可见其才学、文采。观其《弈势》一文，以历史上军事之战略战术与成就霸业之政策谋略，来比喻围棋对弈中的方法手段，并思考其中得失成败的原因。全文连用四字句，句式整饬，有强劲的语势，遣词十分生动，加之所引史实众多，确实堪称才学与文采并具。

《弈势》论围棋，通篇以战争作比，可见应玚意图借此展示军事方面的才能，也表现出他希冀在曹操的征伐大业中有所作为的理想。建安文人身处乱世，但多有积极入世、建功立业的用世之志，他们投奔曹操之后，常跟随曹操出征，亲历战场，这种经历使他们

---

[1] 王存撰，王文楚、魏嵩山点校：《元丰九域志》，北京：中华书局，1984年，第555页。
[2] 洪亮吉撰，李解民点校：《春秋左传诂》，北京：中华书局，1987年，第389页。
[3] 《文心雕龙译注》，第568页。

对于军事并不陌生。应玚多次跟随曹操出征，《建安七子年谱》载其参预官渡之战、北征幽州、赤壁之战等。在《弈势》中，他以韩信拔旗比喻弈棋中的诱敌深入，以周亚夫、耿弇奇谋比喻弈棋中的出奇制胜，以刘秀昆阳之战以少胜多、曹操官渡之战以弱胜强比喻弈棋中的反败为胜，以项羽、楚怀王兵败身亡比喻弈棋中的错谬失误，以燕昭王、齐顷王先负后尅而国兴，项羽、夫差轻敌贪利而国覆，来比喻弈棋中种种生死攸关的招数。此文体现出应玚对历史的谙熟与见解，以及他在治军理政方面的知识和见识，也包含他跟随曹操南征北战过程中的军事理论与战争经验的总结与阐述。文中特别提到官渡之战，其中包含着对曹操的欣赏与褒扬，亦包含着作为亲历者的自信与经验之谈。

由于身处特殊历史时期，应玚以文学留名后世，但他真正的理想或并不在此。曹丕言应玚常有述作之意，且具有著书的才能，但天不假年，应玚早逝，未能留下著述。曹丕所说的著述，并非指诗赋创作，而是像徐干《中论》之类的儒家政论之书，其创作目的是建言立说，以为治国安邦之用。曹植《与杨德祖书》将此观念阐释得非常清楚。他先言"辞赋小道"，然后阐明自己戮力上国、流惠下民的志向，翰墨辞赋是不足以负载的，如果不能实现这样的志向，那也要"采庶官之实录，辩时俗之得失，定仁义之衷，成一家之言"。曹植的观念在建安文人中具有一定的代表性。单纯的文学创作，能满足抒怀与应酬之需，却无法满足建功立业的渴望。《弈势》一文，正反映了应玚参预国家军政之事的愿望。其《文质论》、《报庞惠恭书》亦如此。

应玚《文质论》的产生，可以视为文人直接参与政事的表现。此文为与阮瑀辩论文质关系而作。阮瑀主张重用崇尚敦朴、弃智守拙之才，提出质重于文。应场反对阮瑀的观点，认为应当重用善于辞令、隆礼兴乐之才，提出文重于质。曹操于建安时期连下三道求贤令，主要宗旨是唯才是举。八方延才，必然会聚集性情、德行、观念、主张相近甚至相左的人群，如何对他们进行甄选和任用，阮瑀与应场提出了不同的主张，这是他们参预政事并为朝廷选拔人才献计献策的行为。

同时，阮瑀、应场的辩论，体现了建安士人以文辩难的风气，孔融即善用此术，其《肉刑议》针对当时一些人主张恢复肉刑的言论进行强有力的反驳，最后朝廷采纳了孔融的建议，显示出文人参政的能力。《三国志》荀攸传裴松之注引《荀氏家传》记载，荀祈与孔融论肉刑，荀悑与孔融论圣人优劣[1]。孔融《圣人优劣论》今存残篇，其《难曹公表制酒禁书》亦有辩难之风。建安时期，玄学未兴，士人所辩论诘问者，多为实际的社会问题，直接指向治国理政的具体措施，这种风气逐渐发展，到曹魏后期，何晏等人倡导玄学，开清谈之风，彼此之间论辩问难，这与七子的辩难风气，是有承续关系的。吴云《建安七子集校注》认为阮瑀和应场关于文质问题的辩论，展现了"作者的独立人格精神，以及那种不迎奉、不轻苟合的人生态度"[2]，笔者亦颇赞同。

应场《报庞惠恭书》，批评庞惠恭薄情且骄奢淫逸，庞惠恭其人其事史料无有记载，张溥或以为此书乃规讽曹爽而作，但曹爽进入权力中心，是在魏明帝时期，与应场等人的时代相去甚远，殷孟伦《汉魏六朝百三家集题辞注》指出张溥所言规讽曹爽者应当是应

---

[1] 《三国志》，第 321 页。
[2] 《建安七子集校注》，第 434 页。

璩。[1] 据文中描述，庞惠恭"剖符南面，振威千里"，当是权倾一时的大人物，如确有其人，史料当有记载。但也无法据此肯定这个人物出自虚构，不管是否确有其人，他或者作者试图通过他而影射的那个人，必定是个大权在握之人，应场作书与之绝交，表现出傲岸的气节和直言讽谏的勇气。应璩亦有《与庞惠恭书》，仅余残句，无从参照。应场的以上作品，体现出建安士人关怀现实、积极有为的风貌。

第二节　应场创作概述

应场所存作品较少，历代文论涉及到他的评价也不多，观点比较一致，大体不出曹丕"应场和而不壮"的评语。贺复徵《文章辨体汇选》卷六百二十七批评建安诸子的文学创作，指出"应场巧思逶迤，失之靡靡"，[2] "靡靡"当与曹丕所谓"不壮"持论相同，"巧思"则肯定应场为文新颖。陈祚明《采菽堂古诗选》评应场《侍五官中郎将建章台集诗》云："德琏《侍集》一诗，吞吐低徊，宛转深至，意将宣而复顿，情欲尽而终含，务使听者会其无已之衷，达于不言之表，此申诉怀来之妙术也。如济水既出王屋，或见或伏，不可得其澎湃，然澎湃之势毕具矣。"[3] 此首被视为应场诗歌代表作，此诗前半部分以远行雁自喻，抒写自己漂泊流离之苦以

---

[1]《汉魏六朝百三家集题辞注》，第88页。

[2] 贺复徵：《文章辨体汇选》，《景印文渊阁四库全书》本，台北：台湾商务印书馆，1986年，第1409册，第583页。

[3]《采菽堂古诗选》，第206页。

及希冀得到曹氏政权重用的心情，后半部分自"公子敬爱客"一变而为公宴诗，表达对曹丕感恩戴德之情。张溥《汉魏六朝百三家集》卷三十二《应玚集》言"'公子'以下疑别一首"，[1] 但年代久远，已无凭证，虽两部分确有割裂之感，但是主题倒也能相谐和。应玚此首以雁自喻的手法，颇得论者称赞，谢榛《四溟诗话》卷一曰："班姬托扇以写怨，应玚托雁以言怀，皆非徒作。"[2] 陈祚明更是叹赏有加，以"澎湃之势"形容其内蕴的情感力量与希望建立功业的豪气。应玚在作品中多寄寓漂泊羁旅之感，或许正因如此，形成"不壮"与"靡靡"的情调。谢灵运《拟魏太子邺中集诗》论应玚"汝颍之士，流离世故，颇有飘薄之叹"，可说十分中肯。

应玚现存诗歌中，常以"朝云"自喻，与"朝雁鸣云中"一样，这个意象亦寄寓着深沉的漂泊流离之痛。《报赵淑丽》云"朝云不归，夕结成阴。离群犹宿，永思长吟"。《别诗》之一云"朝云浮四海，日暮归故山。行役怀旧土，悲思不能言"。诗中的朝云或归于故山，或漂流不归，没有归宿的流云象征游子四处飘荡，归于故山的朝云，则是游子内心希望和企羡的寄托。在应玚笔下，朝雁孤单离群，朝云漂泊无依，形象地表现了游子羁旅之中的艰难处境，离群后的恓惶，无所归依的茫然，前途无望的悲伤。在意象的选择与意境的营造上，应玚确实具有匠心，正所谓"巧思逶迤"。

---

[1] 张溥：《汉魏六朝百三家集》，《景印摛藻堂四库全书荟要》本，台北：世界书局，1988年，第469册，第227页。

[2] 谢榛：《四溟诗话》，《丛书集成初编》本，北京：中华书局，1985年，第13页。

第三节　善于运用巧思的赋作

应场赋作比较能够运用巧思。

首先，应场在咏物赋中植入突出的抒情主体，情感强烈，极具感染力，这主要表现在《慜骥赋》中。此赋虽为残篇，但内容相对比较完整。作者感喟良骥不遇，以深情哀婉颇为激切的语调，描写良骥虽"抱飞天之神号"、身怀殊姿，却受制于仆夫的暴虐，且为缰绳、繁辔所羁绊。良骥在仆夫的鞭打下，涉深谷，登高冈，在惊慌战栗中前行。它渴望昂首奋进，却被繁重的缰绳所困。它试图在大道上奔驰，却被驾车之人所控制。这段描写逼真地再现了良骥所处的困境，细致且生动形象，有很强的感染力，能给读者身临其境之体验，亦能唤起读者内心的同情之心，似乎能与命运悲苦的良骥感同身受。这种感染力来自于作者在抒情中突显的强烈的主体性，并达到物我一体的效果。咏物赋之托物喻志、借物写人的手法，在祢衡《鹦鹉赋》中运用最为成熟感人。祢衡描写鹦鹉的种种美质以及被拘执囚禁的不幸遭遇，遂以强烈的抒情模式，表达鹦鹉乞怜的姿态、悲凄的心声、微薄的愿望。虽处处写鹦鹉，却又句句写自己。应场《慜骥赋》亦有这样的表达效果，尤其"涉通逵而方举兮，迫舆仆之我拘"一句，其中所使用的第一人称，将代言变为自我抒情，这一转变使情感更为直接与强烈，并产生了极强的代入感，当良骥"思薛翁"、"望伯氏"的梦想落空，当良骥被平庸的车夫驾驭，当获骋于遐道的理想被现实击碎，赋中所充溢的浓郁之感伤失望，就不仅仅属于良骥，而是属于与良骥合二为一的抒情主体了，这个主体可以是应场个人，也可以推广为所有不遇之士。正如

《侍五官中郎将建章台集诗》所写:"简珠堕沙石,何能中自谐?欲因云雨会,濯翼陵高梯。良遇不可值,伸眉路何阶。"理想无处安放的焦虑与失落,是建安诸子共同的人生体验。渴求明主,渴求被重用,是建安诸子共同的心声。《愍骥赋》所抒发的士不遇之情,在当时与后世都具有普遍性。

《愍骥赋》所蕴涵的伤感激越的情感,与祢衡《鹦鹉赋》、王粲《登楼赋》一样,具有极强的感染力。《愍骥赋》以第一人称抒情,在咏物赋中并非首创,赵壹《穷鸟赋》即运用第一人称叙事,但《穷鸟赋》篇幅短小,没有层层渲染、步步推进的情境营造与情感蓄积,比不上祢衡对鹦鹉遭遇的声声泣诉,比不上应玚对良骥困境的细细摹写,且《穷鸟赋》主要在于叙写自身困境以及恩人相救的事实,缺乏对情感的深长抒发,所以远不如《鹦鹉赋》与《愍骥赋》具有感染力。应玚《正情赋》亦有很强的抒情性,已在中编《建安赋女性美书写的情欲表达与多重含蕴》有分析,此处不赘述。

其次,应玚善于进行场景选择和描写,赋讲究时间与空间的全方位描写,但并非平均发力,而是须选取重点场景进行细致描绘勾勒。对场景的选择,往往体现出作者的匠心。比如曹植在校猎题材中选取了人与猛兽肉搏的场景,营造出血腥暴力之美。应玚则善于选取令人感觉好奇有趣的场景。《驰射赋》写场面勇士"进截飞鸟,顾摧月支。须纡六钧,口弯七规",这样箭法精湛、胡须口牙皆可弯弓的勇士炫技的场景,实在引人入胜。赋中描写观者情态,亦十分生动有趣:"观者并气息而倾竦,咸侧企而腾移。"屏气凝神的观者,随着射者的一举一动,时而竦身探望,时而引颈相看,时而跐起双脚,时而辗转挪移。应玚对场景的精心选取,避免了赋作的层层铺叙容易带来的审美疲劳,使作品更具阅读趣味。

应场赋在题材选择上也有一定的新意。其《灵河赋》乃赋黄河之作，以江河湖海为题材的赋作，在汉魏并不多见，目前可知以大海为题材的赋作有班彪《览海赋》、班固《览海赋》、曹操《沧海赋》、曹丕《沧海赋》、王粲《游海赋》，以湖泊为题材的有杨修《五湖赋》，以河流为题材的有蔡邕《汉津赋》以及应场《灵河赋》。选择黄河为描写对象，本身就是追求题材的出新。应场借助想象描写黄河起源、奔流而下的情景，描写西汉时期黄河决口，汉武帝亲率臣民治水，以及洪水得到治理后黄河两岸迷人的风景，应场描写黄河奔流的气势和力量，以此暗示瓠子口决堤之时的惊险情状，又特别渲染了洪水退后的夹岸风光："长杉峻楥，茂栝芬橿，扶流灌列，暎水荫防。隆条动而畅轻风，白日显而曜殊光。"似有政通人和、河清海晏的意味。这篇赋是残篇，无法判断其写作用意，但至少可以肯定这是对赋作题材的创新，并从中了解黄河在汉魏时期曾有过的模样，以及了解汉魏时期人们治水的情形和对黄河的认识水平。

应场在文学形象塑造上，有一种力求突破前人藩篱的意识。其《神女赋》与《鹦鹉赋》均严重残缺，但从仅余的文句来看，依然能发现应场的独特用心。在《神女赋》中，应场笔下的神女与自宋玉到建安文人所塑造的神女形象一样美丽动人，然而不一样的是，应场笔下的神女，"红颜晔而和妍，时调声以笑语"，这是一个笑语嫣然的女子，而非其他文人笔下和悦顺从、轻声细语、安气和声的女子，由于是残篇，我们无法知晓这个女性形象所具有的完整个性和在当时的社会意义，但至少她这样自由自在地笑着说着，就足以出类拔萃了。建安时期文人对女性表现出一定程度的尊重，这在男权社会本身就很难得。应场笔下的鹦鹉形象，也具有一定的新意：

"苞明哲之弘虑，从阴阳之消息。秋风厉而潜行，苍神发而动翼。"应场将鹦鹉塑造为审时度势、明哲保身、与世沉浮的智者形象，如果说祢衡笔下"飞不妄集，翔必择林"的鹦鹉与外部世界是对立、格格不入的关系，那么应场笔下的鹦鹉，则纯然一种识时务者的气派了。这里面恰好体现出祢衡的性格命运与以应场性格命运的差异，祢衡是狂傲不羁的名士做派，应场则是儒雅温和的书生风度。

第七章　阮瑀赋
——对人生痛苦本质的书写与含蓄表达

第一节　阮瑀其人与赋作中的清高孤独

阮瑀存赋 4 篇，分别为征伐、止欲、咏物三类，赋作数量少，很难以此为据全面描述其文学风格或勾勒其性格特点。阮瑀所存诗文亦不多，不过因诗文通常用于表达观点和抒发情感，所以通过这些有限的作品，仍可一定程度触及他的心灵世界，感知他的创作倾向，尽管这个倾向在其现存赋作中并未得到充分展现，但对于了解那个时代以及建安赋家多样的个性特点，还是有所裨益。

《三国志》关于阮瑀大致人生经历记载为："少受学于蔡邕，建安中，都护曹洪欲使掌书记，瑀终不为屈。太祖并以琳、瑀为司空军谋祭酒，管记室。军国书檄多琳、瑀所作也。琳徒门下督，瑀为仓曹掾属。……瑀以十七年卒。"[1]

裴松之注引《文士传》的一段记载给阮瑀的身世增添了许多传奇色彩："太祖雅闻瑀名，辟之不应，连见偪促，乃逃入山中。太祖使人焚山得瑀，送至召入。"对于这个故事，裴松之进行了辨伪，

---

[1]《三国志》，第 600—601 页。

言明"鱼氏《典略》、挚虞《文章志》并云瑀建安初辞疾避役,不
为曹洪屈,得太祖召即投杖而起,不得有逃入山中焚之乃出之事
也"。[1] 尽管如此,此类传说仍建构出阮瑀性情中比较清高淡泊的
一面,毕竟对此传说的证实或证伪都是十分困难的,正如张溥所
言:"至今传其焚山应诏,鼓琴奏曲,事亦在有无之间。"[2] 阮瑀
《文质论》保存完整,从中可见阮瑀崇尚敦朴憨厚的选人标准,以
及主张清静无为、混沌抱朴的治国理念,这一点与传说中的阮瑀不
慕名利倒是十分契合。

阮瑀才华卓异,主要体现在擅长军中书、檄写作,以文名世。
曹丕《典论·论文》言:"琳、瑀之章表书记,今之隽也。"《与吴
质书》又言:"元瑜书记翩翩,致足乐也。"阮瑀才思敏捷,军中书
檄往往一气呵成,《三国志》裴松之注引《典略》言:"太祖尝使瑀
作书与韩遂,时太祖适近出,瑀随从,因于马上具草,书成呈之,
太祖揽笔欲有所定,而竟不能增损。"[3] 因此,《文心雕龙·神思》
赞曰:"子建援牍如口诵,仲宣举笔似宿构,阮瑀据案而制书,祢
衡当食而草奏。"[4] 张溥《汉魏六朝百三家集题辞》亦赞曰:"阮
掾为曹操遗书孙权,文词英拔,见重魏朝。"[5] 王粲《阮元瑜诔》
曰:"简书如雨,强力敏成。"足见阮瑀书檄之成就乃人所共赏。

阮瑀所存书檄仅《为曹公作书与孙权》,观其行文,遣词极有
分寸,老练圆熟,既亲切诚恳、充满拉拢之情,又暗含机锋、不乏

---

[1]《三国志》,第600页。
[2]《汉魏六朝百三家集题辞注》,第81页。
[3]《三国志》,第601页。
[4]《文心雕龙译注》,第362页。
[5]《汉魏六朝百三家集题辞注》,第81页。

威胁之意，且全文广征博引史事，用典之多，堪比后世骈文，确如张溥所言"润泽发扬，善辨若縠"。[1]此类书檄，展现了阮瑀的历史知识、文学才华以及洞见时局、曲尽人情的处事能力。

　　阮瑀所存赋作极少，仔细体味这些残篇断句，其中蕴含的深意，与阮瑀的性情特征，竟也是高度契合的。《筝赋》是一篇乐器赋，阮瑀描述筝"极五音之幽微"的奇妙："清者感天，浊者合地，五声并用，动静简易。"描绘演奏者高超的技艺，描摹筝声之不疾不徐、迟速合度、合乎君子大道的特点。但作者最后却强调：

　　　　曲高和寡，妙妓难工，伯牙能琴，于兹为朦。嫽怿翕纯，庶配其踪。延年新声，岂此能同？陈惠李文，曷能是逢？[2]

　　这段描写夸张筝声的美妙无与伦比，更夸张地形容筝曲的演奏难度极大，虽品格极高令众人向往，却没有一个人能驾驭这件神奇的乐器。这样的描述背后所隐含的擅长演奏筝和欣赏筝曲的高人，必是阮瑀自己无疑，至少他也是行家里手之一。曲高和寡，展现的不仅是音乐欣赏和乐器演奏的难度，更是阮瑀内心孤独清高、不随众流的自我形象。

　　在阮瑀现存极其有限的赋作中，这种孤独时有显现。如《止欲赋》，这类题材通常是以书写男子对女子爱而不能的痛苦达到书写情欲的目的，作者一般会在赋中刻画男子内心辗转反侧的痛苦

---

[1]《汉魏六朝百三家集题辞注》，第81页。
[2]《全三国赋评注》，第48页。

的相思之情。阮瑀也不例外，他写自己"怀纤结而不畅兮，魂一夕而九翔"，又写"伤匏瓜之无偶，悲织女之独勤"。匏瓜无偶，织女独勤，正是人间孤独之人的写照，阮瑀的感叹，似乎将人生孤独情感的体验，都寓含在其中，这孤独不仅属于爱而不能的男子，也属于相思孤苦的女子，它挥之不去，是人生在世不可逃避的悲伤命运。

《纪征赋》当是建安十三年（208）阮瑀跟随曹操南征荆州时的作品，根据赋中"惟蛮荆之作仇，将治兵而济河"一句可推断。这篇赋的存留部分有对曹操功绩的颂美，亦有对行途所见的描写：

> 遂临河而就济，瞻禹绩之茫茫。距疆泽以潜流，经昆仑之高冈。目幽蒙以广衍，遂沾濡而难量。[1]

这段话包含着对久远时代大禹治水功绩的向往，也塑造出辽阔苍茫的时空之感。与曹丕、王粲等人热烈刚健、昂扬向上、金声铿锵的征伐赋不同，阮瑀的征伐赋显得静谧无声，在无限的时空之中，突显出作者孤独的身影。

阮瑀赋作中的孤独清高，是他性情的写照与呈现。通观阮瑀诗文，这种孤独清高的情感心理，源于阮瑀对人生本质的深刻体验与认识。这一本质正是魏晋时期士人在敏感的生命苦短认知中，所体验到的具有本质意义的人生痛苦。

---

[1] 《全三国赋评注》，第 44 页。

第二节 阮瑀对人生痛苦本质的体验

阮瑀没有表现出强烈的用世之志，他的作品中透露出一种哲学意义上的超越现实人生的渴望与无法超越的痛苦。在《吊伯夷文》中，阮瑀对伯夷、叔齐重德轻身、求仁得仁表示了肯定、赞许和钦羡："没而不朽，身沉名飞。稽首凭吊，向往深之。"阮瑀对伯夷、叔齐不朽声名的深深向往，表现出他超越现实人生的渴望。伯夷、叔齐求仁得仁的反面，是否正是阮瑀的求之不得呢？阮瑀投曹到底是被迫还是自愿？这个答案后人无从知晓，尽管阮瑀没有像王粲那样通过批评伯夷、叔齐来表达自己对曹氏政权的认同拥护，但他也没有对曹氏政权表现出反感和反抗。如果建安士人要效法伯夷、叔齐，那么在汉献帝沦为傀儡、曹操成为实际掌权者的建安时期，他们也应当避世隐居。但鱼豢、挚虞皆言阮瑀"得太祖召即投杖而起"，可见他们认为阮瑀对曹氏政权持认同态度。阮瑀对伯夷、叔齐"身沉名飞"的钦羡，暗含着对自身尚未实现人生意义的遗憾，但这种遗憾并不代表对他曹氏政权的反感态度，也不完全代表对现实社会地位的不满，因为这种遗憾是对人生苦短这个事实本身以及对生命意义本身进行思考所产生的结果。这一点在阮瑀作品里有着较为一致的体现：

阮瑀《隐士》一诗，将商山四皓、老莱子、颜回、许由、伯夷等人并举而赞，将他们的行为意义归结为"守明真"。在这些隐士中，商山四皓是为了躲避暴秦乱世而隐居，老莱子是为了不受制于人而隐居，许由是为了远离声名而隐居，伯夷是为了保全名节而隐居，颜回则是安贫乐道之人。在他看来，无论暴秦乱世，还是上古治世，人都是不自由的，或受制于困厄，或受制于声名，乱世只不过加剧了这种悲怀感慨而已，唯有隐居避世，方能葆有"明真"。由此可见，阮瑀并非只是受困于乱世的流离沉浮，而是受困于人生本质意义上的不自由。

因此，在阮瑀作品中，一旦直面疾病的困扰，生命的短暂，死亡的恐怖，人在世间便没有解脱之道，唯有深重的孤独和叹息，而这种思考正是对生命终极意义的无声诘问，它在一定程度上超越世俗生活层面而上升为具有哲学意味的思考。如《失题诗》：

> 白发随栉坠，未寒思厚衣。四支易懒倦，行步益疏迟。常恐时岁尽，魂魄忽高飞。自知百年后，堂上生旅葵。[1]

诗人在病中，病痛的折磨令他十分灰心，并感觉到死亡的威胁，这种灰心绝望的情绪令整首诗不忍卒读。而结句则进一步将人生苦短和时光永恒进行了对比：百年时光永恒，个人早已灰飞烟灭，无处觅踪。肉体的痛苦、生命的短暂令诗人深感痛苦，而生命的意义无处依附，更令诗人充满恐惧和迷惘。

这种痛苦是阮瑀诗歌创作的底色，张溥论其诗云："悲风凉日，明月三星，读其诸诗，每使人愁。"[2] 此可谓知人之论，阮瑀诗歌，虽非满纸哀音，但诗中无处不在的人生感喟，不仅仅为现实的不如意而抒发，也为生命本身无法超越的困境，如死亡、虚无以及无奈等而抒发，况且乱世人生，漂泊流离，格外艰辛，读之令人感

---

[1]《建安七子集校注》，第450页。
[2]《汉魏六朝百三家集题辞注》，第81页。

伤无已。《怨诗》所言"民生受天命，漂若河中尘。虽称百龄寿，孰能应此身。犹获婴凶祸，流落恒苦辛"，《苦雨》所言"客行易感悴，我心摧已伤"，《杂诗》其一所言"客子易为戚，感此用哀伤。揽衣起踯躅，上观心与房"，其二所言"置酒高堂上，友朋集光辉。念当复离别，涉路险且夷"，无不如此。《七哀诗》将人生苦厄描写得触目惊心：

> 丁年难再遇，富贵不重来。良时忽一过，身体为土灰。冥冥九泉室，漫漫长夜台。身尽气力索，精魂靡所能。嘉肴设不御，旨酒盈觞杯。出圹望故乡，但见蒿与莱。[1]

诗中描写美好易逝、生命脆弱，人死灯灭，犹似堕入漫漫长夜，更兼满目蒿莱、遍地野坟的情景，直教人绝望悲哀。可以说阮瑀之前，未见如此绝望悲哀之文字。面对人生苦短的困境，古诗十九首及时行乐的解脱与建安时期其余诸子建功立业的慰藉，在阮瑀诗中都了无痕迹。

而这并非源于作者性情的颓废软弱和处世的消极悲观，作为跟随曹操从军征战，能据鞍立就书檄的士人，阮瑀自有用世之志和治世之才，亦自具一种自信豪迈之气，谢灵运《拟魏太子邺中集诗》言其"管书记之任，有优渥之言"，[2] 即是针对阮瑀作品里的自信豪迈之气而言。所以，阮瑀内心的绝望悲哀，是源于生命本身所具有的无法超越的困境，源于对生命终极意义追寻而不得的痛苦。其

---

[1]《建安七子集校注》，第 443 页。
[2]《魏晋南北朝文论全编》，第 129 页。

子阮籍的"独坐空堂上，谁可与欢者？出门临永路，不见行车马。登高望九州，悠悠分旷野。孤鸟西北飞，离兽东南下。日暮思亲友，晤言用自写"，可以说更具有哲学的意味和文学的水平。张溥感叹阮瑀父子遭遇言："然则元瑜俯首曹氏，嗣宗盘桓司马，父子酒歌，盖有不得已也。"[1]虽说阮瑀父子受制于现实，确然有不得已之处，但他们对生命本身难以超越的困境以及对生命的终极意义的探寻，相比其他士人是更为敏感与深刻的，若是仅仅将其理解为境遇不如意带来的结果，未免低估了阮瑀父子内心痛苦的深刻程度。正始诗歌相比建安诗歌更加内敛，不仅因为政治气候的变化，也因为这个变化促成了士人对生命终极意义的思考和探寻，从而形成正始诗歌的哲学思辨气息，这与当时玄学的思辨风气以及所探寻的关于生命本身的一系列问题也是相通的。阮籍作为正始文学的代表作家，其创作是具有他父亲影响的痕迹的。

第三节　含蓄隐晦的创作风格

阮瑀的诗歌委婉含蓄，甚至颇为隐晦，内中透露出生命意识、个人意识的表达与现实政治的矛盾。这方面代表作是《咏史诗》两首，分别咏为秦穆公殉葬的三良以及为燕太子丹刺杀秦王的荆轲，其一尤其值得关注：

误哉秦穆公，身殁从三良。忠臣不违命，随躯就死亡。低

---

[1]《汉魏六朝百三家集题辞注》，第81页。

头窥圹户，仰视日月光。谁谓此可处，恩义不可忘。路人为流涕，黄鸟鸣高桑。[1]

据考古发现，中国古代社会早在夏代确立殉葬制度，商代达到高峰，随着文明的成熟和制度的变化，至西周人殉制度渐趋衰落。春秋战国时期，殉葬制度仍有残存，在秦国这样相对偏远的国家甚至盛行人殉风气，最残酷的人殉事件，就是秦穆公死后以一百七十七人殉葬，其中子车氏三子是当时有名的贤臣，他们与奴隶一起被殉葬，引起了秦人的普遍同情和对秦穆公的不满，《诗经·秦风·黄鸟》即是对这一事件的控诉。[2]

《黄鸟》主要表达对三良从死的痛惜之情，为国家痛失良才而惋惜不已，对穆公以活人为殉的残忍进行了批判控诉。《诗经》时代人们的生命意识尚不十分强烈，人们没有鲜明的痛惜生命本身消失的意识，故而愿以百夫代替三良赴死。到了建安时期，生命意识逐渐清晰，对三良的评价也有了进一步的变化。

曹植、王粲、阮瑀都有咏三良的诗作。张可礼编选《曹操、曹丕、曹植集》评曹植咏三良之诗，认为曹植一方面基于君臣之道歌颂三良的忠义，一方面立足于人道，痛惜三良遭杀身之祸。这反映了古代愚忠愚孝和人道之间的矛盾，昭示了曹植重忠义而又珍惜生命的价值观。[3] 此论十分精到。曹植《三良》虽肯定"功名不可为，忠义我所安"，但更多的笔墨，却用在诉说对生命本身的痛惜，

———————————

[1]《建安七子集校注》，第 440 页。

[2] 参看《中国丧葬史》一、二、三章关于殉葬制度的介绍。徐吉军：《中国丧葬史》，武汉：武汉大学出版社，2012 年。

[3] 张可礼、宿美丽：《曹操、曹丕、曹植集》，南京：凤凰出版社，2014 年。

以及对死亡的抗拒："谁言捐躯易，杀身诚独难。揽涕登君墓，临穴仰天叹。长夜何冥冥，一往不复还。黄鸟为悲鸣，哀哉伤肺肝。"

相形之下，阮瑀诗歌中"忠臣不违命"、"恩义不可忘"似乎少了一些人道的关怀，多了一些对忠义的褒扬。但阮瑀诗歌比较委婉含蓄，在"低头窥圹户，仰视日月光"以及"路人为流涕，黄鸟鸣高桑"的抒写中，蕴含着对生命的痛惜和对死亡的恐惧。对比王粲诗作，阮瑀的旨意会更加明显。王粲诗歌开篇批评殉葬的残忍，表达对三良的痛惜，但后半部分却开始歌颂三良死得其所，突出三良因"结发事明君，受恩良不訾"而从死，乃是"人生各有志"，并以"生为百夫雄，死为壮士规"作结，肯定这种以死报恩的行为。

建安十六年（211），曹植、王粲、阮瑀等随曹操西征马超，归途道经三良墓，故有此作。[1] 对于曹植而言，身为公子，又新得宠于曹操，正是任情纵性之时，作诗但求展示才情，不必曲意逢迎。而王粲、阮瑀作为随军的文学侍从，则表现出一定的迎合曹操之意。王粲诗歌非常明显地表达了"士为知己者死"的意愿，情绪昂扬地暗示了自己报效曹操的决心。诗歌最后以"黄鸟作悲诗，至今声不亏"的高昂语调作结，纯然以歌颂三良的忠义为主，表现出着意于建功立业、飞黄腾达的"躁竞"心思。阮瑀虽委婉肯定了知恩图报的行为，似乎亦暗示了自己对曹操的忠心，但他用笔隐晦，诗歌情绪低落哀怨，相比王粲而言，政治意味减少，对于死亡的敏感以及对生命意义的思考成分增强。其诗歌以"路人为流涕，黄鸟鸣高桑"结尾，似有无尽余哀。

方东树《昭昧詹言》卷二认为王粲咏三良诗较曹植更胜一筹，

---

[1]《建安七子集》，第436页。《三曹年谱》，第118页。

称其文势浩瀚，意本屈子。[1] 这种观点正是忽视了曹植诗歌的人道关怀而强调愚忠愚孝的结果，况且屈原因楚国将亡而在绝望悲哀中投江殉国，是主动的选择，是其人身价值的体现，三良被要求殉葬，乃是被动的决定，是与文明相对立的野蛮与蒙昧的表现，此二者是不能够相提并论的。

　　阮瑀咏三良诗，有生命意识与个人意识的表达，也有现实政治影响的痕迹。诗歌里半明半晦的伤感，欲说还休的评判，并不昂扬的歌颂，构成含蓄隐晦的风格。咏荆轲一诗亦是如此。诗歌重点选取众人素车白马，在易水之畔送别荆轲的场景。阮瑀没有点出荆轲报恩之意，没有歌颂荆轲刺秦之举，而是集中笔墨描写荆轲临行之前，高渐离击筑、悲声动人的片段，整首诗歌因此亦笼罩着悲壮感伤的情调。这首诗是要表达对报恩赴死义士的惋惜，还是要歌颂死士的勇敢和忠诚，诗人没有明写，也没有暗示。正如三良诗，究竟是要歌颂三良的忠义，还是要痛悼生命的消失，诗人也没有明写。这种模棱两可的表达，与阮籍在正始时期的诗风何其相似。阮籍被钟嵘评为"厥旨渊放，归趣难求"，被刘勰评为"阮旨遥深"，这种有深意的寄托，与其父阮瑀的含蓄隐晦，正是一脉相承的。这种风格形成的原因，除了诗人的个性因素之外，现实政治的制约，也是十分明显的。阮瑀《谢曹公笺》仅有存句："一得披玄云，望白日，惟力是视，敢有二心。"今人无法推知此文的写作背景和意图，但阮瑀对曹操不仅有尊敬、拜服，亦有顾忌的心理，即使从此寥寥数语中亦能感受到。张溥言阮氏父子"不得已"，正是对其创作受制

---

[1]　方东树著，汪绍楹校点：《昭昧詹言》，北京：人民文学出版社，1961年，第76页。

于现实政治的认识。阮瑀虽认同曹氏政权，但他内心的生命意识、个人意识并不总是与现实政权相谐和、相统一，当二者的矛盾显现出来时，他必然选择含蓄隐晦的表达方式，以此保全自身并力求不违背自己内心的真实想法。

阮瑀存赋仅四残篇，赋鹦鹉，赋出征，赋止欲，均为同题共作，《筝赋》承继汉代文人乐器赋而来。《鹦鹉赋》虽是残篇，颇能窥见阮瑀的处世哲学。开篇写道："惟翩翩之艳鸟，诞嘉类于京都。秽夷风而弗处，慕圣惠而来徂。"祢衡是《鹦鹉赋》的鼻祖，他笔下的鹦鹉遭拘执，被进献，时刻面临杀身之祸。阮瑀笔下的鹦鹉，则已变为主动投奔圣人，蒙受圣人恩惠的积极形象。祢衡笔下的鹦鹉与现实的关系是极度紧张和对立的，而阮瑀笔下的鹦鹉与现实则达成了和谐。

王晓卫《魏晋的鹦鹉赋与当时文士的英才情结》一文指出，文学上的鹦鹉符合魏晋文士心目中的英才标准，他们基于这一点对祢衡《鹦鹉赋》进行扬弃，捐弃祢衡赋过于悲观的色彩，以英才自居，并以鹦鹉作为宣情寄意的载体。[1] 所以，建安士人多以鹦鹉自喻，如果说祢衡赋鹦鹉是对于自身命运的哀鸣和乞怜，而阮瑀赋鹦鹉则表现出对自身境遇的肯定和欢欣。

由此可以进一步确知，阮瑀对曹氏政权是真心拥护的，但他内心所感受到的超越现实境遇而带有哲学意味的人生痛苦，则是其政治处境及地位所无法消解的。但同时，现实政治给予他的约束是实际存在的，在个人与现实的矛盾对立中，他选择的方式是含蓄隐

---

[1] 王晓卫：《魏晋作家创作心态研究》，贵阳：贵州人民出版社，2004 年，第270 页。

忍，从而形成自己相应的含蓄蕴藉的文学风格。这种处世方式表现出某种程度的儒道调和，即一方面选择与现实政权合作，另一方面又并不热衷于现实功名，不执着于"知其不可为而为之"，而是力求明哲保身与积极入世的兼顾。这一点对阮籍影响至深，阮籍选择与司马氏政权周旋，醉酒避祸，却不选择公然反抗或避世隐居，与阮瑀的处世态度是十分相似的。

第八章　徐幹赋
——冷静克制的观察之作

第一节　徐幹其人

徐幹以赋著称。曹丕《典论·论文》言："王粲长于辞赋，徐幹时有齐气，然粲之匹也。如粲之初征、登楼、槐赋、征思，幹之玄猿、漏卮、圆扇、橘赋，虽张、蔡不过也，然于他文未能称是。"[1] 刘勰《文心雕龙·诠赋》称美徐幹辞赋言："及仲宣靡密，发端必遒；伟长博通，时逢壮采。"[2] 刘勰又在《才略》篇中论徐幹创作以赋、论为代表："琳瑀以符檄擅声，徐幹以赋论标美。"[3] 刘勰对徐幹哀辞亦颇为认同，其《哀吊》篇言："建安哀辞，惟伟长差善，《行女》一篇，时有恻怛。"[4] 遗憾的是，不仅《行女》已佚，徐幹赋留存亦甚少，虽存赋 13 篇，但残缺严重，含 3 篇存目以及 6 篇仅余残句者，余下 4 篇残缺不太严重者分别是都城赋 1 篇，征伐赋 2 篇，七体 1 篇。徐幹另留存诗歌 5 首（其中《赠五官

---

[1]《三曹诗文全集译注》，第 524 页。
[2]《文心雕龙译注》，第 165 页。
[3]《文心雕龙译注》，第 568 页。
[4]《文心雕龙译注》，第 210 页。

中郎将》仅余一句），文 1 篇。[1] 如此少量的作品，很难再现徐幹的创作成就，亦很难从中把握徐幹的创作特点。

　　徐幹保存比较完整的著作是其子书《中论》，刘勰所谓"以赋论标美"之"论"，即指《中论》。曹丕《典论·论文》《与吴质书》均称赞《中论》"成一家之言"，并赞其"词义典雅，足传于后"。《中论》乃儒家思想道德论，其论述围绕的核心是君子修身治国之方法、原则及手段，虽然遣词文雅，说理透彻，但终非文学创作。

　　徐幹声名卓著的原因，除著作之外，乃在于其淡泊名利的人格气节。无名氏《中论序》记徐幹在国典隳废的灵帝末年，不与结党权门的冠族子弟结交，而是闭户自守、以六籍娱心。[2] 曹丕《与吴质书》称其为彬彬君子："观古今文人，类不护细行，鲜能以名节自立。而伟长独怀文抱质，恬淡寡欲，有箕山之志，可谓彬彬君子者矣。"《三国志》卷二十七载，王昶将徐幹视为子侄学习的榜样："北海徐伟长，不治名高，不求苟得，澹然自守，惟道是务，其有所是非，则托古人以见其意，当时无所褒贬。吾敬之重之，愿儿子师之。"[3]《三国志》卷二十一将王粲与徐幹进行对比："昔文帝、陈王以公子之尊，博好文采，同声相应，才士并出，惟粲等六人最见名目，而粲特处常伯之官，兴一代之制，然其冲虚德宇，未若徐幹之粹也。"[4] 卷二十一注又引《先贤行状》言徐幹"清玄体道，六行修备，聪识洽闻，操翰成章，轻官忽禄，不耽世荣"。[5]

---

[1] 赋作根据《全三国赋评注》统计，诗文根据吴云《建安七子集校注》统计。

[2] 徐幹撰，孙启治解诂：《中论解诂》，北京：中华书局，2014 年，第 393 页。

[3]《三国志》，第 746 页。

[4]《三国志》，第 629 页。

[5]《三国志》，第 599 页。

刘勰《文心雕龙·程器》将徐幹与古之高士并称："若夫屈贾之忠贞，邹枚之机觉，黄香之淳孝，徐幹之沉默，岂曰文士，必其玷欤！"[1]

徐幹博学重道，沉静寡欲，《先贤行状》记载有他曾以疾病为由婉拒曹操的特加旌命以及提拔为官之举，[2] 但他绝非不与曹氏政权合作之人，亦不是有意避世隐居之人，其《中论》深得曹丕欣赏，以为不朽之作，实则《中论》代表着徐幹积极入世的思想和态度，也反映了他借论名实关系支持曹操唯才是举用人之策的态度。[3] 现存徐幹《七喻》支离破碎，但从中可见其劝说隐士出来服务朝廷的主题，与王粲、曹植以七体鼓吹曹操用人主张的主题是一致的，当为同时所作。

第二节　冷静克制的赋作风格

如前所述，曹丕、刘勰对徐幹赋的评价都很高，但遗憾的是今存徐幹赋数量既少，又多残篇余句，难以从中体会其风格成就，还原其创作面貌。

曹丕所谓"王粲长于辞赋，徐幹时有齐气，然粲之匹也"，从上文情境判断，"齐气"应当是针对徐幹辞赋创作特点而言。关于"齐气"的解释，夏传才主编《曹丕集校注》认为，《文选》李善注

---

[1]《文心雕龙译注》，第 592 页。
[2]《三国志》，第 599 页。
[3] 参看王晓卫:《曹丕〈典论·论文〉与徐幹〈中论〉》，《贵州大学学报》1999 年第 3 期。

认为此句是"言齐俗文体舒缓"，《汉书·地理志》又说，《齐诗》中常夹有"兮"字舒缓语气，诗歌节奏近于舒缓。所以此处意为徐幹诗歌有舒缓的特点。[1] 由于作品佚失的因素以及今人和古人表意及观念的差异，从徐幹所存诗赋作品而言，今人已经很难论证其中存在舒缓的节奏和气质。不过，通过文本细读与比对，现存徐幹赋作亦呈现出一些不同于其他赋家的风格。

征伐赋最能体现徐幹的特殊风格。在跟随曹操南征北战的经历中，徐幹充当着冷静的观察者角色，而不像其他赋家那样，主要扮演热情赞颂的鼓吹者角色。这个观察者的角色相当于有实录担当的史官。

如徐幹《序征赋》，此赋乃于建安十三年（208）随曹操南征刘表时所作，这一次出征，曹操顺利拿下荆州，却在与孙刘联军交战之时败军于赤壁。其他赋家关于此次征伐的赋作，如曹丕《述征赋》，主要描写曹军的阵容、军威及功绩，王粲《初征赋》则主要表达自己归曹的欣喜和对曹操的崇敬之情。徐幹作为一个观察者，赋文如下：

> 余因兹以从迈兮，聊畅目乎所经。观庶士之缪殊，察风流之浊清。沿江浦以左转，涉云梦之无陂。从青冥以极望，上连薄乎天维。刊梗林以广涂，填沮洳以高蹊。擘循环其万艘，亘千里之长湄。行兼时而易节，迄玄气之消微。道苍神之受谢，遍鹑鸟之将栖。虑前事之既终，亦何为乎久稽。乃振旅以复

[1]《曹丕集校注》，第 236 页。

踪，泝朔风而北归。及中区以释勤，超栖迟而无依。[1]

如其所言，"畅目所经"，就是徐幹此行的主要目的。他观察人才的优劣，考察风俗的好坏。他还观察记录行军途中"刊梗林、填沮洳"的艰难，颇具后世边塞诗的风格，建安征伐赋中仅此一篇，其余赋家对行军路途多进行浪漫的美化与想象。这个特点正是由徐幹作为观察者身份对自己的经历进行实录形成的。徐幹还描写曹军万艘船舰沿江岸摆开的阵容，但他并没有对其加以夸张渲染与颂美，而是记录征伐时间太久，季节都已经悄悄变换，军队冒着北风之寒回师中原。徐幹还通过委婉抒发内心的怅然之情，暗示赤壁之战的败绩。此赋全篇没有表达昂扬的情绪与热情的歌颂，但这并不意味着徐幹对曹操征伐的淡漠情绪，他只是作为一个冷静的观察者，处处不忘自己作为曹操属吏所当履行的记录职责，表现出忠于职责不敢片刻松懈的心理。正是这种角色定位，决定了徐幹征伐赋冷静克制的风格。

结合徐幹所存另一篇征伐题材的《西征赋》，可进一步论证这一特点：

> 奉明辟之渥德，与游轸而西伐。过京邑以释驾，观帝居之旧制。伊吾侪之挺劣，获载笔而从师。无嘉谋以云补，徒荷禄而蒙私。非小人之所幸，虽身安而心危。庶区宇之今定，入告成乎后皇。登明堂而饮至，铭功烈乎帝裳。[2]

---

[1]《全三国赋评注》，第58页。
[2]《全三国赋评注》，第59页。

《西征赋》作于建安十六年（211）跟随曹操西征马超之时，[1]从中可以看出徐幹时时以曹操属吏的职责要求自己，并担心自己不能很好地胜任这份职责。"无嘉谋以云补，徒荷禄而蒙私"，并非故作姿态之语，而是徐幹内心真诚的焦虑和担忧的表现，他希望自己作为"载笔从师"的文人属吏，不要抱有小人的侥幸心理，而是应该居安思危，为曹操的征伐大业作出切实的贡献。作为一贯的观察者，"过京邑以释驾，观帝居之旧制"，是徐幹自觉履行的一件工作。对昔日汉帝国都城长安的观察，包含着多少盛衰兴亡的感慨和思考，其中有没有经验教训足以让后人以为前车之鉴，徐幹的赋中并没有书写，今人也不能随意设想猜测。但通过"庶区宇之今定，入告成乎后皇。登明堂而饮至，铭功烈乎帝裳"所表达的愿望来看，徐幹衷心希望曹操能建立功勋，为天下谋取太平，得到皇帝的嘉奖。这是从征的文人对主帅的祝福和颂美，也是分内职责的体现。

建安征伐赋中最具有文学感染力的是曹丕、王粲的《浮淮赋》，陈琳《神武赋》以及繁钦、应场各自的《撰征赋》等次之。这些赋作无不充满阳刚气质与尚武精神，充满对战争的热情鼓吹，展现出征伐的气势，也展现出作者的文采。与这些赋作相比，徐幹赋显示出极为明显的特殊性，其《西征赋》与《序征赋》一样，字里行间充满观察者恪守职责的冷静和克制。

对于建安十三年（208）曹操的赤壁败绩，其他赋家均没有任

---

[1] 吴云《建安七子集校注》考证此赋作于建安十六年，颇具说服力，故从之。《建安七子集校注》，第415页。

何书写，唯有徐幹《序征赋》委婉地抒发了曹操赤壁战败带来的惆怅心绪，这不仅仅是他独立个性的表现，更是他如实地记录一个观察者在履行职责时的真实感受的表现。

徐幹这种冷静与克制的创作风格，甚至体现在咏物赋中。徐幹咏物赋佚失严重，多为存目，唯《车渠碗赋》《圆扇赋》尚存残句，[1] 从中可一窥其风格特点。

> 圆德应规，巽从易安。大小得宜，容如可观。盛彼清醴，承以瑚盘。因欢接口，媚于君颜。[2]（《车渠碗赋》）
>
> 惟合欢之奇扇，肇伊洛之纤素。仰明月以取象，规圆体之仪度。[3]（《圆扇赋》）

这两篇赋似乎亦是从冷静观察的视角出发，力求如实地描写物体的情状。如车渠碗圆形的外观，大小适中的特点，以及主人对它的珍视：以其盛装清醴，并用雕花的玉盘承托，将其送到嘴边亲近。再如圆扇的合欢花图案，白绢的质地，明月似的外观。这些描写中没有奔放的文学想象和夸张，与其他赋家作品区别很大。陈琳咏物赋虽然也缺乏艺术想象和夸张，但他旨在说理教化，侧重点不一样。其余赋家一般都侧重文学描绘，如应场《车渠碗赋》以灵岳、不周山、琼露、蜿虹、云波等一系列带有神话色彩的意象，来烘托渲染车渠碗的美丽。王粲以"飞轻缥与浮白，若惊风之飘云"

---

[1]《全汉赋校注》与《全三国赋评注》均收入徐幹《冠赋》，但均认为此赋乃《齐都赋》佚文，故此处不加以辨析。

[2]《全三国赋评注》，第60页。

[3]《全三国赋评注》，第63页。

的比喻，曹丕以"或如朝云浮高山，忽似飞鸟厉苍天"的想象，来形容车渠碗的色彩纹理。曹植《车渠碗赋》最为华彩，他以"采金光以定色，拟朝阳而发辉。丰玄素之暐晔，带朱荣之葳蕤。缊丝纶以肆采，藻繁布以相追。翩飘飘而浮景，若惊鸪之双飞"的想象，描写车渠石阳光般灿烂的光泽，或黑或白的底色上沁出红色的纹路，丝绸般光润的质地上密布着飞扬的花纹。又以"华色灿烂，文若点成。郁翕云蒸，蜿蜒龙征，光如激电，影若浮星"形容能工巧匠雕琢成器的车渠碗，堪称光彩照人，美不可拟。

与诸家同题赋相比，现存徐幹赋显得格外平淡，缺少文学意趣。但这并非是因为他文才有限，曹丕与刘勰对徐幹赋的共同欣赏，证明了徐幹赋的成就。现存《齐都赋》残篇，亦颇能体现其文学才能。如"其川渎则洪河洋洋，发源昆仑，九流分逝，北朝沧渊，惊波沛厉，浮沫扬奔。南望无垠，北顾无鄂，蒹葭苍苍，莞菰沃若"，这样的描写气势、文采兼具，可惜残缺不全。

可见，徐幹征伐赋与咏物赋的平淡，不是受限于文采，而是出于观察者的冷静与克制。这种冷静与克制，与前面所述徐幹淡泊名利的性格是相一致的。且徐幹自觉担当观察者的角色，与他一贯的社会责任感也是相一致的。徐幹以写作《中论》支持曹操唯才是举的用人制度，这部著作同样建立在对现实社会和政治的观察之上。在跟随曹操出征途中，他观察人才优劣、风俗好坏。这些都是他的社会责任感的体现，是他作为社会观察者的行为体现。

徐幹赋的冷静与克制，与其他赋家热情洋溢、文采飞扬的赋作相比，确实有一种舒缓之气，当然，笔者并非想以此证明什么是"齐气"，而只是想说，这种或许只是出于巧合的相通之处，正是徐幹赋的独特风格之所在。

第三节　徐幹《情诗》对《长门赋》的学习

徐幹在创作上的又一个突出特点在于，他将赋的空间与意境构设引入到思妇诗中，创作出风格独特的代言诗，并将建安诗赋的文体互渗从外部的铺陈手法的继承，扩展到内部结构之上。这与其赋作风格成就原本关系不大，但可以借此了解建安时期诗赋互渗的细节。

作为诗人，徐幹是一个情感细腻丰富之人，他存诗不多，除去仅存一句的《赠五官中郎将》，只有《答刘桢诗》《情诗》《室思》《于清河见挽船士新婚与妻别诗》诸篇，其中《室思》为组诗，共六首。《于清河见挽船士新婚与妻别诗》一首《玉台新咏》收在曹丕名下，逯钦立认为是徐幹所作，吴云《建安七子集校注》即收在徐幹名下。《答刘桢诗》之外，其余诸诗均为替思妇代言之作，其缠绵悱恻之情、千回百转之态，令人感叹徐幹对女性心理体察之深。即使与刘桢赠答之诗，徐幹的抒情亦十分柔婉真挚："与子别无几，所经未一旬。我思一何笃，其愁如三春。"钟嵘《诗品》对徐幹诗歌评价不高，言："白马与陈思答赠，伟长与公干往复，虽曰以莛叩钟，亦能闲雅矣。"[1] 刘桢《赠徐幹诗》在情感的跌宕起伏、景物的烘托渲染方面，确实胜过徐幹很多，但徐幹的代言体诗作，在思妇题材作品发展史上，具有重要的意义。刘淑丽《徐幹笔下的思妇形象及文人自觉的代言体创作》认为徐幹的思妇代言体诗

[1]《钟嵘诗品笺证稿》，第327页。

在魏晋之际起到了很好的开拓作用，对后世代言体诗歌的发展产生了深远影响。[1]

徐幹《情诗》是一首独特之作：

> 高殿郁崇崇，广厦凄泠泠。微风起闰闼，落日照阶庭。踟蹰云屋下，啸歌倚华楹。君行殊不返，我饰为谁容。炉薰阖不用，镜匣上尘生。绮罗失常色，金翠暗无精。嘉肴既忘御，旨酒亦常停。顾瞻空寂寂，唯闻燕雀声。忧思连相属，中心如宿酲。[2]

诗歌开篇以高殿、广厦、云屋、华楹构建了一个空阔旷远的空间，作为展现思妇形象的背景。这巨大的空间背景，不仅突显出思妇的微渺孤独，且使得她踟蹰不安的行止，显得徒劳无益，使得她悲切的啸歌，被发散消弭，无有回应，使得落日余晖下的阴影，仿佛具有了吞噬一切的法力。微风四起，落日残照，为画面增添了静谧、寂寞的氛围格调。而云屋、华楹的精美，更反衬出思妇内心的枯槁。

建安之前的思妇题材，主要见于《诗经》以及汉末《古诗十九首》，这些作品多通过对天气环境、人物行为等方面的描写，来表现思妇的内心情感，徐幹则创造性地借助建构阔大空间背景的手法，来展现思妇形象。诗人构建的这个空间给思妇提供了"徙倚欲何依"的活动场所，诗人通过思妇在这个空间里的移动，摹写其行

---

[1]　刘淑丽：《徐幹笔下的思妇形象及文人自觉的代言体创作》，《古典文学知识》2007年第2期。

[2]　《建安七子集校注》，第399页。

止不安、内心空寂的情状。与其他思妇题材诗歌相比，包括与徐幹《室思》六首相比，《情诗》通过构建阔大空间以表现人物的手法无疑具有独特性，并由此产生出旷远寂寥的审美意味。其实，如此阔大的空间，实在不是普通身份的女子所能拥有的。因为不能确知诗中女子的身份，故而不能妄加断言。但若突破诗歌领域，放眼前代赋作，则很容易发现徐幹《情诗》所受影响之来源，乃在于司马相如《长门赋》。

《长门赋》序交代此赋乃相如为别在长门冷宫的陈阿娇所作，并感动汉武帝，令阿娇重新得宠。此序言为后人所附会，不足为信，所以赋中女子的具体身份，亦无法确定，但大致可以断定，这是一个宫中女子，"奉虚言而望诚兮，期城南之离宫"，在城南长门宫苦苦盼望君王到来。费振刚主编《文白对照全汉赋》认为这是后世"宫怨"题材的发端，并言其借景抒情、情随景深、文笔细腻的特点，是对后世的垂范，[1] 此言中肯，建安诗歌即沾溉于此赋。

《长门赋》已称得上代言体，其开篇"夫何一佳人兮，步逍遥以自虞。魂逾佚而不反兮，形枯槁而独居"，运用的是第三人称，仿佛为读者介绍这个女子的出场。但接下来便进入第一人称的代言抒写模式："言我朝往而暮来兮，饮食乐而忘人。心慊移而不省故兮，交得意而相亲。伊予志之慢愚兮，怀贞悫之懽心……"在展现女子内心的哀怨、期盼、孤寂、不安的心绪时，司马相如运用的典型手法是景物描写，即通过描写浮云、天阴、雷声、疾风等意象来渲染环境氛围，这是诗骚较为常见的手法，除此之外，司马相如还运用了空间构建的手法，通过女子在这个空间里的位置变化来摹写

---

[1] 《文白对照全汉赋》，第 99 页。

其内心情感。赋中先写女子临兰台遥望，然后下兰台周览，并步入深宫之中，她所置身的空间环境极为空旷阔大："正殿块以造天兮，郁并起而穿崇。间徙倚于东厢兮，观夫靡靡而无穷。"亦极为华丽精致："刻木兰以为榱兮，饰文杏以为梁。罗丰茸之游树兮，离楼梧而相撑。施瑰木之欂栌兮，委参差以楝梁。"这个空间在赋家司马相如笔下纤毫毕现，在诗人徐幹笔下，则浓缩为"高殿、广厦、云屋、华榱"，这是由诗、赋的文体特征差异决定的。但无论是赋还是诗，这样的空间构置都很好地表现了女子的微渺无助和孤独寂寞。

司马相如基于对城南离宫的描写，构设了极为空旷阔大的空间背景，这一方面是赋体文学惯用的铺陈夸饰手法带来的效果，另一方面也是他笔下女子特殊的宫廷身份决定了这种书写内容。同时，《长门赋》亦受到《九歌·湘夫人》的影响，赋中对华美离宫的描述，可以说是直承《湘夫人》而来。《湘夫人》中，湘君为湘夫人建筑华美的水中宫室："筑室兮水中，葺之兮荷盖。荪壁兮紫坛，播芳椒兮成堂。桂栋兮兰橑，辛夷楣兮药房。"《九歌》是屈原在楚国民间祭祀乐歌基础上改编而来，楚地纵情祭祀的风气，常以表现男女欢好迎神下神，所以，湘君构建水中宫室的行为，是带有性爱意味的。司马相如在展现女子哀怨之情和期盼之情的时候，模仿这个描写，实则亦有对女子盼望君王前来成就欢会的暗示。在描写女子孤独就寝场景时，《长门赋》中"抟芬若以为枕兮，席荃兰而茝香"这样的词句更接近《湘夫人》的风格，模仿意味也更加明显。

徐幹继承了司马相如《长门赋》的书写方式，建构空阔的背景展现思妇形象，并以"华榱"一词浓缩《长门赋》对华美离宫的描写。同时，徐幹通过对女子居室内部细节的展现，进一步刻画思妇的内心世界。如果说高殿、广厦、云屋、华楹只是一个外部的场所，主要是为了突显女子的孤独无助和微渺弱小，那么，徐幹接下来以"君行殊不返，我饰为谁容"进行过渡，转入对女子闺房这个私密空间以及女子在这个空间内的行为的描写："炉薰阖不用，镜匣上尘生。绮罗失常色，金翠暗无精。嘉肴既忘御，旨酒亦常停。"炉薰、镜匣、绮罗、金翠，均为女性的私人用品，首先，这里亦可看出作者列举这么多的闺房用品，是明显带有赋作铺陈意味的。其次，诗人通过这些用品蒙尘来表现女子无心梳妆、百无聊赖、缺乏活力的生活状态。当然，这一手法并非徐幹首创，《诗经·卫风·伯兮》"自伯之东，首如飞蓬。岂无膏沐？谁适为容"的描写，才是此手法的滥觞。后世思妇题材多继承这一手法，即通过对女子居所及闺房私密空间的细部展示，来刻画思妇内心的情感，这或许与后世思妇的身份多为寻常女性而非皇家之人相关，作家不必用宏阔的空间构设来进行刻画和表达。曹丕《燕歌行》亦可见对《长门赋》的直接模仿。曹丕笔下"援琴鸣弦发清商，短歌微吟不能长"，写思妇中夜抚琴，愁思郁结，哽咽难言，以至于短歌微吟不能持续，以此表现女子思念丈夫的痛苦情状。若与《长门赋》"援雅琴以变调兮，奏愁思之不可长。案流徵以却转兮，声幼妙而复扬"之描写比对，二者之间的继承模仿关系不言自明。

因此，徐幹《情诗》对《长门赋》的学习和继承，就愈发显示出特殊性。这个特殊性在于徐幹诗歌对赋作的模仿，不限于对名物的铺陈，对景物的描写，还体现在模仿赋作的空间和意境构设方面。

赋体文学与诗歌，在建安时期表现出明显的互渗现象。前述曹植赋作有诗化的倾向，曹丕赋亦有诗化倾向，如《临涡赋》："荫高树兮临曲涡，微风起兮水增波。鱼颁颁兮鸟逶迤，雌雄鸣兮声相和。荇藻生兮散茎柯，春木繁兮发丹华。"通篇整齐的七言，与《国殇》一样，这种形式的骚体诗，其上四下三的停顿节奏，与后世七言诗十分相似。曹丕的创作甚至表现出诗赋混同的现象，如其《寡妇诗》和《寡妇赋》，前者通篇六言，后者六言中夹杂着五言，若将《寡妇诗》混入《寡妇赋》中，或将《寡妇赋》中六言部分混入《寡妇诗》中，从语言风格、情感内容以及音节组合与停顿方面，完全没有障碍。马积高《赋史》论及曹丕《寡妇诗》《寡妇赋》，认为它们都是用抒情诗的方法来写，这应该是时人认为赋的创作必须回复到抒情的传统上去的一个迹象。[1] 程章灿论建安诗与赋的关系亦以此两篇作品为例，指出它们"简直没有什么区别"，并指出赋的诗化现象自建安时期逐渐显著。[2] 这个倾向在六朝得到发展，至庾信创作《春赋》时，其开头部分脱离骚体，已非常接近七言歌行了。

另一方面，赋对诗歌的渗透也非常直接，诗歌赋化在汉乐府中已有体现，在建安时期更为明显。比如曹丕的《大墙上蒿行》，乃劝勉隐士出山入仕之作，篇幅很长，铺陈极多，朱乾《乐府正义》卷八评其"极言佩服之美，宫室女乐酒醴之盛……历叙衣服冠剑，极似子建《七启·容饰篇》，彼亦托言隐居而多方启之也"[3]。朱乾将其与曹植《七启》类比，正是因为其内容、形式均与赋体相

---

[1]《赋史》，第151页。
[2]《魏晋南北朝赋史》，第81页。
[3] 朱乾：《乐府正义》，《域外汉籍珍本文库》本，北京、重庆：人民出版社、西南师范大学出版社，2009年，集部第四辑，第三十册，第505页。

似。此诗多排比，其铺陈名物的部分，是典型的赋体作法。

建安时期，是诗、赋相互影响和渗透的时期，表明了"在魏晋南北朝文学的发展演进中，诗、文、赋各体的不稳定性"[1]。

---

[1] 《魏晋南北朝诗歌史论》，第 40 页。

中编

建安赋题材论

第一章　建安赋校猎书写暴力美学风格的形成

　　建安赋家的校猎书写呈现并渲染杀戮快感，具有暴力美学特征。这种特征不仅与建安赋家亲自参预征伐以及尚武的时代精神有关，也是在汉赋的基础上踵事增华、逐步发展起来的。

　　文学作品中的校猎题材，早在《诗经》时代就已出现，《豳风·七月》记叙了西周早期农人的狩猎活动："一之日于貉，取彼狐狸，为公子裘。二之日其同，载缵武功，言私其豵，献豜于公。"《小雅·车攻》则记叙了周宣王会同诸侯校猎一事。校猎在汉魏时期成为赋家青睐的题材，此时期不仅有大量的校猎赋，在都城赋和七体中，赋家亦通过描写、渲染校猎场面，达到逞才的目的，从而成就了校猎题材赋作特有的美学风格。

　　以下研究力求通过呈现两汉到建安的赋家在文学手法和艺术效果上不断继承和创新的过程，最终揭示建安校猎题材赋作鲜明的暴力美学风格形成的原因。

第一节　《七发》对校猎题材赋作的开创意义

一、《七发》开启后世校猎书写之题材

赋之校猎题材最早见于枚乘《七发》，作为汉大赋的奠基之作，《七发》在题材内容上为后世赋提供了思路和灵感，在艺术手法上对后世赋影响深远。

《七发》共描写了音乐、美食、车马、游览、校猎、观涛六种题材，后世七体在内容上多继承前五种题材，枚乘对观涛的描写，可谓文学史上的绝唱，其气势之盛、修辞之妙、遣词之壮美、摹写之形象，后世绝难超越。其他五种题材经后世赋家不断扩展、敷演、创新，佳作迭出。如《七发》对音乐的描写，由王褒《洞箫赋》、马融《长笛赋》、嵇康《琴赋》等赋作继承并扩展为长篇。不难看出，《洞箫》诸赋对乐器材质的生长、取材制作过程、演奏情景、音乐的感染力等的铺叙描写，都是在《七发》描写音乐的那段文字上不断踵事增华、丰富发展而来的。《七发》中对校猎场景的描写，亦启发后世赋家创作出了专门的校猎赋，如司马相如《子虚赋》、《上林赋》，扬雄《羽猎赋》，张衡《羽猎赋》以及建安诸子的《武猎赋》《西狩赋》《羽猎赋》《大阅赋》等。后世京都赋亦将校猎题材作为铺叙的内容之一，在班固《两都赋》、张衡《二京赋》中都有对校猎活动的精彩展现。后世七体亦偏好校猎题材，傅毅《七激》、曹植《七启》、王粲《七释》均继承了这一题材。张衡《七辩》增加了女色、游仙两种题材，舍弃了校猎，但他在《二京赋》中有大篇文字展现校猎场景，且还创作了专门的《羽猎赋》，可见校猎题材深受赋家喜爱。观察这一题材从西汉初年的枚乘到建安时

期的曹植、王粲之间的发展变化，可看出校猎题材在文学史上形成的独特美学特征以及赋家在文学艺术领域的不断探索和超越，亦可看出时代背景对文学创作的影响。

二、《七发》开启后世校猎书写之模式

枚乘《七发》描写想象中楚太子出猎的排场，首先铺陈车马弓箭等装备的华贵精良："将为太子驯骐骥之马，驾飞軨之舆，乘牡骏之乘。右夏服之劲箭，左乌号之雕弓。"然后渲染苑囿的广大无边："游涉乎云林，周驰乎兰泽，骋节乎江浔。"再抒发心情的舒畅怡然："掩青蘋，游清风。陶阳气，荡春心。逐狡兽，集轻禽。"最后铺叙狩猎的场面：

> 于是极犬马之才，困野兽之足，穷相御之智巧。恐虎豹，慑鸷鸟。逐马鸣镳，鱼跨麋角。履游麕兔，蹈践麖鹿，汗流沫坠，冤伏陵窘。无创而死者，固足充后乘矣。此校猎之至壮也。[1]

狩猎场面是校猎题材的主体内容，枚乘首先概括地叙写了猎犬和骏马的精良，向导和车夫的超群，然后简单渲染了车马践踏猎物的情景，并简单铺陈了麕、兔、麖、鹿等猎物的名称，描写了猎物四下逃匿、紧张窘迫的情状以及满载而归的情形。最后，枚乘还描写了勇士近距离捕获野牛和老虎的情景：

---

[1]《两汉赋评注》，第24页。

于是榛林深泽，烟云闇莫，兕虎并作。毅武孔猛，袒裼身薄。白刃硠硠，矛戟交错。[1]

枚乘在较短的篇幅内，描写了与校猎相关的非常丰富的内容，每个层次都只是概括描述，没有多少细节上的渲染与夸张，留给后世赋家极大的发挥空间。

总结一下，枚乘对校猎活动的描写，主要分为这样两个层次的内容：第一，校猎排场，一般包括对装备、阵容、苑囿的夸张；第二，狩猎的场面，这部分是赋家着力渲染的对象，通常包括对众人围攻猎物、车马践踏猎物、鹰犬追逐猎物以及勇士与猎物搏斗场景的渲染夸张，以及对名物（主要是猎物）的铺排。后世赋家多从这几个方面进行继承、扩展和创新。

枚乘《七发》对校猎场面的描写，节奏比较舒缓，风格比较闲适，没有狩猎场面所特有的暴力血腥成分，作者似乎有意避开了这个部分，反而强调"无创而死者，固足充后乘矣"，即使对于勇士近身捕获野牛和老虎这样的大型猛兽，也只是用"白刃硠硠，矛戟交错"来暗示猎物身被重创的血腥场景，而避开了对伤口、鲜血、猎物尸横遍野的描写。而这些有意避开的内容，亦成为后世赋家寻求超越的突破点。"掩青蘋，游清风。陶阳气，荡春心"这样类似郊游寻春的描写，后世赋家没有继承，而是直接去除如此温情的描写，代之以帝王诸侯校猎时呐喊杀伐的铿锵之声和紧张氛围。

---

[1] 《两汉赋评注》，第 25 页。

第二节　司马相如和扬雄对校猎题材的创新发展

一、 司马相如赋充满暴力感的酣畅淋漓风格

司马相如将校猎过程中攻击、屠杀猎物的场景作为重点描写对象，其《子虚赋》描写楚王校猎场景，对枚乘有明显模仿，"左乌号之雕弓，右夏服之劲箭"的语句直接从《七发》中套用。但在描写狩猎场面时，《子虚赋》较之《七发》的描写更为具有张力："蹵蛩蛩，辚距虚，轶野马，轊陶駼，乘遗风，射游骐。倏眒倩浰，雷动猋至，星流电击。"车马践踏猎物的力度以及飞驰的速度，带给人心理的冲击。而对于弓箭杀伤猎物的暴力以及猎物中箭后的惨状的描写，则形成视觉的冲击："弓不虚发，中必决眦，洞胸达掖，绝乎心系。获若雨兽，揜草蔽地。"《上林赋》描写天子游猎，在此基础上，追求更为淋漓尽致的表达和浓墨重彩的渲染以及殚精竭虑的铺排。

天子校猎的排场，不仅阵容豪奢，而且气势磅礴，惊天动地：

> 于是乎背秋涉冬，天子校猎。乘镂象，六玉虬。拖蜺旌，靡云旗。前皮轩，后道游。孙叔奉辔，卫公参乘。扈从横行，出乎四校之中。鼓严簿，纵猎者，江河为陂，泰山为橹。车骑雷起，殷天动地。先后陆离，离散别追。淫淫裔裔，缘陵流泽，云布雨施。[1]

---

[1]《两汉赋评注》，第91页。

天子手下的勇士，与猛兽格斗的场景，分外刺激：

> 生貔豹，搏豺狼，手熊罴，足野羊，蒙鹖苏，绔白虎，被班文，跨壄马，凌三嵕之危，下碛历之坻。径峻赴险，越壑厉水。推蜚廉，弄解廌。格虾蛤，铤猛氏，羂要褭，射封豕。箭不苟害，解脰陷脑，弓不虚发，应声而倒。[1]

不难看出，司马相如有意在枚乘赋的基础上踵事增华，显露出明显的逞才意图，在描写勇士与野兽的格斗时，运用恣肆的铺排，堆砌奇字难字，铺陈名物，排比动词，用一连串的三字句营造出急促的节奏、紧张的氛围以及充满暴力感的酣畅气势。

司马相如还通过想象天子驾车上天捕获神鸟来凸显天子校猎的不同凡响：

> 然后扬节而上浮，凌惊风，历骇猋，乘虚无，与神俱。蔺玄鹤，乱昆鸡。遒孔鸾，促鹓鷁。拂翳鸟，捎凤凰，捷鸳雏，揜焦明。[2]

这也是对枚乘《七发》的一个创新。

《上林赋》对猎物尸横遍野的惨状进行了渲染："徒车之所辚轹，骑之所蹂若，人之所蹈藉，与其穷极倦却，惊惮詟伏，不被创刃而死者，他他籍籍，填坑满谷，掩平弥泽。"被车轮践踏而死、

---

[1]《两汉赋评注》，第91页。
[2]《两汉赋评注》，第92页。

被骑兵踩踏而死，以及筋疲力尽、惊恐万状、受惊吓而死的各种猎物，满地堆积，布满山谷、平原与河泽，这种描写对暴力的渲染达到了极致，形成与《七发》的温情柔和截然不同的美学特征，给人极度的紧张感以及酣畅的释放感，唤起人内心的冲动，令人血脉偾张。

枚乘《七发》对观涛的描写壮观酣畅，宏阔有力，若与司马相如《上林赋》对狩猎场景的描写相比较，后者营造出的暴力场景对读者有更多的代入感，更加具有张力和煽动性。

二、　扬雄意欲超越司马相如的种种努力

扬雄作赋多模拟司马相如，《汉书》本传记载他"每作赋，常拟之以为式"[1]。其《羽猎赋》即模仿《上林赋》之作。

扬雄在模仿的同时，运用丰富的神话想象和极度的夸饰努力实现对司马相如的超越。扬雄《羽猎赋》开篇渲染天子校猎的排场：

> 撞鸿钟，建九旗，六白虎，载灵舆，蚩尤并毂，蒙公先驱。立历天之旗，曳捎星之游，辟历列缺，吐火施鞭。萃傱允溶，淋离廓落，戏八镇而开关；飞廉、云师，吸嚊潚率，鳞罗布列，攒以龙翰。秋秋跄跄，入西园，切神光；望平乐，径竹林，蹂惠圃，践兰唐。举烽烈火，辔者施披，方驰千驷，校骑万师，虓虎之陈，从横胶辐，焱泣雷厉，骙骙駖磕，洶洶旭旭，天动地岋。羡漫半散，萧条数千万里外。[2]

---

[1]　班固撰，颜师古注：《汉书》，北京：中华书局，1962年，第3515页。
[2]　《两汉赋评注》，第234页。

扬雄借助蚩尤、蒙公、飞廉、云师等神话人物，营造比《上林赋》更为奇异的风格，同时运用更多的意象、名物以及夸张手法，营造比《上林赋》更为宏大的气势和更为铺张的场景。扬雄对苑囿的广阔、军队的阵容进行了极度夸张的描述，营造出阔大的空间感以及异常宏大的声响。在描写狩猎场面时，扬雄亦采取一连串的三字句表现勇士与猛兽的搏斗，但是在动词的使用和名物的铺陈上避免与《上林赋》重复：

> 若夫壮士忼慨，殊乡别趣，东西南北，骋耆奔欲。挖苍豨，跋犀犛，蹴浮麐，斳巨狿，搏玄蝯，腾空虚，距连卷，踔夭蟜，娭涧门，莫莫纷纷，山谷为之风猋，林丛为之生尘。及至获夷之徒，蹶松柏，掌蒺藜，猎蒙茏，鳞轻飞；履般首，带修蛇，钩赤豹，摰象犀；跐峦阢，超唐陂。[1]

扬雄采用比《上林赋》更为生动具体的细节描写展现猎物的惨状：

> 观夫票禽之绁隃，犀兕之抵触，熊罴之挐攫，虎豹之凌遽，徒角抢题注，蹙竦詟怖，魂亡魄失，触辐关胑。妄发期中，进退履获。创淫轮夷，丘累陵聚。[2]

扬雄增加捕获水怪的情节来实现创新：

---

[1]《两汉赋评注》，第234页。
[2]《两汉赋评注》，第234页。

乃使文身之技，水格鳞虫，凌坚冰，犯严渊，探岩排碕，薄索蛟螭，蹈獱獭，据鼋鼍，拔灵蠵。入洞穴，出苍梧，乘钜鳞，骑京鱼，浮彭蠡，目有虞。[1]

扬雄还植入荒诞的想象来实现创新：

方椎夜光之流离，剖明月之珠胎，鞭洛水之宓妃，饷屈原与彭胥。[2]

这一想象过于荒诞，曾受到刘勰的批评：

自宋玉、景差，夸饰始盛。相如凭风，诡滥愈甚。……又子云《羽猎》，鞭宓妃以饷屈原；张衡《羽猎》，困玄冥于朔野。变彼洛神，既非罔两；惟此水师，亦非魑魅：而虚用滥形，不其疏乎？此欲夸其威而饰其事，义睽刺也。[3]（《文心雕龙·夸饰》）

刘勰认为扬雄笔下鞭打宓妃以饷屈原的想象是过于夸张的手法，造成表达上的粗疏以及对义理的违背。事实上扬雄写出这样荒诞的文字，只是为了对模仿对象有所超越。不过刘勰亦肯定了夸饰手法所能达到的"发蕴而飞滞，披瞽而骇聋"的艺术效果。[4]

---

[1] 《两汉赋评注》，第 235 页。
[2] 《两汉赋评注》，第 235 页。
[3] 《文心雕龙译注》，第 454 页。
[4] 《文心雕龙译注》，第 455 页。

司马相如和扬雄对于校猎的描写，可谓挖空心思、殚精竭虑，后人能有所突破的空间并不大。不过，这并不妨碍后世赋家对这一题材的青睐以及创新的努力。

第三节　东汉赋校猎题材对礼制的引入

一、　班固平淡的文采及其力求雅正的态度

东汉最早的校猎题材赋作是傅毅的《七激》。一般来说，七体中的七件事情，在描写的时候用力相对比较均匀，每部分的篇幅长短不会有太大悬殊，所以七体关于校猎的描写，只是文章的一部分，不可能像《上林赋》与《羽猎赋》那样尽情渲染，恣意铺排。《七激》关于校猎的描写，即趋于凝练，其新变主要表现在两个方面，首先，《七激》开始强调校猎的性质和目的：

> 三时既逝，季冬暮岁，玄冥终统，庶卉零悴。王在灵囿，讲戎简旅。[1]

其次，《七激》对狩猎场面的描写细节开始由暴力进而为血腥：

> 击不待刃，骨解肉离，摧牙碎首，分其文皮，流血丹野，羽毛翳日。[2]

---

[1]《两汉赋评注》，第 427 页。
[2]《两汉赋评注》，第 427 页。

强调"讲戎简旅"，当是汉武帝独尊儒术后礼制逐渐恢复并发挥约束作用的结果。胡大雷《田猎文化与汉代田猎赋主旨的变换》论汉代京都赋，认为"以讲求礼仪肯定田猎"是东汉赋田猎题材的主旨。[1] 可以说，礼制和校猎的结合，使校猎题材赋作逐渐形成了典雅这种新的美学特征。这一点在班固、张衡的赋中得到了体现。

班固《两都赋》在校猎题材上又进行了一些改革，这些改革与班固的政治观点和创作宗旨密切相关。《两都赋》乃班固针对迁都之事而作，他以批评的角度描写西京之奢华，又以赞誉的角度描写东京之合乎法度，以达到为迁都东京而立论辩解的目的。所以，在《西都赋》和《东都赋》中，作者对校猎场景的描写呈现出较大差异。班固的这种写法比较有意思，一方面他在《西都赋》中试图继承前人的精髓，以达到炫耀逞才的目的，同时又试图在《东都赋》中去实现自己维护礼制的革新。

班固《咏史诗》被评为质木无文，事实上他的赋作所展现出来的文采，较之司马相如和扬雄诸人，也是显得比较平实平淡的，《西都赋》所写：

> 水衡虞人，理其营表。种别群分，部曲有署。罘网连纮，笼山络野。列卒周匝，星罗云布。于是乘銮舆，备法驾，帅群臣，披飞廉，入苑门。遂绕酆鄗，历上兰。[2]

[1]《中古赋学研究》，第121页。
[2]《两汉赋评注》，第467页。

以上是对校猎排场的描写，同样是天子校猎，班固笔下的想象色彩和夸饰色彩减少了，乘銮舆、备法驾、帅群臣这样的排场，多了基于礼制的典雅，而少了司马相如和扬雄笔下的华丽奇幻。

再看班固对狩猎时众人围猎的描写：

> 六师发逐，百兽骇殚。震震爚爚，雷奔电激。草木涂地，山渊反覆。蹂躏其十二三，乃拗怒而少息。尔乃期门佽飞，列刃攒镞，要趹追踪。鸟惊触丝，兽骇值锋。机不虚掎，弦不再控。矢不单杀，中必叠双。飑飑纷纷，矰缴相缠。风毛雨血，洒野蔽天。[1]

这里班固继承了前代赋家着意表现的力度、速度、气势，以及暴力、血腥的场景描写，但他明显减少了对猎物惨状的细节描写以及对屠杀场面的渲染。在描写勇士与猛兽近身格斗场景时，那种酣畅肆意的铺排成分有所减少，代之以较为规整的形式：

> 平原赤，勇士厉。猿狄失木，豺狼慑窜。尔乃移师趋险，并蹈潜秽。穷虎奔突，狂咒触蹶。许少施巧，秦成力折。掎僄狡，拖猛噬。脱角挫脰，徒搏独杀。挟师豹，拖熊螭。曳犀牦，顿象羆。超洞壑，越峻崖。蹶崭岩，钜石隤。松柏仆，丛林摧。草木无余，禽兽殄夷。[2]

---

[1] 《两汉赋评注》，第 467 页。
[2] 《两汉赋评注》，第 467 页。

这种较为规整的形式，一方面可能出自班固有意的克制，另一方面也有可能受制于自身的想象力和文学表现力。如司马相如与扬雄在描写人兽格斗时采用一连串的三字句，排比名物，排比动词，达到渲染夸张之用，但班固仅写"挟师豹，拖熊螭。曳犀牦，顿豪罴"。诚然，在前人殚精竭虑的写作传统下，已很难在铺排方面有所突破。班固还对校猎时赶尽杀绝的场面做出了总结性描写："草木无余，禽兽殄夷。"这个描写是基于批判立场的，因为班固在《两都赋序》中说："以极众人之所眩曜，折以今之法度。"其《西都赋》正是着眼于"眩曜"进行描写，《东都赋》则对其"折以今之法度"。司马相如与扬雄作赋，虽有讽谏之用，但真实目的仍在于炫耀逞才，以文求荣，所以实际效用乃不讽反劝。在他们笔下，飞禽走兽被驱赶围猎，尸横遍野，无有遗漏，才能彰显天子的武力和神威。司马相如身处西汉早期，不受儒家礼制约束。扬雄虽然处于儒家思想占据统领地位之时，但他早年作赋应当是秉持着炫耀逞才的初衷以及模拟相如的热情的，所以到晚年悔其少作，乃至于称辞赋为雕虫小技，并且在自叙中给自己早年的大赋一一加上表达讽谏之意的文字。而班固则基于礼制的立场对赶尽杀绝的围猎持否定态度，这在《东都赋》中有直接表现：

　　若乃顺时节而蒐狩，简车徒以讲武，则必临之以《王制》，考之以《风》《雅》，历《驺虞》，览《驷驖》，嘉《车攻》，采《吉日》，礼官整仪，乘舆乃出。[1]

---

[1]《两汉赋评注》，第 469 页。

以上文字几乎可以视为儒家礼制之下帝王出猎顺时、守礼的典范。

> 于是发鲸鱼，铿华钟。登玉辂，乘时龙。凤盖棽丽，和銮玲珑。天官景从，寝威盛容。山灵护野，属御方神。雨师泛洒，风伯清尘。千乘雷起，万骑纷纭。元戎竟野，戈鋋彗云。羽旄扫霓，旌旗拂天。焱焱炎炎，扬光飞文。吐焰生风，欱野喷山。日月为之夺明，丘陵为之摇震。遂集乎中囿，陈师按屯。骈部曲，列校队，勒三军，誓将帅。然后举烽伐鼓，申令三驱。輷车霆激，骁骑电骛。由基发射，范氏施御，弦不睼禽，辔不诡遇，飞者未及翔，走者未及去。指顾倏忽，获车已实。乐不极盘，杀不尽物。马踠余足，士怒未渫。先驱复路，属车案节。[1]

在对狩猎场面的描写中，班固虽然极力营造帝王狩猎的阵仗和气势，渲染狩猎的阵容，但他明显剔除了对猎杀禽兽的细节描写，避免了对血腥场面的再现，并强调狩猎应当遵循“乐不极盘，杀不尽物”的原则，这正是对《西都赋》中“草木无余，禽兽珍夷”的行为的拨乱反正。班固《两都赋》还大大减少了奇字难字的使用，这些都从一个侧面反映出班固确实在践行以赋“兴废继绝，润色鸿业”的功能，而不是重点着意于文学的呈现。

二、 张衡赋所寻找的审美与礼制间的平衡

张衡《二京赋》在司马相如、扬雄和班固之间找到了自己的平

---

[1] 《两汉赋评注》，第469页。

衡点，他以《西京赋》展示铺排和渲染，以《东京赋》表达礼制和约束。其《西京赋》继承扬、马风格，恣意渲染夸张，力求超越前人，比如描写天子出猎的排场：

> 天子乃驾雕轸，六骏駮。戴翠帽，倚金较。璿弁玉缨，遗光倐爚。建玄弋，树招摇。栖鸣鸢，曳云梢。弧旌枉矢，虹旆蜺旌。华盖承辰，天毕前驱。千乘雷动，万骑龙趋。属车之篠，载猃猲獢。匪唯玩好，乃有秘书。小说九百，本自虞初。从容之求，寔俟寔储。于是蚩尤秉钺，奋鬣被般。禁御不若，以知神奸。魑魅魍魉，莫能逢旃。陈虎旅于飞廉，正垒壁乎上兰。[1]

从引文中可以看出张衡铺排的许多名物，诸如"雕轸、骏駮、翠帽、金较、璿弁、玉缨、玄弋、招摇、鸣鸢、云梢、弧旌、枉矢、虹旆、蜺旌"等，基本是前人未使用过的。且从数量上，也超过了扬、马、班固。张衡不仅效仿扬、马极力渲染狩猎的阵容，刻画猎物被杀死的细节，突出排场、气势和暴力，他特别在名物铺排上，表现出刻意的超越和创新。除了刚才所举之例，再看张衡对勇士近身捕获猛兽场景的描写：

> 及其猛毅髯鬚，隅目高匡，威慑兕虎，莫之敢伉。乃使中黄之士，育获之俦，朱鬤毵髿，植发如竿。袒裼戟手，奎踽盘桓。鼻赤象，圈巨狿，摣狒猥，扤猱狖，揩枳落，突棘藩。梗

---

[1]《两汉赋评注》，第605页。

林为之靡拉，朴丛为之摧残。轻锐僄狡趫捷之徒，赴洞穴，探封狐；陵重巘，猎昆駼；杪木末，攇猕猴；超殊榛，捎飞鼯。[1]

张衡排比了"鼻、圈、擖、批、突、赴、探、猎、陵、杪、攇、超、捎"一连串动词，以及"巨狿、赤象、狒猬、窳狻、枳落、棘藩、洞穴、封狐、重巘、昆駼、木末、猕猴、殊榛、飞鼯"等一系列兽类名称和它们藏身之所的名称，这明显是夸耀博学的逞才之笔。

张衡《西京赋》与班固《西都赋》一样，主要是对西京之豪奢进行批评和否定，以此揄扬东京的法度，因此，张衡《东京赋》对狩猎的描写，亦如班固《东都赋》那样，显得雅正克制：

> 文德既昭，武节是宣。三农之隙，曜威中原。岁惟仲冬，大阅西园。虞人掌焉，先期戒事。悉率百禽，鸠诸灵囿。兽之所同，是谓告备。乃御小戎，抚轻轩，中畋四牡，既佶且闲。戈矛若林，牙旗缤纷。迄上林，结徒营。次和树表，司铎授钲。坐作进退，节以军声。三令五申，示戮斩牲。陈师鞠旅，教达禁成。火列具举，武士星敷。鹅鹳鱼丽，箕张翼舒。轨尘掩远，匪疾匪徐。驭不诡遇，射不剪毛。升献六禽，时膳四膏。马足未极，舆徒不劳。成礼三殴，解罘放麟。不穷乐以训俭，不殚物以昭仁。慕天乙之弛罟，因教祝以怀民。仪姬伯之渭阳，失熊罴而获人。泽浸昆虫，威振八寓。好乐无荒，允文

---

[1]《两汉赋评注》，第 606 页。

允武。薄狩于敖，既璱璱焉，岐阳之蒐，又何足数？[1]

此段描写不用奇字难字，不对暴力进行渲染夸张，不描写屠杀猎物的细节，强调军队狩猎的军容军威，以及对礼制法纪的遵守，强调"驭不诡遇，射不翦毛"，反对虐杀；强调"马足未极，舆徒不劳"，反对过度疲劳；强调"成礼三殴，解罘放麟"，反对大规模屠杀，主张"不穷乐以训俭，不殚物以昭仁"的无逸和仁义思想。

曹胜高在《汉赋与汉代校猎制度》中写道："如果说西汉校猎代表了武力的张扬和血腥的杀戮，意在显示征服和获得的快感，那么东汉的校猎更多代表着礼乐秩序的恢复和礼仪制度的完善。"[2]

东汉赋家对礼制的引入与宣扬，为校猎题材增添了典重雅正的审美风格。

第四节　建安赋家对校猎题材的自由书写与渲染

一、建安校猎赋的自由风格

建安时期，赋家以小赋创作为主，但校猎题材仍保留在七体以及专门的羽猎赋中。现存有关校猎题材书写的建安赋作有应玚《校猎赋》（残缺严重）、《西狩赋》，王粲《羽猎赋》，曹植《射雉赋》（残缺严重），以及王粲《七释》，曹植《七启》中的校猎书写部分。

---

[1]《两汉赋评注》，第 643 页。
[2] 曹胜高：《汉赋与汉代制度——以都城、校猎、礼仪为例》，北京：北京大学出版社，2006 年，第 159 页。

　　七体中的校猎与专门的羽猎赋不同，七体描写的校猎，只是针对劝说对象，凭借想象写出来的狩猎情景，其狩猎主体并不一定是帝王诸侯，其目的在于启发对方。这样的描写与礼制本身没有多少关联，因此在写作的时候无须强调蒐狩礼对人的约束，无须强调对仁义的彰显，无须定义狩猎活动的性质。而专门的羽猎赋以及都城赋中的校猎，狩猎主体都是帝王诸侯，如《子虚赋》写诸侯校猎，《上林赋》写天子校猎，扬雄《羽猎赋》，班固、张衡的都城赋以及张衡《羽猎赋》亦都写天子校猎。扬、马在赋中着重铺陈夸饰，不受礼制约束，班固与张衡则通过不同风格的描写，既实现了逞才夸耀的写作目的，也实现了守礼崇礼的政治意图。

　　以上特点在建安赋中都得到了继承，并呈现出相对更大的创作自由度。建安赋校猎题材书写主要有两类，七体以及描写曹操校猎之作。建安时期，曹操地位尊贵，在士人心目中的地位和实际政治影响等同于帝王。

　　王粲《羽猎赋》不仅写曹操校猎合乎礼制的一面，同时又突破礼制的约束，对狩猎场景的血腥暴力进行自由书写和表现。王粲描写曹操校猎合乎礼制，遵从古道："遵古道以游豫兮，昭劝助乎农圃。用时隙之馀日兮，陈苗狩而讲旅。"王粲亦注重渲染其出猎排场："济漳浦而横阵，倚紫陌而并征。树重围于西址，列骏骑乎东埛。相公乃乘轻轩，驾四辂，驸流星，属繁弱，选徒命士，咸与竭作。旌旗云扰桡，锋刃林错。扬晖吐火，曜野蔽泽。山川于是摇荡，草木为之摧拔。"王粲又极力渲染猎物惨死、血肉模糊、身体破碎、尸横遍野且遭鹰犬咬噬的血腥情状："禽兽振骇，魂亡气夺，兴头触系，摇足遇槎，陷心裂胃，溃脑破颊。鹰犬竞逐，奕奕霏霏。下韝穷缳，抟肉噬肌。坠者若雨，僵者若坻。"王粲还描写校猎结束后"清野涤原，莫不歼夷"的情景，将猎物赶尽杀绝，显然不符合礼制要求。

应场《西狩赋》与王粲《羽猎赋》乃同题共赋之作，[1] 赋中首先颂扬曹操的文治武功："荡无妄之氛秽，扬威灵乎八区。开九土之旧迹，暨声教于海隅。"然后渲染霜寒风劲、草木摇荡、鸷鸟高飞的情景。这些内容的主要作用是铺垫、造势，为曹操的出场营造氛围。赋中没有与礼制相关的内容，作者直接以"拣吉日，练嘉辰。清风矢戒，屏翳收尘"来领起对曹操出场情形的描绘。应场虽然也极力渲染校猎的气势，但是与王粲相比，其描写不如王粲赋那样惊心动魄、触目惊心，因为应场赋避免了对暴力、血腥场景的细节展现，仅利用对排场、力量、速度的一般描写来展现狩猎场面："尔乃徒舆并兴，方轨连质。惊飚四骇，冲禽惊溢。骋兽塞野，飞鸟蔽日。尔乃赴玄谷，陵崇峦，俯掣奔猴，仰捷飞猿。"应场与王粲同题共赋所表现出的个人选择与创作个性的差异，可见建安士人在创作上具有更大的自由度和多元选择。

二、 建安七体校猎场景的杀戮快感呈现

建安七体的校猎题材表现出对暴力血腥的进一步张扬，尤为突出的是对杀戮快感的呈现。先看王粲《七释》对"游猎之娱"的铺陈夸饰：

---

[1]《古文苑》卷七注引挚虞《文章流别论》云："建安中，魏文帝从武帝出猎，赋命陈琳、王粲、应场、刘桢并作。琳为《武猎》，粲为《羽猎》，场为《西狩》，桢为《大阅》，凡此各有所长，粲其最也。"陈琳、刘桢赋今不存。吴云《建安七子集校注》考证应场《西狩赋》作于建安十八年冬，于邺城新封魏公之时，可参考。《建安七子集校注》，第512页。

奋干殳而捎击，放鹰犬以搏噬。羽毛群骇，丧魂失势。飞遇矰矢，走逢遮例。中创被痛，金夷木毙。俛仰禽响，所获无艺。于是刚禽狡兽，惊斥跋扈。突围负阻，莫能婴御。乃使晋冯、鲁卞，注其赑怒，徒搏熊豹，袒暴虓武。顿犀掎象，破腫裂股，当足遇手，摧为四五。若夫轻材高足，光飞电去。踵奔逸之散迹，荷良弓而长驱。凌原隰以升降，捷蹊径而邀遇。弦不虚控，矢不徒注。僵禽连积，陨鸟若雨。纷纷藉藉，蔽野被原。含血之虫，莫不毕殚。[1]

赋中写鹰犬逐猎，禽兽四散奔逃，或中箭，或入罗网，负伤的野兽狂性大发，勇士们徒手与之格斗。赋中对近身肉搏场景的细节描写和渲染，尤为暴力血腥："顿犀掎象，破腫裂股，当足遇手，摧为四五。"这种手撕猎物的场景，呈现出杀戮过程中的利落和暴虐。

曹植《七启》亦有对校猎过程中惨烈血腥场面的极致渲染，进一步突显了校猎题材的暴力美学特征：

曹植开篇即言"驰骋足用荡思，游猎可以娱情"，表明此处的游猎，非帝王诸侯基于礼制的狩猎活动，而是纯粹的游乐活动。接下来描写校猎排场："仆将为吾子驾云龙之飞驷，饰玉路之繁缨。垂宛虹之长绥，抗招摇之华斿。捷忘归之矢，秉繁弱之弓。忽蹑景而轻骛，逸奔骥而超遗风。"脱离了帝王出猎的奢华阵容，此类等同于普通贵族游猎的排场多了几分轻灵，少了一些典重。曹植继承前人对狩猎场面的描写，比如写众人围猎，马踏车践；写士卒追逐

---

[1]《全三国赋评注》，第 178 页。

猎物搜林索险、腾山赴壑；写困兽犹斗："哮阚之兽，张牙奋鬣；志在触突，猛气不慴。"然后写勇士与猛兽的近身格斗：

> 乃使北宫东郭之畴，生抽豹尾，分裂貙肩，形不抗手，骨不隐拳。批熊碎掌，拉虎摧斑。野无毛类，林无羽群。积兽如陵，飞翮成云。[1]

这段描写看似不起眼，但在校猎题材中却具有一定的创新意义。曹植描写勇士与猛兽角力，受伤之后仍凶猛无比的豹、貙、熊、虎，被勇士活活抽断尾巴，撕裂肩膀，勇士劈碎熊掌，摧毁虎躯，场面十分暴力血腥。前代赋家亦在校猎题材中展现暴力，展现血腥的一面，但是在描写人与兽近身肉搏之时，却少有曹植这样细致的描写、直接的展现和极致的渲染。这段描写犹如特写镜头，将勇士撕碎猎物的情景推近到读者眼前，人类的双手沾染了猎物的鲜血，这种场景远比飞矢、陷阱、罗网、鹰犬造成的猎杀场景更加暴力和血腥。勇士的锐不可当、奋力呐喊，以及猎物的鲜血四溅、哀嚎惨叫，令人既有酣畅淋漓之感，又有惊心动魄之叹，不仅呈现出杀戮的无情和熟练，更呈现出一种杀戮的快感和享受。

　　汉赋中的校猎场景，场面也往往血腥暴力，但曹植的不同之处在于他描写了人与兽角斗的场景，重点渲染勇士徒手撕碎猎物的场景。不是每篇包含校猎题材的赋都会写人兽格斗，即使写，也只是轻描淡写，试简单比较如下：

---

[1]《全三国赋评注》，第382页。

于是乃使剺诸之伦，手格此兽。[1] （司马相如《子虚赋》）

生貔豹，搏豺狼，手熊罴，足壄羊。[2]（司马相如《上林赋》）

掎僄狡，扼猛噬。脱角挫脰，徒搏独杀。挟师豹，拖熊螭。曳犀牻，顿象罴。[3]（班固《西都赋》）

乃使晋冯、鲁卞，注其毲怒，徒挭熊豹，袒暴兕虎；顿犀掎象，破脰裂股，当足遇手，摧为四五。[4]（王粲《七释》）

司马相如对人兽格斗的描写十分简单，并无渲染，班固的"脱角挫脰"已稍显凶狠，但不如曹植注重细节描写和渲染。王粲与曹植同题共作，在渲染暴力血腥上，所用之力稍逊曹植，但较之前人，已十分突出。建安文人多从军征伐，曹植十四岁就随父征伐袁谭，[5] 这种经历，或许让他们亲眼目睹杀戮与鲜血，从而赋予他们对暴力的崇尚，并因此在校猎题材中张扬出来。

汉魏赋体文学中的校猎题材，具有鲜明独特的审美风格。赋家对校猎苑囿的空间描绘，呈现出宏伟、阔大的空间感和磅礴的气势。赋家对车马、士卒的力量和速度的描写，呈现出阳刚之美和雄壮之风。赋家对狩猎过程中的屠杀、搏斗等血腥场景的描绘，呈现

---

[1] 《两汉赋评注》，第89页。
[2] 《两汉赋评注》，第91页。
[3] 《两汉赋评注》，第467页。
[4] 《全三国赋评注》，第178页。
[5] 《三曹年谱》，第89页。

出独有的暴力美学风格以及尚武精神。赋家基于礼制背景对校猎活动的描写，又呈现出一定程度的典雅风格。为了追求对前人的超越，校猎题材偶尔还呈现出荒诞的想象。且赋家对名物的恣意铺排和对修辞手法的尽情呈现，表现出赋家博学的特点和逞才的写作目的。

值得注意的是，建安时期的诗歌虽然亦表现校猎题材，却避免对暴力血腥场景的渲染，如刘桢《射鸢诗》描写曹操射猎的英姿以及精准的箭法："发机如惊焱，三发两鸢连。流血洒墙屋，飞毛从风旋。"曹植描写京洛少年高超的骑射技巧："左挽因右发，一纵两禽连。余巧未及展，仰手接飞鸢。"相比校猎赋，二者在气势和张力方面都显得较为平淡平和，这种创作特点表现出诗赋文体功能的差异，如前所述，赋体文学具有娱乐功能，可以纵心所欲地表现情欲，也可以自由书写暴力，而诗歌则属于相对严肃的体裁，所以对校猎的表现更符合礼制的要求，相形之下显得很平和。

建安赋家全面继承前代校猎题材的书写模式与审美特征，并创造性地渲染与呈现杀戮快感，将这一题材的暴力美学特征推向极致。他们可以自由地表现血腥暴力，亦可自觉地表达对礼制的遵从。从汉赋到建安赋，校猎题材在赋家的不断丰富与超越中，展现出独特的艺术魅力。

第二章　建安征伐赋论

《左传·成公十三年》言："国之大事，在祀与戎。"战争题材的文学作品，在中国古代文学史中源远流长。《诗经》时代的战争诗，或歌颂祖先的功业，或抒发御侮的壮志，或倾诉征夫思归的幽情。战争带给人们的种种伤痛，业已进入诗歌的视野。楚辞时代，《九歌·国殇》哀悼为国牺牲的楚国将士，描绘他们战死沙场的悲壮场面。可以说，诗骚时代的战争题材诗歌，奠定了后世战争题材作品思想内容乃至风格特征的基础。

汉乐府民歌《战城南》与《十五从军征》均为名篇，前者通过对激战之后惨烈的战场情状的描写，揭示了战争的残酷。后者则通过老年方结束兵役的士卒家破人亡的凄惨现实，控诉战争带给人们的创伤。这种反战情绪与《诗经》战争诗是一脉相承的。

现存汉代征伐赋以颂美面目出现。汉代文人从军征战者少，现存与从军征伐有关的作品极少。东汉早期，崔骃入窦宪幕府，曾跟随窦宪出征匈奴，留下征伐赋一篇。《后汉书》崔骃本传载："宪擅权骄恣，骃数谏之，及出击匈奴，道路愈多不法，骃为主簿，前后

奏记数十，指切长短。"[1] 窦宪骄横放纵，在出击匈奴途中，崔骃
不断上书对其行为加以讽谏规劝，以至触怒窦宪而遭冷遇。尽管如
此，崔骃的《大将军西征赋》对窦宪征讨匈奴是极尽歌颂之辞的：

> 主簿骃言："愚闻昔在上世，义兵所克，工歌其诗，具陈
> 其颂，书之庸器，列在明堂，所以显武功也。"
>
> 于是袭孟秋而西征，跨雍梁而远踪。陟陇阻之峻城，升天
> 梯以高翔。旗旐翼如游风，羽毛纷其覆云。金光皓以夺日，武
> 鼓铿而雷震。[2]

赋文明显残缺不全，但从赋序中可看出，崔骃作赋的目的，即
在于赞美歌颂，以彰显窦宪及所率义兵的武功。残存的赋文，对窦
宪出征的季节（孟秋）、方位（西方）、路途（遥远艰难）作了简洁
交代，然后重点对军队的军容军威进行了铺陈渲染：军中旌旗如
云，鼓乐喧天，将士们手执兵器，甲光向日，营造出威武雄壮、昂
扬进取的氛围。崔骃的创作表明，对于正义的战争，作赋的目的主
要在于颂美以彰显军威武功，而规劝讽谏之意则另以上书表达，这
是由文体功能的不同决定的。

在前代战争题材诗赋的基础上，建安征伐赋并没有呈现出太多
创新，但是建安文人处于特殊的历史时期，拥有颠沛流离、亲历征
伐的生活体验，加之建安时期邺下文人集团形成后，集体创作氛围
对文学面貌的影响，这些独特因素使得建安征伐赋成为令人瞩目的

---

[1] 《后汉书》，第 1721 页。
[2] 《两汉赋评注》，第 442 页。

存在。

现存建安征伐赋多达 17 篇，大多残缺不全，徐幹《从征赋》、应场《西征赋》、曹植与繁钦各自的《述征赋》均仅余一句，故而排除在研究对象之外。余下 13 篇虽有残缺，但所存留部分仍能提供较多的信息以资考察。

第一节　曹操对建安征伐赋的直接影响

一、　戎马一生的曹操与随军征战的建安文人

曹操身处乱世，能征善战，终其一生，有一半的时间都在征伐中度过，一直到生命的最后时间。中平六年（189），曹操散家财，聚义兵，将伐董卓，是为戎马生涯的序幕。建安二十三年（218）七月西征刘备，二十四年（219）冬十月，率军回洛阳，南下征讨关羽。二十五年（220）春正月，曹操在洛阳去世。[1] 整整三十年间，曹操连年征战，从未间断。常年的军旅生活并未使曹操成为纯粹的一介武夫，在戎马之余，他依然是一个读书人，曹丕《典论·自叙》言："上雅好诗书文籍，虽在军旅，手不释卷。"最为难得的是，曹操还是一个时有吟咏的诗人，在艰苦的行军途中以及激烈的战斗之余，他写下了《苦寒行》《步出夏门行》《短歌行》《却东西门行》等动人的优秀诗篇。

曹操广纳贤才，对著名文士尤为重视和喜爱，将他们聚集在自己麾下并带领他们参预征伐。曹植《与杨德祖书》言曹操招徕"今

---

　　[1]　参看《三曹年谱》，第 41、159、166、167 页。

世作者":"吾王于是设天网以该之,顿八纮以掩之,今尽集兹国矣。"此说法虽极尽曹植作为贵公子的骄傲之态,但曹操对文士的渴慕,于此可见一斑。正因为如此,建安九年,袁绍兵败,陈琳归曹,"太祖爱其才而不咎"。建安十三年,在刘表处淹留多年不得重用的王粲归曹,"太祖辟为丞相掾,赐爵关内侯"。阮瑀在建安初称病避世,"得太祖召,即投杖而起"。徐幹为司空军谋祭酒掾属,五官将文学,"建安初,太祖特加旌命"。应玚、刘桢"各被太祖辟为丞相掾属"。[1] 诸子都因文才得到曹操赏识,且都奉命跟随曹操东西征战,南北讨伐,繁钦等文士亦有随军出征经历。俞绍初《建安七子年谱》载,建安十年,应玚随曹操北征幽州;建安十二年,陈琳、阮瑀从征乌桓;建安十三年,陈琳、阮瑀、徐幹、刘桢、应玚从征刘表,预赤壁之役;建安十四年曹操引军至谯,后又引军自涡入淮,王粲均随军而行;建安十六年,阮瑀、徐幹、应玚、王粲从征马超;建安十七年,王粲从征孙权;建安二十年,陈琳从征张鲁;建安二十一年,陈琳、王粲从征吴。

曹丕、曹植兄弟,更是在曹操有意培养下,自小便熟悉军中生活。曹丕《典论·自叙》言:"上以四方扰乱,教余学射,六岁而知射。又教余骑马,八岁而知骑射矣。以时之多难,故每征,余常从。"建安二年(197),曹操进攻张绣,兵败,长子曹昂遇害,年仅十一岁的曹丕乘马逃脱,曹操本人为流矢所伤。建安十年(205),曹操征袁谭,曹植从征,时年十四岁。[2] 在曹操引领和要求下,曹氏兄弟与建安诸子均亲历征伐,这为他们写作征伐赋提供

---

[1] 参看《三国志》,分别见第 600、598、600、599、601 页。

[2] 《三曹年谱》,第 66、89 页。

了创作动机与素材。宋亚丽、郑杰文《曹操与汉末士人的交往及建安文学批评的形成》一文即认为，曹操引领建安文学的发展，首先表现在安排文士随军征战，从而使不少慷慨悲壮、梗概多气的诗文与歌赋得以创作出来。[1]

建安十二年（207）春二月，曹操曾下令分封功臣，令中总结了自己当时的征战成就："吾起义兵诛暴乱，于今十九年，所征必克，岂吾功哉？乃贤士大夫之力也！"[2]曹操所言不虚，且谦虚为怀。事实上曹操一生征战，极少败绩，他有勇有谋，善于听取谋臣意见，善于分析敌我形势，善于抓住机会，决策果断，计谋诡谲，常出奇制胜，每战必身先士卒，英勇顽强，敢打硬仗。建安五年与袁绍战于官渡，曹操依靠对谋士荀彧、荀攸、许攸的信任，凭借自己殊死作战的精神，打败实力最强的军阀袁绍，大有天下无敌之势。在战场上，曹操及部下有时手段狠毒，如建安五年打败袁绍部下后，割下将士们的鼻子以震慑敌军并显示武功。[3]建安九年五月决漳河水灌邺城，将城中人饿死大半。[4]但总体而言，曹操是一个杰出的军事家和统帅，也是一个在血雨腥风的实战中脱颖而出的英雄，加上迎汉献帝都许，达成"挟天子以令诸侯"的形势，其所有的征伐，都变为拯救国难、振兴汉室的正义之举。

征伐的正义性，与曹操几乎百战百胜的功绩，一起造就了建安征伐赋正气昂扬、积极乐观的总体风貌。曹操带领文人从军征伐，

---

[1] 宋亚丽、郑杰文：《曹操与汉末士人的交往及建安文学批评的形成》，《理论学刊》2015 年第 5 期。

[2]《三国志》，第 28 页。

[3]《三曹年谱》，第 78 页。

[4]《三曹年谱》，第 85 页。

令文人拥有对战争的认知和体验，包括对于行军作战生活的了解，对战斗场面的目睹等等，这些经历在赋中表现为丰富的书写方式。与《诗经》战争诗不同，建安征伐赋极少描写从军征伐的艰难，亦不涉及征夫思妇之苦以及其他揭露战争罪恶的题材，亦不描写战败的情状。这一方面源于征伐赋以颂美为目的之文体特征，一方面源于曹操所代表的正义性，曹军在战场上的胜绩，以及文人对曹操的拥戴。对曹操的一致颂美，成为这一题材作品的共同基调。

二、 建安征伐赋的热烈颂美、浪漫表达和讳莫如深

建安征伐赋基于曹操力挽狂澜、救皇室于危难的汉臣身份，对于他的功业以及他所代表的正义性，给予了热烈的颂美。陈琳《神武赋序》言："建安十有二年，大司空武平侯曹公东征乌丸，六军被介，云辎万乘，治兵易水，次于北平，可谓神武奕奕，有征无战者已。"陈琳强调曹操的官职，突出其汉室重臣的身份，渲染王师之阵容，赞美曹操以王道顺服天下，不战而屈人之兵。繁钦《撰征赋》言"有汉丞相武平侯曹公，仗节东征"，应玚《撰征赋》称曹操为"皇佐"（奋皇佐之丰烈，将亲戎乎幽邻），与陈琳赋如出一辙。曹丕《述征赋》"扬凯悌之丰惠兮，仰乾威之灵武"，称赞曹操军队既为仁义之师，又是威武之师。王粲《初征赋》写："赖皇华之茂功，清四海之疆宇"，称赞曹操奉天子之命平定四海的功绩。阮瑀《纪征赋》"同天工而人代兮，匪贤智其能使。五材陈而并序，静乱由乎干戈"，徐幹《序征赋》"观庶士之缪殊，察风流之浊清"，对曹操招贤纳士、帐下贤才纷聚表示了称颂之情。曹植《东征赋序》言"建安十九年，王师东征吴寇，余典禁兵，卫官省。然神武一举，东夷必克"，突显了对于曹军征伐的正义性的自豪感和对战

斗的必胜信念。

建安征伐赋中，艰苦卓绝的行军征战往往被美化和理想化。207年，曹操北征乌桓，陈琳、应玚随军，各作赋以称颂、记录。陈琳《神武赋》以小赋笔法，简练地铺写了曹军行军、克敌、收获战利品的场景：

> 陵九城而上跻，起齐轨乎玉绳。车轩辚于雷室，骑浮厉乎云宫。晖曜连乎白日，旍旐继于电光。旆既轶乎白狼，殿未出乎卢龙。威凌天地，势括十冲，单鼓未伐，虏已溃崩。克俊馘首，枭其魁雄。尔乃总辑瑰珍，茵毡幕幄。攘瓔带佩，不饰雕琢。华珰玉瑶，金麟互琢，文贝紫瑛，缥碧玄绿。黼锦缋组，屩毹皮服。[1]

此赋篇制短小，笔墨凝练，对行军过程的描写主要运用想象与夸张，以此展现王师出征的气势与军容。作于同年的应玚《撰征赋》亦是如此：[2]

> 奋皇佐之丰烈，将亲戎乎幽邻。飞龙旗以云曜，披广路而北巡。崇殿郁其嵯峨，华宇烂而舒光。摛云藻之雕饰，流辉采之浑黄。辞曰：
> 烈烈征师，寻遐庭兮。悠悠万里，临长城兮。周览郡邑，

---

[1] 《全三国赋评注》，第17页。

[2] 徐公持《建安七子诗文系年考证》：按操平生北征至"长城"，亲临幽州地界唯是年征乌桓一次。故此赋之作，必不出建安十二年（207）。（《文学遗产》增刊第十四辑，1982年。）

思既盈兮。嘉想前哲，遗风声兮。[1]

　　实际上曹操征伐乌桓时，行军路途是十分艰难的。《武帝纪》建安十二年（207）载："秋七月，大水，傍海道不通，田畴请为乡导，公从之。引军出卢龙塞，塞外道绝不通，乃堑山堙谷五百余里，经白檀、历平冈，涉鲜卑庭，东诣柳城。"[2]在陈琳与应玚赋中，行军的辛苦变成了浪漫的表达，雷室、云宫、白日、电光、崇殿、华宇、云藻、辉采等词语，将艰苦的行军变成了华丽的出巡，表达了对曹军出征的信心，随军的自豪感以及昂扬乐观的情绪。

　　但也要看到，建安文人拥戴歌颂曹操，同时也对曹操有所顾忌，这种心理在征伐赋中集中体现为避免书写曹操败绩。建安十三年（208），曹操南征刘表，获胜，但在接下来讨伐刘备的战役中，兵败赤壁。这段历史《三国志·武帝纪》记载为："秋八月，公南征刘表。八月，表卒，其子琮代，屯襄阳，刘备屯樊。九月，公到新野，琮遂降，备走夏口。……（十二月）公至赤壁，与备战，不利。于是大疫，吏士多死者，乃引军还。"事实上赤壁之战曹军实属惨败，并非如陈寿所写那样云淡风轻。《艺文类聚》卷八十引王粲《英雄记》言："曹操欲从赤壁渡江南，无船，乘簰从汉水下……瑜夜密使轻船走舸百所艘，艘有五十人移棹，人持炬火。火然，则回船走去，去复还烧者，须臾烧数千簰。火大起，光上照天，操夜去。"《先主传》又言："与先主并力，与曹公战于赤壁，大破之，焚其舟船。先主与吴军水陆并进，追到南郡，时又疾疫，

---

[1]《全三国赋评注》，第91页。
[2]《三国志》，第29页。

北军多死，曹公引归。"[1]

这年曹丕随征，其《述征赋序》昂扬而有王师傲岸之气："建安之十三年，荆楚傲而弗臣。命元司以简旅，予愿奋武乎南邺。"赋文写王师回朝，镇抚荆楚之地："遵往初之旧迹，顺归风以长迈。镇江汉之遗民，静南畿之遐裔。"完全回避了赤壁兵败一事。[2] 王粲于刘琮投降后归曹，参与赤壁之战，其《初征赋》颂美曹操功绩，抒写北归途中振奋的情绪，昂扬欢悦，无半点赤壁兵败的影响。阮瑀亦从征，其《纪征赋》作于是年，但残缺较严重，只能依据结构推知阮瑀赋亦避开了兵败一事。唯有徐幹《序征赋》以十分含蓄的笔调，表达了赤壁兵败的怅然之情：

> 刊梗林以广涂，填沮洳以高蹊。肇循环其万艘，亘千里之长湄。……乃振旅以复踪，泝朔风而北归。及中区以释勤，超栖迟而无依。[3]

徐幹所写"肇循环其万艘，亘千里之长湄"，应当就是《英雄记》所言"数千艘"曹军，"泝朔风而北归"即《先主传》所载曹军遭遇火攻继而遭遇瘟疫，士卒多死，曹操率军北归之事。据史料记载，这次北归之路也是充满艰难辛苦的。《三国志·武帝纪》注引《山阳公载记》曰："公船舰为备所烧，引军从华容道步归，遇泥泞，道不通，天又大风，悉使羸兵负草填之，骑乃得过。羸兵为

---

[1] 《三曹年谱》，第105—106页。

[2] 龚克昌《全三国赋评注》在此赋的辨析部分亦指出曹丕赋文隐去了与孙刘会战赤壁大败的经过。《全三国赋评注》，第278页。

[3] 《全三国赋评注》，第58页。

人马所蹈藉，陷泥中，死者甚众。"[1] 这样的经历，不仅在征战将士内心，也当在随军文人内心，留下深刻的伤痛。徐幹写"及中区以释勤，超栖迟而无依"，无疑是对这种伤痛的含蓄抒写。然而曹操对于这一败绩无疑讳莫如深，今存《与孙权书》（阮瑀为曹操代笔）对赤壁之战的描述，正反映了曹操这种心态："赤壁之役，值有疾病，孤烧船自退，横使周瑜虚获此名。"赤壁败绩在《三国演义》中被浓墨重彩地渲染，虽不免夸张虚构，但亦有前述相关史料为依据。而在曹操意识中，赤壁败绩是需要被淡化、被遗忘甚至被矫饰的，受制于曹操的这种态度，文人们在赋中对这次败绩采取了回避态度。

第二节　受体裁功能限制的征伐赋

一、　以称颂为社会功能的建安征伐赋

征伐本身常被视为正义之举，它与同样关乎军事活动的校猎不同。校猎具有游乐性质，常与君主的骄奢淫逸相关，所以校猎赋有讽谏传统。而征伐因其所具有的正义性，决定了征伐赋的颂美性质。建安文人对征伐之事的书写目的，主要是颂美曹操的武功，他们往往将征战从军的辛苦从赋中剔除，放入诗歌作品之中，用赋来达到"宣上德而尽忠孝"的目的，并于赋中表达对曹操成为一代仁主的希冀和期待。

汉末连年战乱，田地荒芜，缺衣少粮，乃至民人相食。建安

---

[1]《三国志》，第31页。

初，曹操在北方兴屯田，[1] 改善了军队粮草供给状况，但长年征战、居无定所、流离转徙的军旅生活，仍然十分辛苦劳累。这从曹操本人的诗歌即可见一斑，《苦寒行》乃建安十一年（206）征高幹时所作：

> 北上太行山，艰哉何巍巍！羊肠坂诘屈，车轮为之摧。树木何萧瑟！北风声正悲。熊罴对我蹲，虎豹夹路啼。溪谷少人民，雪落何霏霏！延颈长叹息，远行多所怀。我心何怫郁？思欲一东归。水深桥梁绝，中路正徘徊。迷惑失故路，薄暮无宿栖。行行日已远，人马同时饥。担囊行取薪，斧冰持作糜。悲彼东山诗，悠悠使我哀。[2]

《三国志·武帝纪》载："春正月，公征幹。幹闻之，乃留其别将守城，走入匈奴，求救于单于。单于不受。公围壶关三月，拔之。"[3] 虽然打了胜仗，但行军围城之艰难，自不待言。天气的严寒，粮草的匮乏，行军路途的坎坷，将士内心的压抑悲凄、思家念归之情，在曹操笔下得到了充分展现。

建安十二年（207），陈琳随曹操北征乌桓，《饮马长城窟行》或作于是年，"边城多健少，内舍多寡妇"，对修筑长城久役不归的征夫和盼归不得的思妇表达了深切同情。但作于同时的《神武赋》，则专事渲染曹军军威、颂扬曹军的胜利。

---

[1] 汉末荒乱缺粮，民人相食，曹操兴屯田，均见《三国志·武帝纪》注引《魏书》，第 14 页。

[2] 《曹操集校注》，第 16 页。

[3] 《三国志》，第 28 页。

　　建安二十一年（216）5月，曹操封魏王，同年十月，曹操南征孙权，王粲从征，作《从军诗》其二、其三、其四、其五。其二写道："征夫怀亲戚，谁能无此情。拊衿倚舟樯，眷言思邺城。哀彼东山人，喟然感鹳鸣。"其三写道："征夫心多怀，恻怆令吾悲。"其五写道："悠悠涉荒路，靡靡我心愁。四望无烟火，但见林与丘。城郭生榛棘，蹊径无所由。……客子多悲伤，泪下不可收。"这几首诗歌抒发了从军征战路途中，征夫怀亲、多怀的恻怆、悲伤之情，描写了沿途因战乱而凋敝的城郭乡村和诗人内心的感伤，虽然这组诗歌最终的落脚点都是表达自己报效曹操、建功立业的渴望，但诗歌里表达出来的对战争本身的厌倦之情也是很明显的，这种情绪在征伐赋中绝难见到。可见，并非文人不敢表达这样的情绪，而是自觉认同赋体文学的特定功能，不在赋中抒发征战之苦和厌战情绪罢了。而诗歌抒情言志，比赋体文学具有更加私人化的特点，故而可以用来抒发更为丰富的情感。

　　徐幹征伐赋在建安文人中比较特别，如前所述，他在《序征赋》中含蓄表达了赤壁战败的情绪，就在这篇赋中，他还描写了行军路途的艰难："刊梗林以广涂，填沮洳以高蹊。"砍树伐木、挖土填路，给餐风宿露、紧张疲惫的行军路途增添了更多苦楚。与其余赋家对行军路途的美化相比，徐幹的赋作实在别具一格。当然，这并不代表徐幹征伐赋背离了颂美的创作鹄的，徐幹《序征赋》赞颂曹操广纳贤才，《西征赋》写"奉明辟之渥德，与游轸而西伐"，赞美曹操的德行，并抒发对曹操的祝福以此寄托自己建功立业的志向："庶区宇之今定，入告成乎后皇。登明堂而饮至，铭功烈乎帝裳。"徐幹有着不同于时俗的创作个性，但他的征伐赋依然秉持颂美的基调，只不过将个人对征战的感受稍稍如实表达在赋中，这也正好说明其余赋家不在赋中抒发这样的情感，乃是由于文体特点影响下的选择。再者，一个很重要的原因，就是曹操本人能征善战，又代表正义的一方，这给予了建安文人极大的信心和自豪，以至于从军征战之苦不再是困扰人的烦恼之事，而成为一种动力和积极的行动。正如王粲《从军诗》（其一）写道："从军有苦乐，但问所从谁。所从神且武，焉得久劳师。"跟随一个百战百胜、体恤士卒的神武统帅，为统一天下、匡扶汉室而战，行军征战之苦，不自觉地成为一种豪迈的行为。

二、 体现社会关怀和责任意识的建安征伐赋

建安征伐赋往往将曹操描写为仁义之主，这是文人对他的颂美，同时也是文人对他的期待和要求，寄寓了文人对太平盛世的向往，也寄托了他们在安定天下大业中建功立业的理想。在这个意义上，建安征伐赋也体现出一定的社会关怀和责任意识，而并没有表现出讽谏言志作用的消失。[1]

建安十二年（207），曹操北征乌桓，陈琳《神武赋》先在序言中评价曹操"神武奕奕，有征无战者"，又在赋文中先后强调"恶先縠之惩寇，善魏绛之和戎"，"受金石而弗伐，盖礼乐而思终"，言下之意，都是希望曹操以仁义服人，不战而屈人之兵。建安十三年（208）曹操南征刘表，阮瑀《纪征赋》写道："希笃圣之崇纲兮，惟弘哲而为纪。同天工而人代兮，匪贤智其能使。"直接表达

---

[1] 章沧授《建安诸子辞赋创作的重新审视》认为诸子以文学侍臣而非谋士身份归依曹氏集团，无权参与军政大事，无需表白政治志向，同时诸子对这种被动的处境感到不满，这两个原因促使建安诸子辞赋讽谏言志作用的消失，娱愉功能的强化代之而起，这是辞赋发展史上的一个重要变化。

希望曹操成为圣人，具有非凡的德行智慧，建立纲纪，任用贤能，完成统一大业。同年，王粲于归曹之初作《初征赋》，先写身世坎坷生活流离："违世难以迴折兮，超遥集于蛮楚。逢屯否而底滞兮，忽长幼以羁旅。"然后歌颂曹操的文治武功："赖皇华之茂功，清四海之疆宇。"文人对曹操的期待，不仅仅是希望他运用武力统一天下，而是要凭借王道安定天下，建立清明的政治和社会。所以，曹操也不能仅仅是一个善战的统帅，更要是一个仁义之主，只有这样，他才区别于逐鹿中原的其他军阀。这里面蕴含着建安士人的社会理想，他们将这个理想寄托在曹操身上。陈琳《武军赋》作于袁绍帐下，在描写袁绍大胜公孙瓒的战役时，陈琳着眼于战争本身的精彩和激烈，而不曾颂美袁绍本人，其中的原因耐人寻味。这说明在陈琳心目中，袁绍不具有曹操那样的实际领袖地位和能力，所以陈琳自然对他没有期许和希冀。而曹操是建安时期的实际领袖，他的思想、行动以及作为，直接决定着整个社会的前途命运。对于古人而言，一个仁义之君的意义，就在于他象征着太平盛世的实现。文人通过颂美表达对曹操的期望，这亦是赋体文学社会功能的体现。

　　建安征伐赋时有怀古之思，这是由建安文人对太平盛世的向往所决定的。残酷的战争给社会带来巨大灾难，生灵涂炭，民不聊生，令人怀想古代社会的和平安宁，这种怀古之情使得曹操身上负载的仁义之主的理想成分增多，突显出文人对曹操寄予的厚望。陈琳《神武赋》写"觑狄民之故土，追大晋之遐踪"，应场《撰征赋》写"周览郡邑，思既盈兮。嘉想前哲，遗风声兮"，阮瑀《纪征赋》写"仰天民之高衢兮，慕在昔之遐轨"，无不寄寓着对曹操的歌颂和期待，希望他能效法古代贤哲，成就安邦定国之大业，实现治世盛景。

建安征伐赋在表达对太平盛世的向往中，不仅寄托了对曹操的期待和希冀，也寄托了自己建功立业的理想，这种理想和统一天下的伟业紧密相连，在某种程度上实现了对个人价值的超越。王粲在刘表帐下时，作《登楼赋》抒发身逢乱世、有志不获骋的苦闷，表达了"冀王道之一平兮，假高衢而骋力"的心愿。诚如斯言，只有在天下太平之日，文人才能实现自己的理想和志向。王粲归曹之初，欣喜地在《初征赋》中写下"行中国之旧壤，实吾愿之所依"，王粲所谓的心愿，就是《登楼赋》所表达的"假高衢而骋力"的心愿，在曹操统一北方的伟业感召下，他看到了自己实现建功立业理想的希望。次年他在《浮淮赋》中又热情抒发了这个愿望："运兹威以赫怒，清海隅之蒂芥。济元熏于一举，垂休绩于来裔。"王粲所希冀的流芳后世的美好功绩，不仅是指曹操的文治武功，也包括自己的理想和人生价值的实现。

徐幹《西征赋》将个人的愿望抒写得更为直接和现实："伊吾侪之挺劣，获载笔而从师。无嘉谋以云补，徒荷禄而蒙私。"徐幹表达了文人跟随曹操出征、担心自身能力和贡献不足以辅佐曹操的焦虑，实际就是表达追求个人功业的迫切心情。徐幹的焦虑在建安文人中具有代表性，王粲《从军诗》之四亦有相同的表达："许历为完士，一言犹败秦。我有素餐责，诚愧伐檀人。"徐幹《西征赋》写"庶区宇之今定，入告成乎后皇。登明堂而饮至，铭功烈乎帝裳"，同理，这不仅是对曹操成就功业的祝福，也是对自身建功立业心情的表达。即使身份尊贵如曹植，亦充满建功立业的焦虑与迫切，其《东征赋》写"顾身微而任显兮，愧责重而命轻"，正是渴望成就大业的焦虑情绪之体现。曹操南征刘表之时，徐幹《序征赋》写"观庶士之缪殊，察风流之浊清"，阮瑀《纪征赋》写"五材陈而并序，静乱由乎干戈"，二者都在歌颂曹操招贤纳士、重用人才的举措，同时，作为汉丞相看重的僚属，徐幹、阮瑀亦难掩内心的自豪、自信以及对个人功业的向往。

建安文人身处乱世，个人命运与社会命运休戚相关，个人理想和天下一统的伟业融为一体，这也是建安文学积极进取、慷慨激昂的内在原因之一。

第三节　建安征伐赋的文学性

一、　颂美功能对征伐赋文学性的制约

建安征伐赋较其他题材赋作更多地受制于赋的文体功能，在创作上主要用于颂美，抒情性相对很弱。由于征伐赋的设定读者是曹操，诸子作赋难免具有政治性，这在一定程度上制约着征伐赋的文学性。

如建安十九年（214），曹操东征孙权，命曹植留守邺城，《三国志·曹植传》载："太祖征孙权，使植留守邺，戒之曰：'吾昔为屯邱令，年二十三。思此时所行，无悔于今。今汝年亦二十三矣，可不勉与！'"[1]杨修作《出征赋》，颂美曹军的同时，又称赞曹植尽忠职守，思念父兄：

　　　　嗟夫吴之小夷，负川阻而不廷。肇天子之命公，總九伯而

---

[1]《三国志》，第557页。

是征。……舫翼华以鳞集，苍鹰杂以星陈。塞川原而上下，蔽城隍而无垠。……公命临淄，守于邺都。侯怀大舜，乃号乃謇。茂国事之是勉兮，叹经时而离居。[1]

这篇赋陈述曹操出征，描写曹军阵容，套话比较多，写临淄侯的部分，稍显突兀，不过这也许是赋作真正的写作目的——即在曹操面前替曹植争宠。曹操曾对曹植寄予了很大的期望，《曹植传》载："植既以才见异，而丁仪、丁廙、杨修等为之羽翼。太祖狐疑，几为太子者数矣。"[2] 这年曹氏兄弟的储位之争尚未落下帷幕，作为曹植党羽，杨修力图在曹操面前为曹植争取好感。所以，赋作缺乏文采。再如前所引阮瑀、徐干、应玚征伐赋，包括曹丕、王粲在邺下文人集团形成之前的征伐赋，从文学性的角度，亦都乏善可陈。

二、 建安征伐赋飞扬的文采与独特的审美风格

陈琳征伐赋以及王粲、曹丕在建安十四年之后的征伐赋，铺采摛文，或描写战斗场景，或渲染军容军威，读之文采斐然。就现存赋作内容看，陈琳赋着重描写战斗场景，对交战过程的描写尤为生动逼真。王粲、曹丕则偏重对军威军容进行文学的夸张。

陈琳《武军赋》是一篇特殊的作品，此篇作于归曹前，与归曹后的赋作以及建安诸子在曹操帐下所作征伐赋具有对比研究的意义。

---

[1]《全三国赋评注》，第68页。
[2]《三国志》，第557页。

当时陈琳尚在袁绍帐下，参与征伐公孙瓒一役。此赋虽为残篇，但可见其大赋形制，在军容军威渲染以及战斗场景描绘方面尤其出色。《武军赋》描写建安四年（199）袁绍讨伐公孙瓒的决胜之役。《三国志》载："瓒军数败，乃走还易京固守。为围堑十重，于堑里筑京，皆高五六丈，为楼其上；中堑为京，特高十丈，自居焉，积谷三百万斛。"[1] 面对公孙瓒的死守战术，袁绍采取了强攻加巧取的策略。《三国志》注引《英雄记》言："袁绍分部攻者掘地为道，穿穴其楼下，稍稍施木柱之，度足达半，便烧所施之柱，楼辄倾倒。"[2] 这一作战过程被记录在《武军赋序》里：

> 回天军震雷霆之威于易水之阳，以讨瓒焉。鸿沟参周，鹿菆十里，荐之以棘。乃建修橹，干青霄，窥深隧，下三泉。[3]

序文言简意赅地交代了两军对峙的情景，公孙瓒的防守工事坚不可摧，而袁绍的进攻势头锐不可当，序文充满张力，预示着一场酣畅淋漓的激烈战斗。

赋文则以铺采摛文的手法，详尽铺陈了袁绍军队的军威军容，以及冲锋攻城的场景。陈琳首先强调此次征伐的正义性以及一呼百应的影响力和旺盛的士气："当天符之佐运，承斗刚而曜震。……于是武臣赫然，飑炎天之隆怒，叫诸夏而号八荒。……于是启明戒旦，长庚告昏，火烈具举，鼓角并震。千徒从唱，亿夫求和。"然后渲染军队兵器装备之精良，从"其刃、铠、弩、弓、矢、马"几

---

[1]《三国志》，第 243 页。
[2]《三国志》，第 247 页。
[3]《全三国赋评注》，第 6 页。

方面进行铺陈，又夸张军乐之震慑人心："金鼓作，箫管起，灵鼓发，雷鼓奏。骇轰嘈嘛，荡心惧耳。"最有意思的是，赋中描写了袁绍军队冲锋的情形："元戎先驰，甲骑踵继。"攻城的情形："排雷冲则高炉略，掔炬然则顿名楼。"敌城陷落的情形："冲钩竞进，熊虎争先。堕垣百叠，敝楼数千。崇京魁而独处，表完壑而陨颠。"获胜后的情形："百队方置，天行地止。干戈森其若林，牙旗翻以容裔。"这些场景再现了《三国志》关于这次战役的描写并形成详略补充。

《神武赋》乃陈琳归曹后从征乌桓时所作。如前所述，此赋乃小赋体制，十分简练地描写了行军、杀敌的过程，尤其重点铺陈了战利品的种类。了解这场战争的前因后果、来龙去脉，可以更深刻地理解陈琳赋中的场面。

据史料记载，曹操征乌桓具有一定的冒险性，虽然最后取胜不是依靠运气，而是凭借知己知彼的信心和智慧，但是胜负未曾分晓之前，曹军将士是悬着一颗心的。《三国志·武帝纪》载："（曹操）将北征三郡乌丸，诸将皆曰：'袁尚，亡虏耳，夷狄贪而无亲，岂能为尚用？今深入征之，刘备必说刘表以袭许。万一为变，事不可悔。'惟郭嘉策表必不能任备，劝公行。"[1] 曹操虽果断决定出征，但众人所怀刘备乘机袭击许都的担心，曹操也无法完全释怀。在征战途中所作《步出夏门行·艳》，很好地表达了他内心的矛盾和忧虑：

云行雨步，超越九江之皋。临观异同，心意怀犹豫，不知

---

[1]《三国志》，第 29 页。

当复何从？经过我碣石，心惆怅我东海。[1]

在艰苦的行军后，于白狼山与敌军遭逢，当时曹军多轻装步兵在前，重装战车尚未跟上，穿铠甲的战士很少，所以众人有所畏惧。而曹操观察到敌军阵容不整，判断其战斗力不强，于是指挥军队强攻，大败敌军。[2]

陈琳用文字记录了这次克敌制胜的情形："威凌天地，势括十冲，单鼓未伐，虏已溃崩。克俊馘首，枭其魁雄。"可以想见曹军将士在这次大胜之后的狂欢，他们对敌人斩首割耳，以炫耀军功，他们搜集战利品，展示这些不同于中原地域的三郡乌桓的物产："总辑瑰珍，茵毡幕幄，攘璎带佩，不饰雕琢，华珰玉瑶，金麟互琢，文贝紫瑛，缥碧玄绿。黼锦缋组，麛麑皮服。"陈琳对战利品的铺陈，具有一定的猎奇心理，同时也包含着对胜利的喜悦和炫耀。与《武军赋》相比，《神武赋》无论从格局、气势、文采等方面都逊色许多，但和建安时期其余征伐赋相比，它对战斗场景的描绘，包括所撷取的细节，无不展现出一种尚武的精神、阳刚的气质以及勃发的生命活力。

《武军赋》对武力的夸张渲染成分特别明显，而归曹后的陈琳与其余诸子的征伐赋对武力的张扬都比较收敛，更多地具有一种突显仁义之师的意图。《武军赋》那种极力铺排武器装备、对战争进行生动逼真描绘、再现战斗场面的写作方法，在建安征伐赋中未得

---

[1]《曹操集校注》，第 18 页。
[2]《三国志·武帝纪》载："八月，登白狼山，卒与虏遇，众甚盛。公车重在后，被甲者少，左右皆惧。公登高，望虏陈不整，乃纵兵击之，使张辽为先锋，虏众大崩。"第 29 页。

到承续。王粲、曹丕最具文采的征伐赋是作于建安十四年的《浮淮赋》，两篇赋着力于夸张曹军阵容：

> 浮飞舟之万艘兮，建干将之铦戈。扬云旗之缤纷兮，聆榜人之喧哗。乃撞金钟，爰伐雷鼓。白旄冲天，黄钺扈扈。武将奋发，骁骑赫怒。于是惊风泛，涌波骇。众帆张，群棹起。[1]（曹丕《浮淮赋》）

> 泛洪櫓于中潮兮，飞轻舟乎滨济。建众樯以成林兮，譬无山之树艺。于是迅风兴，涛波动。长濑潭㴞，滂沛汹溶。钲鼓若雷，旌麾翳日，飞云天回。苍鹰飘逸，递相竞轶。凌惊波以高骛，驰骇浪而赴质。加舟徒之巧极，美榜人之闲疾。[2]（王粲《浮淮赋》）

建安十三年，王粲归曹之初所作《初征赋》以及曹丕时年从征所作《述征赋》，虽亦有一些可圈可点之处，但与众人之作相比，并无特出之处。但二人《浮淮赋》句式变化多端，三、四、六言交错运用。描写对象集中于水上军队阵容，迅疾的大风，翻涌的惊涛骇浪，骁勇的战将，技艺高超的舟徒、榜人，喧天的军鼓，成片的轻舟，成林的船帆，组成一个强大有力的军队阵容，向外散发着巨大的威慑力。这次出征，曹操并没有与东吴作战，《三国志·武帝纪》载："十四年春三月，军至谯，作轻舟，治水军。秋七月，自涡入淮，出肥水，军合肥。……十二月，军还谯。"[3]曹操为雪建

---

[1]《全三国赋评注》，第278页。
[2]《全三国赋评注》，第147页。
[3]《三国志》，第32页。

安十三年冬赤壁战败之辱，匆忙地于次年春重整旗鼓，以兵力威慑
孙权，王粲、曹丕深谙曹操心理，作赋以鼓吹，在夸张渲染过程
中，创造出了极具文采和气势的赋作。

　　从这两篇赋在内容与写作手法上的明显趋同，可看出文人创作
的相互影响和共同追求。[1] 王粲归曹之前，陈琳、阮瑀、徐幹、
曹丕均写作征伐赋，除陈琳外，其余三人的赋作虽亦各有不同写作
角度，但总体比较平淡。王粲归曹后，曹丕多次与其同题共赋，二
人在创作风格和内容上相互影响，使征伐赋更具文采和气势。这之
后繁钦描写建安十七年（212）冬曹操东征孙权之《撰征赋》，亦颇
具文采和气势：

　　　　素甲玄焰，皓旴流光，左骈雄戟，右攒干将。彤旄朱矰，
　　丹羽绛房。望之妒火，焰夺朝阳。华旗翳云霓，聚刃曜日铓。
　　于是辖辒云趋，威弧雨发。钲鼓雷鸣，猛火风烈，跃刃雾散，
　　虏锋摧折，呼吸无闻，丑类剥灭。[2]

　　繁钦赋对军队装备、军队阵容、作战场景的描写，以及其内蕴
的尚武精神，充满力量的语言和修辞，非凡的气势，词句的华丽，
都很明显地具有陈琳《武军赋》《神武赋》以及王粲、曹丕《浮淮
赋》的影响，可见邺下文人集团在创作上具有一定的趋同性。

　　繁钦此赋结尾三句"虏锋摧折，呼吸无闻，丑类剥灭"，描写
战场杀戮情形，虽没有直接像陈琳《神武赋》那样描写割耳斩首，

---

　　[1]　二赋趋同性的分析详见王粲归曹后创作评述部分。
　　[2]　《全三国赋评注》，第242页。

但也展示了尸横遍野的情形。从现存诗骚到汉乐府作品，几乎没有直接描写杀戮的作品，《国殇》写卫国将士"首身离兮心不惩"，《战城南》写"战城南，死郭北，野死不葬乌可食"，都算是对惨烈场景的最大程度的描绘。陈琳《神武赋》"克俊馘首，枭其魁雄"则直接描写割耳斩首，其情景令人战栗。繁钦写"虏锋摧折"，分明是敌我搏斗的情形，令人联想到战场上短兵相接之时，我方对敌方展开无情的杀戮，以至于"呼吸无闻，丑类剥灭"。

这种描写的力度虽然与王粲、曹植校猎赋中对人兽格斗的血腥暴力场景的渲染相去甚远，但依然具有对武力的张扬，对暴力的夸张。这是建安文人亲历战场目睹厮杀的生活体验在文学中的反映，是一种不同于前代文学的审美体验和取向，也是建安文学不受儒家思想和礼制约束的表现。

建安征伐赋描写战斗场景，渲染军威军容，将真实的体验和文学的想象相结合，运用华丽的词句和夸张、排比、对偶等修辞手法，生动逼真而又多具想象场景的浪漫，可谓发前人之所未发，呈现出飞扬的文采、尚武的精神、磅礴的气势、壮观的场景和阳刚的气质。

第三章　建安咏物赋论

　　建安时期，咏物赋兴盛。建安之前，两汉留存的咏物赋不过 30 余篇，而建安时期短短 20 余年间，约有 60 篇咏物赋留存。[1] 较之两汉，建安咏物赋在创作上表现出显著的新变。

第一节　建安咏物赋兴盛的原因

　　首先，建安咏物赋数量激增的原因，乃在于建安时期，邺下文人集团形成所带来的同题共作的风气。

　　韩高年论汉代四言咏物赋有言："由于临席动笔，即兴创作，只能靠平常的积累，所以四言咏物赋多体制小，内容精，且多以眼前所见器物为题。"[2] 确如所言，文人宴饮或雅集之时即席作赋，多以眼前之物为书写对象，此风在建安时期盛行，故而建安咏物赋

---

　　[1]　二十余年时间，是指建安元年至建安二十二年诸子病逝之间的时间。另，本文作品统计主要依据龚克昌《两汉赋评注》以及《全三国赋评注》，咏物赋主要范围包括植物赋、动物赋和器物赋。
　　[2]　韩高年：《汉代四言咏物赋源流新探》，《西北师大学报》2000 年第 1 期。

亦随之兴盛。如祢衡《鹦鹉赋序》言："时黄祖太子射，宾客大会。有献鹦鹉者，……衡因为赋，笔不停辍，文不加点。"刘桢《瓜赋序》言："（桢）在曹植座，厨人进瓜，植命为赋，促立成。"此两篇序言虽均为后人所加，但建安文人在宴饮之时应制作赋的风气可见一斑。另陈琳《玛瑙勒赋序》言："五官将得玛瑙，以为宝勒，美其英彩之光艳也，使琳赋之。"曹丕《玛瑙勒赋序》言："余有斯勒，美而赋之。命陈琳、王粲并作。"从这两篇赋序，可推想曹丕于雅集之时向陈琳、王粲展示玛瑙勒以及三人同题共作的情形。曹丕另有《槐赋序》言："王粲直登贤门，小阁外亦有槐树，乃就使赋焉。"可见曹丕在日常生活中有所感慨，亦会随时命题，令其他文人一起咏物抒怀。

建安咏物赋数量激增的原因，还在于当时社会经济与对外交流较前代更为发达，许多奇花异草、奇珍异宝乃至珍禽异兽从西域传至中原，激发文人兴趣并为之作赋。前所述祢衡《鹦鹉赋序》记述黄射大宴宾客之时有人进献鹦鹉，序文开篇又写"惟西域之灵鸟兮，挺自然之奇姿"。这说明鹦鹉从西域传入，且属于珍稀之物。这方面好尚奇异的曹丕表现更为突出，他不仅在赋作中吟咏了更多珍奇之物，还表现出对这些物品远超时人的浓厚兴趣。其《迷迭赋并序》写自己亲手"种迷迭于中庭"，嘉其"扬条吐香"，美其"薄西夷之秽俗兮，越万里而来征"。《车渠碗赋并序》介绍车渠"玉属也。多纤理缛文。生于西国"，美其"料珍怪之上美，无兹碗之独灵"。《玛瑙勒赋并序》介绍玛瑙"玉属也。出自西域，文理交错，有似马脑，故其方人因以名之"，美其"苞五色之明丽，配皎日之流光"。曹丕不仅自己好尚奇异，作赋吟咏，还带领其他文人共赋同咏。建安时期同题共作（现存两篇及以上者统计为同题共作之赋）作品约存 40 余篇，其中赋鹦鹉、迷迭香、车渠碗、玛瑙勒之作存有 14 篇。建安咏物赋共赋之物约 13 种，分别是柳、槐、橘、迷迭、车渠碗、玛瑙勒、扇（还可分为圆扇、九华扇、扇）、鹦鹉、莺、白鹤、鹖、孔雀、弹棋，其中珍稀之物就有鹦鹉、迷迭香、车渠碗、玛瑙勒以及孔雀 5 种。建安孔雀赋仅余杨修之作与曹植存目，杨修《孔雀赋序》言"其初至也，甚见奇伟"，可推知孔雀在当时亦是珍稀之物。[1] 文人对珍稀之物的吟咏，反映出当时的社会经济和文化交流的进步与发展，同时也促进了咏物题材的拓展以及咏物赋数量的激增。与建安赋家相比，汉代赋家在咏物取材方面显得比较庄重和保守，比如大量的乐器赋凸显出汉代咏物赋强调音乐感染与道德教化的特点，显得十分庄重。再如簨、相风这样的器具，被赋予重大的意义。比如贾谊《簨赋》开篇写"牧太平以深志，象巨兽之屈奇"，郑玄《相风赋》则言相风关乎天地神明、社会政治等。除此之外，西汉咏物赋所选对象基本都是日常所见之物，如屏风、薰笼、灯、枕等。东汉赋家所选之物绝大多数亦是日常所见之物，如书挋、扇、针线、笔等，至东汉中后期王逸《荔支赋》和朱穆《郁金赋》，方将目光投向珍稀之物。[2] 这与社会经

---

［1］王子今《龟兹"孔雀"考》（《南开学报》2013 年第 4 期）一文即征引史料说明魏晋时期西域曾进献孔雀至中原。文焕然、何业恒《中国古代的孔雀》（《化石》1980 年第 3 期）一文认为自汉至晋，四川盆地和云南省东部有不少孔雀。可见，建安时期，对于中原地区而言，孔雀亦是珍稀之物。

［2］王逸、朱穆赋作并未提及荔枝、郁金是珍稀之物，但根据相关史料，可知荔枝在古代是难得的贡品，一直到唐代，诗人杜牧还感叹"一骑红尘妃子笑，无人知是荔枝来"。至于郁金，陈毓亨等认为"郁金来我国的途径，早先是通过通商贸易和'遣使献郁金'"，可知郁金亦是外来之物。参见陈毓亨、章菽、胡治海、陈惠莉：《我国姜科药用植物研究——XIX. 郁金的原植物和药用部位演变的本草考证》，《中药材》1987 年第 6 期。

济、文化交流的发展固然相关，同时也与汉代赋家缺少建安赋家好尚奇异的心理相关。汉代赋家选择围棋、樗蒲、塞、弹棋等游戏作为书写对象，描写游戏的规则、过程，倒是颇具趣味。

建安时期，文人对大自然和日常生活的关注较之汉代更为广泛，他们所吟咏的动植物以及其他物品的种类远超汉代。两汉文人所选取的动植物大概有蓼虫、大雀、蝉、杨柳、文木、荔枝、郁金、芙蓉等，建安文人则大大拓展了这个范围，植物除了杨柳，还有槐树、桑树、橘、迷迭、芙蓉、瓜，动物则有玄猿、孔雀、鹦鹉、莺、白鹤、鹖鸡、雁、蝙蝠、蚊以及蝉。建安文人对大自然的关注，除了前面所说好奇心理之外，亦显示出他们对自然之物的敏感和对生活本身的热爱。徐公持《魏晋文学史》指出邺下文人不仅以极大的热情描写军国大事，也将文学创作的注意力转向日常生活琐细事务，这在建安前期文学中基本不存在，他们大量以动物、植物、珍饰、玩物为写作题材，并以赋最为突出。[1]

当然，建安咏物赋的兴盛亦得力于对前人的继承和模仿。如盛行汉代的乐器赋，在建安时期虽无佳作传世，但也并没有消失；建安赋家还模仿汉代赋家写作游戏赋；建安早期，祢衡写下咏物赋的巅峰之作《鹦鹉赋》，至邺下文人集团形成后，陈琳、阮瑀、应玚、王粲、曹植均有《鹦鹉赋》留存，虽多为残篇，依然可见对祢衡的模仿。这种模拟之风在后代一直延续。

以上种种，是建安咏物赋兴盛的主要原因。

---

[1] 《魏晋文学史》，第 8 页。

第二节 建安咏物赋状物追求逼真的再现

两汉咏物赋状物多凭借想象，书写想象中的情景，并不重点描摹眼前实景。最典型的是乐器赋，汉人咏物，喜好选择乐器为书写对象，其源头当溯至枚乘《七发》。枚乘描写吴客以音乐启发楚太子，对琴木的生长、琴的制作、琴曲的演奏以及乐声的感染力进行了想象和渲染：先写琴木乃龙门之桐，生长于奇险孤峭之地："上有千仞之峰，下临百丈之溪"。琴木经由名师采用上好的辅料制作而成："于是背秋涉冬，使琴挚斫斩以为琴，野茧之丝以为弦，孤子之钩以为隐，九寡之珥以为约。"而琴声感人，即使鸟兽虫蚁亦为之沉迷："使师堂操《畅》，伯子牙为之歌。……飞鸟闻之，翕翼而不能去；野兽闻之，垂耳而不能行；蚑、蟜、蝼、蚁闻之，柱喙而不能前。"枚乘笔下琴木生长的环境，琴的制作、演奏等情形全是凭想象而来的虚写。譬如"千仞之峰"、"百丈之溪"等夸大之词，都无法着眼于细部的真实表现。至于琴声的艺术效果，本身极难描摹，只能取譬多方，依靠想象和虚写进行表现。这种状物手法不注重对物体形象和特点的再现，而更着意于文采和气势的呈现。

枚乘之后，文人乐器赋基本遵照这个书写模式。如西汉王褒《洞箫赋》、东汉傅毅《琴赋》、马融《长笛赋》等，均是对枚乘赋作的踵事增华，在状物手法上亦继承枚乘的想象和虚写。不仅乐器赋，汉代其他咏物赋大多在状物上采取虚写和想象手法。如刘安《屏风赋》开篇："维兹屏风，出自幽谷。根深枝茂，号为乔木。孤生陋弱，畏金强族。移根易土，委伏沟渎。"虽是写屏风，但是与乐器赋开篇十分相似，均是通过想象夸张首先美化所咏之物的来历，这个套路为后世咏物赋广泛继承。刘胜《文木赋》是一篇颇具文采气势的咏物赋，其开篇亦是这个模式："丽木离披，生彼高崖。拂天河而布叶，横日路而擢枝。"这样的想象与其说是状物，不如说是造势。刘胜对文木的花纹色彩的描写，亦是全凭想象夸张，读起来十分精彩："或如龙盘虎踞，复似鸾集凤翔。青绳蒙被，环璧珪璋。重山累嶂，连波迭浪。奔电屯云，薄雾浓雾。麚宗骥族，鸡队雉群。蠋绣鸳锦，莲藻芰文。"再如王逸《荔支赋》借助想象描写荔枝树，朱穆《郁金赋》借助比喻描写郁金香的艳丽，其共同点都在于赋家状物不求真实细致形象，而是更注重文采气势。当然，汉代也存有少数咏物赋，在状物时比较生动形象，如刘歆《灯赋》、张奂《芙蓉赋》等，但这在汉代文学中只是个别之作，未能形成一种趋势。易闻晓《汉赋"凭虚"论》言："大赋铺陈，其本质要义是夸饰炫耀，其叙述视角则假托虚拟，其主导倾向为瑰丽藻饰，其虚夸目的在悚动人主，其才学施为在虚设空间，其铺排充实在名物事类，其祖述取用在殊方异物。"[1] 这段话对汉代大赋兴盛背景下赋家写作的心态与手法作了精当的概括，正是在这种"凭虚"的风气和审美取向之下，形成了汉代咏物赋状物注重造势和文采展现，而不注重体物真实工细的特点。

建安咏物赋在状物方面较之汉代咏物赋有着明显的变化。脱离了汉代大赋的创作氛围，建安咏物赋短小隽永，无须再以华丽纷繁的想象造就赋作的气势，挥洒自身的文采，因为小赋体制本身也很难包容这样无拘无束的铺陈。建安赋家开始注重对所咏之物进行仔细观察，将笔力集中到对所咏之物的特点上，力求真实、生动、形

---

[1] 易闻晓：《汉赋"凭虚"论》，《文艺研究》2012 年第 12 期。

象地予以再现。

仍从乐器赋进入比较。建安乐器赋留存极少，仅阮瑀《筝赋》可作参考。阮瑀乐器赋较之汉代乐器赋篇幅大大减少，其写作层次是先写筝的制作，再写筝的演奏，最后写乐声的感染力，虽基本继承了枚乘以来乐器赋的传统写作模式，但其变化亦很显著，录现存全文如下：

> 惟夫筝之奇妙，极五音之幽微。苞群声以作主，冠众乐而为师。禀清和于律吕，笼丝木以成资。身长六尺，应律数也。弦有十二，四时度也，柱高三寸，三才具位也。故能清者感天，浊者合地，五声并用，动静简易。大兴小附，重发轻随。折而复扶，循覆逆开。浮沉抑扬，升降绮靡。殊声妙巧，不识其为。平调定均，不疾不徐。迟速合度，君子之衢也。慷慨磊落，卓砾盘纡，壮士之节也。曲高和寡，妙妓难工，伯牙能琴，于兹为朦。嫩怿翕纯，庶配其踪。延年新声，岂此能同？陈惠李文，曷能是逢？[1]

可见，阮瑀省略了前代乐器赋铺陈渲染乐器原材料生长环境的内容，并将筝的制作过程大大简化，仅"禀清和于律吕，笼丝木以成资"即概括了制作全过程。接下来阮瑀对筝的外形进行了十分真实细致的介绍："身长六尺，应律数也。弦有十二，四时度也，柱高三寸，三才具位也。"全赋最生动的当数描写演奏者的部分："大兴小附，重发轻随。折而复扶，循覆逆开。浮沉抑扬，升降绮靡。

---

[1]《全三国赋评注》，第48页。

殊声妙巧，不识其为。"简短的文字，将演奏者动作的轻重缓急以及乐声的抑扬变化刻画得惟妙惟肖，十分生动和真实，几乎能令人还原演奏时的真实情景。赋末以君子之衢与壮士之节分别比喻乐声的不疾不徐和慷慨激昂，这是对王褒《洞箫赋》的继承与模仿。王褒运用了许多比喻来摹写洞箫的感人，其中"科条譬类，诚应义理，澎濞慷慨，一何壮士。优柔温润，又似君子"，即是阮瑀所本。比较而言，建安乐器赋失却了汉代乐器赋那种文采飞扬、气势宏大的艺术特点，但它注重摹写物象的真实状态，并力求真实工细，这无疑是文学艺术审美观念的一个新发展。

对建安咏物赋而言，体物追求工细，摹写着重真实，是一个较为普遍的现象。也正因为如此，建安咏物赋不具有汉代咏物赋（主要是乐器赋）那种奇伟瑰丽，而是显得更为贴近日常生活，更为亲切，更为简便，其中透露出的趣味，也颇有一种文学的魅力。

曹丕咏物赋可谓建安赋中体物工细、描写生动形象的典型，他好奇尚异、热爱生活、心思细腻等性格特点，造就了其咏物赋的风格。以《弹棋赋》为例。在《典论·自叙》中，曹丕提及自己对弹棋的爱好以及写作《弹棋赋》之事："余于他戏弄之事少所喜，唯弹棋略尽其巧，少为之赋。"曹丕对棋盘、棋子做了细致描写："局则荆山妙璞，发藻扬晖。丰腹高隆，庳根四颓。平如砥砺，滑若柔荑。棋则玄木北干，素树西枝。洪纤若一，修短无差。象筹列植，一据双螭。滑石雾散，云布四垂。"弹棋失传已久，但从曹丕赋中，还可以大致了解到棋盘、棋子的外形和质地。汉代赋家亦写游戏赋，马融《围棋赋》借助比喻展现围棋胜负诀窍，蔡邕《弹棋赋》以虚写展现弹棋的气势，边韶《塞赋》则赋予塞戏"乾行健""坤德顺"的重要寓意，写作手法都是凭虚之笔。惟有马融《樗蒲赋》

比较真实生动形象，描写了关于樗蒲本身实实在在的东西，比如游戏器具、游戏规则、游戏者的情态等，其结构内容写作手法，对曹丕《弹棋赋》有明显的影响。邯郸淳《投壶赋》对投壶游戏的起源、游戏规则和游戏方法进行了全面介绍，全篇文辞朴实，着意于对投壶的再现，文学成分又稍弱了些，这可以说是咏物赋状物追求真实的一个极端。但与汉代游戏赋相比，却突显了建安赋家状物从虚写变为实写，从追求气势文采到追求真实、形象的变化。

曹丕体物工细的特点，在《柳赋》《槐赋》中亦十分突出，曹丕描写柳树长条婀娜："应隆时而繁育兮，扬翠叶之青纯。修干偃蹇以虹指兮，柔条阿那而蛇伸。上扶疏而宇散兮，下交错而龙鳞。"描写槐树枝繁叶茂："周长廊而开趾，夹通门而骈罗。承文昌之邃宇，望迎风之曲阿。修干纷其灌错，绿叶萋而重阴。上幽蔼而云覆，下茎立而擢心。"王粲《柳赋》《槐树赋》均乃与曹丕同题共作，描写树木之丰茂婆娑，亦都真实生动。这些细致生动的描写，十分生活化，和现实生活很贴近，不像汉赋描写树木，必将其置于人迹罕至之崇山峻岭、深林幽谷之中。汉代咏物赋因其大赋创作的恣意铺陈、尽情想象的特点，具有一种非凡的气势。而建安咏物赋在抒情小赋背景之下，更多地具有生活的趣味。

刘桢《瓜赋》可谓建安赋家书写生活趣味的佳作，赋中描写瓜的生长："三星在隅，温风节暮。枕翘于藤，流美远布。黄花炳晔，潜实独著。丰细异形，圆方殊务。"这段文字将瓜藤，瓜花，以及瓜从花落之时悄然长出，到长成形状各异的瓜的过程，都描述得十分细腻生动形象。只有在生活中处处留心、观察入微的赋家才能写出这样的文字。由此亦可见建安赋家热爱生活、热爱自然的特点。

与其他赋家相比，曹植咏物赋中飞扬的文采与瑰丽的想象以及由此而形成的气势，与汉代咏物赋更为接近。如其《车渠碗赋》：

> 惟斯碗之所生，于凉风之峻湄。采金光以定色，拟朝阳而发辉。丰玄素之暐晔，带朱荣之葳蕤。缊丝纶以肆采，藻繁布以相追。翩飘飘而浮景，若惊鹄之双飞。隐神璞于西野，弥百叶而莫希。于时乃有明笃神后，广彼仁声。夷慕义而重使，献兹宝于斯庭。命公输使制匠，穷而丽之殊形。华色灿烂，文若点成。郁蓊云蒸，蜿蜒龙征。光如激电，影若浮星。何神怪之巨伟，信一览而九敬。虽离朱之聪目，由炫耀而失精。何明丽之可悦，超群宝而特章。俟君子之闲宴，酌甘醴于斯觞。既娱情而可贵，故求御而不忘。[1]

这篇赋状物主要借助虚夸手法，以丰富瑰丽的想象，来呈现车渠材质之高贵珍奇。开篇写车渠产自凉风（阆风）峻湄之仙境，后面写车渠由公输这样的巧匠制作，是典型的虚夸手法，而"郁蓊云蒸，蜿蜒龙征，光如激电，影若浮星"这样的比喻，亦都是气势非凡的渲染夸大，这种体物手法与汉代赋家十分接近，但曹植必然受到建安时代文学风气的影响，所以尽管在虚写和想象方面接近汉赋，但曹植咏物赋篇制短小，行文流利，用字简易，亦是典型建安风格。

建安咏物赋状物真实工细，原因是多方面的。其一，处在抒情小赋兴盛的背景之下，赋作篇幅大大减少，容不下汉赋恣意的想象和铺陈，除却极度夸饰、渲染之辞后，建安赋家在状物方面自然趋

---

[1] 《全三国赋评注》，第 431 页。

向于简单真实。其二，建安咏物赋亦多同题共作乃至即席之作，这其实是一种文字游戏和文学竞技活动，在有限的时间内对眼前之物进行描摹，力求将文字作为画笔再现物体的风貌，必然促进文人对所咏之物进行细致观察，并在描写的时候追求工细、形象、生动。其三，建安文人对生活的热爱和对大自然的关注，也必然促进他们对各种自然之物以及人工之物持有浓厚的兴趣，并乐意去刻画、展现它们。其四，刘师培《论汉魏之际文学变迁》论建安文学："魏武治国，颇杂刑名，文体因之，渐趋清峻。"在提倡清峻文风的背景下，建安赋注重写实，减少夸张、铺陈的成分，亦在情理之中了。

此外，从绘画的角度观照一下两汉与建安时代的文艺审美取向，或许可以从一个侧面说明汉代咏物赋与建安咏物赋的区别。陈师曾《中国绘画史》论汉代艺术："汉时绘画及雕刻不如后世之精巧，笔法浑古，有雄厚之气象，与书法同风，乃至砖瓦、偶像、工艺诸品，皆可推知其有一贯之特征也。"[1] 论魏晋绘画特点时，陈师曾没有做总体描述，但通过他所讲述的三国时期画家曹不兴的绘画轶事，可窥见此时文艺审美风格的变化。曹不兴为孙权作画，不慎在白绢上点下墨迹，遂就势画作一只苍蝇，画成之后，孙权以为是真苍蝇，举手弹之。又说曹不兴连缀四十尺的白绢，画一个人物，须臾立成，"头面、手足、胸臆、肩背，亡失尺度"。[2] 以上两则故事表明，三国时期绘画审美讲求生动逼真、栩栩如生，这与建安咏物赋状物的审美追求，正好一致，文学和艺术的审美有相通

---

[1]　陈师曾：《中国绘画史》，北京：中华书局，2010年，第14页。
[2]　《中国绘画史》，第19页。

之处，审美取向的变化，或许亦是建安咏物赋状物特点形成的重要原因。

第三节　从道德教化中解放出来的建安咏物赋

汉代咏物赋不仅注重对所咏之物进行想象和夸张，还注重在赋中议论、说理，赋予所咏之物以关乎社会政治、道德教化、品行修养等方面的重要意义。建安咏物赋很大程度摆脱了汉代咏物赋注重道德教化的写作传统，其抒情性和叙事性的增强，使得这一时期的咏物赋呈现出汉代咏物赋所缺少的深情、轻灵和洒脱。

汉代乐器赋是宣扬道德教化的典型。比如赋史名篇王褒《洞箫赋》，先铺写箫干的生长环境，然后描写洞箫制作情形，接下来描摹洞箫吹奏中武声、仁声的艺术效果，并夸张渲染乐声的感染教化作用。较之枚乘赋，王褒《洞箫赋》扩充了铺叙的内容，尤其在对乐声的描写中，加入了音乐对道德情感的教化作用。儒家注重音乐的教化作用，刘跃进说："儒家认为八音与政通，也就是《毛诗序》所说：'治世之音安以乐，其政和；乱世之音怨以怒，其政乖；亡国之音哀以思，其民困。'"[1] 正因为这个原因，汉代文人赋乐器，都十分注重表现乐声的教化功能。马融《长笛赋》亦是典型代表，赋中极力铺陈乐声的感染教化作用：

是以尊卑都鄙，贤愚勇惧。鱼鳖禽兽，闻之者莫不张耳鹿

---

[1]《门阀士族与文学总集》，第33页。

骇。熊经鸟伸，鸱眎狼顾，拊噪踊跃。各得其齐，人盈所欲，皆反中和，以美风俗。屈平适乐国，介推还受禄。澹台载尸归，皋鱼节其哭。长万辍逆谋，渠弥不复恶。蒯聩能退敌，不占成节鄂。王公保其位，隐处安林薄。宦夫乐其业，士子世其宅。……是故可以通灵感物，写神喻意。致诚效志，率作兴事。溉盥污秽，澡雪垢滓矣。[1]

在马融笔下，鸟兽虫鱼深受笛声感染，连放臣屈原，隐士介之推，冷漠的澹台灭明，悲观的皋鱼，弑君的南宫长万和高渠弥，与儿子争夺王位的蒯聩，胆怯的陈不占，都能在笛声熏陶中，或超越自己的困境，或超越自身人性的弱点。马融总结笛声可以通神灵，感化万物，可抒发人的情感，帮助人通晓仁义，能展现人的忠诚与志气，能鼓励人们移风易俗，能清洗掉污泥渣滓。[2]刘勰《文心雕龙·才略》称赞"马融鸿儒，思洽识高，吐纳经范，华实相扶"，可谓深谙马融作品合乎儒家经典规范的特点。

建安乐器赋留存极少，唯阮瑀《筝赋》虽非完篇，但主体部分得以保留，从中可以看出，汉代乐器赋中的道德教化，已为阮瑀摒弃。赋中"延年新声，岂此能同。陈惠李文，曷能是逢"的感慨，只是为了表现演奏者技艺之高超，不再有丝毫说教意味。前所引以壮士之节描状琴声激昂，以君子之徽比方琴声的舒缓，亦不带有说教色彩，而只是单纯描摹琴声的区别。

汉代赋家咏日常用品，也体现出儒家重道德教化的特点。杜笃

［1］《两汉赋评注》，第 743 页。
［2］翻译部分参考费振刚《文白对照全汉赋》，第 606—609 页。

《书擿赋》开篇写"惟书擿之丽容，象君子之淑德"，赋中又称赞书擿"抱六艺而卷舒，敷五经之典式"，俨然将书擿描写为儒雅君子。再如班昭《针缕赋》，称赞针线"退逶迤以补过，似素丝之《羔羊》"，以针线比喻善于补过和节俭等美德，充满说教意味。其他如蔡邕《笔赋》、张纮《瑰材枕赋》等莫不如此。

建安咏物赋中惟陈琳赋喜好议论说理，带有一定的说教色彩，如《迷迭赋》言"馨香难久，终必歇兮"，《马脑勒赋》言"初伤勿用，俟庆云兮。……君子穷达，亦时然兮"，《车渠碗赋》言"德兼圣哲，行应中庸"等。曹植则常借助咏物赋来歌颂曹操。如《槐赋》"杨沉阴以博覆，似明后之垂恩"，《车渠碗赋》"于时乃有明笃神后，广彼仁声"等。总体而言，建安咏物赋的写作侧重点仍在于状物和抒情。

建安咏物赋最突出的新变在于它强烈的抒情色彩。祢衡《鹦鹉赋》开咏物赋抒情之先河，这篇感人的赋作对后世影响深远。[1]曹丕咏物赋亦具有强烈的抒情性，其《柳赋》深情感人，读之令人动容：

> 在余年之二七，植斯柳乎中庭。始围寸而高尺，今连拱而九成。嗟日月之逝迈，忽橐橐以遄征。昔周游而处此，今倏忽而弗形。感遗物而怀故，俛惆怅以伤情。[2]

这段文字抒发了时光流逝、征途漫漫的感伤，表达了对故去的

---

[1]《鹦鹉赋》置入下一节讨论。
[2]《全三国赋评注》，第294页。

左右仆御的思念，寄托了人生苦短、生命无常的慨叹。这段文字也表现出明显的叙事性，曹丕记叙了昔日柳树初植之情形以及今日重游故地今非昔比之情形，在这样的对比中，内心的悲凉油然而生。王粲《柳赋》乃曹丕赋的和作，赋中叙事、抒情均与曹丕赋相呼应，其抒情色彩和叙述功能亦与曹丕赋相似。曹丕常与王粲同题共作，二人的《莺赋》感笼莺之哀鸣，言辞哀切，情思动人。建安咏物赋中，赋家常以禽鸟寄托自身身世遭遇和内心情感，这种托物言志的手法赋予禽鸟赋以极强的情感性，建安禽鸟赋对后世具有深远影响，这个问题将在下一节专门讨论。

如前所论，建安赋状物追求形象生动，篇幅短小，笔触轻松，从汉代庄重而又沉重的着意儒家教化的书写传统中解放出来，不再受功利文学观的约束，与追求文采气势、注重教化的汉代咏物赋相比，显得格外轻灵洒脱。

刘桢《瓜赋》，将食瓜一事写得十分富有文人雅趣，在纵情享乐的背后，令人感受到文人的洒脱和自由："乃命圃师，贡其最良。投诸清流，一浮一藏。……析以金刀，四剖三离。承之以雕盘，幂之以纤绤。甘逾蜜房，冷亚冰圭。"这段描写总唤起读者对曹丕《与朝歌令吴质书》的联想："高谈娱心，哀筝顺耳。弛骛北场，旅食南馆，浮甘瓜于清泉，沈朱李于寒冰。白日既匿，继以朗月，同乘并载，以游后园。"建安文人畅游南皮、宴饮雅集的洒脱姿态，即蕴含在其中。

再如曹丕《迷迭赋》描写风中飘摇吐芳的迷迭"随回风以摇动兮，吐芳气之穆清"，《车渠碗赋》描写车渠纹理"或若朝云浮高山，忽似飞鸟厉苍天"，《槐赋》描写"天清和而温润，气恬淡以安治"的怡然自得心境，繁钦《桑赋》描写桑树"晔晔隆暑，凉风自生。微条纤绕，随风浮沉"的宁静自在，无不透露出轻灵、洒脱的气息。

建安咏物赋取材广泛，赋家将生活中令人厌恶之物亦作为描写对象，如傅巽的《蚊赋》和曹植的《蝙蝠赋》，这两篇赋乃独树一帜的作品，其最具独特性之处在于作者将审丑观念引入咏物赋的创作之中。汉代咏物赋和其他建安咏物赋，对所咏之物都要进行美化，汉赋尤其讲求夸饰，这两篇作品则极力渲染蚊子和蝙蝠之丑恶：

> 吁何奸气，生兹蝙蝠。形殊性诡，每变常式。行不由足，飞不假翼。明伏暗动。昼似鼠形，谓鸟不似。二足为毛，飞而含齿。巢不哺鷇，空不乳子。不容毛群，斥逐羽族。下不蹰陆，上不冯木。[1]（《蝙蝠赋》）
>
> 水与草其渐茹，育兹孽而蚊□。觜咮锐于秋毫，刺锯利于芒锥。无胎卵而化孕生，博物翼而能飞。肇孟夏以明起，迄季秋而不衰。众繁炽而无数，动群声而成雷。肆惨毒于有生，乃飡肤体以疗饥。妨农功于南亩，废女工于杼机。[2]（《蚊赋》）

两篇赋有较为相似的结构和内容，均从恶物化生写起，然后描状其生活习性，最后描写其危害。两篇作品状物都十分生动形象，尤其《蚊赋》，将蚊子的尖嘴利齿，自夏至秋繁衍不绝的顽固，聚集成群、响声如雷、吸人鲜血、咬人肌肤的可怖，刻画得惟妙惟

---

[1]《全三国赋评注》，第486页。
[2]《全三国赋评注》，第200页。

肖。两篇赋手法高妙，令人对所咏之物陡生厌恶之情，其丑陋可恶的形象简直无处遁形。这种阅读体验不同于审美时的喜悦怡然，而是在审丑过程中才产生的厌恶。咏物作品多以美好事物为书写对象，曹植、傅巽的审丑之作，不得不说是一种创新和探索。繁钦的《明□赋》和《三胡赋》，钱钟书先生《管锥编》第三册推论前者当是嘲笑丑女之作，后者乃描状胡人丑恶容貌之作。[1] 从现存部分判断，这两篇赋在描写丑女和胡人之时，极尽丑化之能事，唤起的阅读体验与前两篇十分相似，也可以纳入审丑之列。汉代蔡邕有嘲弄侏儒的《短人赋》，算得上是繁钦赋的源头了，这些赋作除了表现出一致的审丑趋向，还带有共同的谐谑倾向，当是俗赋的一种，在赋史上独具特色。

---

[1]　钱锺书：《管锥编》，北京：生活·读书·新知三联书店，2007 年，第 1655 页。

第四章　建安禽鸟赋的渊源流变与影响

　　禽鸟赋起于西汉，成熟于建安时期。以禽鸟命名的赋并非均可归入禽鸟赋，咏物赋须符合一个基本条件，即对所咏之物进行描写摹状。有些赋虽以禽鸟命名，却不以禽鸟为描写对象，甚至所阐述的哲理和抒发的感情，也并不以禽鸟为载体，这样的赋作，是不能归入禽鸟赋的。最为典型的是西汉贾谊的《鹏鸟赋》和孔臧的《鸮赋》。贾谊《鹏鸟赋》是现存第一篇以鸟名篇的赋作，此赋旨在谈论齐生死、等荣辱、顺天委命的道理用以自我安慰和解嘲，赋中鹏鸟并非贾谊描写的对象，作者只是以"鹏集予舍"为引，来谈论道理，鹏鸟只是被设置为主客问答方式中一个对话的角色，与赋中所阐发的哲理毫无关联。《中国古代文学通论》即称这篇赋为成熟的哲理赋，并批评《文选》将其归入咏物类是"失察"。[1]孔臧《鸮赋》承袭《鹏鸟赋》而来，道理相同，不再赘述。还有一种情况需要辨析，即禽鸟题材的寓言赋如何归属。如汉代《神乌赋》和曹植《鹞雀赋》，均通过描述禽鸟的遭遇来比喻现实社会中弱肉强食的现

---

[1]　赵敏俐、谭家健主编：《中国古代文学通论》（先秦两汉卷），沈阳：辽宁人民出版社，2016年，第158页。

象。这种赋作里有对禽鸟神情、动作的描写，并通过禽鸟遭遇来寓含一定的认识和道理，但是这些虚构色彩浓厚的拟人化描写，其目的并不在咏物，而在于隐喻寄托，与咏物作品对物象本身真实特点的描摹存在着根本差异，这正是区分寓言和咏物的根本特征，所以寓言赋不属于咏物赋。本文研究的禽鸟赋，不包括以上所述以禽鸟命名的哲理赋和寓言赋，仅指禽鸟题材的咏物赋。

第一节 禽鸟赋溯源

在中国传统文化中，禽鸟与人关系密切并很早就进入了人类的审美视野。根据考古发现，远古时期即有以鸟为图腾的部落氏族，[1] 他们的彩陶上有着以鸟为母题的纹样装饰。一直到商周时期，青铜器上的鸟纹饰仍比较常见。[2] 虽然这些纹饰并非单纯的装饰和审美，而是具有氏族图腾的神圣含义，[3] 但这毕竟标志着禽鸟以审美对象身份，进入到人类的视野之中。我国古代第一部诗歌总集《诗经》中出现大量禽鸟意象，当与早期人类的鸟信仰所建立的人与禽鸟的密切关系有着一定的渊源。不过《诗经》中的禽鸟意象，与原始时期的图腾崇拜、巫术礼仪的关系已渐行渐远，除了

---

[1] 石兴邦《有关马家窑文化的一些问题》一文（《考古》1962 年第 6 期）根据彩陶花纹推知仰韶文化庙底沟类型属于以鸟为图腾的部落氏族。

[2] 本文关于出土彩陶以及青铜器鸟纹饰的陈述，所依据的文献是《中国绘画史》。蒲松年：《中国绘画史》，上海：上海人民美术出版社，2013 年，第 5 - 14 页。

[3] 此处关于纹饰意义的论述依据的是李泽厚《美的历程》中相关结论。参看李泽厚：《美学三书》，合肥：安徽文艺出版社，1999 年，第 34 页。

《商颂·玄鸟》、《大雅·生民》等祭祖作品和民族史诗保留着这样的印记，其余作品中的禽鸟意象，都只是文学的审美表现对象。

遍览《诗经》，举凡关雎、鹊、燕、鹑、鸡、鸮、黄鸟、鸤鸠、鸿雁、鹤、鸳鸯、凫鹥、玄鸟等禽类，都能感发诗人的兴致。"关关雎鸠，在河之洲。窈窕淑女，君子好逑"（《周南·关雎》），以雎鸠雌雄和鸣唤起对人间男女爱情的联想；"鹤鸣于九皋，声闻于野"（《小雅·鹤鸣》），以鸣鹤比喻隐居于世的贤能之人；"鸳鸯在梁，戢其左翼。君子万年，宜其遐福"（《小雅·鸳鸯》），以鸳鸯双栖双宿之吉祥美好作为新婚的祝福；"振鹭于飞，于彼西雝。我客戾止，亦有斯容"（《周颂·振鹭》），以白鹭美丽的外表比方为周人助祭的宋微子的仪容；"燕燕于飞，差池其羽。之子于归，远送于野。"（《邶风·燕燕》），以双飞燕反衬卫君送别妹妹远嫁时的无限伤感；"鸿雁于飞，肃肃其羽。之子于征，劬劳于野"（《小雅·鸿雁》），以大雁形容野外奔波的使臣。[1]

在《诗经》及其他先秦诗歌诸如《黄鹄歌》《乌鹊歌》《鸜鹆谣》里，禽鸟并非诗人专门描写的对象，而是仅在篇首承担比兴之用。[2]诗人用禽鸟来暗示人们仪容之美丽，品质之卓越，生活之美好，也用禽鸟来比喻人们命运之不幸，反映了禽鸟与人的密切关系，为后世禽鸟题材借禽鸟来象征人本身并寓托思想感情奠定了基础。

---

[1] 以上诗歌主旨参见程俊英《诗经译注》。程俊英：《诗经译注》，上海古籍出版社，2006 年。

[2] 《黄鹄歌》，《先秦汉魏晋南北朝诗》之《先秦诗卷一》，第 9 页；《乌鹊歌》，《先秦诗卷二》第 29 页；《鸜鹆谣》，《先秦诗卷三》第 37 页。逯钦立辑校：《先秦汉魏晋南北朝诗》，北京：中华书局，1983 年。

《楚辞》亦没有专门描写禽鸟的作品，其中出现的禽鸟意象，用以象征人的品性和行为。屈原《离骚》中"鸷鸟之不群兮，自前世而固然"一句，以鸷鸟不群比况贤人远离小人，超群拔俗。宋玉《九辩》则以"众鸟皆有所登栖兮，凤独遑遑而无所集"，来比喻小人得势与贤人失志。如果说《诗经》中禽鸟意象多用于篇首起兴，其与人的关系一般须借助联想与想象来建立，《楚辞》中的禽鸟意象则直接成为人的象征和化身，人与禽鸟关系进一步密切。

将禽鸟作为主要描写对象的作品出现在汉初。刘邦歌诗《鸿鹄》，[1] 通篇即以描写羽翼丰满、展翅高飞、横绝四海的鸿鹄来比喻长大成人已无法随意约束加害的太子。[2]《鸿鹄》虽然风格质拙，但已具备通篇描写禽鸟的要素，可见咏物题材中，禽鸟诗的产生早于禽鸟赋。

现存汉代禽鸟赋除去仅有存目的崔琦《白鹄赋》以及被认为是伪作的路乔如《鹤赋》，[3] 就只有班昭《大雀赋》、赵壹《穷鸟赋》以及张升《白鸠赋》可供研究。

《大雀赋》乃应诏之作，借赋班超进献西域大雀（鸵鸟）赞颂汉王朝四方来朝之强盛。其中描写大雀"集帝庭而止息，乐和气而优游"，颇能表现大雀的祥和自在。张升《白鸠赋》将白鸠作为祥瑞进行描写，残存的句子亦较生动地摹写了白鸠的外形。《穷鸟赋》对陷入困境"戢翼原野"、"思飞不得，欲鸣不可"的飞鸟进行了描写与渲染，用以比喻处境凶险、为恩人搭救的自己，虽然穷鸟并没

---

[1] 见逯钦立所辑《先秦汉魏晋南北朝诗》之《汉诗卷一》，第88页。
[2] 相关史料见《史记·留侯世家》。司马迁撰，裴骃集解，司马贞索隐，张守节正义《史记》，中华书局，1959年，第2047页。又见《汉书·张良传》第2036页。
[3] 关于路乔如《鹤赋》是伪托之作，参见《两汉赋评注》第61页。

有具体对应某种实际存在的禽鸟，但作者对穷鸟的描写，已经具备了咏物的特点。

总体而言，汉代禽鸟赋在艺术上不够成熟，在立意上趋于平淡，但已能对禽鸟进行简单描写，并借禽鸟寓托思想情感，表现出早期禽鸟赋的特征。

除了以上列举的禽鸟赋，汉代京殿苑猎赋中亦有对禽鸟的描写，但是这些赋作主要是列举禽鸟的名称，不着意描写，即使描写也十分简单。[1] 司马相如《上林赋》对禽鸟的描写相对比较生动，不过也仅止于"随风澹荡"、"唼喋菁藻，咀嚼菱藕"这样的程度。汉代诗歌中值得关注的是汉昭帝的《黄鹄歌》以及蔡邕的《翠鸟诗》，这两首诗不仅在描摹物象的手法上对后世禽鸟赋的发展具有一定启发，在内容结构上亦对后世禽鸟赋有着直接影响：

> 黄鹄飞兮下建章，羽肃肃兮行跄跄，金为衣兮菊为裳。唼喋荷荇，出入蒹葭；自顾菲薄，愧尔嘉祥。[2]（《黄鹄歌》）
>
> 庭陬有若榴，绿叶含丹荣。翠鸟时来集，振翼修形容。回顾生碧色，动摇扬缥青。幸脱虞人机，得亲君子庭。驯心托君素，雌雄保百龄。[3]（《翠鸟诗》）

这两首诗歌较前代有关禽鸟的诗赋相比，多了对禽鸟较为细致

---

　　[1]　司马相如《上林赋》、班固《两都赋》、张衡《二京赋》以及枚乘《梁王菟园赋》都属于这种情况。枚乘《柳赋》描写禽鸟比较生动，但学界认为此赋当乃后人伪托之作。具体辨析见《两汉赋评注》第 44 页。
　　[2]　《先秦汉魏晋南北朝诗》之《汉诗卷二》第 108 页。
　　[3]　《先秦汉魏晋南北朝诗》之《汉诗卷七》第 193 页。

的刻画。《黄鹄歌》描写黄鹄飞翔的姿态、金黄的羽毛以及觅食藏身的处所，《翠鸟诗》则描写翠鸟栖息的环境，美丽的外形。这种对禽鸟形貌集中的铺陈描写，在前代有关禽鸟的作品里几乎没有出现过。如果将《翠鸟诗》改为四六言或骚体句式，俨然一篇禽鸟短赋。建安初期祢衡所写《鹦鹉赋》在内容、结构以及立意上与蔡邕《翠鸟诗》十分相似。《翠鸟诗》叙述翠鸟逃脱虞人机关、托寓君子庭院的命运，《鹦鹉赋》叙写鹦鹉遭拘执、被进献，顺从委命的遭际；蔡邕着眼于表现翠鸟"得亲君子庭"的幸运和欣然，祢衡则着眼于抒发鹦鹉"期守死以报德，甘尽辞以效愚"的感恩戴德之情。祢衡对鹦鹉外形的刻画"绀趾丹觜，绿衣翠衿"，与《黄鹄歌》"金为衣兮菊为裳"从修辞手法上亦十分接近。

现存的汉代诗赋数量十分有限，今人已无法还原当时文学创作的原貌，但至少可以窥见，至东汉时期，文人们对禽鸟的描写和表现已经趋于细腻和成熟了。可以说，《诗经》《楚辞》确立起禽鸟意象的比兴、象征之用，汉代文人对禽鸟形象的摹写，以及汉代文人开始通篇描写禽鸟并借以寓托思想情感，这些要素形成了禽鸟赋产生的基础，在这个基础上，赋史上咏禽鸟的扛鼎之作——祢衡《鹦鹉赋》方应运而生。

建安时期是禽鸟赋创作的高峰时期，短短二十年间留存作品十五篇（包括仅存赋序之作，不包括存目）。所以，禽鸟赋起于汉代，成熟并兴盛于建安时期。[1]

---

[1]《后汉书·文苑列传》祢衡本传载祢衡"建安初，来游许下"，198 年即为黄祖所杀，故《鹦鹉赋》当作于 196 年和 198 年之间，217 年，王粲、刘桢、应玚、徐幹、陈琳一时俱逝，故建安禽鸟赋写作时间段最长当在二十年左右。《后汉书》，第 2653 页。

第二节　祢衡《鹦鹉赋》的影响及应场、阮瑀的新变

祢衡《鹦鹉赋》是禽鸟赋中最优秀的作品，标志着禽鸟赋的成熟，确立了禽鸟赋状禽鸟之美、发身世之感的书写模式。

祢衡对鹦鹉的描写刻画相当细致生动，超越了前代所有的禽鸟题材作品。鹦鹉之采采丽容，咬咬好音，似在眉睫之前；长吟远慕、哀鸣感类，似在视听之间。祢衡借鹦鹉"归穷委命，离群丧侣。闭以雕笼，剪其翅羽"的命运，比喻自己困窘危殆的处境，字字写鹦鹉，而又字字写己身，鹦鹉成为才高受累的才人之象征。[1]《后汉书·文苑列传》祢衡本传记载祢衡"少有才辩，而尚气刚傲，好矫时慢物"，[2] 在短暂的一生中三易其主，其处境之危殆可想而知。祢衡将内心的悲苦和忧惧，全都倾注在一只美丽聪慧却遭囚禁、被进献、有性命之虞的鹦鹉身上，可谓情真意切，如泣如诉。其"笔不停辍，文不加点"的文学才华，令《鹦鹉赋》文采粲然，音韵流畅；其"期守死以报德，甘尽辞以效愚。恃隆恩于既往，庶弥久而不渝"的乞怜之语，令人油然而生恻隐之心。祢衡才高命蹇，令人欷歔叹息，但其过于狂傲的性情，又常遭人诟病。《颜氏家训·文章篇》即言祢衡"诞傲致殒"，[3] 但这并不妨碍祢衡身后，历代文人对《鹦鹉赋》的认同和共鸣。洪迈在《容斋三笔》卷

---

[1] 唐代诗人纪唐夫《送温庭筠尉方城》一诗以"凤凰诏下虽沾命，鹦鹉才高却累身"为温庭筠鸣不平。

[2] 《后汉书》，第 2652 页。

[3] 《颜氏家训集解》，第 237 页。

十中有记："予每三复其文而悲伤之。"[1] 足见此赋感人至深。

祢衡凭借自己坎坷的身世，过人的文采，内心的深情，使《鹦鹉赋》成为禽鸟赋的经典之作和巅峰之作。祢衡《鹦鹉赋》状禽鸟之美，发身世之感的书写方式，为后世赋家广泛模拟。

建安中后期文人没有留下评论祢衡的文字，但他们创作的禽鸟赋，以模仿表现了对祢衡《鹦鹉赋》的认同和欣赏。建安中后期留存下来五篇《鹦鹉赋》，分别由陈琳、王粲、应玚、阮瑀、曹植所作。因多为残篇（唯曹植赋表意完整，颇似全篇），难窥全貌，很难对这些赋作进行细致的描述和准确的评价，但是从所存留的片段来看，这些《鹦鹉赋》基本是祢衡赋的拟作。汉魏六朝，文学模拟之风盛行，祢衡之后的建安文人集体创作《鹦鹉赋》，似乎并非有感而发，更像是同题共赋的游戏之作。这些《鹦鹉赋》大多残存状禽鸟之美的片段，唯王粲赋留存的部分哀叹鹦鹉被囚禁的身世之悲，这种差别应该是由于篇幅残缺、内容佚失而造成的。曹植则在短短的篇幅内写了鹦鹉之美、之被缚、之孤单、之乞怜，俨然祢衡赋的缩减版。这些赋作均可看出模拟祢衡赋的痕迹。

赋史上《鹦鹉赋》的创作主要集中于建安中后期以及两晋时期，之后的南朝至唐宋赋中，鹦鹉题材已不多见，且多以《白鹦鹉赋》《赤鹦鹉赋》命名。如唐代王维的《白鹦鹉赋》，结构立意仍与祢衡赋相似。

值得注意的是，建安时期应玚、阮瑀描写鹦鹉的词句中，出现了一些新的含蕴。祢衡称美鹦鹉，主要在于其艳丽的外表："绀趾

---

[1] 洪迈撰，孔凡礼点校：《容斋随笔》，北京：中华书局，2005年，第546页。

丹觜，绿衣翠衿"；在于其聪慧的本性："性辩慧而能言，才聪明以识机"；以及其高洁不群的品性："飞不妄集，翔必择林"。而应场《鹦鹉赋》则称美鹦鹉曰"苞明哲之弘虑，从阴阳之消息。秋风厉而潜行，苍神发而动翼"，似在谈论君子出处之智慧，审时而动，不妄为。阮瑀则写"秽夷风而弗处，慕圣惠而来徂"，似在赞美贤人投奔明主之举。

应场、阮瑀赋中这看似不起眼的两句话，对后人创作《鹦鹉赋》具有较明显的影响。祢衡笔下的鹦鹉，因美丽聪慧而受累，对于自身命运，处于被动接受、顺天委命的状态，与现实社会的关系是对立和紧张的。应场、阮瑀笔下的鹦鹉，则似乎是深谙出处之道，主动投奔明主，不再有祢衡赋中的悲惨凄切，与现实社会的关系也显得顺应平和。

这种新的含蕴为后世赋家继承和发展。如南朝颜延之《白鹦鹉赋》，写白鹦鹉"性温言达"；谢庄《赤鹦鹉赋》写赤鹦鹉"惠性生昭，和机自晓"。他们笔下的鹦鹉，已经全无祢衡笔下鹦鹉不容于世的悲哀忧惧，而是成为性情温润、通晓出处之道的达人。唐代李百药《鹦鹉赋》"亘万里之重阻，随四夷而来王。……更无叹于罗罥，终怀恩于稻粱。……以薄伎而见知，亦无忧于鼎俎"，表达的是感恩怀德之情。宋代欧阳修、梅尧臣、谢希深（谢赋已佚，从欧阳修赋序中可知其主要内容）同作《红鹦鹉赋》，谈论的是贤愚出处之道。

应场、阮瑀《鹦鹉赋》的新变反映了建安文人的处境和心态。建安文人身处乱世，有强烈的建功立业的愿望，他们从不掩藏自己的用世之心，除了祢衡性情狂悖、无所顾忌之外，其他文人在谋求仕进的同时也在谨慎思考出处之道。曹操以重贤著称，但他于建安九年杀许攸，建安十三年杀孔融，另如崔琰、杨修、娄圭均为曹操所杀，荀彧亦遭曹操忌讳。"太祖性忌"，如何寻求仕进与自保之间的平衡，是建安文人所共同面对的问题。不过，曹氏父子雅爱词章，与众文士一同诗酒唱和，文人处境优容，因此，建安初期狂士祢衡与世界的格格不入，在建安中后期的文人那里，逐渐变为积极进取，从容应对，感怀恩德。同时，鹦鹉因其美丽聪慧，成为贤才的象征，建安文人在作赋之时，难免会以鹦鹉比况贤才乃至比况自身，所以，应、阮二人笔下鹦鹉的出处之道、弃暗投明、感恩怀德，其实也是他们自己乃至其他文人的心理写照。

第三节　建安禽鸟赋主题内容的书写类型

建安时期所存禽鸟赋，除上述鹦鹉赋外，尚有鹖鸡赋[1]三篇、孔雀赋一篇、莺赋两篇、白鹤赋两篇、离缴雁赋一篇。学界近年出现的咏物赋写作类型研究，在分类上有不当之处。如林继香《先唐动物赋研究》（广西师范大学 2013 年硕士学位论文）将建安动物赋分为动物言情类，纯描写类，同题而作类，杨滨《汉魏六朝禽鸟赋的类型化创作特点》（《烟台大学学报》，2017 年第 1 期）将禽鸟赋分为托物言志、咏物抒怀和纯咏物三种情况。前文综述部分亦提及廖国栋《魏晋咏物赋研究》一书认为曹植和王粲的《鹖赋》均属于"纯客观描写"的咏物赋，但笔者认为，纯客观描写和纯咏物的动

---

[1]　曹操赋名《鹖鸡赋》，仅存序，王粲、曹植赋均名为《鹖赋》，详见龚克昌《全三国赋评注》。

物赋作在建安时期几乎没有，建安器物赋一般多描写，植物赋多感物抒怀，动物赋则多比兴寄托。而且建安动物赋多由《艺文类聚》存下来，本来就是截取的描写片段，不宜据此得出单纯描写咏物、了无寄托的结论。建安禽鸟赋主要可分为三种类型：

第一类：抒情型，主要借禽鸟遭遇抒发身世之叹，或由此触发的其他情感，侧重点在抒情。这一类型最早可以追溯到赵壹《穷鸟赋》，赋中描写穷鸟身陷困境的哀切，以及幸蒙大贤相救后的感恩戴德之情，颇为动人。祢衡《鹦鹉赋》是此类赋的典型代表，王粲与曹丕各自的《莺赋》，曹植《白鹤赋》《离缴雁赋》等都属于此类。

曹植《离缴雁赋》写一只"寻淑质之殊异、秉上天之休祥"的大雁，不幸为箭所伤，落于玄武池边，本当充下厨，膏鼎镬，幸遇恩赦而全身，于是表达感恩戴德之情以及无虑无求的平常之心。《白鹤赋》则先写白鹤之美质，后写白鹤之悲惨境遇，最后表达但得保身、无欲无求的态度。此二赋立意基本不出祢衡赋状禽鸟之美、发身世之叹的书写方式。王粲《莺赋》写"虽物微而命轻，心凄怆而愍之"，曹丕《莺赋》写"怨罗人之我困，痛密网而在身"，均对笼莺之困顿命运表达了同情，二赋均有较强的抒情性。杨修《孔雀赋》赋文佚失较多，其序言写"魏王园中有孔雀，久在池沼，与众鸟同列"，感叹贤才不受重用，世人亦不识贤才，孔雀即比喻怀才不遇之贤人。序言又写"临淄侯感世人之待士，亦咸如此，故兴志而作赋，并见命及"，可见此赋与曹植同题共作，曹植赋不存，但可推知感慨系之、兴志而作的《孔雀赋》，应该是抒情之作，此赋立意与祢衡赋有所不同，但仍然是借孔雀的遭遇来感叹贤才的遭遇，总体未脱上述类型的范围。

此赋立意与祢衡赋有所不同，但仍然是借孔雀的遭遇来感叹贤才的遭遇，总体未脱上述类型的范围。

第二类：象征型，主要借助禽鸟来象征某种德行品质，虽然与抒情型禽鸟赋一样运用了托物言志手法，但重点在比喻象征，意在表达观点，诸如颂扬与批评，或意在说理论证，或意在寄托理想。如曹操、曹植的鹖鸡赋，据现存序言以及赋文来看，作者写"鹖鸡猛气，其斗终无负，期于必死"，主要在于颂扬勇武精神，亦似歌颂死士的勇猛贞刚，鹖鸡是勇士或死士的象征。虽然颂扬之作亦不乏内蕴的热情，但与直接的抒情之作还是有很大的不同。王粲《鹖赋》所存部分描写鹖鸡勇猛超群，不幸遭虞人捕捉，虽保全性命却失去自由，当是借鹖鸡象征才高命蹇之人。后世禽鸟赋如西晋成公绥《鹦鹉赋序》（赋文佚失），批评世人爱鸟而囚鸟乃是未得鸟性。宋代范仲淹作《灵乌赋》，[1] 借灵乌告知人类凶兆却反遭唾骂，批评忠言见弃的社会现象。这些赋作借禽鸟批评时弊，旨在说理，表达自己的观点，均属于象征型。

第三类：游仙型，借禽鸟表达游仙之想，作品仅存王粲《白鹤赋》一篇，描写白鹤具有奇异的美质，乃是仙人的坐骑，带有明显的游仙色彩。当代留存历代赋白鹤之作极少，一直到明代周履靖方有《白鹤赋》存世："尔独受素质之秀气，秉苍穹之纯精。孕一身于蓬岛，奋双翮于扶桑。啄宝山之金粟，饮瑶池之玉浆。"虽寥寥数句，亦有游仙色彩，明显受王粲赋影响。[2]

东汉《大雀赋》、《白鸠赋》将禽鸟作为祥瑞进行书写，以颂扬

---

[1] 梅尧臣作《灵乌赋》劝慰范仲淹，范亦作《灵乌赋》答之，但梅赋写法与《鵩鸟赋》类似，故不纳入禽鸟赋。

[2] 历代《鹤赋》留存较多，但一般重在表现鹤之超凡脱俗，并不采用游历仙界的写法，相较而言，更能突显王粲赋白鹤的游仙色彩。

社会政治，这类赋作亦可归入象征型，遍览两汉魏晋南朝以及唐宋禽鸟赋，大部分赋作的立意构思都基本归属以上三种类型。当然，后世禽鸟赋的主题内容不断拓展，比如南朝萧纲、萧绎、庾信的《鸳鸯赋》，借鸳鸯书写男女艳情：

> 既是金闺新入宠，复是兰房得意人。见兹禽之栖宿，想君意之相亲。[1]（萧纲）
>
> 愿学鸳鸯鸟，连翩恒逐君。[2]（萧绎）
>
> 必见此之双飞，觉空床之难守。[3]（庾信）

这种禽鸟题材的书写可以追溯到《诗经》里歌咏恋情、祝福新婚的《周南·关雎》以及《小雅·鸳鸯》，赋中蕴含着男女相思之情，仍可归入抒情型。比如萧绎《鸳鸯赋》"一别兮经年，相去兮几千"的情感抒发，还是颇为动人的。

建安时期的禽鸟赋，在继承《诗经》、《楚辞》、汉赋的基础上，确立、丰富了禽鸟赋主题内容的基本书写类型，开启了后世禽鸟赋的写作风气，影响着后世禽鸟赋的题材内容和命意。

第四节　建安赋禽鸟美质的象征意义及影响

在古代论者眼里，文学作品中的禽鸟美质被视为人格品质的象

---

[1]《历代辞赋总汇》，第 1040 页。

[2]《历代辞赋总汇》，第 1052 页。

[3]《历代辞赋总汇》，第 1119 页。

征。若描写禽鸟仅限于羽毛飞鸣，这类作品必落入下乘。只有以禽鸟作为人的象征，描状其风神气质，借其美质比喻人格品质，寄托人的思想情感，方被认为具有一定的思想内涵。

如陈岩肖《庚溪诗话》卷下云："众禽中，唯鹤标致高逸，其次鹭，亦闲野不俗。……后之人形于赋咏者不少，而规规然只及羽毛飞鸣之间。"[1]此语旨在标举鹤与鹭所象征的标致高逸、闲野不俗的高洁品性，并批评一些文人歌咏禽鸟仅止于外表之美。陈岩肖还列举数句堪称"奇语"的例子，作为描写禽鸟的典范，这些例子除遣词造句蕴藉含蓄、余韵悠长外，多在字里行间突显了鹤与鹭远飞长唳、不媚流俗、超尘绝俗的美质。

虽然《庚溪诗话》主要评点唐宋诗词，于禽鸟赋并无多少关注，但是从中可以领悟到，禽鸟题材的作品，只有关乎人的品质德行以及思想情感，托物言志，借物抒情，才能成为有意义、有内涵的作品。如前所述，从《周颂·振鹭》《小雅·鹤鸣》《离骚》，到建安鹦鹉赋，以及曹操、曹植的鹖鸡赋等，文人笔下禽鸟与人的关系日益密切，禽鸟的美质逐渐成为人的优秀品质的象征。从《周颂·振鹭》以白鹭之外表比喻宋微子的仪态，屈原《离骚》以鸷鸟不群的品质比喻君子的超群拔俗，祢衡以称美鹦鹉"飞不妄集、翔必择林"，肯定君子高洁不群的心性，到鹖鸡赋借鹖鸡以性命相搏的勇猛颂扬勇士乃至死士的精神，禽鸟与人的关联日益密切，由外表而内心，逐渐深化，禽鸟的美质逐渐成为人的优秀品质的象征。

建安时期禽鸟赋得以成熟，禽鸟的象征意义得以凸显，对后世禽鸟赋影响颇深。

---

[1]　丁福保辑：《历代诗话续编》，北京：中华书局，1983年，第183页。

首先，建安禽鸟赋借禽鸟象征君子品性以及进退有据的人生智慧。祢衡笔下鹦鹉"翔必择林，飞不妄集"的特性象征着君子高洁不群的内在品性，其源头可追溯到《小雅·鹤鸣》对贤人隐居于野的描写，以及《离骚》以鸷鸟不群比况贤人远离小人、超群脱俗之行止，后世赋家多有继承。而上文所述应玚、阮瑀关于鹦鹉处世智慧的发明则随着玄学兴起与老庄思想复兴而受到重视。如西晋傅咸《仪凤赋》称仪凤"随时宜以行藏兮，谅出处之有经"，其《燕赋》称燕子"随时宜以行藏，似君子之出处"，成公绥《鸿雁赋》序言曰"余又奇其应气而知时"，《玄鸟赋》又言"潜幽巢而穴处兮，将待期于中春"，以上均是对明哲保身、进止有序的出处之道的肯定。再如张华《鹪鹩赋》，写鹪鹩"委命顺理，与物无患。……任自然以为资，无诱慕于世伪"，称赞其安分守己、全身远害的人生之道。

从前祢衡笔下鹦鹉屈从认命的无奈悲哀，在晋以后的禽鸟赋中转为顺天委命、逍遥自在的处世智慧。故而读到孙楚《雉赋》"遂戢翼以就养，随笼栖而言归。恒逍遥于阶庭，阴朝阳之盛晖"，肯定雉鸡戢翼就养，随遇而安，以及挚虞《鹪鹩赋》描写鹪鹩"剪翼就养"、桓玄《鹦鹉赋》描写鹦鹉"剪羽翮以应用"，就不足为怪了。借禽鸟在赋中褒扬君子出处之道，赞美君子处世的温润品性，追本溯源，应玚、阮瑀实开此先声。

其次，曹操与曹植的鹖鸡赋借鹖鸡称赏昂扬刚健的尚武精神，鹖鸡习性成为武士美德的象征，这两篇赋也因此成为赋史上独树一帜的作品。曹操戎马一生，征战无数，对勇武贞刚之士的渴求可想而知，且其驰骋疆场、亲历厮杀，这种阳刚豪迈之气，是大多文人难以匹敌的。即使到南宋时期岳飞、辛弃疾等亦有沙场经历，但其国破家亡、有志难骋之痛，终究与曹操大权在握、踌躇满志、积极昂扬的精神有异。曹操与曹植所称颂的热烈奔放的尚武精神，与儒家礼乐治国、不战而胜的行王道的主张，以及道家全身远害、与世无争的思想，都是不相谐和的，即使在当时，王粲《鹖赋》立意即与曹氏父子迥异：言"惟膏熏之焚销，固自古之所咨"，批评鹖鸡耽于好斗、自取灭亡，犹如膏熏之自损。也正因为曹氏父子如此，建安文学呈现出独特的昂扬刚健、孔武有力的特征，这个特征在建安征伐赋和校猎赋中表现得尤其明显。

最后，建安禽鸟赋借禽鸟表达的出尘之想，以及对自由的向往，内化为士人的精神追求和潇洒不羁的品格，对后世禽鸟赋影响极深。以禽鸟寄托对自由的向往，最早当追溯到庄子《逍遥游》。庄子虚构的大鹏高飞九万里，"背负青天而莫之夭阏者"，形象地表达了人类向往和追求的自由之极致。李泽厚在《华夏美学》一书中这样评价庄子对自由的表现："庄子用自由的飞翔和飞翔的自由来比喻精神的快乐和心灵的解放。……它以对自由飞翔所可能得到的高度的快乐感受，来作为这种精神自由的内容。"[1]鸟类凌空飞翔的状态成为人类自由自在、超越自身束缚的象征。刘邦《鸿鹄》诗亦借鸿鹄高飞无碍、横绝四海来比喻人的自由。建安禽鸟赋没有庄子《逍遥游》的恢宏气势和阔大境界，但也将自由之想寄托于飞鸟之上。王粲《白鹤赋》将白鹤描写为仙人坐骑："接王乔于汤谷，驾赤松于扶桑"，并以"餐灵岳之琼蕊，吸云表之露浆"描写白鹤超尘脱俗的习性。曹植《离缴雁赋》借禽鸟表达自己"纵躯归命，无虑无求。饥食稻粱，渴饮清流"的愿望；曹植《白鹤赋》亦表达"冀大纲之解结，得奋翅而远游。聆雅琴之清均，记六翮之末

[1]　详见《美学三书》第293页。

流"[1] 的出尘之想，虽是遭遇挫折失意后的无奈选择，但也表达出对宁静自由生活的向往。王粲《白鹤赋》以游仙风格，表达了时人渴望超脱世俗、摆脱束缚的愿望。建安禽鸟赋对自由的向往，一出于游仙好道超越自身局限的要求，一出于摆脱现实困厄的要求，魏晋之际玄学兴起，老庄思想复兴，促进了向往自由的思想的发展，这一思想在后世禽鸟赋中，得到了进一步的体现。

如在两晋禽鸟赋中，羊祜《雁赋》是一篇立意新颖的作品。作者描写大雁"当其赴节，则万里不能足其路。苟泛一壑，则众物不能易其所"，以雁象征一个才赋过人、自由自在、无往不胜的人物形象。夏侯湛《观飞鸟赋》写飞鸟"矜形辽阔，冯虚安翔"，亦状其自由高飞之情态。孙楚《雁赋》则写大雁"任自然而相伴，穷天壤于八极"，羡慕飞鸟之任自然、穷天壤的自由自在。桓玄《凤凰赋》写凤凰"集昆仑而敛翼，翔青云以遐越"，美其翱翔天壤、高高在上的无挂无碍。桓玄《玄鹤赋》继承王粲《白鹤赋》之游仙旨意，描写玄鹤"练妙气以遒化，孰百年之易促"，表达了对摆脱有限生命之束缚的向往。

及至唐代，李白《大鹏赋》以大鹏与希有鸟比况自己和白云子司马承祯，通过"此二禽已登于寥廓"的描写，表达了好道、疏狂、追求自由的精神。还有李德裕《振鹭赋》写白鹭"聊自适于遐旷，本无心于去留。思有客于微子，愧植羽于宛邱"，表达向往自由、摆脱官场束缚的愿望。黄滔《狎鸥赋》写海鸥"扫尘绪以皆空，那虞触网；负身弓而不缩，讵肯惊弦。访物外高踪，得沙间之逸致"，称美海鸥高逸闲雅，自由自在。

---

[1] "记"，疑为"托"。参见《全三国赋评注》，第443页。

无论是庄子笔下恢宏瑰丽、高飞云天的大鹏，还是赋家笔下闲雅自适、超尘脱俗的禽鸟，都寄托了对自由的追求以及对随情任性人生的向往。从禽鸟赋的发展历史来看，后世赋作所表现出来的向往自由的思想，以及士人标致高逸、闲野不俗的内在美质，不仅与庄子思想紧密相关，也与《诗经》、《楚辞》、汉赋、建安赋中禽鸟意象的内涵一脉相承。

建安禽鸟赋以禽鸟美质象征人格品质，其中的君子高洁品性、出处之道以及向往自由的精神，为后世禽鸟赋广泛继承，成为禽鸟赋乃至其他禽鸟题材作品最主要的思想内涵。

第五章　建安赋女性美书写的情欲表达与多重含蕴

中国古代文学作品不乏对女性美的描述，[1] 这些描述是男性作者将女性作为审美对象进行观照的结果，往往代表男性对女性的欣赏和爱慕，与情欲表现密切相关。将女性作为审美对象的传统滥觞于《诗经》，赋体文学则最早对女性美做重点和集中的描写。

第一节　建安之前诗赋对女性美的描写

一、《诗经》奠定的女性美书写传统及宋玉赋对情欲的大胆书写

《诗经》开文学作品描写女性美的先河，并奠定了后世文学描写女性美的基本写作传统。《卫风·硕人》开篇对庄姜之美的铺陈描写成为经典之笔，《诗经》中其他作品描写女性美，手法比较简单素朴，如"窈窕淑女"、"静女其姝"、"清扬婉兮"等都是一笔勾勒。总体而言，《诗经》对女性美的描写尚处于初始阶

---

[1]　本章所界定的"女性美"，仅指女性身体之美，研究对象包括汉代与建安时期所有包含女性身体美描写的赋作。

段，修辞艺术尚不发达。《诗经》里所描写的女性，大多以婚恋对象的身份出现，如恋人、新娘、妻子、思妇、弃妇等，她们承担着"宜其室家"（《周南·桃夭》）、"大姒嗣徽音，则百斯男"（《大雅·思齐》）这样繁衍后代、持家兴家的社会责任。这些基于爱情婚姻关系基础之上对女性的描写，其内容是女性的美丽和贤淑，其态度是赞美乃至爱慕与渴望，其中许多作品天然包含着情欲的抒发。通过描写女性美书写情欲，成为后世文学继承的传统。

赋体文学兴起于楚辞时代，其成熟以宋玉赋为标志。宋玉《高唐》《神女》《登徒子好色》及《讽》诸赋，[1] 首开赋体文学描写女性美的风气。宋玉赋继承了《诗经》描写女性美的传统，对《诗经》艺术手法进行了极大的丰富和发展，并在表现情欲方面十分自由大胆。首先，相比《诗经》而言，宋玉赋描写女性美的篇幅增大，句式多变，词汇极大丰富，描写角度富于变化，铺陈描写细致繁富。如《神女赋》对神女的两段描写，第一段以远观视角描写神女的光彩、服饰、香气、性情。第二段从近看视角写其体态丰满、面容光洁、眼神明亮、蛾眉修长、唇色朱红的美丽容貌。两段文字在结构安排上极具章法，视角由远及近，铺陈由服饰到身体五官，夸赞从举止到性情，展现了赋体文学独有的铺陈排比的文体特征。其次，宋玉赋不仅通过对女性身体美的细致书写，还借助对人物行

---

[1]　关于宋玉作品的真伪问题，《中国古代文学通论·先秦两汉卷》根据考古发现，将宋玉作品确定为《九辩》、《风赋》、《高唐赋》、《神女赋》、《登徒子好色赋》、《对楚王问》、《大言赋》、《小言赋》、《钓赋》、《讽赋》、《笛赋》以及《御赋》残简诸篇。详见第 153 页。《历代辞赋总汇》在宋玉名下亦收入以上所举诸赋，本文有关宋玉赋的引文出自该书。

为心理的细致描摹，来实现对情欲的大胆自由的表现。《登徒子好色赋》中章华大夫诉说自己向"华色含光，体美容冶"的采桑女示爱，然而采桑女"悦若有望而不来，忽若有来而不见。意密体疏，俯仰异观；含喜微笑，窃视流眄"，这段文字通过女子欲进还退、欲罢不能的举止，大胆表现了男女情欲冲动之际波澜起伏、矛盾重重的内心世界。《高唐赋》大胆直接地描写巫山神女对楚王自荐枕席的行为，《讽赋》描写主人之女"以其翡翠之钗，挂臣冠缨"来勾引自己的举动，这些作品无不具有显著的情欲色彩，这与赋体文学产生的背景以及赋的文体特征及功能密切相关。赋体文学从产生之初便具有游戏娱乐功能，[1] 宋玉诸赋均具有明显的游戏娱乐特点，学界对此持有共识。[2] 赋的游戏娱乐功能决定了赋作表现情欲的大胆和自由，体现出楚文化浓厚的巫祭色彩孕育出的放纵情欲的特点。

二、 汉赋女性美书写中情欲表达的变化

汉赋继承宋玉赋传统，通过描写女性美表达情欲，这些赋作大多见于西汉前期和东汉中后期。西汉后期和东汉前期的赋家，要么回避描写女性美，要么淡化其情欲色彩，要么将其藏在七体中。汉

---

[1] 曹明纲指出：赋从优语发展而来，继承了优语的调笑传统，在最初阶段显示出娱乐作用。曹明纲：《赋学概论》，上海：上海古籍出版社，1998 年，第 270 页。

[2] 马世年、李城瑶《〈高唐〉〈神女〉主旨新探——兼论宋玉赋作中的"娱君"问题》（《甘肃社会科学》2010 年第 5 期）认为宋玉赋作以娱乐君主为目的，以游戏的笔法叙写，使得赋迈向宫廷化、游戏化。曹文心《宋玉辞赋》（安徽大学出版社，2006 年，第 53—54 页）认为宋玉的《好色赋》是楚宫俳谐说笑的记录或摹写。赵辉《宋玉赋与倡优话语体系及赋的创始》（《中南民族大学学报》2015 年第 1 期）认为《高唐赋》、《神女赋》都是游赏场合之作，全篇调谐楚襄王好色，具有解颐的功能。

赋中的情欲表达呈现出由大胆开放到约束克制再到大胆开放的特点。

西汉前期描写女性美的代表赋家是司马相如和枚乘。司马相如《美人赋》是西汉前期书写情欲的代表之作，其中关于东邻女的形象及情节设置脱胎于宋玉《登徒子好色赋》，上宫女自荐枕席被拒的情节则承自宋玉《讽赋》及《高唐赋》。尽管赋的结尾作者标榜自己守礼止欲，但无法掩盖全篇书写情欲的明显意图以及戏谑目的。赋中描写上宫女子勾引自己的情形，十分露骨："女乃驰其上服，表其亵衣。皓体呈露，弱骨丰肌。时来亲臣，柔滑如脂。"这种充满情欲色彩的文字，被刘大杰视为色情文学。[1] 枚乘《梁王菟园赋》，在描写菟园风光、贵族游园情景中，突兀地出现对采桑女的描写，其笔下采桑女姿态迷人，态度暧昧，具有情色意味。在中国古代文学中，桑林意象与采桑女往往暗示和象征着男女情爱。[2] 枚乘在赋中植入对性感采桑女的描写，其书写情欲的色彩十分明显。枚乘、司马相如所处的西汉早期，文帝、景帝服膺黄老，武帝时期也还只是"独尊儒术"之始，此时期儒家经术只是润饰吏事的手段，儒家思想并没有真正达到独尊地位并起到统领作用，所以这个时期文人思想比较自由，在赋的创作上基本承袭了宋玉赋大胆表现情欲、以游戏娱乐功能为主的传统。正如马积高《两

---

[1] 刘大杰说："这是中国第一篇色情文学。他用最细密的描写，大胆的态度，以及清丽洁白的文句，去表现一个色情狂的女子。"刘大杰：《中国文学发展史》，北京：商务印书馆，2015年，上卷，第146页。

[2] 江林昌《"桑林"意象的源起及其在〈诗经〉中的反映》（《文史哲》2013年第5期）认为"桑林"意象以及由此引发的"云雨"、"巫山"、"阳台"等意象，经过在《诗经》中大量遗存并提炼升华的过程后，对中国文化影响广泛，成为表达女性与情爱的代名词。

汉文学思想的变迁与儒学》所言："武宣时期，司马相如东方朔等人的作品，不完全受儒家政治伦理道德准则的约束。……这时的文学家乃至帝王并不像典型的儒家那样只强调文学的教化作用，而且还注意到它的美感作用和娱乐作用。"[1]

但是，武帝"罢黜百家，独尊儒术"，儒家重道德伦理教化的思想必然反映在文学领域。汉人论赋，轻视文学功能，强调讽谏作用，司马迁、扬雄、班固、王充莫不如此。所以西汉末扬雄虽创作了许多帝王宫廷题材的赋作，东汉初班固虽创作了京都大赋《两都赋》，其中均无对女性身体美的描写，情欲书写在这个时期似乎成为禁忌，即使扬雄早年追步模拟司马相如，[2] 但他也没有继承其大胆的情欲书写传统。如马积高《两汉文学思想的变迁与儒学》所言："只有在西汉末到东汉初这段时期，儒学才真正成为文学创作的指导思想。"东汉前期赋家虽不能描写女性美，但他们将其巧妙地隐藏在七体中。七体始于枚乘《七发》，全篇并无半句对女性美的描写，反而批评"皓齿蛾眉"是伐性之斧，对美色持"诋毁"态度。但东汉前期赋家却开始在七体里加入对女性美的铺陈描写。傅毅《七激》写玄通子以七件事去说服徒华公子放弃隐居，其娱游一事即铺陈侍女之美，并言美女陪侍贵族欢宴娱乐"似汉女之神游"。崔骃《七依》记叙"客"以贵族欢宴场景启发主人，描写酒宴上美人起舞助兴的场景，并夸大女性美的魅惑力，即使孔子、柳下惠、老子、扬雄也难以抗拒。可见，东汉七体描写女性美，或以汉女神游喻之，或对女性魅惑力进行夸张，这两种写法本身即包含着情欲

[1] 马积高：《两汉文学思想的变迁与儒学》，《求索》1989年第1期。
[2] 《汉书》扬雄本传："先是时，蜀有司马相如，作赋甚弘丽温雅，雄心壮之，每作赋，常拟之以为式。"《汉书》，第3515页。

书写的成分。须注意的是，七体对于女性美描写所表现的情欲，从表面上看是持否定态度的。因为在七体中，美色作为启发隐者或病人的手段，其结果都是失败和徒劳无益的，只有要言妙道方可最终治愈疾病、打动人心。东汉前期赋家虽生活在儒家文艺道德观占据主导的时代，但他们似乎有意借助了七体对女色的"否定"态度，来实现对美色的描写和对情欲的抒发。

东汉中后期社会趋于动荡，儒家文艺观对文人的约束减轻，张衡、蔡邕在文学创作中表现出对情欲的大胆放纵的态度。张衡的《同声歌》以代言方式，记叙了女子在新婚之夜的经历、心情和感受，大胆地表现夫妻生活的欢愉难忘。虽然古今都有学者将此诗作为君臣寄托之意的作品来理解，[1]但是，无论何种解读，都无法否定作者取材之大胆，无法阻止读者阅读之联想，无法忽视文字中激荡之情欲。再如蔡邕《协和婚赋》精心描写新婚之夜的女性美，并摹写夫妻生活之后新娘的模样："粉黛弛落，发乱钗脱。"从本篇残存的文字足以推想作者对文学禁区的大胆突破。再如张衡和蔡邕的止欲赋，虽亦为残篇，但张衡《定情赋》所存"思在面为铅华兮，患离尘而无光"一句，以及蔡邕《检逸赋》所存"思在口而为簧鸣，哀声独而不敢聆"一句，开止欲赋表现情欲的新方式。作者似乎不再着意于摹写女性的身体部位，[2]而是通过幻想自己变为女性所用物品（如化妆品、乐器等）的方式，实现对女性身体的亲

---

[1]《乐府解题》曰："《同声歌》，汉张衡所作也，言妇人自谓幸得充闺房，愿勉供妇职，不离君子。……以喻臣子之事君也。"《乐府诗集》，第1075页。

[2] 张衡《定情赋》、蔡邕《检逸赋》均为残篇，其着重描写女性身体之美的文字可能因为佚失而不见，但是从现存文字的内容以及起承转合的关系来看，张、蔡二人对于女性身体之美应当没有进行详细刻画。还可以陶渊明《闲情赋》为参照推想其面目。

近和爱抚，同时又通过抒发这个幻想破灭带来的失落和痛苦，达到
止欲的目的。这种手法为建安赋家继承，并由陶渊明《闲情赋》发
扬光大，写成缠绵悱恻的"十愿十悲"。这种手法淡化了对女性身
体部位的描写，代之以种种依附于女性身体部位的幻想，与前代描
写女性美的作品相比，实际上尺度更加开放、大胆而纵情，如若不
用爱而不能、以礼防情的无奈哀怨来表现对这欲望的克制和约束，
那么这些作品就会变成真正的色情文学。这也就是萧统在《陶渊明
集序》中批评陶渊明《闲情赋》乃"白璧微瑕"的原因，其真实的
指向是此赋对情欲的张扬，与萧统所标榜的陶渊明诗文的道德教化
作用是相左的。[1]

　　张衡、蔡邕的止欲赋还具有寄托理想追求的旨意。从宋玉赋到
汉赋，所描写的美女大多具有现实身份，如东邻女，主人之女，采
桑女，上宫女，捣素女，织布女，舞女，婢女，新娘等，唯张衡
《定情赋》开篇言"夫何妖女之淑丽，光华艳而秀容"，蔡邕《检逸
赋》开篇言"夫何姝妖之媛女，颜炜烨而含荣"，女子身份的虚化，
意味着赋家笔下的女性不再局限于现实存在，而是变为赋家理想中
的美好女性，加之赋中不再刻意铺陈女子身体之美，更为这一虚化
形象增添了理想、虚幻色彩，而作者又通过描写自己幻想化为女性
贴身之物以亲近女子，但幻想旋即破灭，只剩下无尽的悲愁伤感，
这一手法不仅使赋作缠绵悱恻，哀婉动人，更重要的是，这种审美

---

[1] 萧统《陶渊明集序》言："白璧微瑕者，惟在《闲情》一赋，扬雄所谓劝
百而讽一者，卒无讽谏，何必摇其笔端？……尝谓有能读渊明之文者，驰竞之情遣，
鄙吝之意祛，贪夫可以廉，懦夫可以立，岂止仁义可蹈，爵禄可辞！不劳复傍游太
华，远采柱史，此亦有助于风教尔。"龚斌：《陶渊明集校笺》，上海：上海古籍出版
社，1996年，第470页。

感受很容易令人产生人生失意、追求受阻、理想破灭的体验，所以，这是止欲赋为什么会被认为是寄托之作具有象征寓意的原因所在，也是后世止欲赋抒情性极大增强的原因所在。

汉赋对舞女的动态刻画，集中体现了女性美书写艺术手法的发展和进步。如张衡《舞赋》描写舞女风姿，重点描写舞女在舞蹈时的优美、轻盈、敏捷，以及舞姿变换时的速度、力度，进退俯仰回旋之间的目不暇接，如雷霆、闪电，如飞燕、回雪，读之颇有酣畅淋漓之感。"粉黛施兮玉质粲，珠簪挺兮缁发乱"摹写舞罢一曲之后，舞女们面带粉色，肤色如玉，黑发散乱的动人模样，具有明显的情欲色彩。东汉赋家对舞女的描写，突破了前代描写女性容貌、服饰、神情的惯用套路，通过描写舞女进退旋转、俯仰收放、长袖飞扬的舞姿，在灵动飘逸的状态和千变万化的舞蹈动作转换中，塑造充满动感的舞女形象，有一定的视觉冲击感，在情欲抒发的传统之上，更多一重别致清新的魅力。这种动态刻画手法为曹植《洛神赋》继承。

第二节　建安赋大胆自由的情欲表达

建安时期，女性题材的赋作数量激增。有很多专门以女性为书写对象的赋作，如王粲、曹丕、曹植、丁廙妻的同名赋作《寡妇赋》，以及王粲、曹丕、曹植的同名赋作《出妇赋》，这类赋作均描写遭遇不幸的寡妇、出妇，但赋家在描写过程中只注重表现女性的情感境遇，而不描写其容貌风神及身体之美。建安赋家对女性美的描写主要集中在神女赋、止欲赋[1]和七体中。建安赋家描写女性美的赋作大多带有明显的情欲抒发色彩。

神女赋、止欲赋是赋家描写女性美、表现情欲的主要题材，建安时期神女赋、止欲赋创作呈现出同题共作的集中态势与作品数量的激增，赋家对情欲的表达十分大胆自由。

汉代没有神女赋留存，止欲赋仅有司马相如《美人赋》、张衡《定情赋》、蔡邕《检逸赋》三篇。但是从建安十三年（208）王粲归曹到建安二十二年（217）王粲及其余诸子相继离世，短短九年时间，共留存十二篇神女、止欲赋，神女赋分别是杨修、应玚、王粲、陈琳《神女赋》各一，曹植《洛神赋》一篇，止欲赋包括陈琳、阮瑀《止欲赋》各一，以及应玚《正情赋》，刘桢《清虑赋》[2]，王粲《闲邪赋》，繁钦《弭愁赋》，曹植《静思赋》。

建安时期神女赋、止欲赋创作的集中与数量的激增，首先是因为邺下文人集团的形成。建安十三年（208），王粲归曹，并与跟随曹操南征的陈琳、阮瑀、应玚、刘桢、徐幹等一起参预了赤壁之战，[3]至此，建安文人完成了由分散到聚合的过程，邺下文人集

---

[1] 本文所指神女赋即宋玉《高唐》《神女》二赋以及继承此二赋写作传统的以神女命名的赋作，包括曹植《洛神赋》。

[2] 刘桢《清虑赋》残缺较为严重，依据仅存的内容判断，大概是通过神话想象构筑一个艺术境界，以表达自己的思想情感，具体情况无从得知。俞绍初《建安七子年谱》根据题目的相似性将其与其余诸子的正情、闲邪等赋归为一类。龚克昌《全三国赋评注》中认为赋文残存的部分"令人联想起《楚辞·九歌》中求神来相会的巫者"。朱熹《楚辞辩证》言楚俗之祭祀"或以阴巫下阳神，或以阳主接阴鬼"，此赋确有可能是借祭祀仪式中的神、巫关系来比附男女关系，并表达止欲之义。所以本文将其纳入止欲赋范围。俞绍初考证参见《建安七子集》，第435页。

[3]《建安七子集》，第421—426页。

团正式形成。[1] 文人之间交游酬唱，促进了同题共作风气和建安文学创作高峰的形成。

俞绍初《建安七子年谱》考证，建安十四年（209）二月，陈琳、应玚、王粲跟随曹操军队由赤壁还襄阳，在游汉水之际有感于汉水游女之事，各拟宋玉而作《神女赋》，杨修亦有《神女赋》，或作于同时。[2] 建安止欲赋创作则更为集中，数量更多，俞绍初《建安七子年谱》考证建安十六年（211），曹丕命陈琳、阮瑀、王粲、应玚作止欲赋。[3] 张可礼《三曹年谱》"建安十六年"一条考证"曹丕为五官中郎将，置官署，为丞相副，天下向慕，宾客如云……曹丕、曹植兄弟与王粲、徐幹、陈琳、阮瑀、应玚、刘桢等友善往来，唱和诗赋"。[4]

神女赋与止欲赋来源不同，但它们其实并无本质的区别，只是前者描写的女性对象是神女，而后者是凡间女子。刘桢《清虑赋》从题目上判断属于止欲赋，但其中的女性有可能是传说中的神女，也有可能是凡间巫女，与其他止欲赋有所不同，但因赋文残缺严重，无法考证。从源头上考察，神女赋起于宋玉《高唐赋》、《神女赋》，止欲赋起于宋玉的《登徒子好色赋》、《讽赋》。尽管宋玉神女赋多被认为是与楚地巫祭文化相关的作品，但事实上赋中并没有什

---

[1]《魏晋文学史》（第 4 页）认为建安文学分为三个阶段，其中建安十三年到建安末年为第二阶段，此阶段文士们已完成由分散到聚合的过程，"邺下文人集团"正式形成。

[2] 参看《建安七子集》，第 428 页。另，陆侃如《中古文学系年》（第 370 页）将陈琳《神女赋》系于建安十三年，但俞绍初考证更详细而有说服力，故不从陆说。

[3]《建安七子集》，第 434—435 页。

[4]《三曹年谱》，第 115 页。

么深意寄托，其人神遇合的故事，与止欲赋所写的一般男女情事，并无本质区别。过常宝《楚辞与原始宗教》一书指出"《高唐赋》、《神女赋》毕竟是纯粹的文学创作，它所提供的人神交接的原型故事，已不再依托于仪式的结构，而是一种自觉的文学的运用。"[1]所以，宋玉神女赋和止欲赋都无非是通过特定的情节设置，来展现对女性之美的描写艺术，展示自己的文学才华，表现对女性之美的欣赏爱慕，抒发人类固有的情欲感受，并在当时达到娱乐君主的目的。不同的是，神女既不受人间道德伦理之约束，她便可以自荐枕席的"奔女"形象出现，[2]也可以贞洁自清、拒绝男子求欢的贞女形象出现。而现实中的男女，既要受道德伦理的规范，还要体现男性中心的思想，所以止欲赋多标榜男子既心仪美色，又守礼自持。但是，文学作品所描写的欲望的达成和对欲望的克制，本质上都是在表现欲望，从这个意义上讲，宋玉神女赋和止欲赋的本质是一样的。后世的神女赋、止欲赋，均出于对宋玉赋的继承和模仿，所以，后世这两类赋从本质上讲也是一样的。

建安赋大多残缺，从留存下来的文字观察，这些神女赋、止欲赋显示出同题共作背景之下一些艺术创作上的趋同特点，在情欲表达方面也十分大胆自由。首先，赋作描写女性美的写作手法有趋同之处，比如王粲和杨修对神女之美的描写均十分细致和华丽：

> 翠黼翾裳，纤縠文袿。顺风揄扬，乍合乍离。飘若兴动，玉趾未移。详观玄妙，与世无双。华面玉粲，䫤若芙蓉。肤凝

---

[1] 《楚辞与原始宗教》，北京：中国人民大学出版社，2014年，第137—140页。
[2] 闻一多说："以先妣而兼高禖的高唐，在宋玉的赋中，便不能不堕落成一个奔女了。"闻一多：《高唐神女传说之分析》，《清华大学学报》1935年第4期。

理而琼絜，体鲜弱而柔鸿。回肩襟而动合，何俯仰之妍工。嘉今夜之幸遇，获帷裳乎期同。[1]（杨修《神女赋》）

　　体纤约而方足，肤柔曼以丰盈。发似玄鉴，鬓类刻成。质素纯皓，粉黛不加。朱颜熙曜，晔若春华。口譬含丹，目若澜波。美姿巧笑，靥辅奇牙。戴金羽之首饰，珥照夜之珠珰。袭罗绮之黼衣，曳缛绣之华裳。错缤纷以杂佩，袿熠爚而焜煌。退变容而改服，冀致态以相移。登筵对兮倚床垂，税衣裳兮免簪笄，施华的兮结羽仪。扬娥微眄，悬藐流离。[2]（王粲《神女赋》）

　　二者均对神女柔弱的体态、丰盈的肌肤、艳丽的面容、轻盈的举止、华美的服饰进行了描写，王粲更进一步描写了神女的秀发、朱唇、眼波、笑容、酒窝、牙齿之美，这些对女性身体的细致刻画，是对从《诗经》到宋玉赋再到汉赋描写女性美的艺术手法的继承，本身带有情欲色彩。而王粲赋中神女脱衣换装的情景，其情色意味更加明显。

　　黄初三年，曹植作《洛神赋》，成为建安时期最为晚出的神女赋，并借人神相恋而不得的悲剧，寄托自己屡遭陷害、远离京城、无法实现政治理想和抱负、就连性命安全都无法把握的身世之感，表现出强烈的抒情性，从而亦具有止欲赋的特征，成为集神女赋、止欲赋之大成的赋作。曹植吸取前代神女赋以描写女性身体美为主的特点，塑造了惊艳绝伦的洛神形象：

----

[1]《全三国赋评注》，第69页。
[2]《全三国赋评注》，第164页。

其形也，翩若惊鸿，婉若游龙。荣曜秋菊，华茂春松。髣
髴兮若轻云之蔽月，飘飘兮若流风之回雪。远而望之，皎若太
阳升朝霞；迫而察之，灼若芙蕖出渌波。秾纤得中，修短合
度。肩若削成，腰如约素。延颈秀项，皓质呈露。芳泽无加，
铅华不御。云髻峨峨，修眉联娟。丹唇外朗，皓齿内鲜。明眸
善睐，靥辅承权。瑰姿艳逸，仪静体闲。柔情绰态，媚于语
言。奇服旷世，骨像应图。披罗衣之璀粲兮，珥瑶碧之华琚。
戴金翠之首饰，缀明珠以耀躯。践远游之文履，曳雾绡之
轻裾。[1]

可以明显看出，"翩若惊鸿，婉若游龙。荣曜秋菊，华茂春
松"，化自宋玉《神女赋》"婉若游龙乘云翔"与边让《章华台赋》
"体迅轻鸿，荣曜春华"。"远而望之，迫而察之"的句式承自宋玉
"其始来也，……其少进也"，这个句式中间经历了汉代赋家的运用
与改造，如王褒《甘泉赋》"却而望之，郁乎似积云；就而察之，
霈乎若泰山"，以及蔡邕《协和婚赋》"其在近也，……其既远也"。
"肩若削成，腰如约素"一段，则是对王粲《神女赋》"发似玄鉴，
鬓类刻成"及以下文字的模仿。还有对洛神服饰的描写，基本出于
对王粲赋的模仿与发挥。曹植笔下的洛神，身体发肤，呼吸吐纳，
神情举止，无不纤毫毕现，如在目前，这种对女性身体的细致刻
画，带有明显的情欲色彩。

建安赋家还以相似的句式来抒发可求而不可得、情欲受阻的痛
苦怅惘之情：

---

[1]《全三国赋评注》，第 453 页。

> 怀纡结而不畅兮，魂一夕而九翔。[1]（阮瑀《止欲赋》）
> 气浮踊而云馆，肠一夕而九烦。[2]（应玚《正情赋》）

其次，这些赋作在情节设置上也有极为相似之处。杨修和陈琳神女赋都借梦境来实现人神通灵，并都在结尾大胆表现人神相遇乃顺应天地男女本性：

> 仪营魄于仿佛，托嘉梦以通精。……顺乾坤以成性，夫何咎而有辞。[3]（陈琳《神女赋》）
> 余执义而潜厉，乃感梦而通灵。……微讽说而宣谕，色欢怿而我从。[4]（杨修《神女赋》）

陈琳《止欲赋》也假托梦境实现欢会：

> 忽假暝其若寐，梦所欢之来征。魂翩翩以遥怀，若交好而通灵。[5]

建安止欲赋还继承东汉张衡、蔡邕止欲赋的艺术手法，通过幻想化为女子贴身用品，来实现对女性身体的亲近。如阮瑀《止欲

[1]《全三国赋评注》，第46页。
[2]《全三国赋评注》，第101页。
[3]《全三国赋评注》，第25页。
[4]《全三国赋评注》，第69页。
[5]《全三国赋评注》，第20页。

赋》写"思在体为素粉,悲随衣以消除",应场《正情赋》写"思在前为明镜,哀既䌑于替□",王粲《闲邪赋》写"愿为环以约腕",这些充满亲昵意味、带有抚摸暗示的想象,是对情欲的极为大胆的表达。这种手法后来为陶渊明继承,写成止欲赋的杰作《闲情赋》。无论是借梦境幻想大胆接受神女的情意,以及借梦境幻想最终说服神女接受爱意,还是幻想化为女子贴身之物,抑或表现情欲受阻、欢会难成的痛苦心情,都表明建安士人对情欲的肯定和自然抒发。

建安七体对女性美的描写,亦具有明显的情欲色彩。建安七体多残篇,唯曹植《七启》、王粲《七释》保存完整。曹植《七启》中,镜机子声称以"声色之妙"启发隐者玄微子出山;王粲《七释》中,文籍大夫声称以"美色之选"启发潜虚丈人出山,二者都细致描写了所谓声色、美色对人的诱惑。曹植先描写动听的音乐,优美的舞蹈,再描写姣美的舞女,以及她们舞罢一曲之后的散乱的妆容、美丽的服饰、身体的幽香、宜人的笑容、流盼的眼波以及与人相携同行的情形:

玄眉绝兮铅华落,收乱发兮拂兰泽,形婧服兮扬幽若。红颜宜笑,睇眄流光。时与吾子,携手同行。[1]

王粲则不仅细致描写了女子身体之美,还描写了女子换装、化妆、侍宴的情景:

---

[1]《全三国赋评注》,第 383 页。

> 丰肤曼肌，弱骨纤形。鬒发玄鬓，修项秀颈。……于是释
> 服堕容，微施的黛。承间嫣御，携手同戴。[1]

这些文字大胆标榜声色之娱，曹植描写人们沉溺于欢宴："九秋之夕，为欢未央"，王粲评价美色对人的诱惑："一顾连精，倾城莫悔"，这些纵情声色而不悔的文字充满了情欲意味。

建安京殿大赋亦有对女性美的描写，徐干《齐都赋》"欢幸在侧，便嬖侍偶。含清歌以咏志，流玄眸而微眄"，以及刘桢《鲁都赋》"众媛侍侧，鳞附盈房。蛾眉清眸，颜若雪霜。含丹吮素，巧笑妍详"的描写都带有一定的情欲色彩。到明帝时期何晏《景福殿赋》，对女性的描写趋于严肃和端庄："处之斯何，窈窕淑女。思齐徽音，聿求多祜。"刘劭《赵都赋》、卞兰《许昌宫赋》都不涉及女性身体书写，而只是单纯表现舞姿。这种变化或许取决于建安后期到明帝时期文人纵情任性的自由精神的逐渐减弱。

女性题材赋作还有曹丕、丁廙《蔡伯喈女赋》各一，[2]曹丕赋文已佚失，仅存序言。丁廙赋文尚存一部分，其中对蔡琰初嫁之时的服饰之美进行了简单描写："当三春之嘉月，时将归于所天。曳丹罗之轻裳，戴金翠之华钿。"尽管蔡琰身世悲惨、命运坎坷，但她最终被赎归汉，[3]其身世的传奇性非常突出。赋家描写其初嫁时的美丽，可以突出其身世的传奇性，同时也能与其早年丧夫、

---

[1]《全三国赋评注》，第 179 页。

[2] 曹丕《蔡伯喈女赋》仅存序。马积高主编《历代辞赋总汇》、龚克昌《全三国赋评注》均收录。

[3]《后汉书·列女传》载有蔡琰为曹操赎回、重嫁董祀之事。《后汉书》，第 2800 页。

没入南匈奴十二年、被赎归汉、重嫁董祀的悲惨曲折经历形成对比，令人歔欷感叹。赋中对蔡琰之美的表现非常简单，且不涉及身体部位的描写，与其他描写女性之美的赋作相比，丁廙赋不带情欲色彩，这可能与丁廙受命作赋的缘由关系密切。[1] 丁廙赋对蔡琰之美的描写显得极简而庄重，亦可能因为蔡琰是现实生活中真实存在的女性，建安文人借以抒发情欲的，都是幻想中的神女和止欲赋中虚化的女性，对于现实女性的描写，他们依然恪守了礼仪的原则。

建安赋借描写女性美大胆自由地抒发情欲，与建安士人普遍不受礼法约束，追求适情任性的风气紧密相关。《后汉书·列女传》记载曹操令蔡琰为之整理蔡邕藏书，蔡琰回答说其父所赐藏书悉数毁于战乱，仅有四百余篇可凭自己的诵忆整理成书。于是曹操说："今当使十吏就夫人写之。"蔡琰回答说："妾闻男女之别，礼不亲授。乞给纸笔，真草唯命。"[2] 从这个记载可以看出，曹操作为当时的政治及文坛领袖，对于礼法是毫不在意的。罗宗强《魏晋南北朝文学思想史》列举了曹操、曹植、曹丕不置威仪、脱略礼法之种种行为，以及建安文人在诗歌中表现出的纵乐情形，并总结说建安时期"情冲破了礼的束缚，强调任自然之性"。[3] 孙明君《建安士风的走向》一文则将建安士人纵情任性的风尚归结为"饮酒不节、喜好俗乐、两性关系上突破了礼教束缚、生活中充分展现其个性"

---

[1] 孙星衍《续古文苑》卷二："案魏文帝《蔡伯喈女赋序》：'家公与蔡伯喈有管鲍之好，乃命使者周近持金璧与匈奴，赎其女还'云云，当时盖命词人并作，而廙应教也。"

[2] 《后汉书》，第 2801 页。

[3] 《魏晋南北朝文学思想史》，第 9—10 页。

等等。[1]

　　建安文人纵情享乐的情形，在他们留下的诗文中得以再现。曹丕《与朝歌令吴质书》曰："每念昔日南皮之游，诚不可忘。……高谈娱心，哀筝顺耳。……白日既匿，继以朗月，同乘并载，以游后园。"《又与吴质书》曰："昔日游处，行则连舆，止则接席，何曾须臾相失！每至觞酌流行，丝竹并奏，酒酣耳热，仰而赋诗。"可见曹氏兄弟与建安诸子歌舞欢宴、诗酒优游、夜以继日的盛况。从当时留下来的诗歌，还可见众人尽情尽兴、乐不知疲的情景：曹植《公宴诗》"公子敬爱客，终宴不知疲"，应玚《侍五官中郎将建章台集诗》"公子敬爱客，乐饮不知疲"，王粲《公宴诗》"常闻诗人语，不醉且无归。今日不尽欢，含情欲待谁"，刘桢《公宴诗》"永日行游戏，欢乐犹未央"，[2]这些诗句不约而同地描绘了当时人们纵情诗酒、及时行乐的生活场景。繁钦《与魏太子书》一文，记录了自己访求异妓以供享乐一事，文中对薛访车子的音乐口技进行了生动描绘，并希望曹丕早日将公务处理完毕，以欣赏精彩的表演，并言"宴喜之乐，盖亦无量"，[3]可见当时士人不仅注重声色之娱，且投统治者所好的风气。而当时的主人五官中郎将曹丕，又是一个轻礼法、重女色之人。《世说新语·贤媛》载："魏武帝崩，文帝悉取武帝宫人自侍。"[4]此虽小说家言，但曹丕重色轻礼，因"见其颜色非凡"而纳袁熙妇甄氏为妻，又不顾大臣反对而令郭氏

　　[1]　详见孙明君：《汉魏文学与政治》，北京：商务印书馆，2003年，第114页。
　　[2]　以上所列诗歌，《建安七子年谱》均系于建安十六年阮瑀等六子与曹氏兄弟在邺中宴集时所作，详见《建安七子集》第431—432页。
　　[3]　《与魏太子书》，见《三曹七子之外建安作家诗文合集校注》第58页。
　　[4]　《世说新语校笺》，第364页。

"因爱登后"[1]，均见于史书记载。

所以，邺下文人集团形成带来的同题共作的文学创作现象，建安士人不受礼法拘束的行为心理，以及沉迷声色、纵情享乐的时风，是赋家大胆表现情欲、大量创作神女赋和止欲赋的原因。

第三节　建安止欲赋的感伤色彩

宋玉止欲赋功能主要以表达情欲和娱君为主，至东汉张衡、蔡邕，止欲赋保留了情欲表达功能，增强了抒情性，娱乐性则逐渐减弱。建安止欲赋继承东汉止欲赋传统，在借描写女性美以表现情欲的同时，又给予其强烈的抒情性。

首先，建安止欲赋的抒情性表现在赋中弥漫着浓郁的感伤情调，这种感伤源于赋中与美好女子之间遇合无由的无形障碍。宋玉止欲赋多设置礼法约束与情欲之间的矛盾，张衡、蔡邕止欲赋残缺较严重，无从得知其中曲折，建安赋家处于礼法松弛、观念自由开放的时代，他们并不在止欲赋中刻意强调欲望与礼法矛盾对立的痛苦，而是表现一种无形的难以描述的障碍带来的痛苦，陈琳、王粲二人的赋作尤为突出。建安赋家在赋中塑造渲染理想中的美丽女性，然后以愁肠百结、千回百转的方式，来吟咏由于无形的障碍阻隔而造成的遇合无由的感伤哀叹。

---

[1]《三国志·后妃传》甄皇后本传注引《魏略》记载，曹丕因甄氏颜色非凡而称叹，曹操遂为之迎娶一事。郭皇后本传载，栈潜进谏曹丕不要"因爱登后，使贱人暴贵"，但曹丕不从，仍立郭氏为后一事。《三国志》，第160—165页。

建安止欲赋中的女性形象，都是艳丽超群、飘逸出尘、旷世所无的：

　　媛哉逸女，在余东滨。色曜春华，艳过硕人。[1]（陈琳《止欲赋》）

　　夫何淑女之佳丽，颜炤炤以流光。历千代其无匹，超古今而特章。[2]（阮瑀《止欲赋》）

　　夫何媛女之殊丽兮，姿温惠而明哲。应灵和以挺质，体兰茂而琼洁。方往载其鲜双，曜来今而无列。[3]（应场《正情赋》）

　　夫何英媛之丽女，貌洵美而艳逸。横四海而无仇，超遐世而秀出。[4]（王粲《闲邪赋》）

　　夫何美女之娴妖，红颜晔而流光。卓特出而无匹，呈才好其莫当。[5]（曹植《静思赋》）

赋家对理想中的美好女性进行描写时，有着明显的趋同性，表现了同题共作的文学活动所形成的艺术手法的程式化特点。同时，赋家笔下的女性越美丽，男子的向往渴慕之心就越强烈，情欲受阻的痛苦也就越深刻。

建安止欲赋对于无形的障碍带来的情欲受阻，有无奈认命的，

[1]《全三国赋评注》，第 20 页。
[2]《全三国赋评注》，第 46 页。
[3]《全三国赋评注》，第 101 页。
[4]《全三国赋评注》，第 150 页。
[5]《全三国赋评注》，第 466 页。

如阮瑀《止欲赋》所写"知所思之不得，乃抑情以自信"；有望洋兴叹的，如陈琳《止欲赋》所写"虽企予而欲往，非一苇之可航"；有苦寻机会而不得的，如应玚《正情赋》所写"余心嘉夫淑美，愿结欢而靡因"；也有绝望凄楚的，如王粲《闲邪赋》所写"何性命之奇薄，爱两绝而俱违"。

建安止欲赋不着意描写女性的身体之美，而是着重抒发自己内心对美好女性的爱恋和可求而不可得的悲苦。陈琳笔下"展余襜以言归，含憯瘁而就床"，阮瑀笔下"怀纤结而不畅兮，魂一夕而九翔"，应玚笔下"步便旋以永思，情懔栗而伤悲"，王粲笔下"目炯炯而不寐，心忉怛而惕惊"，其中憯瘁、纤结、懔栗、忉怛、惕惊这些词语很好地描摹了追求者的消沉、矛盾、忐忑、煎熬、忧惧的心理感受，对悲苦心情进行了渲染与强调。建安止欲赋通过幻想男子化为女性贴身之物来亲近女性，并描写种种幻想的破灭，通过二者之间的落差与对比，使这种悲苦情绪得到更加淋漓尽致的表现和宣泄。建安止欲赋中，男性不再是单纯的女性美的观赏者，带着情欲的意味赏玩女性，而是变成女性的仰慕者和追求者，变为抒情主体，在对女性美的欣赏和渴慕中表现出内心真挚而强烈的情感。刘淑丽《先秦汉魏晋妇女观与文学中的女性》一书认为："建安为数不少的抒情小赋对女性之美的歌颂与追求是情感自觉后文人士子性情的真实流露。"[1] 当然，这些受命而写的同题共作之赋带有一定的文学游戏色彩，但在具体写作过程中难免融入赋家真实的情感体验，

其次，建安赋家将人生多艰以及年华易逝、功业难成的悲凉情

---

[1]《先秦汉魏晋妇女观与文学中的女性》，第237页。

绪，寄托在止欲赋中，进一步增强了建安止欲赋的抒情色彩。陈琳笔下"道攸长而路阻，河广瀁而无梁"，阮瑀笔下"伤匏瓜之无偶，悲织女之独勤"，应场笔下"伤住禽之无隅，悼流光之不归"，王粲笔下"愍伏辰之方逝，哀吾愿之多违。当盛年而处室，恨年岁之方暮"，无不深蕴着作者对人生的痛苦艰难的体验和感触。建安十六年，陈琳约 55 岁，阮瑀约 45 岁，应场约 37 岁，王粲 35 岁，[1]陈琳、阮瑀固然已走向人生的暮年，应场、王粲也都已过二毛之年。然而，这一年曹操马不停蹄，东征西战，三月派遣钟繇攻张鲁，派遣曹仁攻马超，七月，曹操亲自率军攻打马超，十月又北征杨秋。[2]且这一年曹丕为五官中郎将，曹植则因得到曹操宠爱而封平原侯，[3]兄弟二人之间，实际已开始形成立储之争的局面。这一年陈琳、阮瑀为司空军谋祭酒，应场为平原侯庶子不久转五官将文学，王粲为丞相军谋祭酒，[4]诸子虽随侍曹氏父子，处境优容，但是官职并不高。其时天下分崩，时局不稳，王粲归曹前在《登楼赋》中所表达的"冀王道之一平兮，假高衢以骋力"的愿望，在这一年依旧渺茫；所表达的"惧匏瓜之徒悬兮，畏井渫之莫食"的忧惧，在这一年依然存在。而且，在战乱年代，生死无常的现实使得建安文人对生命短暂、时光易逝的体验尤为深刻，所以，他们的诗赋充满慷慨悲凉之气，即使在止欲赋中，也能明显感受得到。

曹植《洛神赋》中人神相恋受阻的情节，实际就是止欲赋传统的情欲受阻写作模式，曹植在其中寄予了自身强烈的情感。过常宝

---

[1]《建安七子集》，第 430—440 页。
[2]《三曹年谱》，第 113—118 页。
[3]《三曹年谱》，第 113—114 页。
[4]《建安七子集》，第 402—440 页。

对此有一段精彩的描述："他也许在女神顾盼生辉的眸子中看到了自己的价值，也许在女神的敏捷的体态中看到了超越和选择的自由，也许在一片温情之中消除了自己的孤独感，总之，在那神圣而又温柔的情人身上，曹植领悟到了一种拯救和超越的快乐，同样，在人神交接的失败中，曹植也就借机痛快淋漓地宣泄着自己的泪水和失意。"[1]

建安止欲赋的抒情性使其与神女赋形成了写作侧重点上的区别，同样是通过表现女性美抒写情欲，神女赋多对女性身体之美进行细致描写，止欲赋则简化了这种描写。神女赋抒情成分较少，止欲赋则用大段文字抒发哀伤愁苦之情。神女赋一般更为大胆纵情，止欲赋则往往以男子守礼自持作为结局。但神女赋中也有男子守礼自持的，如王粲《神女赋》写"顾大罚之淫愆，亦终身而不灭。心交战而贞胜，乃回意而自绝"。这样的情节设置从一定程度上模糊了神女赋与止欲赋的区别。至黄初三年曹植《洛神赋》出，成为集神女赋、止欲赋之大成的赋作，同时也进一步模糊了神女赋和止欲赋的界限。

第四节　建安赋女性美书写中文人的女性观

在中国古代男权中心社会，女性的地位普遍很低。刘淑丽在《先秦汉魏晋妇女观与文学中的女性》一书中，将曹魏统治者的妇女观总结描述为"政治上歧视女性，生活上重女色，女性的被物

[1]《楚辞与原始宗教》，第141页。

化"，认为建安文人的妇女观是基于哀时言志基础上对女性的同情，并指出建安文人的作品中表现了对女性灵与肉的向往。作者特别指出"曹丕热爱美丽的女子并不是仅仅停留在对女性的生理需求上，而是更多地表达了对于在生活中无法真正遇到的理想女性的追求和向往"。[1] 这些观点比较客观地描述和概括了建安时期女性的社会地位，展示了当时精英阶层的男性对女性的态度，从一定程度上还原了当时女性的处境。

但是，这本书对于建安时期的神女赋和止欲赋缺乏源流研究，因此存在一定的误读，并导致对当时文人妇女观的总结描述存在一定的欠缺。作者在分析建安止欲赋以及神女赋的时候认为："建安抒情小赋可以说是当时社会爱好声色、男女关系自由随便的较为直接而真实的反映。他们所追求的女性都是属于家庭之外的女性，所描写的男女邂逅之情颇类似于当今社会的婚外情。"[2] 这段话对神女赋、止欲赋存在一定的误读，因为神女赋和止欲赋中描写的女性，并非违反伦理的婚外情对象，而是虚构想象中的理想化的文学形象。

最初宋玉虚构登墙窥望自己三年的东家之子（《登徒子好色赋》），以及热烈勾引自己的主人之女（《讽赋》），其目的是借描写女性美以及女性主动投怀送抱、男子守礼自持的情节设置，用以抒发情欲、展现文采、娱乐君王。至于《高唐赋》、《神女赋》中的巫山神女，如前文所述，虽源出楚地巫祭仪式，但都不再负载巫祭的含义，仍只是以艳情故事的形式达到以上目的。及至东汉张衡、

---

[1] 《先秦汉魏晋妇女观与文学中的女性》，第 206—233 页。
[2] 《先秦汉魏晋妇女观与文学中的女性》，第 238 页。

蔡邕的止欲赋，将前代赋作中虚构的女性身份——比如宋玉笔下的东家之子、采桑女、主人之女，司马相如笔下的上宫女子等等全都隐去，代之以没有身份指向的女性，并赋予其理想化特征，其主要写作目的依然包括抒发情欲、展现文采。所以，神女赋和止欲赋中的女性，并非对应赋家在现实生活中邂逅的实际存在的女性，更不是"背叛庸常生活"的婚外对象，[1]而只是秉承宋玉、司马相如、张衡、蔡邕等人的写作传统而来，主要负载抒发情欲、展现文采功能的文学形象。

建安时期，神女赋、止欲赋均为邺下文人集团形成后的同题共作之赋，其中止欲赋是建安十六年（211）邺中游宴之际，曹丕命诸子而作，如果将赋的内容坐实为赋家对家庭之外女性的追求，那么诸子怎么可能在同一个时期都拥有一个可求而不可得、可望而不可即的婚外情恋人呢？况且同题共作的行为本身带有一定的文学游戏色彩，应制之作往往也并非由真实情感驱动写作，所以诸子的写作带有竞技、切磋意味，其目的亦是展现文采、抒写情欲，并具有娱乐作用，同时也呈现出艺术手法、情感思想的趋同特点。尽管在实际写作中，文人有真情实感的流露，但这种感情并不是真正针对现实中某一位女性而发，而是将自己平素的人生感悟和体验融进去罢了。明确了神女赋、止欲赋中女性形象是虚构中的理想女性这一事实，才能更加准确地描述建安文人在作品中表现出来的对女性的态度和观念。

建安赋通过描写女性美，首先表现出建安文人对理想女性的审

<hr>

[1] 刘淑丽认为建安神女赋、止欲赋中的情感是非正常生活化的爱情以及对庸常生活的背叛，详见《先秦汉魏晋妇女观与文学中的女性》第239页。

美标准：貌美聪慧、德行温润、性情宜人。关于貌美的特点，前文已做分析，此处不赘述。关于其他方面的描写，且列举诸家作品相关描写如下：

> 婉约绮媚，举动多宜。称诗表志，安气和声。[1]（王粲《神女赋》）
>
> 执妙年之方盛，性聪惠以和良。[2]（阮瑀《止欲赋》）
>
> 夫何媛女之殊丽兮，姿温惠而明哲。[3]（应玚《正情赋》）
>
> 性通畅以聪惠，行嬿密而妍详。[4]（曹植《静思赋》）
>
> 既容冶而多好，且妍惠之纤微。[5]（繁钦《弭愁赋》）

可见，建安赋家笔下的理想女性形象具有趋同性，"和声""和良""妍详"，"温惠""聪惠""妍惠""明哲"，"多宜""多好"等形容词，都倾向于描绘温柔和善、安详聪慧、美丽可人的女性形象。这个审美标准凸显了男性主体社会中对女性依附性的要求，由于女性被设定为男性的附属品，所以她们必须是温柔和顺、可人心意的女子，乃至于赋家笔下的女性体态都比较柔弱：如杨修《神女赋》之"体鲜弱而柔鸿"，王粲《神女赋》之"体纤约而方足"，王粲《七释》之"丰肤曼肌，弱骨纤形"。

---

[1]《全三国赋评注》，第 164 页。

[2]《全三国赋评注》，第 46 页。

[3]《全三国赋评注》，第 101 页。

[4]《全三国赋评注》，第 466 页。

[5]《全三国赋评注》，第 238 页。

　　其次，建安赋通过描写女性美，表现出对女性守礼自持品行的要求。宋玉笔下的东家之子、采桑女、主人之女，以及司马相如笔下的东邻女、上宫女，都是主动勾引男性的"奔女"，而建安赋家笔下的女性，发生了根本的变化。建安神女赋中的女性一般都会主动表达情意，这是对宋玉写作传统的继承，比如王粲《神女赋》描写神女"探怀授心，发露幽情"，陈琳《神女赋》描写神女"申握椒以贻予，请同宴乎粤房"，杨修《神女赋》则描写神女虽"彼严厉而静恭"，但在自己的劝说下，最终"色欢怿而我从"。但建安止欲赋中的女子则通常是守礼自持和可望而不可即的，如阮瑀《止欲赋》"禀纯洁之明节，后申礼以自防，重行义以轻身，志高尚乎贞姜"，应场《正情赋》"既荣丽而冠时，援申女而比节"，将理想中的女子塑造为高尚纯洁、守礼自持的形象，其余止欲赋虽没有对女子的态度进行描写，但是通过男子痛苦的相思以及可求而不可得的怅惘，可知赋中理想女性的行为也都是合乎礼义大防的。其实前文已经论及建安时期不拘礼法的风气，但止欲赋所虚构的现实生活中的女性，依然守礼自持，这反映了建安文人对于理想中女性在德行方面的一个要求。

　　再次，建安文人对女性美的描写，表现出对女性一定程度的尊重。建安神女赋中，赋家对女性表现出尊重的态度。面对神女主动示爱，陈琳想象自己顺应乾坤之性坦然接受；面对神女的拒绝，杨修想象自己耐心劝说。二人都没有如宋玉、司马相如那样以轻率的态度描写女性勾引自己并得意非凡地标榜自己守礼自持。即使王粲《神女赋》结尾写自己最终回绝了神女的爱意，但是他感叹："彼佳人之难遇，真一遇而长别。顾大罚之淫愆，亦终身而不灭。心交战而贞胜，乃回意而自绝。"这种哀怨的甚至带有自责、懊恼和悔意的叹息，将宋玉、司马相如赋中对女性的轻薄、轻视态度一扫而空，表现出对女性的爱慕和尊重。建安止欲赋进一步表现出这种爱慕与尊重。止欲赋中，建安文人将自身塑造为痴情专一的形象，将女性塑造为美好但却可望而不可即、可求而不可得的形象，反复咏叹自己追求的艰难和内心的痛苦。阮瑀《止欲赋》将女子描写为婚姻的理想对象："思桃夭之所宜，愿无衣之同裳。"陈琳《止欲赋》亦称赞女子为君子的理想伴侣："允宜国而宁家，实君子之攸嫔。"在宋玉、司马相如止欲赋中，女性只是受轻视的情欲的对象，而建安赋家笔下的女性是爱慕和结婚的对象，她们不受男性轻薄，不为男性轻视，甚至不被男性主宰。比较而言，建安赋家表现了对女性一定程度的尊重。

同时，建安赋家所塑造的女性形象具有完美而带有虚幻性的特征，这些形象不仅仅是赋家展现文采、抒写情欲的对象，而且成为赋家寄托理想追求、表达人生体验的对象。阮瑀《止欲赋》诉说芳踪难觅的惆怅："神惚怳而难遇，思交错以缤纷。遂终夜而靡见，东方旭以既晨。"陈琳《止欲赋》感叹追寻伊人的艰难："虽企予而欲往，非一苇之可航。"应玚《正情赋》描写辗转反侧的痛苦："还幽室以假寐，固展转而不安。神妙妙以潜翔，恒存游乎所观。"曹植《静思赋》以景物来衬托求女不得的萧索："秋风起于中林，离鸟鸣而相求。"这些感伤哀婉的叙说，不仅仅是情欲受阻的失望和痛苦，而且还蕴含着丰富的人生体验。这正是对张衡、蔡邕止欲赋写作旨意的继承和发展。

建安文人将美好的女性作为自己理想的象征和寄托，本身就体现了对女性的一种尊重。建安赋家对女性的尊重，也表现在其他文学作品里，比如当时大量的《寡妇赋》、《出妇赋》，就是基于尊重的基础之上，对女性苦难的记录，对女性痛苦心理的揣摩，其中蕴含着深深的同情。

建安女性在一定程度上受到男性尊重，在有限的史书中也可找到记载。《三国志·后妃传》裴松之注引《魏略》记载：丁夫人因失去养子而怨恨曹操，哭泣无节，曹操将其休回娘家，希望借此令其改变心意。后来曹操前去看望丁夫人并希望她和自己一道返回，却遭到拒绝。曹操无奈，只好与之决绝，并在临终前表达对丁夫人的愧疚之情。[1] 这则史料反映了即使当时的政治领袖曹操对女性也存有尊重怜惜之心，丁夫人敢于怨恨和抗拒曹操，不受曹操主宰，也表现出女性在一定程度上对独立的追求。《后汉书·列女传》记载蔡琰"蓬首徒行"恳求曹操赦免董祀死罪，曹操让她当着满座公卿名士以及远方使驿陈词，众人均被蔡琰的"音辞清辩，旨甚酸哀"所打动，曹操最后同意了蔡琰的请求，还赐予她头巾履袜。[2] 这则史料不仅反映出曹操对蔡琰的尊重，也可见当时满座公卿名士以及远方使者对一个女子的认可与尊重。

当然，建安时期女性地位总体是低下的，男性的妇女观总体是落后的，这在男权社会是普遍现象，但是建安文人在神女赋和止欲赋中表现出来的对女性的尊重，还是值得肯定的。

---

[1]《三国志》，第156—157页。
[2]《后汉书》，第2800—2801页。

下编

建安赋序与大赋论

第一章　建安赋序的文体功能与文学特点

　　两汉是赋序生成、发展并成熟的时期，赋序的基本文体特征在此时期得以确立。西汉无赋作自序，现存西汉赋序均由后人附加。赋作自序始于东汉，现存东汉赋以自序为主。赋作自序至建安时期已成风气，曹丕、曹植兄弟尤为重视赋序写作，留下了数量颇丰的赋序。[1] 建安赋序较两汉赋序具有更为明晰的文体意识和更强的文学性。

第一节　赋序的界定及生成过程

　　序之为体，从作者角度而言，可分为他序、自序两大类，赋序即经历了他序生成、他序到自序的过渡形式生成以及自序生成三个阶段。

------

[1] 建安赋序中，祢衡《鹦鹉赋序》、刘桢《瓜赋序》乃他人附加，其余赋序，均为自序。《鹦鹉赋序》应当是时人根据当时祢衡的传说敷演为序的，《后汉书·文苑列传》祢衡本传有一段与此序相似的记载，但并不能判断为赋序的最初出处，不能排除建安时期就形成了这篇赋序的可能，故本文暂将其列入建安赋序进行考察。

研究赋序，首先必须厘清一个十分复杂的问题，即赋序的界定。

单从当代学界所编著的赋作总集来看，关于赋序的界定存在很多分歧。如马积高《历代辞赋总汇》、费振刚《全汉赋校注》以及龚克昌《两汉赋评注》，在对哪些赋作标注"并序"方面，存在较大差异。根据笔者统计分析，《两汉赋评注》一般对自序赋作才标注"并序"，但祢衡《鹦鹉赋》、张衡《思玄赋》等序言乃后人所加，[1] 其编者亦标注为"并序"。《历代辞赋总汇》亦秉持标注自序的标准，并对桓谭《仙赋》标注了"并序"，但对于情况基本类似的扬雄诸赋则没有标注"并序"。《全汉赋校注》采纳宽泛标准，对于赋前附加的文字，不问出处，均标注为"并序"，但其编者却舍弃了《吊屈原赋序》，即《文选》所截取的《汉书》中介绍《吊屈原赋》创作缘起的那段文字。《全汉赋校注》基本遵循《文选》体例，然而《文选》中《吊屈原文》也是题为"并序"的。被《全汉赋校注》舍弃的还有《西京杂记》诸赋前用以交代写作背景的简短文字。再如《历代辞赋总汇》题为《胡栗赋并序》的蔡邕赋作，《全汉赋校注》题为《伤故栗赋并序》，《两汉赋评注》题为《伤胡栗赋》，没有标注"并序"。

以上分歧除了归因于评注者和校注者难免的疏忽之外，主要还是源于历史遗留问题。最早萧统《文选》对赋序标注十分随意，其

---

[1] 根据祢衡《鹦鹉赋序》第一句"时黄祖太子射，宾客大会"判断，此序非自序，因为祢衡不可能在文中对黄祖直呼其名。力之《试论汉赋之范围与汉赋"序文"之作者问题——读〈全汉赋〉》（《河南师范大学学报》1999 年第 1 期）一文亦指出这一点。张衡《思玄赋》在《文选》中无序，在《全上古三代秦汉三国六朝文》中有序，此序见于《后汉书》本传，乃后人截取史辞而成，此序与《史记》介绍贾谊赋的文字之风格、内容极为相似。

所选赋前附加文字，无论是出自截取史辞，以及后人附加，抑或作者自撰，《文选》一律标为"序"或"并序"。且《文选》对宋玉诸赋和傅毅《舞赋》标注"并序"，被后世认为是将赋文误析为序，受到后世学者的讥笑和诟病。[1]

　　严可均《全上古三代秦汉三国六朝文》似乎注意到了这个问题，在标注时有所分辨，但亦表现出认识上的一些混乱和疏忽。比如严氏未对宋玉《高唐》《神女》诸赋标注"并序"，而对于同样结构的傅毅《舞赋》却又标以"并序"，对有自序的蔡邕《短人赋》则又不予标注。

　　可见，对于什么是赋序，如何进行标注，古今学界均缺乏清晰界定，这种现象产生的原因，与赋序本身的生成过程密切相关，厘清这个过程，有助于分辨赋序性质并确定标注的原则。总体而言，

---

　　[1]　苏轼《答刘沔都曹书》言："宋玉赋《高唐》《神女》，其初略陈所梦之因，如子虚、亡是公等相与问答，皆赋矣。而统谓之叙，此与儿童之见何异。"苏轼著，孔凡礼点校：《苏轼文集》，北京：中华书局，1986 年，第 1429 页。

　　苏轼《书〈文选〉后》亦言："宋玉《高唐》《神女赋》自'玉曰唯唯'以前皆赋，而统谓之序，大可笑。相如赋首有子虚、乌有、亡是三人论难，岂亦序耶？"（《苏轼文集》，第 2095 页）

　　王观国："傅武仲《舞赋》，宋玉《高唐赋》《神女赋》《登徒子好色赋》，本皆无序。梁昭明太子编《文选》，各析其赋首一段为序。此四赋皆托楚襄王答问之语，盖借意也，故皆有'唯唯'之文。昭明误认'唯唯'之文为赋序，遂析其词。观国按：司马长卿《子虚赋》托乌有先生、亡是公为言，扬子云《长杨赋》托翰林主人、子墨客卿为言，二赋皆有'唯唯'之文，是以知傅武仲、宋玉四赋本皆无序，昭明太子因其赋皆有'唯唯'之文，遂误析为序也。"王观国著，田瑞娟点校：《学林》，北京：中华书局，1988 年，第 220 页。

　　浦铣《复小斋赋话》下卷："《登徒子好色赋》自'大夫曰唯唯'以前皆赋也，相如《美人赋》前半脱胎于此。昭明乃谓为序，真堪喷饭，至今莫知其误，亟当正之。"（《历代赋话校证》，第 403 页）

　　章学诚《文史通义·诗教》："赋先于诗，骚别于赋，赋有问答发端，误为赋序，前人之议《文选》，犹其显然者也。"章学诚著，叶瑛校注：《文史通义校注》，北京：中华书局，1985 年，第 81 页。

赋序的生成大致历经了三个阶段：第一是西汉时期由史官与无名氏附加的他序生成阶段。司马迁在《史记》贾谊本传中，于《吊屈原赋》《鵩鸟赋》前各撰写简短文字交代创作背景及缘起，后为《汉书》照录（稍加改动），又由萧统《文选》截取，并标注为"序"。另有无名氏于《长门赋》前添加传说，由《文选》收录并标注为"序"。[1] 这种最早由史官撰写的介绍性文字，以及后人据传说添加的文字，尽管到《文选》才将其标注为"序"，但在它们形成之初，已经附着在赋前并对读者了解赋文的写作背景和缘起具有引导说明作用，实际具备了序言的作用和意义，所以可称为赋作他序的开端，这个开端对后世赋序的发展影响十分明显。如《后汉书》张衡本传著录其《思玄赋》，即模仿《史记》与《汉书》，在赋前附加一小段文字说明创作缘起，《全上古三代秦汉三国六朝文》即将这

---

[1] 关于《长门赋》的真伪问题，古今学者多有考辨，何焯即称此赋为后人拟作（《义门读书记》，第879页）。当今学界认为序虽乃后人附加，赋则确系司马相如之作。本文主要谈论赋序，故对此问题不予赘述。笔者想说明的是，如果《长门赋序》系西汉以后人附加，则不应列入第一阶段。但笔者认为不能排除西汉人附加的可能性。古今学界对这篇赋序亦有考辨。王观国《学林》卷七"古赋序"认为此序乃史辞（《学林》，第220页）。朱熹《楚辞后语》则言"《汉书》皇后及相如传无奉金求赋复幸事"，又说"或者相如以后得罪，自为文以讽，非求求之，不知叙者何从实此云"（朱熹著、黄灵庚点校：《楚辞集注》，上海：上海古籍出版社，2015年，第293页）。祝尧《古赋辨体》卷三亦持此论（《文渊阁四库全书》，台北：台湾商务印书馆，1989年，1366册第749页）。顾炎武认为古人作赋多假设之辞，所以序言所谓陈皇后复幸一事乃"俳谐之文"（顾炎武著，黄汝成集释，栾保群、吕宗力校点：《日知录集释》，广州：花山文艺出版社，1990年，第867页）。苏轼将序言中所述事件作为真实的历史事件，故言"相如为作《长门赋》以悟主上，皇后复得幸"（《苏轼文集》，第2042页）。至当代，龙文玲《〈长门赋〉作者与作年》（《文学遗产》2007年第5期）一文认为此序为后人所加，所记叙事件与史实相符。可见，古今学界多认为此序为后人附加，但无法确定是谁在何时附加了这段文字，笔者认为不能排除西汉人附加的可能性，因为司马相如生活于西汉前期，西汉人有足够时间附会这个有史实依据的传说并添加这段文字。

段文字截取为序。再如好事者为祢衡《鹦鹉赋》添加具有传奇色彩的文字介绍其创作背景，很可能受到《长门赋序》的启发和影响，萧统《文选》亦将其保留为序。这个意义上的他序，与现代出版的编者前言相类。后世赋家自序亦明显受到这个开端的影响，如东汉马融《长笛赋序》与蔡邕《述行赋序》，鲜明地保留了史家记叙个人生平、生活遭际、历史事件的风格。而曹丕《蔡伯喈女赋序》，其故事性则与《长门赋序》一脉相承。

　　第二是他序到自序的过渡形式之生成阶段，主要作品有扬雄《自序》里关于《甘泉》《羽猎》《长杨》《河东》等赋作创作缘由的阐释部分，以及桓谭《新论·道赋》里关于《仙赋》创作缘起的阐释部分。扬雄晚年作《自序》，班固《汉书》将之全部录入其本传，并把扬雄阐释早年作赋缘由的部分与其赋作一一对应，后来《文选》便直接将这部分文字截取为序。笔者认为这部分文字应当纳入赋序范畴，因为扬雄晚年作《自序》，阐释早年作赋缘由，宽泛地讲，是有一定自序意义的。但同时必须指出，这些文字并不属于严格意义上的自序，因为扬雄虽然貌似阐释了自己早年作赋的缘由，但这种阐释乃是他晚年"悔其少作"的结果，其真正目的是对自己早年赋作进行匡救和美化，并非单纯追述作赋旨意，且与早年作赋时的旨意或已相去甚远。这些文字成为序，是由《汉书》收录在赋文之前又经《文选》截取史辞之后而形成的。[1]桓谭《仙赋序》

---

[1] 关于扬雄赋序，情况比较复杂，笔者试将其大略梳理如下：

扬雄作有《自序》，刘知几《史通》言："盖作者自叙，其流出于中古乎？……于是扬雄遵其旧辙，……自叙之篇，实烦于代。"（刘知几著，白云译注：《史通》，北京：中华书局，2014年，上册第431页）

（转下页）

采用第一人称，颇似自序，但力之《试论汉赋之范围与汉赋"序文"之作者问题——读〈全汉赋〉》一文指出，桓谭《仙赋》之"序"，为后人录其《新论·道赋》篇之文并进行一定的增删改动而成。笔者认为，这段追述早年写作《仙赋》缘起的文字，本非专为介绍《仙赋》的创作缘起，且经后人改动后又附加为序，故亦不可称为自序。但后世读者在阅读扬雄《自序》与桓谭《新论·道赋》关于作赋缘由的阐述文字时，所获得的信息与阅读序言的作用相类，且赋家还能从中得到启发和影响，从而尝试自序写作。所以《仙赋

（接上页）扬雄《自序》如何变为赋序，古今学者均有论述。清人黄承吉《梦陔堂文说》之《论〈汉书〉中扬雄传是雄自作》一文认为"《汉书》雄本传乃雄自作之序……《昭明文选》又以雄自序内所述作赋之由分类冠于其各赋之首，读《文选》者更不察而误以为其赋与序为同时所作"（黄承吉：《梦陔堂文说》，国家图书馆古籍馆馆藏，清道光十一年刻本重印本，第四篇第一页）。陈朝辉《扬雄〈自序〉考论》（《四川师范大学学报》2006 年第 2 期）一文指出"扬雄晚年有感于辞赋之不用于世，故有《自序》述诸篇作旨"、"或以献赋之时即有序，盖失之"。

这些文字能否被视为赋序，古今学者亦有论述并存在分歧。《学林》卷七王观国说《甘泉赋序》非序，乃是史辞，昭明摘史辞以为序是错误的（《学林》，第 221 页）。胡大雷《从〈文选〉的文体观念论〈文选〉赋"序"》（《惠州学院学报》2007 年第 2 期）一文指出王观国若认为史辞非自序，那是正确的；若认为史辞非序言（他序），那就是不对的。王琳《魏晋"赋序"简论》（《山东师范大学学报》1999 年第 3 期）认为扬雄诸赋有序且为作者自己撰写："某个作者在自己的赋作前面附撰序文，就今所见文献资料看，似乎以扬雄为最早。"日本学者谷口洋《试论两汉"赋序"的不同性质》（《济南大学学报》2008 年第 2 期）则认为："今看《扬雄传》，主要部分是由他的作品的写作缘起以及其本文组成的。《文选》取传文而作为赋序，良有以也。但是，我们需要指出，这些赋序不是原来就有的，而是扬雄晚年编写《自序》时附上的。传中《甘泉赋》《河东赋》《校猎赋》《长杨赋》等四赋都是扬雄感时事而讽谏皇帝的，对其第一读者（即皇帝）而说，其写作背景是不言而喻的。如此看来，扬雄《自序》尽管出于作者自身之手，但与后代的赋序不可同日而论。"

笔者认为扬雄诸赋序虽由本人撰写，却由他人附加为序，不能算自序，且如正文所言，扬雄《自序》阐释作赋旨意，主要目的在于匡救美化自己早年的赋作，这与东汉赋作自序的意义的确不可同日而语。但不能因此忽视这些文字对后世读者实际所起的序言之作用，故将其视为他序到自序的过渡形式是比较合理的。

序》与扬雄诸赋序形成的过程一样，都是由赋家本人撰写却由他人附加为序，二者皆可视为赋作他序向自序的过渡形式，并宽泛地归入他序。

　　第三是赋作自序生成阶段。东汉时期，赋家在创作赋文之时，作序以阐明写作缘由并表现其他意图，赋作自序应运而生并蔚然成风，冯衍、杜笃、班固、王延寿、边韶、赵壹、赵岐、马融、蔡邕等诸多赋家均有自序赋作传世。须注意以上三个阶段在时间上并非泾渭分明，次序井然。比如东汉自序成熟后，仍有他序存在，如张衡《思玄赋序》、祢衡《鹦鹉赋序》等。

　　厘清赋序的生成过程后，便可以确定标注原则，首先来看他序。王芑孙曾在《读赋卮言》里提出"西汉赋无序"的说法："周赋未尝有序，……西汉赋亦未有序。……（《文选》所选）西汉赋七篇，中间有序者五篇：甘泉、长门、长杨、羽猎、鹏鸟，其题作序者，皆后人加之，故即录史传以著其所由作，非序也。自序之作，始于东京。"[1]王氏认为只有作者自序方可称为序，故西汉赋无序。这种观点的实质是对他序的否定。在这个问题上，萧统的做法其实不乏合理之处，《文选》中的赋作，其序言无论是他序还是他序到自序的过渡形式，对于后世读者，在客观上都承担了交代写作缘由、引导阅读理解甚至增强阅读体验的功能，完全可以视为序言，这些由他人附加到赋文前面用以解释作赋缘由的文字，对赋作自序的产生亦具有重要启发，所以应该将其纳入赋序的范畴，并统称为他序。编者在收录这些赋作时，应该标注"并序"，然后在解题中说明其来源。即使对于被疑为伪作的《西京杂记》诸赋前交代

---

[1]　何沛雄编著：《赋话六种》，香港：香港三联书店，1982年，第16页。

创作背景的只言片语，也应该秉持这个标注原则。[1]

以下探讨对宋玉诸赋与傅毅《舞赋》是否应该标注"并序"的问题。上文提到的萧统遭遇后世诟病一事，反映出人们对一些赋作开篇的"主客问答"部分是否序言存在分歧。苏轼等人向萧统发难，认为"主客问答"部分乃是赋文而非序。何焯则为萧统进行辩护，辩称"引端曰序，归余曰乱，犹人身中之耳目手足，各异其名"。[2] 王芑孙与章学诚关于这个问题有很好的解释。《读赋卮言》曰："汉傅武仲《舞赋》，引宋玉《高唐》之事发端，亦题为序，其实皆非也。高唐之事，羌非故实，乃由自造，此为赋之发端。汉人假事喻情，设为宾主之法，实得宗于此。"王氏又说："古赋自有散起之例，非真序。"[3] 章学诚亦认为，赋有问答发端，不应误为赋序。[4] 何焯所谓"引端曰序"，认为将赋的发端称之为序未尝不可，这种说法貌似有理，但须注意这种"发端"的功能与通常所谓交代作赋缘由及背景的赋序的功能是大不一样的，它的特点在于多出于虚构，主要用于创设情境，是赋文不可分割的部分，不具有相对独立性。这类赋作的发端，不宜称之为赋序。所以，对于宋玉诸

---

[1]《西京杂记》卷四在枚乘《柳赋》前有一句话："梁孝王游于忘忧之馆，集诸游士，各使为赋"，在其他各赋前，则将其承前省略了，仅余"某人为《某赋》，其辞曰"一句。笔者认为，在标注时应该将这句话分别附加到每篇赋作之前，因为这是《西京杂记》诸赋共同的创作背景。邹阳的《几赋》前还须在这句话之后保留"韩安国作《几赋》，不成，邹阳代作"一句。

[2] 何焯论宋玉《高唐赋》曰："苏子瞻谓：'自玉曰唯唯以前皆赋，而此谓之序，大可笑。'按相如首有亡是公三人论难，岂亦赋耶？是未悉古人之体制也。刘彦和云：'既履端于唱序，亦归余于总乱。序以建言，首引情本；乱以理篇，迭致文契。'则是一篇之中，引端曰序，归余曰乱，犹人身中之耳目手足，各异其名。苏子则曰：'莫非身也。是大可笑。'得乎？"（《义门读书记》，第882页）

[3]《赋话六种》，第16页。

[4]《文史通义校注》，第81页。

赋以及傅毅《舞赋》，不能标注"并序"。刘伟生《〈历代赋汇〉赋序研究》一书对这个问题作了比较详细的论述，[1] 作者认为，《舞赋》及《高唐》《神女》《登徒子好色》诸赋，"唯唯"以前的文字与赋文本身存在有机联系，可以称之为"内序"，用以区别于那些交代创作缘由和背景的、独立于赋文之外的"序"（可称"外序"）。胡大雷论扬雄赋序时亦提出篇内之序、篇外之序的概念。[2]

根据以上论述，比如曹植《洛神赋》就既有外序，也有内序，其外序交代自己于黄初三年朝京师，归途中渡洛水，有感于宋玉对楚王之问而作赋，这是典型的赋作自序，接下来曹植叙述自己的行程，虚构自己与御者的对话，引出对洛神的描写，这段文字则属于典型的"内序"，而非赋序。毫无疑问，对《洛神赋》应当标注"并序"，但在《全魏晋赋校注》里，《洛神赋》并没有标注"并序"二字。再如《全上古文》取消了对宋玉赋的标注，但对《舞赋》依然标注"并序"；今人编选的《历代辞赋总汇》《全汉赋校注》《两汉赋评注》亦均对《舞赋》标注"并序"。可见学界在这个问题上的疏忽。笔者认为，内序属于赋文的有机组成部分，不具有相对独立性，不属于赋序，不能标注为"并序"。只有他序和自序（即外序），才可予以标注。

综上可知，古今学界对于赋序的界定没有统一标准，是由赋序生成的复杂性带来的。在理顺赋序生成的过程，厘清他序、自序、

---

[1]　刘伟生：《〈历代赋汇〉赋序研究》，湘潭：湘潭大学出版社，2016 年，第 14—23 页。
[2]　胡大雷：《从〈文选〉的文体观念论〈文选〉赋"序"》，《惠州学院学报》2007 年第 2 期。

内序、外序的界限之后，可以确定，赋序研究的对象只包括他序和自序，即所谓外序，而不包括内序。他序则包括由他人撰写并附加之序，以及作者自撰并由他人附加之序。对于他序和自序，后世编选成集时，必须标注"并序"并对他序说明来源，而内序则不可标注为"并序"。本文的研究对象，即为赋作他序和自序。

第二节　赋序基本文体功能的确立

"序"作为一种文体，与诗歌、散文等文体的分类标准是不一样的。"序"之名称，着眼的是其功能，而诗文之文体分类，则着眼于体裁特征。若从体裁特征来观照，赋序极为灵活多变，它可以是论、议、记、奏等，甚至可以是赋；其句式可散可骈，可押韵，可不押韵；其篇制可长可短，其手法可记叙、描写、抒情、议论等。赋序在生成过程中，逐渐确立了基本的文体功能，这些功能的形成，源自序与正文之间的关系。

与其他文体不同，序天然具有附庸性，"某某序"的特定名称充分表现出这种附庸性。但序又往往具有相对独立性，可在脱离主文的情况下以供赏读和研究。可以说，序与正文之间存在一种既相互关联又相对独立的关系。

《文心雕龙·诠赋》所言"序以建言，首引情本"，可谓抓住了赋序用以交代写作缘起和意义的主要功能，除此之外，赋序还形成了十分重要的其他功能。

作为早期赋序，两汉时期赋序的文体功能主要表现为三个方面：

一、交代写作缘由，阐明创作意图，有时候进一步阐发赋文中心题旨，概括赋文主要内容。如扬雄晚年反对辞赋之靡丽，所以诸赋序均突出和强调了讽谏的目的及意义，其《河东赋序》讽劝成帝"临渊羡鱼，不如退而结网"，《羽猎赋序》讽劝成帝戒奢丽，《长杨赋序》直言皇室捕猎导致"农民不得收敛"。扬雄为了匡救早年劝百讽一之弊所作的这些文字，于读者而言，客观上起到了阐明作赋意图、阐发赋文中心题旨的作用。再如扬雄《河东赋序》简要记叙汉成帝祭祀地神的游览行程，这其实也是对赋文主要内容的概括。东汉冯衍《显志赋并自论》也是如此，其"自论"部分，实际是赋序，冯衍在序言里追忆曾祖功德，感叹自身落魄，不仅交代了写作《显志赋》的缘由，且对赋文内容进行了概括。

二、引导或吸引阅读者进行阅读，主要分为以下几种情况：为读者提供阅读背景，引导读者深刻理解赋文；为赋文增添传奇色彩，引发读者阅读兴趣；以生动的记叙增加赋文阅读情趣；补充背景知识，唤起读者阅读期待。如西汉时期的贾谊赋序具有鲜明的史传散文特点，以简明的语言交代人物的经历、遭遇，这种截取史辞而成的赋序，为读者提供阅读背景，对读者理解赋文有着导引作用。《长门赋序》则以司马相如作赋使失宠于汉武的陈皇后复得亲幸的故事，为赋文增添了传奇色彩，将原本可能只是表现一般宫怨的题材，变成了有特定对象和情节的故事，给予读者以特定的想象空间和阅读期待。王延寿《梦赋序》通过记叙梦见鬼物、梦中得东方朔"骂鬼之书"、后人诵赋却鬼等荒诞离奇之事，营造传奇色彩，从而吸引读者。边让的《章华台赋序》借古讽今，以讲述楚灵王淫靡好奢终至身亡的历史故事，引发读者的阅读兴趣。再如冯衍《杨节赋序》，寥寥数语，意境超然，俨然一篇完整的小品文，叙述生动，令读者在阅读过程中体会到超脱悠然之情趣。马融《长笛赋序》写自己客舍闻笛，心生感慨，情意真切而又冷清凄然，耐人寻味。边韶《塞赋序》戏谑自己以学习塞术"惊睡救寐，免昼寝之讥"，可谓幽默风趣。这些赋序带给读者丰富多样的阅读趣味。而王延寿《鲁灵光殿赋序》，开篇介绍鲁灵光殿的建造历史以及宫殿在战火中岿然独存的奇迹，这种写法补充了关于鲁灵光殿建造的背景知识，极易唤起读者的阅读期待，引发阅读的兴趣。

三、独立创作赋序，不拘囿于赋文束缚，自由抒发个人情志、表现个人见解及才华。东汉赋家十分重视赋序写作，赋序成为他们展示自我的重要载体。如杜笃《论都赋并奏及序》，其"序"设为主客问答形式，实则属于内序，其"奏"才是真正的序言，用以阐明作者"遭时制都，不常厥邑"的政治见解。再如班固《两都赋序》，以赋论形式出现，对赋的产生、汉赋的发展作了较为系统的论述。蔡邕《短人赋序》浑然一篇四言短赋，以赋体为序，别出心裁，其目的在于展示个人文才。以上赋序不着重交代作赋缘由，而是着意于发表自身见解，展现个人文才。

两汉赋序为后世赋序确立了基本的文体功能，其关注接受者阅读感受的意识，是汉代文学逐渐自觉的一个表现。

第三节　建安赋序文体功能的发展

根据《全三国赋评注》和《历代辞赋总汇》进行统计，现存建安赋凡217篇，有序言的赋作约占20%。建安时期重要赋家如王粲、繁钦、应场等，其赋作基本没有序言。不过曹丕、曹植兄弟对赋序写作的重视程度，远超时人及前人。曹氏兄弟的赋序，占据了建安赋序总数的 70%，其中曹丕存赋 30 篇，有序言的赋作 16 篇，占 53%；曹植存赋 63 篇，有序言的 17 篇，占 27%。曹氏兄弟是建安文学的领军人物和重要代表，他们在赋序写作上，也取得了较为突出的成就。

从文体功能角度进行观照，建安赋序较两汉赋序并没有太大的突破和超越，但建安赋序依然具有值得关注的发展变化。

建安赋序与两汉赋序一样，具有关注接受者的阅读体验、唤起阅读兴趣的功能。如曹丕《蔡伯喈女赋序》，简单讲述蔡文姬的曲折遭遇，具有一定的故事性，唤起读者的好奇心和同情心。再如建安咏物赋中的器物赋序，较多采用了介绍背景知识、增加阅读期待的手法，这与汉代王延寿《鲁灵光殿赋序》的手法相承。再如曹丕《玛瑙勒赋序》《车渠碗赋序》、曹植《九华扇赋序》，都是利用序言介绍器物的各种特点。另如曹操的《鹖鸡赋序》介绍鹖鸡"其斗终无负，期于必死"的特点，也起着引发读者阅读兴趣的作用。祢衡《鹦鹉赋序》来源不明，其中关于祢衡"笔不停辍、文不加点"、即席作赋的天才表现，应该出自当时的社会对于祢衡的传说，时人将其敷演为序，这样的序言为赋文增添了传奇色彩，给读者以强烈的阅读期待。

建安时期，赋序与赋文之间有了比较明确的文体分工意识。汉代赋序形式极为灵活自由，可以任何体裁示人，这其实是文体意识不够清晰的表现，比如蔡邕《短人赋序》，名为序，实则是另一篇赋作。建安赋家则在赋序、赋文各自承担的功能上有了较为明确的区分。赋序体式虽然不拘一格，但一般来讲，它属于散文范畴，散文语言相比辞赋语言灵活。借用钟嵘形容四言诗的评语，辞赋语言因其讲求形式结构的特点，会产生"文繁意少"的弊端，而散文语言则可以简明扼要地交代相关写作背景及缘由，表达作者的写作旨意和内心感慨，言简意赅，意蕴深长。建安赋家对于这种区别有所认识，所以建安赋序基本都是叙事抒情散文，以简洁的散文语言进行创作。汉代赋序则不然，西汉扬雄晚年所作《自序》铺陈排比，文风华美，与赋本身风格接近；至东汉，冯衍《显志赋序》、杜笃《论都赋并奏》、赵壹《穷鸟赋序》等，无论体制大小、篇幅长短，都保留着铺陈排比的风格。建安本多小赋，篇制短小，铺陈排比成分在序言里更不多见（仅陈琳《武军赋序》铺陈排比较明显，但《武军赋》是大赋，承汉赋风格），所以建安赋序相比汉代赋序，变得简洁、利落、短小、隽永。

以曹氏兄弟为代表的建安赋家，对赋序与赋文所承担的功能有明显的区分意识。他们的赋序以叙事为主，而赋文则集中笔墨专事铺陈描写，其赋序往往简洁清丽，赋文则相对华丽繁复。

如曹丕《述征赋序》："建安十三年，荆楚傲而弗臣。命元司以简旅，予愿奋武乎南邺。"简单数语，将历史事件发生之时间、缘由、发展趋势，以及自己报效之雄心乃至王者之风范，悉数道来，可谓短小隽永，含蕴丰富。及至赋文，则主要铺陈描写王师南征之气势。再如《浮淮赋序》，这是一篇优秀的赋序，篇幅较曹丕其他赋序稍长，但也是语言简练，叙事利落，在极小篇幅内交代了时间、事件、行程，以及大兴水军、旌帆云集的出征情景，豪气干云，充满自信。其赋文则集中铺排水上王师之壮观宏伟的气势和军容。另如《感物赋序》，亦是一篇佳作。序言记叙自己从征刘表之时，路过乡里，在家中庭院种下甘蔗，夏去秋来，甘蔗先盛后衰，由此感叹兴废无常。貌似平淡无奇的记叙，蕴含着深沉的人生感悟。其赋文则集中铺陈描写景物。综观曹丕赋序，多数都是如此，在赋序中交代时间、事件和自己的感悟，在赋文中铺陈描写相关的事物。无论写景咏物，还是抒情述志，曹丕赋基本都是由赋序承担记叙功能，由赋文承担描写功能。当然，必须注意的是，由于建安赋整体有抒情化的特点，所以，无论赋序、赋文，许多都是有抒情成分的。

曹植赋序总体成就不如曹丕，因为曹植不似曹丕那样注重赋序的写作，不过曹植赋序亦不乏佳作，且总体风格与曹丕极为相似。如《东征赋》，序言着重记叙时间、事件，赋文则着意描写想象中军队大获全胜、班师回朝的情景，与曹丕《述征赋》如出一辙。另如《神龟赋》，赋序主要记叙有人送给自己一只龟，数日而亡，肌肉腐烂，只剩龟甲的事件，赋文则着意铺排描写龟之神异，并抒发人生无常之慨叹。曹植赋序大抵如此，都是着重于记叙时间、事件等，而将描写的笔墨集中在赋文之中。所以就曹氏兄弟赋作而言，赋序重在记叙，赋文重在铺陈描写，有明显的区分，这种区分表现出文体意识的自觉。

曹丕在《典论·论文》里提出"盖奏议宜雅，书论宜理，铭诔尚实，诗赋欲丽"，从理论上展现了文体意识的自觉。在赋序创作实践中，他也有意区分文体，身体力行自己的主张。

建安赋序逐渐形成文体上的独立意识，并承担特定的叙事抒情功能，增强了赋体文学的叙事性和抒情性。在这个过程中，赋序还取得了相应的文学上的成就。

第四节　建安赋序的文学特点

东汉赋家将赋序作为独立的文体进行创作，使赋序不仅具有交代创作背景及缘由的作用，且能够作为单独的文学审美对象，供人赏读。建安时期，这种赋序不仅用以展示作者的烂漫文采以及渊博知识，还进一步用以展现作者的气质风度、个性修养，展现作者的"自我"。

现存建安赋序，基本是自序。较之两汉赋序，建安赋序篇幅变得短小，内容更为轻松灵活。东汉赋序述志抒情，议论国是，游戏作文用以娱乐，甚至阐发文学理论。建安赋序内容亦丰富多样，但所涉足的领域却呈现出明显的不同。

建安文人的进取精神为后世所公认，他们的远大志向和所崇尚的英雄气质在赋序中得到了印证。曹操的《鹖鸡赋序》与曹植的《鹖赋序》内容大致相同，二人笔下所描写的鹖鸡，具有勇武之士可杀不可辱的气节与浩然之气，曹操赋已佚失，曹植笔下的鹖鸡俨然一位英雄侠士。他们把自己内心对英雄的渴慕和成为英雄的理想，寄托于鹖鸡身上。曹操戎马一生，对忠贞勇武之士求之若渴；曹植志在建功立业，内心自有英雄情结。故而发之为文，刚健有力。陈琳《武军赋序》亦可纳入这一类。赋序对袁绍军威的描写和对敌军防御工事之坚固以及我方攻势之凌厉的描写，简练而精彩，其中深蕴的尚武精神，在汉末乱世背景下，就是英雄情结的体现。曹丕的《述征赋序》、《浮淮赋序》除了具有建功立业的进取精神，其中更充满自信、自豪、睥睨天下的气质和胸襟。《述征赋序》之"建安十三年，荆楚傲而弗臣，命元司以简旅，予愿奋武乎南邺"，平定天下的自信溢于笔端。《浮淮赋序》之"建安十四年，王师自谯东征，大兴水军，泛舟万艘。时予从行，始入淮口，行泊东山，睹师徒，观旌帆，赫哉盛矣，虽孝武盛唐之狩，舳舻千里，殆不过也"，豪气干云，气势非凡，文采可观，亦是建安赋序中的佳作。以上赋序阳刚气十足，表现出积极昂扬的心态和进取精神。这些特点在汉代赋序中是没有的。

　　生命意识觉醒后的深刻悲哀和感伤情怀，在曹氏兄弟的赋序里表现亦很突出，曹丕尤甚。曹丕是一个情感细腻、心思敏感的人，相较汉代赋序多抒发身世之慨、愤激之情、忧患之思等等，曹丕赋序则不拘囿于宏大的政治社会背景和理想，纯粹是个人生活化的情感抒发。如《感物赋序》有感于自己亲手种植的甘蔗"涉夏历秋，先盛后衰"，而生出兴废无常的感叹。《柳赋序》因"左右仆御"多亡，感物伤怀，字里行间包含着对生命短暂的无尽悲哀。《寡妇赋序》对阮瑀妻儿充满同情之心，同时也蕴含着生离死别、人生短暂的悲伤。这些表现，汉代赋序鲜有涉及。

　　抒发对亲情的依恋，也是建安赋序的新特点。曹植《叙愁赋序》写自己的妹妹曹宪、曹节被选为汉献帝贵人入宫，愁思满怀，自己则奉母亲之命作赋。《释思赋序》写"家弟出养族父郎中，伊余以兄弟之爱，心有恋然"。《离思赋序》写建安十六年（211），自己跟随曹操大军征讨马超，曹丕留守监国，心中对曹丕的牵挂和思念。[1]曹丕《感离赋序》与曹植《叙愁赋序》相呼应，写自己留守监国之时，对老母诸弟"不胜思慕"。此类赋序文字虽然简短，

---

[1]《离思赋序》有"太子留监国"一句，建安十六年，曹丕尚未被立为太子，此赋序当为后人篡改或因传抄致讹。

情感却真挚深厚。

建安赋序里还出现了知识性短文，类似说明文，语言简洁，知识性与文学性共存，独立成文，可读性较强，以曹丕《车渠碗赋序》、《玛瑙勒赋序》为代表。两篇序言对车渠和玛瑙的种类、产地、外形、用途做了简介，不仅可以帮助读者了解相关知识，而且还可以从中看出汉末建安时代与西域经济往来的增强，文人竞相吟咏奇花异草、奇珍异宝，表现出对日常生活的热爱。曹植《九华扇赋》交代家中九华扇乃汉桓帝赐予其曾祖父的一柄竹扇，又写"其扇不方不圆，其中结成文，名曰九华"，对后世了解九华扇的质地、形状有所帮助，具有一定的知识性。

建安赋序反映出浓郁的生活气息和情趣，这个特点在曹丕赋序里最为突出。曹丕《迷迭赋序》所写"余种迷迭于中庭，嘉其扬条吐香，馥有令芳"，以及《槐赋序》所写"文昌殿中有槐树，盛暑之时，余数游其下，美而赋之"，一"嘉"一"美"，表现出对日常生活的热爱之情，充满生活情趣。此类赋序轻灵流畅，意境优美，寄托着作者内心的和悦情感，如轻灵洒脱的小品文一类。

建安文人通侻的作风，洒脱的气质，在曹丕赋序中也有很好的表现。《戒盈赋序》写"避暑东阁，延宾高会，酒酣乐作，怅然怀盈满之戒"；《临涡赋序》写"遂乘马游观，经东国，遵涡水，相佯乎高树之下。驻马书鞭，作临涡之赋"。且不论语言之简练精美，稍作品味，便可感受到作者的潇洒风神和无拘无束的心境，以及"侈陈哀乐"的特点。[1] 西晋傅玄所谓"魏文慕通达"虽是批评，

---

[1] 刘师培《论汉魏之际文学变迁》："逮及建安，渐尚通侻，侻则侈陈哀乐，通则渐藻玄思。"《中国文学讲义》，第79页。

却也道出了曹丕通侻潇洒的个性。这在汉代文学里，是很难见到的。即使边韶《塞赋序》，虽轻松诙谐，却不具备这种风神与气质。

建安赋序里还有一类可归入文学理论范畴的，如曹植《七启序》："昔枚乘作《七发》，傅毅作《七激》，张衡作《七辩》，崔骃作《七依》，辞各美丽。余有慕之焉，遂作《七启》。并命王粲作焉。"这篇序言简洁短小，却概述了七体的发展历史及"辞各美丽"的文体特点。曹植《酒赋序》亦有文学评论的意味，对扬雄《酒赋》之言辞、风格进行评价："辞甚瑰玮，颇戏而不雅。"与东汉班固《两都赋序》、王延寿《鲁灵光殿赋序》相比，曹植对文学的评论更为随意和本色，不关涉政治需要，也不关涉文学的功利性目的。可见，建安赋序淡化政治色彩，文学性更强，侧面证明建安时期文学自觉意识的增强。

建安赋序个性化、抒情化、叙事化的特点，使其能够展现赋家的心路历程。曹植《慰情赋序》是残篇，且赋文佚失，但其景物描写给人印象深刻："黄初八年正月，雨，而北风飘寒，园果堕冰，枝干摧折。"[1]十二个字，将天寒地冻的情景描写得十分生动逼真，令人如临其境。曹植后期赋序，都因自身险恶处境和坎壈遭际而带有冷峻凄凉的色彩。其《迁都赋序》："余初封平原，转出临淄，中命鄄城，遂徙雍丘，改邑浚仪，而末将适于东阿。号则六易，居实三迁。连遇瘠土，衣食不继。"满纸哀音，却怨而不怒，令人同情。其《玄畅赋序》夫子自道意味较浓，学究味与汉代赋序相类，早期昂扬奋发的精神似已消磨殆尽。曹植后期境遇较为凄凉

---

[1]　此序时间有误，因为不存在"黄初八年"的纪年。序言当为曹植所写，只是后世传抄致讹。龚克昌《全三国赋评注》（第459页）有说明，认为此处当改为"黄初七年正月"。

严酷，妥协、失望、愤激的心态化为冷静内敛的文字。

建安赋托物喻人之作所寄寓的情感，也呈现出新的发展变化。建安咏物赋继承东汉赵壹《穷鸟赋》的创作传统，将自己的身世之感或对世事的感慨寄托在动物身上，除曹操《鹖鸡赋序》与曹植《鹖赋序》（前文已作分析，此处不再赘述），还有杨修《孔雀赋序》、曹丕《莺赋序》、曹植《离缴雁赋序》。[1] 杨修《孔雀赋序》讽刺世人不善于辨识和重用英才，只博取求贤之名。曹丕《莺赋序》同情笼莺哀鸣之困境，曹植《离缴雁赋序》对中箭的大雁表示同情。杨修所讽刺的世事，与政治相关联，而曹氏兄弟所寄托的同情，似乎已经脱离政治，而扩展到对所有身处困境、不得自由的人的同情，这也是建安文人渴望自由的生命意识觉醒的表现，较之汉赋已有很大发展。

综上，建安赋序对汉代赋序有继承更有发展。建安赋序文采焕然，表现出比汉代文人更为自觉的文学意识。汉代赋序大多与政治相关，无论指斥时弊、抒发身世之感，文人的情感、遭际均与汉帝国的社会政治密切相关，文人对政权的依附性比较强，纯粹个体化的情感抒发较少。建安赋序政治色彩相对有所淡化，注重张扬个性，抒发个体情感。建安赋家尤其是曹丕，在赋序中流露出真挚、深沉的情感，他们勇于展露自己内心真实的感受，关注自己的心灵，比汉代赋家性情外向张扬，行止通侻潇洒。建安赋家在赋序中所抒发的人生无常、生命短暂、生离死别的哀伤，往往超脱社会政治的影响，而表现出隶属于生命本身的特质，是对生命本身的思考和感触。正因为如此，建安赋家表现出对生活和自然的热爱，他们

---

[1] 祢衡《鹦鹉赋序》非自序，所以不予统计。

笔下具有生活情趣的赋序，包括知识性的小短文，都是极富生活热
情的。建安赋序所表现出来的昂扬向上的进取精神，渴望建功立业
的英雄情结，使得建安赋序生气灌注，熠熠生辉。这些都是建安赋
序对两汉赋序的突破，既得益于时代的变迁，也归因于文学自身的
进一步发展以及建安文人文学意识和生命意识的进一步觉醒。

第五节　赋序对后世的影响

先秦两汉散文基本以国家社会大事以及哲理思考辨析为关注对
象，文章往往厚重笃实，即使浪漫瑰丽的作品，也往往气势宏大。
东汉后期出现的碑文、游记，也具有以上特点。这类散文篇幅往往
比较长，内容厚实庄雅。但在赋序中，发展出了轻灵生动、隽永清
新、耐人寻味的小品文。如东汉桓谭《仙赋序》中"余居此焉，窃
有乐高妙之志，即书壁为小赋"部分，文字流畅疏朗，"居、乐、
书"一连串动词有连贯感，对三件事的交代十分简短利落，给读者
以一定的想象空间，轻灵隽永，正是小品文的表达方式。冯衍《杨
节赋序》："冯子耕于骊山之阿，渭水之阴。废问吊之礼，绝游宦之
路，眇然有超物之心，无偶俗之志。"此段文字对偶工整，用字精
审，达意准确，颇耐寻味，寥寥数语勾勒出一个堪称"世外高人"
的冯子形象，我们似乎可以从中看到东晋陶潜笔下五柳先生的蓝
本，这已是一篇结构十分完整的小品文。再如马融《长笛赋序》片
段："……无留事，独卧郿平阳邬中。有雒客舍逆旅，吹笛，为
《气出》《精列》相和。融去京师，逾年，暂闻，甚悲而乐之。"这
段闻笛生悲的描写，甚具清寂空旷悠远的意境，不尽之言，全在其

中，后来向子期《思旧赋序》闻笛一段，与此相类，皆在凝练简短的文字中，蕴含着深沉的感情、无穷的意味和无尽的感慨。还有边韶的《塞赋序》，是一篇生动诙谐的小品文，其轻松、自嘲、游戏为文的格调，在汉代赋序中极具特色。赵岐的《蓝赋序》可以称作记游小品文："余就医偃师，道经陈留。此境人皆以种蓝染绀为业。蓝田弥望，黍稷不植。慨其遗本念末，……"极简的篇幅，有记叙，写自己的行程、见闻；有描写，描述一望无际的蓝田；还有议论，批评种植蓝草是"遗本念末"。此类赋序基本属于咏物抒情小赋之序，脱离了京殿苑猎、述行序志类的宏大体制，赋家有更多的自由抒发更为细腻、细微的感受和情绪。及至建安时期，曹丕的《迷迭赋序》《槐赋序》《临涡赋序》《感物赋序》《柳赋序》都表现出对这种风格的延续。后世小品文的写作，当得到此类赋序的沾溉。

东汉及建安赋家大量创作赋序，使得赋作自序的意识和风气得到了发展，及至西晋，傅玄、傅咸父子二人创作了大量的赋序，佳作迭出。傅玄共计 14 篇赋作有序言，傅咸多达 27 篇。[1] 傅玄的乐器赋序，序言均为知识性短文，介绍乐器的相关典故和特点。这种写法最早见于王延寿《鲁灵光殿赋序》，与曹丕的《车渠碗赋序》《玛瑙勒赋序》、曹植《九华扇赋序》一脉相承。傅玄《乘舆马赋序》写刘备、庞德慧眼识马的故事，既见其丰富历史知识，又见故事性和趣味性，且颇具文采，在赋序中别具一格。这样的赋序，并非横空出世，而是在汉魏赋序中孕育发展而来。我们可以关注到，赋序的故事性，与魏晋志人小说的兴起之间当有一定的关联，喜好

---

[1] 傅玄、傅咸赋序根据韩格平《全魏晋赋校注》统计。

逸闻轶事的时风，对文学的每个领域都会有所熏染。从《长门赋序》到《蔡伯喈女赋序》再到《乘舆马赋序》，其中的发展线索是隐约可见的。再如傅咸赋重情，这一特点与建安赋家一脉相承。其《感别赋序》抒发自己与友人之间的深厚情谊，"幼则同游，长则同班"，这样的文字朴实而真挚，更兼深深怅别之情，溢于字里行间，读来令人感动。

赋序对诗歌自序亦具有一定的影响。[1]东汉赋多自序并具有独立的文学功能，而两汉诗歌则基本无真正意义上的自序，可见赋序成熟早于诗歌自序。曹丕、曹植在大量创作赋序的同时，对诗序给予了一定的关注，他们把赋序写作的方法和态度，植入诗序的写作。[2]曹丕《代刘勋妻王宋杂诗》以及《寡妇诗》前有简短的序言，交代所写妇人之不幸命运，言语之间流露出对弃妇和寡妇的深切同情。曹植《离友》诗前有序，抒发与友人惜别之情，言语简短，生动感人。《赠白马王彪序》写黄初四年"朝京师，会节气"过程中的遭遇，表达了对奸佞朝臣的愤慨和对同胞兄弟深深的眷恋，也隐含了任城王暴毙所带来的忧惧心理。这种叙事抒情的序言在东汉赋序尤其建安赋序中十分多见，曹植、曹丕十分擅长写作这类赋序。两汉至建安，赋序腾踊，浸淫在这样的氛围之中，文人逐渐重视诗序创作，或是情理中事。诗歌本身即有抒情叙事功能，不像赋作重铺排描写，需要利用序言补充叙事抒情功能。所以诗歌产

---

[1] 吴承学《诗题与诗序》一文论及赋序对诗序的影响时说："诗序的出现可能受到赋体一定的影响。……受赋序影响的诗序则较长，委曲详细，主要阐释创作缘起，有较明显的叙事成分在内，内容比较灵活详实，……"吴承学：《中国古代文体形态研究》，广州：中山大学出版社，2002年，第122—123页。

[2] 曹丕、曹植诗序根据傅亚庶《三曹诗文全集译注》进行统计。此书未收录曹丕《代刘勋妻王宋杂诗序》，但注释中说明此诗《玉台新咏》有序。

生早于赋，而赋作自序产生却早于诗歌自序，并进而带动和促进诗序的发展。

再如曹植《献诗并疏》诗前有"疏"，此"疏"不仅具有疏奏皇上的功能，而且亦是诗前序言，既表达对皇帝的忠心和爱戴，又表达出戴罪之臣获得赦免后的激动与感恩之情，同时也隐含着深沉的兄弟情分。清人吴淇论及此诗，言"句句是服罪，却句句不服罪"，[1] 但从字面文字来看，曹植上疏言辞十分恳切。这篇序言可完全脱离诗歌，完整地表情达意。以奏疏形式作为序言，并非曹植首创，东汉杜笃《论都赋并奏》已开先河，从中亦可见赋序对诗序的影响。曹植的《鼙舞歌序》，写汉灵帝时期擅长鼙舞的李坚，在战乱中流离，后被曹丕召至皇宫，令其表演，因古曲多谬误，歌辞也已失传，于是自己为之作新歌。这段序言兼具故事性和知识性，与汉代《长门赋序》、曹丕《蔡伯喈女赋序》的故事性相同，其知识性则与王延寿《鲁灵光殿赋序》以及曹丕、曹植自己的咏物赋序相类。可见，建安时期，准确地说，是在黄初年间，诗歌自序逐渐发展起来并具有与赋序一样独立的文学功能。后来晋代直至南朝诗序进一步发展，到中晚唐时期诗序开始盛行，其源头都可以上溯到建安诗序。

赋序是文学的重要组成部分，是散文发展史中不可忽略的一个方面。它与赋紧密相关，貌似一体，但是它又具有赋本身不可替代的作用以及文学审美价值。优秀的赋序，往往与赋文相得益彰，即

---

[1] 吴淇著，汪俊、黄进德点校：《六朝选诗定论》，扬州：广陵书社，2009年，第 109 页。

使脱离赋文，亦是一篇上好的文章，庾信《哀江南赋序》就比赋文流传更广。浦铣在《复小斋赋话》里这样评价西晋傅咸的《栉赋序》："傅长虞《栉赋》，小中见大，寄托遥深，咏物之极则也。而其命意全在序中，余故谓序不可不看。"[1] 对于作者的创作意图之传达而言，赋序的意义有时比赋文更加重要。

建安赋序在继承两汉赋序的同时，有所突破和超越，它不仅具有更为明晰的文体意识，且其通侻率真、深情真挚、生气灌注、积极进取的种种特质，正体现了后世所标举的"建安风骨"的主要内涵。

---

[1]《历代赋话校证》，第 404 页。

第二章　建安七体的发展

从作品留存数量上看，建安赋家比较重视七体写作。现完整留存的有王粲《七释》和曹植《七启》，残缺不全的有徐幹《七喻》、傅巽《七诲》、刘劭《七华》、卞兰《七牧》，还有杨修《七训》存目。七体起于枚乘《七发》，之后汉代赋家多有继承。[1]现存汉代七体，除《七发》篇幅完整，傅毅《七激》和张衡《七辩》保存基本完好，其余残缺较为严重。综合考察汉代七体和建安七体，还是能发现建安七体在继承和超越前代赋作方面所做出的努力。

建安时期创作风气发生变化，大赋逐渐衰微，抒情小赋成为创作主流，由于小赋篇幅有限，不能像汉大赋那样在名物铺陈和描写方面追求恣意而为、淋漓尽致，而是讲求有节制、有选择，并适当加以主观感受的抒发和趣味性的营造。但建安赋家并不满足于单纯创作小赋，他们的逞才冲动以及自由发挥的意愿，在七体中得到了呈现。

---

[1] 傅玄《七谟序》曰："昔枚乘作《七发》，而属文之士，若傅毅、刘广世、崔骃、李尤、桓麟、崔琦、刘梁、桓彬之徒，承其流而作者纷焉：《七激》、《七兴》、《七依》、《七款》、《七说》、《七蠲》、《七举》、《七设》之篇。通儒大才，马季长、张平子，亦引其源而广之，马作《七厉》，张造《七辩》，……凡十有余篇。"

《七发》被学界视为汉代散体大赋的奠基之作，属于大赋体制的七体，能容纳赋家的知识、文采与见识的充分发挥。众多名物的铺陈，各种修辞的呈现，以及要言妙道的阐述，是七体作者对知识、文采与见识的综合展现。

建安七体较之汉代七体的发展，正是赋家在知识、文采与见识方面的努力拓展与丰富。

王粲《七释》与曹植《七启》是七体史上的名作，傅玄《七谟序》曰："《七启》之奔丽壮逸，《七释》之精密闲理，亦近代之所希也。"[1]《文心雕龙·杂文》曰："陈思《七启》，取美于宏壮；仲宣《七释》，致辨于事理。"[2]这两篇赋作充分体现了建安七体的创作特点和成就。

第一节　建安七体对知识的拓展

七体文中的知识，主要体现在对食物、动植物、乐器、建筑、服饰、车马、校猎、歌舞、丽色等的铺陈描绘上，这部分内容能充分显示作者的博学，赋家往往在名物的种类名称和相关知识方面加以拓展，以显示对前人的超越。

比如《七发》关于美味一事列举了种种菜肴名称及烹饪手法，及至傅毅《七激》就增加了雍州之梨，这不仅仅是增加了一种名物，而是增加了水果这个类别：

---

[1]《全上古三代秦汉三国六朝文》，第 1723 页。
[2]《文心雕龙译注》，第 222 页。

　　既食日晏，乃进夫雍州之梨，出于丽阴，下生芷隰，上托桂林。甘露润其叶，醴泉渐其根。脆不抗齿，在口流液。[1]

　　傅毅描写了想象中雍州梨的生长环境和过程，描写了雍州梨酥脆多汁的口感滋味，增加品梨的亲身体验以丰富关于雍州梨的知识。

　　后世赋家不约而同地运用这一展示博学的途径，纷纷在食物品类上大做文章。张衡《七辩》列举了更多水果及其他食物的名称："荔支黄甘，寒梨干榛。沙饧石蜜，远国储珍。"这段话包含的名物有荔枝、黄柑、寒梨三种水果，还有沙饧、石蜜两种糖，以及榛子这种干果。王粲《七释》则写"紫梨黄甘，夏柰冬桔。枇杷都柘，龙眼荼实"，将水果数量增加到八种。曹植《七启》不再铺陈水果，而是列举了芳菰、精粺、霜蓄、露葵、玄熊、山鸡、斥鷃、珠翠、芳苓巢龟、西海飞鳞、江东潜鼍、汉南鸣鹑等各种食材名称，这些食材多有定语修饰，标识其品质以及产地，突显其优良珍贵。

　　傅毅《七激》关于"游览"一事的叙述中，新增了对宫室池苑的描绘，这是对建筑知识的展示："当馆侈饰，洞房华屋，楹桷雕藻，文以朱绿。曾台百仞，临望博见，俯视云雾，骋目穷观。园数平夷，沼池漫衍。禽兽群交，芳草华蔓。"

　　张衡《七辩》亦有建筑知识的展现："乐国之都，设为闲馆。工输制匠，谲诡焕烂。重屋百层，连阁周漫。应门锵锵，华阙双建。雕虫彤绿，螭虹蜿蜒。"

　　二人对宫室的描写都比较简略概括，只作轮廓描绘，少有细节

---

[1]《两汉赋评注》，第 426 页。

展示，所用建筑名词不过洞房、华屋、楹桷、曾台，或者闲馆、重屋、连阁、应门、华阙几种而已。

王粲《七释》则对宫室进行了复杂、细致、全面的描绘刻画：

> 名都之会，土势敞丽。乃营显宇，极兹弘侈。重殿崛起，叠構复施。栾栭错峙，飞抑四刺。结栋舒宇，翼若鸟企。云枌虹带，华桷镂楹。绮寮颓干，芙蓉披英。文轩雕楣，承以拘栈。云幄垂羽，山根紫茎。高门洞开，闱闳四通。阴阳殊制，温凉异容。班输之徒，致巧展功。土画黼绣，木刻虬龙。幽房广室，密牖疏窗。间术相关，闾巷错重。窈窕迁化，莫识所从。尔乃层台特起，隆崇嵯峨。戴颙反宇，参差相加。[1]

王粲笔下，宫室外部之立柱、横梁、飞檐、斗拱尽收眼底，而其内部雕花的屋椽、堂柱、窗户、木栏，还有墙上的花纹，亦纤毫毕现。赋中所列举的诸如显宇、重殿、栾栭、飞抑、枌带、桷楹、寮干、轩楣、拘栈、云幄、山根、高门、闱闳、土画、木刻、幽房、广室、密牖、疏窗等建筑名词，从数量上大大超越了前代赋家。这无疑是赋家对建筑物细致观察的结果，也是赋家对建筑知识有意积累的结果。

曹植《七启》对宫室建筑知识的铺陈比较简洁，但很明显也有意使用了前人少用的名词：

> 闲宫显敞，云屋晧旰。崇景山之高基，迎清风而立观。彤

---

[1]《全三国赋评注》，第177页。

轩紫柱，文榱华梁，绮井含葩，金墀玉箱。温房则冬服絺绤，清室则中夏含霜。华阁缘云，飞陛陵虚。[1]

闲宫、云屋、彤轩、紫柱、文榱、华梁、绮井、金墀、温房、清室、华阁、飞陛，这些密集的名词，显然有着展示建筑知识并有意避免与前人重复的意图。

除了名物的丰富，建安七体在知识上的拓展还包括引入新的题材因素。如曹植《七启》借镜机子之口，赞美孟尝君、信陵君驰骋当世，表达自己对他们的钦羡向往：

若夫田文无忌之俦，乃上古之俊公子也。皆飞仁扬义，腾跃道艺。游心无方，抗志云际。凌轹诸侯，驱驰当世。挥袂则九野生风，慷慨则气成虹蜺。[2]

曹植将歌颂游侠君子作为内容之一，借以表达自己积极进取、昂扬向上的精神和理想，汉魏七体，仅此一篇。九野生风、气成虹蜺的描写，使得这段文字似有九天风雷之气势，境界格外宏阔。而这个内容的增加，亦是对历史知识的展示。

王粲《七释》在音乐一事中增加了歌舞描写，曹植则在声色之妙一事中将歌舞与美色合二为一，两人对歌舞的描写，亦都是对知识的拓展。如《七释》中善舞的邯郸才女、三七巧士，名为"七槃"的舞蹈，揄皓袖、竦并足、安翘足、駮顿身、扬蛾眉、徐击、

---

[1]《全三国赋评注》，第382页。
[2]《全三国赋评注》，第383页。

倾折、顾指、转腾、浮蹀等变化多姿的舞蹈动作，骈进、连武等队形的变换形式，巴渝之乐，白雪之歌，还有鞞铎、管箫、笙簧、羽旄（用于指挥）等乐器，以及精通音乐的夔与伯牙，善歌的虞公和陈惠。王粲本人精通音乐，曾为曹操制礼作乐，在这段描写中，他丰富的音乐知识展露无遗。曹植铺陈的歌舞知识较之王粲要少很多，音乐乃北里流声、阳阿妙曲，乐器乃琴瑟、箎、笙、钟鼓、箫管，舞蹈乃盘鼓。曹植多用比拟手法来描摹舞姿，很少直接铺陈动作名称。相比之下，王粲赋展现的知识，在汉代以来七体中是最为丰富广博的。

第二节　建安七体对见识的丰富

七体中作者的思想观点和他们说理论证的技巧，总体上属于思想认识的一部分，是作者见识的表现。七体文包含着一定的论辩成分，这与七体的主题紧密相关。侯立兵《汉魏六朝赋多维研究》认为七体的主题经历了由问疾到招隐的变化，七体招隐主题集中体现了以儒服道的思想价值交锋。[1]

诚然，七体从发端到蔚为大观，无论从内容还是立意上都在不断发展变化。枚乘《七发》假托吴客问楚太子之疾病，以七件事情启发太子，最后借助要言妙道令太子痊愈，刘勰《文心雕龙·杂文》认为此篇"所以戒膏粱之子也"。至东汉傅毅《七激》，这个立

---

[1]　侯立兵：《汉魏六朝赋多维研究》，北京：人民出版社，2007 年，第 250—253 页。

意发生改变。《后汉书》傅毅本传载,显宗"求贤不笃",缺乏诚意,天下贤人多隐居不仕,傅毅作赋以讽,[1] 其《七激》假托玄通子对徒华公子的种种启发,表达劝说隐者出山的主题。这个立意被后世七体作家继承,张衡、王粲、曹植七体均沿用这个立意。曹植《七启》与王粲《七释》,除了继承前人的立意,同时也为配合与鼓吹曹操唯才是举的主张而作。在这些七体文中,说客欲以要言妙道(儒道)最终说服隐者出山,这些劝服的语言,具有论辩说理色彩。当然,由于赋体本身的铺陈特点,七体中的要言妙道多以铺陈展示儒道为主。

傅玄称赞《七释》精密闲理、《七启》奔丽壮逸,刘勰称赞《七释》致辨于事理、《七启》取美于宏壮,二人观点大体一致,认为王粲《七释》以说理细致精密见长,曹植《七启》以文采壮丽见长。此观点可谓的评。

首先,王粲《七释》说理的绵密细致表现为态度鲜明,褒贬明确。王粲对所批评的对象进行了较为具体的展示,树立起清晰的对立面,他写"潜虚丈人,违世遁俗。恬淡清玄,浑沌淳朴。薄礼愚学,无为无欲。均同死生,混齐荣辱。不拔毛以利物,不拯溺以濡足。濯身乎沧浪,振衣乎嵩岳",非常鲜明地树立了无为的道家和利己的杨朱作为批评对象,并在言语之中对二者包含了否定之意,诸如"薄礼愚学"以及"不拔毛以利物、不拯溺以濡足"的描述,本身都寓含着批评之意。两汉到建安其他赋家的七体往往没有如此鲜明的立场。

傅毅《七激》所树立的批评对象是徒华公子之"托病幽处,游

---

[1] 《后汉书》,第 2613 页。

心于玄妙，清思乎黄老"，张衡《七辩》所树立的批评对象是无为先生之"祖述列仙，背世绝俗，唯诵道篇"。二者对徒华公子、无为先生的所作所为都只是简单概述，且看不出鲜明褒贬之意。曹植《七启》所树立的批评对象是玄微子，他描写玄微子"隐居大荒之庭，飞遁离俗，澄神定灵。轻禄傲贵，与物无营。耽虚好静，羡此永生。独驰思于天云之际，无物象而能倾"，不仅没有寓含褒贬，反而以诗意的描述令人心生向往之意。

从论辩说理的角度而言，王粲无疑是态度鲜明、单刀直入、直击要害。

其次，王粲《七释》说理的绵密细致表现为开宗明义，有理有据。《七释》开篇写文籍大夫听说潜虚丈人违时遁俗的境况后，叹息"圣人居上，国无室士。人之不训，在列之耻"。待与潜虚丈人会面后，又直截了当地指出君子应当"不以志易道，不以身后时。进德修业，与世同期"，批评潜虚丈人"外无所营，内无所事"，并将其比作穷川之鱼、槁木之枝，措辞严厉而辛辣。

曹植《七启》则描写镜机子顺风而称："今吾子弃道艺之华，遗仁义之英。耗精神乎虚廓，废人事之纪经。譬若画形于无象，造响于无声。"玄微子俯而应之："名秽我身，位累我躬。窃慕古人之所志，仰老庄之遗风。"二人的对话犹如切磋太极，节奏缓慢且各有礼让，似乎体现了曹植自身在儒道之间的取舍矛盾。

王粲《七释》说理的绵密细致还表现为取譬设喻，正反对比。文籍大夫描述合乎儒家思想的活动，以"观海然后知江河之浅，登岳然后见丘陵之狭"的譬喻引领下文"君子志乎其大，小人玩乎所狎"，海洋之深与江河之浅、山岳之高与丘陵之小的对比，十分生动形象，由此类比"君子志乎其大，小人玩乎所狎"，十分形象贴切。君子所为，小人之行，形成鲜明的正反对比，增加了说服力和感染力。

最后，王粲《七释》说理的绵密细致表现为条分缕析，内容具体。这一点主要体现在文章结尾关于要言妙道的陈述方面。枚乘《七发》关于要言妙道的陈说极其简略，不过列举了"庄周、魏牟、杨朱、墨翟、便蜎、詹何之伦"这一连串名称，对于实际内容并不交待。之后傅毅《七激》、张衡《七辩》阐述儒家圣王德政比较具体，王粲与曹植则将这个内容进一步细化拓展，描绘出更为诱人的盛世图景。曹植的叙写更注重文学性，王粲则仍以内容的绵密、充实、完备为主要写作目的。

王粲假设文籍大夫陈说圣王德政以打动潜虚丈人，首先描述"大人在位，时迈其德"，将大人塑造为顺应天命、严格自律、睿智勤政的圣王形象。然后陈说圣王治国理政的一系列措施：选贤任能，建雍宫，立明堂，考宪度、修旧章，行礼乐，宣教化。接下来描绘太平盛世景象：社会安定，民风淳朴，民众知礼，四方来朝，风调雨顺，祥瑞遍生。王粲所写，俨然是具体而微的圣王施政纲领，以及切实构建儒家太平盛世的指导原则。反观曹植所写，多从渲染角度虚写，如"世有圣宰，翼帝霸世。同量乾坤，等曜日月。玄化参神，与灵合契"，对圣王的道德、行为均是夸张渲染为主，并无具体的陈说。这与王粲"先天弗违，稽若古则。睿哲文明，允恭玄塞。旁施业业，勤釐万机"的圣王形象相比，实在是十分模糊的。

王粲《七释》更注重实用性，这也体现了王粲投曹后积极参政的心态，而曹植更注重文学性，这并非表明曹植没有参政的热情，这只是曹植创作的一贯风格，是他的浪漫气质和文学天赋的自然流露和表现。

第三节　建安七体在修辞上的追求

王粲《七释》以丰富的知识与绵密的说理见长，曹植《七启》则奔逸壮丽，更具有文学的情韵。

曹植《七启序》言："昔枚乘作《七发》，傅毅作《七激》，张衡作《七辩》，崔骃作《七依》，辞各美丽，余有慕之焉。遂作《七启》，并命王粲作焉。"从序言中来看，曹植对前代文人七体的欣赏在于言辞之美丽，在追步前贤的心理驱使下，他的七体在审美风格拓展以及描写手法探索方面实现了创新。

《七启》开篇对隐者居所、说客与隐者对话的场景进行自由的想象和精彩的铺叙，通过构设阔大的空间与无限的时间，营造高远渺茫的境界以及非凡的气势，展现出文学的情韵与魅力。

《七启》开篇以一段大气磅礴、超凡脱俗的文字，营造隐者玄微子与说客镜机子出场的宏大背景，以及他们对话内容的非凡气势：

> 玄微子隐居大荒之庭，飞遁离俗，澄神定灵。轻禄傲贵，与物无营。耽虚好静，羡此永生。独驰思于天云之际，无物象而能倾。于是镜机子闻而将往说焉。驾超野之驷，乘追风之舆。经迥漠，出幽墟，入乎汱漭之野，遂届玄微子之所居。其居也，左激水，右高岑。背洞溪，对芳林。冠皮弁，被文裘，出山岫之潜穴，倚峻崖而嬉游。志飘飘焉，峣峣焉，似若狭六

合而临九州，若将飞而未逝，若举翼而中留。于是镜机子攀葛
藟而登，距岩而立，顺风而称曰……玄微子俯而应之曰："譆！
有是言乎？夫太极之初，浑沌未分，万物纷错，与道俱隆。盖
有形必朽，有迹必穷。芒芒元气，谁知其终？名秽我身，位累
我躬。窃慕古人之所志，仰老庄之遗风。假灵龟以托喻，宁掉
尾于涂中。[1]

细读这段文字，"大荒之庭"首先构设出一个高远渺茫的境界，
玄微子驰骋思绪于天云之际，高妙悠远无人能及。镜机子寻访隐者
的路途，"超野之驷、追风之舆、迥漠、幽墟、泱漭之野"，无不展
现出空间的巨大和无限。玄微子"左激水，右高岑，背洞溪，对芳
林"的居所环境以及镜机子"攀葛藟而登，距岩而立，顺风而称"
的行为动作，都是得道仙人的做派与气质，读之似有仙风拂面。而
玄微子之言"太极之初，浑沌未分，万物纷错，与道俱隆。盖有形
必朽，有迹必穷。芒芒元气，谁知其终"又营造出时间的无限久
远。

其他七体文开篇大多简明扼要，不作渲染铺垫：

徒华公子，托病幽处，游心于玄妙，清思乎黄老。于是玄
通子闻而往属曰。[2]（傅毅《七激》）

无为先生，祖述列仙，背世绝俗，唯诵道篇。形虚年衰，
志犹不迁。于是七辩谋焉。[3]（张衡《七辩》）

---

[1]《全三国赋评注》，第380页。
[2]《两汉赋评注》，第426页。
[3]《两汉赋评注》，第727页。

　　潜虚丈人，违世遁俗。恬淡清玄，浑沌淳朴。薄礼愚学，无为无欲。均同死生，混齐荣辱。不拔毛以利物，不拯溺以濡足。濯身乎沧浪，振衣乎嵩岳。于是文藉大夫闻而叹曰。[1]（王粲《七释》）

　　相较而言，曹植《七启》开篇很好地运用了想象、夸张、烘托、渲染的艺术手法，可谓苍茫辽远，丰富充实、精彩纷呈。

　　《七启》注重文学趣味的营造和表现，而不局限于单纯表现自己的博学与见识。

　　如在写肴馔之妙方面，一般赋家倾向于名物的堆砌，展现博学的一面，曹植写美食，则不仅列举名物，细致描写烹饪手段，形容品尝食物的美妙感受，更重要的是，他将美食作为审美对象观照，形成独特的艺术效果：

　　芳菰精粺，霜蓄露葵，玄熊素肤，肥豢脓肌。蝉翼之割，剖纤析微。累如叠縠，离若散雪。轻随风飞，刃不转切。山鹡斥鷃，珠翠之珍。寒芳苓之巢龟，脍西海之飞鳞。臛江东之潜鼍，腾汉南之鸣鹑。糅以芳酸，甘和既醇。玄冥适咸，蓐收调辛。紫兰丹椒，施和必节。滋味既殊，遗芳射越。乃有春清缥酒，康狄所营。应化则变，感气而成。弹徵则苦发，叩宫则甘生。于是盛以翠樽，酌以雕觞。浮蚁鼎沸，酷烈馨香，可以和神，可以娱肠。[2]

———————

[1] 《全三国赋评注》，第 176 页。
[2] 《全三国赋评注》，第 381 页。

这段文字不仅铺陈了各种美食的名称，还细致生动地描绘了种种食不厌精、脍不厌细的烹饪手法，如以夸张手法描绘一个运刀如风的厨师，所切出的肉片薄如蝉翼，洁白透亮，如轻纱，如散雪，予人以强烈的美感。傅毅《七激》描写切好的鱼肉"分毫之割，纤如发芒，散如绝谷，积如委红"，亦是生动而具有审美意识的写法，曹植的描述似乎从中受到启发，不过曹植的描写更富于动感，更具有文采。

曹植笔下，各种丰富而珍稀的食材，或寒或脍，或臛或腾，其味道酸甘适口，咸辛遂意，或佐以紫兰，或佐以丹椒。更有春酒佳酿，名师所造，感应天地之气，协和五音之妙，盛以翠樽雕觞，芳香酷烈，饮之令人身心舒畅。这段描写，不仅是堆砌名物以显示博学，以排比对偶营造文势，还赋予贵族肴馔以艺术品的魅力，读之不觉齿颊生香，如至仙界。对比七体之祖枚乘的《七发》，《七启》的审美特点更为突出：

> 犓牛之腴，菜以笋蒲。肥狗之和，冒以山肤。楚苗之食，安胡之饭，抟之不解，一啜而散。于是使伊尹煎熬，易牙调和。熊蹯之臑，芍药之酱，薄耆之炙，鲜鲤之脍，秋黄之苏，白露之茹。兰英之酒，酌以涤口。山梁之餐，豢豹之胎。小饭大歠，如汤沃雪。[1]

枚乘笔下有对美食的铺排，有对烹饪手法的叙说，但其客观罗列较多，主观感受较少，没有足够的审美意识在里面，仿佛绘画时

---

[1]《两汉赋评注》，第 24 页。

仅勾勒线条。而曹植赋则浓墨重彩，工笔刻画，既罗列名物，又铺陈感受，尤其注重句子锤炼，运用对偶、比喻、夸张等手法，较枚乘之简单质朴，显得格外精致华丽。这也是汉赋与建安赋的主要区别之一。前引祝尧《古赋辨体》观点，认为三国六朝之赋，其辞工于汉赋，故而抒情成分减少，赋作情味随之减少，体式亦跟着等而下之。这个观点有失偏颇，一味追求形式固然会堕入形式主义，但就文学创作本身而言，本色与文采，不应该相互对立，曹植乃天赋彩笔，他的灿烂文采，应该为世人奉上《七启》这奇伟瑰丽的文学之花，与枚乘古拙质朴、高古雄奇的《七发》（观涛一段可谓高古雄奇）一起，并为佳话。

再如曹植《七启》描写容饰之美，亦能突破简单铺陈，赋予名物以美感和趣味，使之构成丰富的文学性。

> 步光之剑，华藻繁缛。饰以文犀，雕以翠绿。缀以骊龙之珠，错以荆山之玉。陆断犀象，未足称隽。随波截鸿，水不渐刃。九旒之冕，散耀垂文。华组之缨，从风纷纭。佩则结绿悬黎，宝之妙微。符采照烂，流景扬辉。黼黻之服，纱縠之裳。金华之舄，动趾遗光。繁饰参差，微鲜若霜。绳佩绸缪，或雕或错。薰以幽若，流芳肆布。雍容闲步，周旋驰燿。南威为之解颜，西施为之巧笑。此容饰之妙也，子能从我而服之乎？[1]

这段文字首先运用步光之剑、文犀、翠绿、骊龙之珠、荆山之玉等一连串的名物，烘托渲染宝剑的名贵和华美，并以"陆断犀

---

[1]《全三国赋评注》，第381页。

象，未足称隽。随波截鸿，水不渐刃"来夸张宝剑的锋利无比。接下来描写冠冕之华美，佩玉之珍贵，并铺陈绣花的上衣，轻纱的裙子，金灿灿的鞋子，以及杜若的芳香熏染过的衣带。这段文字展示了曹植的博学，也展示了曹植生活的时代人们在服装、佩饰上的审美，这样的描写固然精彩，但在赋体文学作品中也颇为寻常。然而这段文字又是不寻常的，曹植用自己笔下的宝剑、佩玉、冠冕、服饰，装扮出一个"雍容闲步，周旋驰耀"的美男子形象，此人气度不凡，玉树临风，使得历史上有名的美女南威、西施都为他倾倒而多情巧笑。

现存汉代七体，极少以服饰为题材，刘梁《七举》有"蕭黻之服，纱縠之裳。繁饰参差，微鲜若霜"的残句，曹植将其化用在自己的赋中。此外唯有张衡在《七辩》中借空桐子之口书写舆服之美，但张衡对服饰的描写仅着眼于其质地和产地的叙写，以显示其华贵："交阯缎絺，筒中之纻。京城阿缟，譬之蝉羽。制为时服，以适寒暑。"而曹植不仅形容了服饰的华贵，呈现了服饰的美感，还进一步塑造了身着此服饰的人物形象，令服饰作为物体的美具有了生命力。"南威为之解颜，西施为之巧笑"的书写，大胆以女性的视角欣赏男性的身体之美，这种书写方式在《诗经》之后，是极为少见的，它也从一定程度上表现了魏晋时期注重男性仪表气度之美的社会风气。曹植借镜机子之口，以容饰之美劝说隐者玄微子出山，并假设玄微子身着华服，得到美女青睐的情节，其中还有明显的调侃意味，读之令人莞尔。以上特点使得曹植对服饰的描写突破了一般意义上的简单铺陈，并综合构成了具有审美意义的文学趣味。

与曹植其余赋作一样，《七启》运用具有幻想和神话色彩的想象和意象，取得虚实相生的超然的艺术效果。

《七启》中镜机子形容宫馆之妙，以写实与夸张手法相结合，极言宫室之高大崔嵬、幽深华美。其描写可以具体到彤轩紫柱、文榱华梁、绮井金墀这些真实的细节，也可以虚化为"颎眺流星，仰观八隅。升龙攀而不逮，眇天际而高居"这样的幻想。在形容池苑深广，遍布奇花异草、珍禽异兽之时，既有丽草、绿叶、朱荣、素水、飞翮、鳞甲的真实书写，还有"翳云之翔鸟、九渊之灵龟"的夸张描述，而"采菱华，擢水苹。弄珠蝣，戏鲛人。讽《汉广》之所咏，觌游女于水滨"，更是从对现实情境的描写直接变为对神话世界的想象。王粲《七释》写宫室之美，多从写实角度展现，如其笔下的池苑"芳卉奇草，垂叶布柯。竹木丛生，珍果骈罗。青葱幽蔼，含实吐华。孕鳞群跃，众鸟喧诇"，无不是对一个具有理想色彩但却可以存在于现实之中的园林的摹写。相比之下，王粲的描写比较庸常，曹植的描写则具有虚实相生的文学趣味，以及灵动摇曳的文情文思，展现出更为广阔遥远的空间构设，更能引领读者驰骋想象，体会具有创造性的文学情境。

再以《七启》结尾为例，这段文字是对圣宰德政的阐述、歌颂，同时也是对自己政治理想的表达：

> 显朝惟清，王道遐均，民望如草，我泽如春。河滨无洗耳之士，乔岳无巢居之民。是以俊乂来仕，观国之光，举不遗才，进各异方。赞典礼于辟雍，讲文德于明堂，正流俗之华说，综孔氏之旧章。散乐移风，国富民康。神应休臻，屡获嘉祥。故甘灵纷而晨降，景星宵而舒光。观游龙于神渊，聆鸣凤

于高冈。此霸道之至隆，而雍熙之盛际。[1]

这段文字描绘了政治清明、皇恩浩荡、野无遗贤、国富民康的太平盛世图景，一般说来，书写这一理想的语言体系往往比较程式化，比如王粲《七释》所用词汇，诸如俊义、贤才、雍宫、明堂、宪度、旧章、德教、休风等，与曹植笔下俊义、王道、民望、典礼、文德、辟雍、明堂、旧章等，或相同或相似，很难具有文学个性和阅读趣味。但曹植在描写祥瑞之时，借助"甘灵纷而晨降，景星宵而舒光。观游龙于神渊，聆鸣凤于高冈"这种充满幻想和神话色彩的文字，营造出一种奇异之境，从而脱离了程式化语言的刻板局限。而王粲仅写"嘉生繁殖，祥瑞蔽野"，仍未脱离一般的表现模式。

再如写校猎一段，一般七体或校猎题材都是以写实的手法开头，比如王粲《七释》写道："农功既登，玄阴戒寒。鸟兽鸠萃，川滨涸干。乃致众庶，大猎中原。"然而曹植则采用带有神话色彩的意象，以虚写展开：

> 仆将为吾子驾云龙之飞驷，饰玉路之繁缨。垂宛虹之长绥，抗招摇之华旍。捷忘归之矢，秉繁弱之弓。忽蹑景而轻骛，逸奔骥而超遗风。[2]

这样的文字和手法，使得曹植作品无论在语言还是意境上，都

---

[1]《全三国赋评注》，第384页。
[2]《全三国赋评注》，第382页。

具有超然的艺术效果。

　　王粲《七释》具有丰富的知识和细致绵密的说理论辩，言辞温润，内涵丰厚，风格稳健；曹植《七启》则运笔如椽，辞采壮观，气势宏伟，整篇赋壮丽飞动，生气灌注，奔放超逸。二者不愧名作。

第三章　建安余绪：
京殿大赋的短暂复兴和赋风衰落

　　魏明帝统治时期，建安文人凋零甚众，文学创作的主力诸如曹丕、阮瑀、王粲、陈琳、刘桢、应玚、徐幹等均已谢世，曹植虽于太和六年才去世，但明帝时期已属于他文学创作的尾声，基本没有赋作留存。此一时期有赋作存世的文人仅韦诞、缪袭、刘劭、何晏、卞兰、毌丘俭、夏侯玄、夏侯惠等，其赋作题材单一，不过赋景福殿、许昌宫、承露盘、龙瑞几种，无论大赋还是小赋，均为粉饰太平之作，虽然赋家亦讲究文采，偶或兼顾讽谏，但较之曹操、曹丕时期内容丰富、情感真挚、气势非凡、风格多样的赋作，此时期的赋风已趋于衰落，步入文学创作的低谷。

第一节　魏明帝时期京殿大赋复兴的前奏

一、 建安都城赋的兴起

　　建安时期文人以抒情小赋创作为主，但这并不意味着大赋的消失或建安文人对大赋的否定。王琳《魏晋人对大赋的态度及魏晋大赋的地位》一文全面客观地分析了魏晋人对大赋的推重态度以及他们虽推重大赋却以小赋写作为主的种种原因，并指出太和青龙之际的辞赋，在魏赋史上标志着大赋传统的复归及占据优势。[1]程章灿指出就曹氏父子而言，他们虽然奖掖提倡抒情赋，对客观化的骋辞大赋却并不排斥。骋辞大赋在建安时期的衰落，是因为这类赋作与戎马倥偬的时局不和谐，且当时的赋风已向主观化、情感化转移。[2]京殿大赋在明帝时期的盛行，并非突发现象，之前建安时期的都城大赋已开启了明帝时期宫殿大赋创作的前奏。

现存建安时期都城赋有徐幹《齐都赋》、刘桢《鲁都赋》、吴质《魏都赋》以及刘劭《赵都赋》，均有不同程度的残缺。由于史料缺乏，今人无法确定这些赋作的具体写作时间。徐幹、刘桢逝于建安二十二年（217），其赋作必然作于建安时期。吴质逝于太和四年（230），但《魏都赋》残句言"我太公鸿飞兖豫"，尊称曹操为太公而非太祖，当证明此赋作于曹丕代汉称帝之前的建安时期。[3]刘劭卒于正始年间，《三国志》本传载其"尝作《赵都赋》，明帝美之，诏劭作《许都》《洛都》赋"。由此可推知，《赵都赋》并非与《许都》《洛都》赋的同时之作，其具体写作时间无法考证，但从内容上看，与徐幹、刘桢都城赋有趋同之处，很可能是在建安时期都城赋的创作风气下产生的。[4]

---

[1] 王琳从魏晋人的赋论及诗文创作实际出发，证明魏晋人对大赋的推重，并从创作难度以及社会因素角度论证魏晋人推重大赋却多创作小赋的原因。

[2] 《魏晋南北朝赋史》，第77页。

[3] 《魏都赋》此句见《文选》所收沈约《齐故安陆昭王碑文》之李善注，严可均《全上古三代秦汉三国六朝文》写作"太祖"，但遵循文献的时间性原则，当以李善注为准。萧统编，李善注：《文选》，北京：中华书局，1977年，第818页。

[4] 陆侃如《中古文学系年》将刘劭《赵都》《许都》《洛都》诸赋作年系于青龙元年（233），但依据刘劭"尝作《赵都赋》"就将此赋与另两篇系于同年所作，并不可信，所以不采用。详见《中古文学系年》第504页。

都城赋发端于西汉，现存汉代都城赋有扬雄《蜀都赋》、班固《两都赋》、张衡《二京赋》《南都赋》等。王琳将汉代都城赋分为三个系统，其一是本籍文人讴歌故乡的自然风物之美、人文传统之盛；其二是通过两个都城的描写，揭示两种对立的社会原则，表现抑彼扬此的讽谕主题；其三主旨与第二个系统相似，但结构不同，采取了集中笔墨，突出一都的形式。并将齐人徐幹的《齐都赋》、鲁人刘桢的《鲁都赋》、赵人刘劭的《赵都赋》归入第一个系统。[1] 诚然，建安都城赋除了吴质《魏都赋》残缺严重，已无法知晓其内容，其余三篇都着力描写故乡的自然风物与人文特点，属于描写地区性都城的赋作。明帝诏令刘劭所作《许都赋》《洛都赋》，很有可能是模仿《两都赋》《二京赋》那样寓含褒贬、描写全国性都城的作品，惜之不存。

建安都城赋是魏代宫殿大赋盛行的前奏，虽均为残篇，就其现存部分，仍可感受到这些赋作呈现出的文采、气象以及创作特点。

二、 建安都城赋里的家乡文化背景和个人文化趣味

建安都城赋在内容上对汉赋有继承也有拓展。建安赋家模仿扬雄《蜀都赋》和张衡《南都赋》，描写山川河流、飞禽走兽、草木虫鱼等自然风物，以及女乐歌舞、狩猎、宴会等人文活动，并描写家乡具有特色的生产劳动，如扬雄写蜀地的织锦，徐幹和刘桢则写齐国和鲁国晒海盐等。建安赋家在内容上的拓展主要表现为在赋中铺陈家乡独特的文化背景以及个人的文化趣味。刘桢《鲁都赋》突出描写了儒家文化，显现了作为儒家思想创始人孔子故乡的曲阜久

---

[1] 参看王琳《魏晋人对大赋的态度及魏晋大赋的地位》。

远的历史、恢宏的气象、深厚的文化背景和理想的社会图景。如"若乃考王道之去就，览万代之兴衰。发龙图于金縢，启洛典乎石扉。崇七经之旨义，删百氏之乖违"，又如"采逸礼于残竹，听遗诗乎达路。览国俗之盛衰，求群士之德素"等。刘劭《赵都赋》则发挥自身写作《人物志》的识鉴、品评人才的长处，铺陈赵都的谋谟之士、辩论之士、游侠之徒的行事风度等。

三、 建安都城赋轻捷生动的艺术特点

从艺术手法上看，建安都城赋对扬雄、张衡赋有所改变。扬雄《蜀都赋》、张衡《南都赋》都有极力铺陈名物，甚至堆砌奇字难字之嫌。建安都城赋用字明显简易得多，在铺陈名物方面不求其多，而是注重生动的再现。譬如写水生植物，扬雄重名物的种类数量："其浅湿则生苍葭蒋蒲，藿芋青蘋，草叶莲藕，荂华菱根。"徐幹《齐都赋》则重名物的形态："南望无垠，北顾无鄂，蒹葭苍苍，莞菰沃若。"比较而言，徐幹的描写更为鲜明生动。再譬如写狩猎场景，张衡《南都赋》铺张扬厉，尽情渲染："于是群士放逐，驰乎沙场。骇骥齐镳，黄间机张。足逸惊飚，镞析毫芒。俯贯鲂鱮，仰落双鹢。鱼不及窜，鸟不暇翔。尔乃抚轻舟兮浮清池，乱北渚兮揭南湟。汰瀿濆兮舥容裔，阳侯浇兮掩凫鹥。追水豹兮鞭蝘蜒，惮夔龙兮怖蛟螭。"这段文字连用四字句，又继之以骚体句式的排比，读起来荡气回肠、酣畅淋漓，名物的铺排和修辞的连用，正是汉大赋营造气势的常用手段。而徐幹《齐都赋》写狩猎："于是羽族咸兴，毛群尽起，上弊穹庭，下被皋薮"，刘劭《赵都赋》写狩猎："然后嵘子放机，戈矛乱发，决班鬐，破文額。当手毙僵，应弦倒越。"刘桢《鲁都赋》写狩猎："毛群陨殪，羽族歼剥，填崎塞畎，

不可胜录。"可见，建安都城赋多以毛群、羽族乃至班鬈、文媿等代指各种猎物，不再着力于名物的铺陈，在描写上也注重写实，虽有夸张成分，但还是基本展现了狩猎时的真实场景。而张衡主要凭借幻想来营造现场氛围，北渚、南涯、阳侯、水豹、蜩蛱、夔龙、蛟螭，这些意象无不带有神话色彩。可见，汉大赋的铺排呈现出博学宏富、恣意任性的特点，给人以恢宏大气之感。建安大赋则较为轻捷生动，写实性增强，显示出建安赋的新风。这个特点也为明帝时期的大赋所发扬。

建安都城赋产生的原因，与汉大赋风气的持续影响有关。大赋特有的"苞括宇宙、总览人物"的功用，对试图一逞其才的建安文人而言，是最适合的文体。所以，除了徐干、刘桢、刘劭、吴质创作都城赋，陈琳《武军赋》《大荒赋》、王粲《七释》、曹植《七启》以及杨修《七训》、傅巽《七海》、刘劭《七华》等亦均是大赋体制，这类赋篇制宏大，内容丰富，往往是知识、文采乃至思想的展示和罗列，但是与汉大赋相比，这些作品总体呈现出用字简易、结构轻捷、表达生动、写实性增强的特点，与厚重渊深、恢宏庄严的汉大赋各异其趣。综上，建安时期都城赋以及其他大赋体制作品的产生，是对汉赋继承、模仿和创新的结果。在延续汉代大赋风气的基础上，建安赋家也有着自己的创造。

第二节　魏明帝时期京殿大赋复兴的原因

建安时期的大赋创作前奏在明帝时期邂逅了适宜的土壤，京殿大赋以及其他颂圣赋在这土壤里生长出来。

一、　短暂的承平气象

明帝时期社会呈现出一定的承平气象，作为"兴废继绝、润色鸿业"的文体，赋体文学的歌功颂德之功用便得到了重视和突显。曹操南征北战，完成了北方的统一，又礼贤下士、唯才是举，为魏国集聚了许多人才。及至曹丕代汉，其治国手段颇为宽仁，魏国社会得到一定的休养生息。当时势力强大的军阀仅余刘备、孙权，二者时常相互牵制，如黄初三年（222）二月，刘备自秭归将击孙权，同年闰五月，孙权大破刘备军。孙刘之间的不断冲突和相互制衡，一定程度上保证了曹魏政权的安定。加之曹丕并不热衷于征伐，《三国志》文帝本纪裴松之注引《魏书》言其"三年之中，以孙权不服，复颁《太宗论》于天下，明示不愿征伐也"，[1] 这些因素使得战争远离统治中心，社会处于相对稳定的状态，到曹叡即位之时，整个社会呈现出一定的承平气象，这是大赋复兴的社会条件。

二、　大兴土木的明帝

明帝自居为太平皇帝，大肆营造帝国气象，此举使得应制而作的宫殿赋、祥瑞赋应运而生。《三国志》明帝本纪记载，他派人拆除汉武帝铸造的金铜仙人和承露盘，企图运到魏都，因铜人太重不得不中途丢弃，铜盘损坏，不得不重新铸造。[2] 他还大兴土木，修建宫室，于太和六年九月，行幸摩陂，治许昌宫，起景福、承光殿。[3] 明帝本纪又载，景初元年五月，有司上奏："武皇帝拨乱反

---

[1]《三国志》，第 88 页。
[2]《三国志》，第 110 页。
[3]《三国志》，第 99 页。

正，为魏太祖，乐用武始之舞。文皇帝应天受命，为魏高祖，乐用
咸熙之舞。帝制作兴治，为魏烈祖，乐用章斌之舞。三祖之庙，万
世不毁。"裴松之注引孙盛之言对此进行了批评，认为历史上"未
有当年而逆制祖宗，未终而豫自尊显"，"魏之群司，于是乎失
正"。[1] 从这一事件可看出，明帝时期暂时的承平气象令其心理膨
胀，自以为建立起万世不毁的统治基础。正因为如此，明帝自比秦
皇汉武，以举国财力，满足自己的虚荣心。本纪记载他"大治洛阳
宫，起昭阳、太极殿，筑总章观。百姓失农时，直臣杨阜、高堂隆
等各数切谏，虽不能听，常优容之"[2]。《三国志》刘劭本传载：
"劭尝作《赵都赋》，明帝美之，诏劭作《许都》《洛都》赋。时外
兴军旅，内营宫室，劭作二赋，皆讽谏焉。"[3] 刘劭《许都》《洛
都》二赋已失传，但由此可见大赋的兴起，可能有赋家自觉为之的
成分，更主要的当是明帝的要求和鼓励而致。

三、 有一定创作动力的赋家

明帝在一定程度上受到臣下的拥戴和期许，这对于赋家而言是
一个创作的动力，令他们的赋作并非纯粹被动的应制和虚与委蛇的
应付。明帝虽然不听大臣劝谏，一味耗费民力，但他对敢于直谏的
大臣却保持宽容和优待，显示出他宽厚大度的一面。这样的例子在
《三国志》明帝纪中比较常见。曹叡有才具，裴松之注引《世语》，
言明帝即位前与朝士素无交往，即位后群下均想见识其风采，侍中
刘晔与明帝交谈后，作出"秦始皇、汉武帝之俦，才具微不及耳"

[1]《三国志》，第109页。
[2]《三国志》，第104页。
[3]《三国志》，第618页。

的高度评价。曹叡勤政，常言"狱者，天下之性命也"，且"每断大狱，常幸观临听之"。曹叡爱民，太和六年（232）春三月，"行东巡，所过存问高年鳏寡孤独，赐谷帛"。曹叡重孝道，尤其对自己母亲甄氏的追悼，显得十分引人瞩目。戴燕《〈三国志〉讲义》："很难说曹叡大张旗鼓而又连续不断地祭祀、追念他的生母，不是为了表现他孝得深挚、绵长，而足以为民众楷模。"[1] 曹叡有决断，善于审时度势，本纪言："诸葛亮出斜谷，屯渭南，司马宣王率诸军拒之。诏宣王'但坚壁拒守以挫其锋，彼进不得志，退无与战，久停则粮尽，虏略无所获，则必走矣。走而追之，以逸待劳，全胜之道也。'"最后，事实证明曹叡料事如神："司马宣王与亮相持，连围积日，亮数挑战，宣王坚垒不应。会亮卒，其军退还。"[2] 曹叡重视儒教，下诏言"尊儒贵学，王教之本也"。[3] 以上种种，证明曹叡在一定程度上受到臣下的拥戴和期许，并促使赋家借辞赋实现颂美和讽谏的目的。

但曹叡对现实困境认识不足，过早进入守成阶段，缺乏励精图治的精神和作为，大兴土木，奢侈浪费，最终导致政权的衰败。《三国志》本纪中史臣对他的评价比较公允："明帝沉毅断识，任心而行，盖有君人之至概焉。于时百姓凋弊，四海分崩，不先聿修显祖，阐拓洪基，而遽追秦皇、汉武，宫馆是营，格之远猷，其殆疾乎！"[4]

明帝时期的赋家，大多不以文学著称，如韦诞被誉为"草圣"，

---

[1]　戴燕：《〈三国志〉讲义》，北京：三联书店，2017 年，第 54 页。
[2]　《三国志》，第 103—104 页。
[3]　《三国志》，第 94 页。
[4]　《三国志》，第 115 页。

以书法名世。刘劭长于清谈，作《人物志》传世。何晏、夏侯玄则并为魏晋玄学创始人和早期领袖。这些人的主要精力与爱好，或许都不在文学创作。曹操、曹丕时期的建安文人集团对文学的热情，在这个时期逐渐式微，所以明帝时期的赋家留存的作品主要集中在应制之作上，无论从数量还是题材上，都很有限，显得十分单一。

程章灿认为魏晋之际京殿大赋的复苏，多少意味着对建安以来盛行于赋坛的体物抒情小赋的美学倾向的反拨。[1] 除此之外，魏晋之际大赋的复苏，也是明帝统治时期短暂承平气象的产物，是建安时期都城大赋创作风气的延续，这一风气是对汉大赋写作传统的承续，并在战争和社会动乱以及抒情小赋的蓬勃发展中逐渐式微。

第三节　魏明帝时期京殿大赋的创作特点

一、"宣上德而尽忠孝"的颂美之作

歌功颂德，粉饰太平，是明帝时期诸赋的显著特征。《文选》何晏《景福殿赋》李善注引《典略》言曰："魏明帝将东巡，恐夏热，故许昌作殿，名曰'景福'。既成，命人赋之，平叔遂有此作。"可见明帝是时心理膨胀的程度，即便因避暑而修建行宫的奢侈行为，亦需要借助文臣粉饰太平、歌功颂德。而何晏没有辜负明帝厚望，在《景福殿赋》开篇以约全文四分之一的篇幅歌颂大魏政权"国富刑清"，颂扬明帝东巡"望祠山川，考时度方。存问高年，率民耕桑"，努力塑造一个圣主形象。并将明帝修建行宫的行为写

---

[1]《魏晋南北朝赋史》，第 97 页。

成大臣极力劝谏的结果，以"不壮不丽，不足以一民而重威灵；不饰不美，不足以训后而永厥成"的说辞，将明帝营造宫室的行为美化成顺应民意的举措。

如前所述，太和六年（232）九月，明帝治许昌宫，起景福、承光殿，《许昌宫赋》《景福殿赋》正是在这个背景下创作的。缪袭《许昌宫赋序》集中反映了歌功颂德、粉饰太平的特点：

> 太和六年春，上既躬耕帝藉，发趾乎千亩，以帅先万国。乃命群牧守相，述职班教，顺阳宣化，烝黎允示，训德歌功，观事乐业。是岁甘露降，黄龙见，海内有克捷之师，方内有丰穰之庆。农有馀粟，女有馀布。遐狄来享，殊俗内附，穆乎有太平之风。[1]

缪袭赋文不存，其赋序极力颂美明帝躬耕应时，治下政教有序、百姓安乐、祥瑞频出、四境顺服、天下太平。

二、赋家的讽谏、期许和理想寄托

曲终奏雅，借颂美表达讽谏之意，表达对帝王的期许和要求，抒发自身的社会理想，是明帝时期颂圣赋的又一个显著特点。何晏《景福殿赋》结尾继承汉大赋曲终奏雅的传统，不仅是对明帝的赞颂，实际也是对明帝提出的期待和要求，以达到献赋讽谏的目的："然而圣上犹孜孜靡忒，求天下之所以自悟。招忠正之士，开公直之路。想周公之昔戒，慕咎繇之典谟。除无用之官，省生事之故。

---

[1]《全三国赋评注》，第225页。

绝流遁之繁礼，反民情于太素。"卞兰《许昌宫赋》结尾写"乐戏
阕，游观足。登承光，坐华幄。论稽古，反流俗。退虚伪，进敦
朴。宝贤良，贱珠玉。岂必世而后仁，在时主之所欲"，亦是借助
颂美来表达讽谏之意。韦诞《景福殿赋》残缺不全，亦存有"知稼
穑之艰难，壮农夫之克敏"的句子。程章灿论及何晏《景福殿赋》，
指出大赋篇末讽谏往往需要前面大篇幅的歌颂赞美来掩护，明帝对
臣下谏议，总是言听而计不从，除了独断专行性格外，有部分是大
赋这种曲终奏雅的体制弱点所致。[1]诚然，这是文体本身劝百讽
一的局限，也是当时社会精神衰落的体现。

何晏《景福殿赋》还抒发了自身的社会理想："是以六合元亨，
九有雍熙。家怀克让之风，人咏'康哉'之诗。莫不优游以自得，
故淡泊而无所思。历列辟而论功，无今日之至治。彼吴蜀之湮灭，
固可翘足而待之。"这段文字表现出何晏作为玄学创始人的社会理
想，与其说这是他对当时社会情况的再现，不如说是他的憧憬和期
待，这种理想的社会图景既体现出儒家所期待的秩序井然、尊卑有
序，也体现出道家向往的优游无为、淡泊清远。

三、 轻巧流丽兼具典雅严肃的何晏赋

明帝时期宫殿赋的颂美和讽谏都是对汉大赋功能的继承和延
续，在具体写作手法上，这些赋作也表现出对汉赋的模仿和继承。
现存最早最完整的宫殿赋是东汉王延寿的《鲁灵光殿赋》，可谓赋
史上的名作，现存明帝时期韦诞、何晏、夏侯惠的《景福殿赋》，
在写法上对其都有继承。三篇作品唯何晏赋经由《文选》保存，篇

---

[1]《魏晋南北朝赋史》，第97页。

幅完整，另两篇残缺不全。但基本可以看出，三篇《景福殿赋》都由远及近、由外而内，对景福殿的外形、结构乃至建筑细节进行了描写，这些趋同性，可以看出同题共赋的特点，以及对《鲁灵光殿赋》的模仿继承的特点。如王延寿描写鲁灵光殿内以荷花为饰的藻井："圆渊方井，反植荷蕖。发秀吐荣，菡萏披敷。"将精雕细刻的图案作为有生命的花卉来描写，格外别致生动。明帝时期的三篇《景福殿赋》都描写了景福殿内的藻井，韦诞写"芙蓉侧植，藻井悬川"，何晏写"茄蔤倒植，吐被芙蕖。缭以藻井，编以綷疏"，夏侯惠写"仰观绮窗，周览菱荷。流彩的皪，微秀发花"。以荷花图案装饰的藻井，应该是鲁灵光殿和景福殿内真实的建筑细节，所以赋家均将其作为描写对象，且在描写手法上，何晏等人与王延寿十分相似，其继承和模仿的痕迹亦非常明显。

总体而言，明帝时期的宫殿赋，不再像汉大赋那样堂皇繁富，气势非凡，结构宏大，而是结构轻巧，语言流丽，更适合今人的阅读习惯。程章灿《魏晋南北朝赋史》论汉魏之际大赋，即将其描述为"语言上奇僻字眼较少，句式上趋于整饬，描写中时见流丽轻灵之笔"。[1] 如韦诞《景福殿赋》写道："阴夏则有望舒凉室，羲和温房。玄冬则暖，炎夏则凉。总寒暑于区宇，制天地之阴阳。"夏侯惠《景福殿赋》写道："周步堂宇，东西眷眪。彩色光明，粲烂流延。"赋文用字简易，遣词造句尤为流畅自然，纯然建安小赋的写作风格。卞兰《许昌宫赋》亦是如此，其中描写舞女一段，尤其平易生动："进鼓舞之秘伎，绝世俗而入微。兴七盘之递奏，观轻捷之翩翩。振华足以却蹈，若将绝而复连。鼓震动而不乱，足相续

---

[1] 《魏晋南北朝赋史》，第 97 页。

而不并。婉转鼓侧，蜲蛇丹庭。或迟或速，乍止乍旋。似飞凫之迅疾，若翔龙之游天。赵女抚琴，楚媛清讴。秦筝慷慨，齐舞绝殊。众伎并奏，捔巧骋奇。千变万化，不可胜知。"程章灿将这段描写评为"以小赋之笔作大赋之文"，[1]这段描写再现出宫廷歌舞精彩纷呈的场面，展现了震天而富于节奏的鼓声，描摹了变化多端、令人眼花缭乱的轻快而又柔美的舞姿，渲染了赵女抚琴、楚媛清讴、秦筝慷慨、众伎并奏的盛大场景，而且读起来朗朗上口，自与汉赋有别。再如夏侯玄《皇胤赋》不重铺垫渲染，短小流畅，以简洁的笔触书写皇太子的出生："时惟孟秋，和气淑清。良辰既启，皇子诞生。"

比较而言，何晏《景福殿赋》在描写中夹入了许多议论，与其余赋作风格有所不同，在轻巧流丽中增加了庄重典雅甚至严肃滞重的色彩。如写到椒房之列，何晏以虞姬、姜后、班妾、孟母等为榜样，论述皇室嫔妃的行事准则，并借题发挥，论述皇帝的用人标准："故将广智，必先多闻。多闻多杂，多杂眩真。不眩焉在，在乎择人。故将立德，必先近仁。欲此礼之不愆，是以尽乎行道之先民。朝观夕览，何与书绅。"这一段颇为突兀，《全三国赋评注》认为何晏借此表达了自己的明君理想。[2]不过何晏的赋作在描写方面还是轻巧流丽的，与当时的创作风气一致。"尔乃丰层覆之耽耽，建高基之堂堂。罗疏柱之泪越，肃坻鄂之锵锵。飞檐翼以轩鶱，反宇蠼以高骧。流羽毛之威蕤，垂环玭之琳琅。参旗九旒，从风飘扬。皓皓旰旰，丹彩煌煌。"这一段文字用了许多叠音词，读起来

---

[1] 《魏晋南北朝赋史》，第98页。
[2] 《全三国赋评注》，第373页。

尤具节奏和韵律感，在轻巧流丽的基础上，更多出一种回环往复的
音韵之美。

第四节　魏明帝时期赋风的衰落

明帝时期，文学创作步入低谷，虽然刘勰《文心雕龙·乐府》
言"至于魏之三祖，气爽才丽；宰割辞调，音靡节平"，[1] 钟嵘
《诗品》又言"曹公古直，甚有悲凉之句。叡不如丕，亦称三祖"，
二者都将曹叡与其祖父、父亲相提并论，但曹叡统治期间，文学创
作的衰颓是无可争议的，其主要原因如前所述，在于建安作家大部
分谢世，而其余活跃在明帝时期的作家基本不致力于文学创作，加
之文帝时期颂圣大赋兴起，给创作带来极大的束缚，这些原因导致
明帝时期文学创作的衰颓。

相比建安中期的文学创作，作为建安余绪的明帝时期的赋坛，
赋风业已衰落。

一、　题材、风格缺乏变化

明帝时期留存的赋作数量锐减，创作内容和手法单一，赋风缺
乏变化，显得比较呆板。

现存能确定为明帝时期的赋作仅九篇，无一例外属于颂圣文
学，除了《景福殿赋》《许昌宫赋》和《皇胤赋》外，还有缪袭的
《青龙赋》和刘劭的《龙瑞赋》，以及毌丘俭的《承露盘赋》。这些

---

[1]《文心雕龙译注》，第 152 页。

赋创作手法单一，表现出趋同性。如《承露盘赋》描写铜盘用了"远而望之"、"即而视之"的句型，缪袭《青龙赋》描写青龙也用了"远而视之"、"迩而察之"的句型，这种句型由宋玉首创，历经两汉直到曹植，可谓已是烂熟的手法了，曹植犹能推陈出新，缪袭和毌丘俭则有拾人牙慧之嫌。

二、 缺少对个人生活与情感的书写

明帝时期士人对政权的依附性增强，相对通达的人生经历，令赋家缺少对人生痛苦的体验与文学书写，建安文学特有的悲凉慷慨丧失殆尽，抒情性缺失，赋作也就失去了张力和感人的艺术魅力。

罗宗强《魏晋南北朝文学思想史》指出汉末大一统政权瓦解带来儒家思想正统地位的动摇，士人的精神支柱和凝聚力减弱，与政权和儒家思想的关系由依附而变为疏离。士人以这样的风貌进入从思想到生活都变动不居的建安时期。[1]明帝时期，短暂的承平景象，给士人提供了相对稳定的社会环境和对大一统政权的希望，这时期士人与政权的关系又逐渐紧密起来。明帝时期的赋家，或出身显贵，或仕途亨通。何晏为何进之孙，曹操纳其母为夫人，《三国志》言其"长于宫省，又尚公主，少以才秀知名"。[2]夏侯玄"少知名，弱冠为散骑黄门侍郎"，其父夏侯尚受文帝器重，结为布衣之交。[3]刘劭"黄初中，为尚书郎、散骑侍郎。受诏集五经群书，以类相从，作《皇览》。明帝即位，出为陈留太守，敦崇教化，百

---

[1]《魏晋南北朝文学思想史》，第1—11页。
[2]《三国志》，第292页。
[3]《三国志》，第295页。

姓称之"[1]。缪袭"有才学，多所述叙，官至尚书、光禄勋"、"辟御史大夫府，历事魏四世"。[2]夏侯惠"幼以才学见称，善属奏议。历散骑黄门侍郎，与钟毓数有辩驳，事多见从"。[3]明帝时期赋家的际遇，显示出士人对政权的认同以及与政权的合作关系。

应当说，此时期的文人尽管处于相对安定的社会环境中，甚至太平盛世的假象之中，[4]他们的人生经历其实并非尽如人意。何晏为曹丕嫌弃，"黄初时无所事任"，"及明帝立，颇为冗官"。[5]夏侯玄亦曾因耻于与毛皇后之弟并坐，为明帝记恨，并被迁为羽林监。[6]但他们并未将人生经历的坎坷以及体验到的痛苦失意书写到文学作品中，而是致力于应制颂圣。

明帝时期，赋家通达的人生经历、相对安定的社会背景，与建安文人在战乱中的漂泊流离、前途莫测形成鲜明对比，建安文人对痛苦的体验和书写，对命运的抗争和奋斗，对人生的思考和慨叹，以及由此产生的张力和感人的艺术魅力，被这个时期表面的承平气象消解殆尽。

三、 空洞的应制之作

应制之作空洞的内容，导致赋作真实感发的缺失和文采气势的减弱。

---

[1]《三国志》，第 618 页。
[2]《三国志》，第 620 页。
[3]《三国志》，第 273 页。
[4]《三国志》明帝本纪中史臣言"于时百姓凋弊，四海分崩"，可见明帝时期的承平气象不过是局部的稳定和人为的矫饰。《三国志》，第 115 页。
[5]《三国志》，第 292 页。
[6]《三国志》，第 295 页。

刘劭《龙瑞赋》序言写"太和七年春，龙见摩陂。行自许昌，亲往临观"，《三国志》明帝本纪也记载"青龙元年正月甲申，青龙见郏之摩陂井中。二月丁酉，幸摩陂观龙，于是改年"。[1]缪袭有《青龙赋》，亦当作于此年。两篇赋作的应景成分很大，对所谓青龙的描写模糊不清，显出祥瑞本身的荒谬性。如缪袭笔下的青龙："观夫仙龙之为形也，盖鸿洞轮硕，丰盈修长。容姿温润，蜿蜒成章。繁虵虬蟉，不可度量。远而视之，似朝日之阳；迩而察之，象列缺之光。爤若鉴阳和映瑶琼，曘若望飞云曳旗旌。"刘劭《龙瑞赋》中的青龙："有蜿之龙，来游郊甸。应节合义，象德效仁。纤体鬐紫，摛藻布文。青耀章采，雕琢璘玢。焕若罗星，蔚若翠云。"这些华美的语言本质上是空洞的。

刘培《汉末魏晋时期的经学与辞赋》指出，明帝时期许多神瑞题材的赋，"如刘劭的《嘉瑞赋》《龙瑞赋》、缪袭的《青龙赋》，这些赋受谶纬神学的影响，为曹氏的受禅寻找奉天承运、天授皇权的理论依据。"所谓的青龙不过是君臣粉饰太平的一种把戏，赋家完全凭借想象和奉承去描绘，还必须将赞美青龙与赞颂皇德结合起来，赋家缺乏创作的冲动，也没有创作的自由，只能堆砌华丽的辞藻，辅以程式化的夸大之词，比如"应节合义，象德效仁"这样空洞无物的形容等。赋家的神秘庄重、煞有介事，在今人看来，显得十分可笑。尽管言辞华丽，但因为缺乏真实的感发而不具有飞扬的文采和气势，建安赋风在一片颂圣声中衰落。

---

[1]《三国志》，第 99 页。

结　语

　　建安是一个风云变幻、变动不居的时代，唯此，建安社会才得以呈现出自由活跃的形态。建安赋家既保持儒家积极入世的精神，葆有对社会政治的关怀与责任，同时又不受大一统政权的制约和儒学独尊思想的束缚，可以自由进行文学创作与表达，并在文学作品中充分展现自己真实的性情和人生理想。曹植的进取与对人生痛苦的敏感体验，阮瑀的孤独与对生死的沉痛感悟，曹丕的好奇尚异与对生活的雍容大度，王粲的躁竞与文采风流，刘桢的傲岸与特立独行，徐幹的恬淡寡欲与冷静克制，陈琳的老成持重与自信洒脱，应玚的积极有为与巧思逶迤，包括祢衡与现实人生的紧张对立，以及部分赋家与曹氏政权的自如周旋，无不展示着这个时代赋家在一定程度上对人生的自由选择，对性情的自由展现，对文学艺术的自觉追求，也展示着建安赋丰富的个性特征。

　　这个时代虽短暂，却大起大落，瞬息万变。战乱、饥荒、瘟疫和流离失所的生活，投曹的经历，亲历征伐的人生体验，邺下雅集的文学交游，为建安赋家提供了新的人生感悟和文学素材。他们在校猎、征伐赋中彰显壮阔、昂扬、刚健的精神，在神女、止欲赋中抒写千回百转的柔情和感伤。他们将投曹后短暂的优游状态，和难得的安定带来的对日常生活的热情，以及对自然的细致观察，记录在大量的咏物赋中。

建安赋家在同题赋作中展现真实的自我性情。在同题共作的文学游戏中，他们真诚地表达自己的个性情感，表现自己的文采，赋予这些作品以生命力和美好的形式，使之区别于平庸的应酬之作。比如神女赋最初即是宫廷娱乐之作，建安赋家亦并不借此有所寄托感怀，但他们的赋作呈现出不同的意趣：杨修想象梦中的神女对自己从严厉静恭到欣然相从；陈琳想象自己与神女顺乾坤之性，两心相悦；王粲则想象神女温柔多情，但自己却迫于大罚之淫慝而断然回绝。杨修恃才放旷，陈琳老成洒脱，故而在赋中表现出大胆放达的一面，相形之下，王粲则显得拘谨守礼，这与他在曹氏政权中的小心自处相映成趣。当然，建安时期礼法约束本来就不严格，王粲也并非真的惧怕礼教的惩罚，如前文相关部分所述，这只是一种书写传统而已。但从赋家的不同表现中，仍然可以看到他们将自己真实的性情投射在作品里。应玚赋残缺严重，但他塑造的笑语嫣然的神女，其大胆活泼的形象，在之前的文学作品里比较少见，这正是巧思的体现。在偏重抒情的止欲赋中，赋家不仅按照传统书写模式想象情欲受阻的痛苦，他们还将自己人生遭际的失意、伤感和忧惧，寄寓在字里行间。

建安赋家对文学创新有自觉的追求。关于这一点，前贤对建安赋多样的语言形式、辞采、对偶、用典等手法论述颇丰，诚然，建安赋家的创作，不是率尔为之，而是精心构结的。比如徐幹《情诗》对《长门赋》的学习，就不仅在于语言、意象方面，也在于空间构设与意境表现之上。而曹丕积极创作代言体，并引领《寡妇赋》、《出妇赋》以及代言诗的创作风气，反映出来的是赋家探索新的题材、新的表现手法乃至探索人性的主动性。曹植《洛神赋》对从宋玉一直到王粲的赋家都有继承与模仿，他笔下的洛神具有惊世绝俗之美，即糅合了神女赋对女子的静态描写以及汉赋对舞女的动态描写手法，其语辞对宋玉和王粲赋的模仿与创新也是很明显的。以王粲《七释》和曹植《七启》为代表的建安七体，在知识、见识和修辞方面都有超越前人的表现。曹植天赋彩笔，他的《七启》无论在辞采、意境、题材还是审美感受方面都有对前代的创新和超越。

建安赋家以情感统摄外物，以审美眼光观照外物，令赋作情真意切并别具一种文学审美意趣。王粲《登楼赋》名动千古，首先在于赋中充沛的情感统摄了登楼所见的景物，其中寄寓的身世之感，引发后人普遍的共鸣。其《思友赋》哀婉动人，亦在于其思念故去友人的情感浸染了他笔下所有的景物描写。再如汉代赋家注重名物铺陈，常追求名物之繁多，形成铺陈的气势。建安赋家则多写小赋，不以铺陈名物为目的，即使书写名物，也只是选取几种，作拟人化描写。如曹丕写《沧海赋》，于鸟只写"鸿鸾孔鹄，哀鸣相求"，于鱼只写"巨鱼横奔，厥势吞舟"，虽没有汉赋的气象，却以意趣动人。曹植《七启》在校猎部分突出渲染了勇士手撕猎物的情景，其暴力血腥的独特风格，是在推进赋体写作艺术的过程中逐渐形成的。在铺陈美食一节，曹植比汉代赋家更多地融入了自身的审美感受。

建安是一个注重记录日常生活的时代，曹丕作为曹操的第一继承人，是当时文人集团的核心人物。曹丕推重思想著述，也注重文学书写，对记录个人生活有着超乎常人的兴趣。他的《典论·自叙》是前代少见的自传性作品，通过记录生活经历乃至描述生活细节，塑造了一个非常生动的自我形象。甚至从他的诏令中，都可以发现他对于记录日常生活细节的爱好。正因为如此，曹丕成为建安赋家中十分特别的存在。他对自我形象的构建和塑造，体现出一种自我迷恋，和对宏大严肃文学主题的疏离。他对记录日常生活的热衷，催生出一系列饶有趣味的赋序，增强了赋体文学的叙事性。曹丕影响下的建安赋家创作了许多记录重要事件的赋作，也创作了一批书写细小之物的赋作，展示出题材的丰富性和赋家心灵世界的丰富性。

关于建安赋的总体特征，学界已有十分成熟的观点，笔者融入自己的认知和领悟，将这些观点在这里做一个综合呈现：

一、抒情化和短篇化，是建安赋最为突出的特征。抒情小赋这个名称，本身就体现着建安赋最主要的两个特征。从篇制上讲，这个时期留存的赋作，除了曹植、王粲等人的七体以及徐幹、刘桢、吴质、刘劭等人的都城赋，其余基本是短篇体制，即使校猎这样传统的汉大赋题材，也变为短篇。明帝时期京殿大赋隐然兴起，但此时的大赋亦受到小赋的影响，如程章灿所言，乃"以小赋之笔作大赋之文"。[1]

从抒情性上讲，建安赋不仅情感强烈，而且情感多样。如果说汉代抒情言志赋作主要抒发政治处境中作家的遭遇感怀，到了建安时期，赋家有着丰富多样的个体情感，除了抒发在政治处境中的失意悲慨或激昂向上之情外，还尽情抒发与生命本身俱来的各种情感，如伤别感离，哀己思亲，感物闲思，伤逝悲命，伤春悲秋，以及悼夭悲亡等等。建安赋中以上述内容直接命名的直抒胸臆类的赋

---

[1]《魏晋南北朝赋史》，第 98 页。

作多达 29 篇，例如《哀别赋》、《思友赋》、《感物赋》、《闲思赋》、《悼夭赋》、《悲命赋》等等，尤以曹氏兄弟最为突出。罗宗强感叹："前此没有任何一个时期的士人，像建安士人那样敏感到生与死的问题，没有像他们那样集中的把注意力放到生命的价值上来。人的存在的价值是被极大地发现了。"[1]

　　建安赋以抒情小赋为创作主流，这是绝大多数研究者的共识。曹道衡《汉魏六朝辞赋》之《三国辞赋》专章，对建安赋的总体评价是以抒情咏物为主要内容，抒情短制已取代纪事巨篇而成为辞赋创作主流。[2]但学界亦有不同的观点出现。如李山《中国散文通史·魏晋南北朝卷》即认为，这一时期缺乏足够数量的好作品，不足以构成一个传承。作者认为曹丕《柳赋》《槐赋》是为文造情的哼哼唧唧之作，并将此期大部分赋作视为"难见个性，难入选家法眼，只能截长取短地被抄在类书里以供獭祭"的作品。[3]这个论断指出了建安赋大多经由类书保存下来的事实，但是在一定程度上忽视了建安赋抒情性的整体增强与普遍存在的事实，对建安赋的评价有失公允。

　　建安赋的抒情性是普遍而强烈的。祢衡的《鹦鹉赋》属于咏物赋，曹丕的《寡妇赋》属于代言体人物赋，还有诸子的止欲赋系列以及曹植的《洛神赋》等，都具有强烈的抒情性。曹丕的《柳赋》对于时光流逝、生命无常的书写甚是感人，情感真挚深沉。当然，建安赋确实大多由类书保存下来，但是大多建安赋完篇不存，与战

---

　　[1]《魏晋南北朝文学思想史》，第 40 页。
　　[2] 曹道衡：《汉魏六朝辞赋》，上海：上海古籍出版社，2011 年，第 101 页。
　　[3] 李山：《中国散文通史·魏晋南北朝卷》，合肥：安徽教育出版社，2013 年，第 32—34 页。

乱以及写本时代的书籍保存能力有很大关系，并不能全都归结到赋作的水平上去。建安文学不足四十年时间，已有《登楼赋》《洛神赋》以及建安早期的祢衡《鹦鹉赋》被萧统纳入《文选》，即使未被选家选中的，比如王粲《思友赋》，曹丕《寡妇赋》，以及曹植《慰子赋》，都是十分感人的作品。

建安赋呈现出斑斓的色彩，借用章沧授《论建安赋的新面貌》一文的观点，可以将建安赋的主要特征概括为"体制短篇化，内容抒情化，题材多样化，形式诗歌化，风格个性化，语言通俗化"，这个总结可谓全面精当。

二、建安赋有明显的平民化倾向。徐公持《建安七子论》言，建安赋取材趋于日常化，小型化，普通化，冲淡了赋原有的贵族性，表现出平民化特点。傅刚《邺下文学论略》亦言，邺下文学题材拓展，将文学视角转移到日常生活的普遍事件上，使文学具有平民性，强化了反映现实的功能。[1]

从题材上看，建安赋以咏物赋数量居首，其中动物赋 24 篇，植物赋 21 篇，器物赋 18 篇。除了同题共作、游戏笔墨的时风使然，如此多的咏物赋集中显现出建安文人创作的日常化、普通化，表现出他们对生活的热情，对大自然的热爱。那些对奇花异草、珍奇器物的描写，反映出极大的享受生活的热情。但建安赋家视野并不狭隘，他们的赋作题材繁多，除咏物之外，还有江海、登临、征伐、田猎、藉田、都城、宫殿、祥瑞、辩难、气候、神女、止欲、人物、述志、述行、宴游、述梦等等，举凡自然山川、都城皇室、政治军事、理想抱负、欲望情感、日常生活等等，无不包容其中。

---

[1]《汉魏六朝文学与文献论稿》，第 106 页。

　　建安赋平民化的特点还表现在对民间文学的吸纳方面，代表赋家是曹植。刘跃进《从魏晋风度到兰亭雅集》认为，曹植的《鹞雀赋》《蝙蝠赋》《令禽恶鸟论》三篇作品是有意借鉴当时流行甚广的民间文学创作，它们表明曹植的精神世界有着浓郁的下层文化的成分。[1] 赵逵夫《魏晋赋的局限与拓展》认为，《鹞雀赋》反映了曹植由一个贵公子变为失去自由的"王侯"后心理上向民间的接近。尽管没有证据指向《鹞雀赋》的写作时间，但赵逵夫的看法亦可提供一个研究视角。

　　刘跃进将曹植赋平民化的特点置于整个东汉文化的背景之下进行考察，他认为曹植身上表现出的平民化、世俗化倾向与曹氏家风密不可分。在儒学衰微、道教兴起、佛教传入的背景下，三种文化不断冲突和融合，加之官方文化和民间文化的冲突融合，形成了东汉文化平民化、世俗化的特点。这种文化氛围为出身寒微的曹氏家族脱颖而出创造了条件，曹植家族又为"风衰俗怨"潮流推波助澜，逐渐推动了建安文学的繁荣。[2]

　　三、同题共作是建安赋的又一个明显特征。建安赋家同题共作催生了数量较多的神女、止欲、校猎、征伐以及咏物赋等，它们在数量以及审美风格、艺术手法、思想观念上表现出对前代的超越。

　　曹氏政权对赋体文学颂美宣传功能和审美功能的重视，曹丕、曹植作为文学主力的大力引领，诸子归曹的选择以及他们突出的文学才华和创作热情，北方相对安定的社会条件，共同促成了邺下文人集团的形成以及赋家同题共作现象的产生。建安时期同题共作占

---

[1]《门阀士族与文学总集》，第 28 页。
[2]《门阀士族与文学总集》，第 26—29 页。

作者总数的 100% 与作品总数的 68%，这两个百分比说明同题共作在建安赋的创作繁荣中占有举足轻重的地位。[1] 这个观点代表着学界的主流观点，研究者多从肯定的角度，论证同题共作在建安赋繁荣中所具有的积极意义。[2]

也有学者认为同题共作局限了建安赋的发展。赵逵夫《魏晋赋的局限与拓展》即从束缚和促进两个相反的角度分别论述同题共作对建安文学创作的影响，他认为同题共作虽然会促进作家进行艺术上的探索，但为文造情的唱和、赠答一定程度上使诗赋"游戏化"，造成取材过于细小狭窄，造成了建安后期至黄初年间文学的"昏迷"。这一观点指出了建安后期至黄初年间文学创作衰颓的原因，但也要注意，这个时期文坛的沉寂，是伴随着建安诸子的死亡而发生的，曹植在黄初时期不乏佳作，其《洛神赋》正是集前面同题共作的神女赋、止欲赋之大成的作品。

关于同题共作赋取材的细小化和日常化，如前所述，这体现着建安赋创作的平民化特点，使得建安赋更具生活气息。而且建安赋家同题共作的范围，还包括阳刚的征伐、壮阔的自然景观（沧海）等，曹丕、王粲即如此，并非那么狭隘。而他们共作的《寡妇赋》，不仅情景交融，凄婉感人，还是赋史上重要的代言体作品。

对同题共作的公允评价，与对曹操的评价一样，其根本立足点在于对邺下文学的价值评判，这个问题绪论部分已有论述，此处不

---

[1]《魏晋南北朝赋史》，第 46 页。

[2] 绪论部分提到程章灿、曹虹对建安同题共作的肯定。另外，陈恩维《论建安同题共作的三重功能》（《中国文学研究》2004 年第 4 期）一文认为，就创作、批评、传播而言，同题共作都具有极大的意义和作用。马予静《论魏晋南北朝的同题共作赋》（《河南大学学报》2003 年第 5 期）一文认为同题共作赋促进了短赋的发展以及多诗少赋的文学进程。

复赘言。同题共作对建安赋面貌的形成有着重大影响，很大程度上决定了建安赋体制变短、题材集中、气象变小、艺术描写趋于精致，以及实现了对文学表现手法的探索等。同时须注意的是，建安同题赋并非审美趋同的千篇一律的作品，相反，在同题共作中，赋家展现出逞才竞技的意气，也展现出自信昂扬的精神，并呈现不同的创作个性，在一定程度上抒写他们的真性情。

四、建安赋有明显的诗化与骈化倾向，同时，诗歌在建安时期也呈现出赋化特点。正如傅刚所言，诗、文、赋的互相渗透、流动，是魏晋南北朝的显著现象，它说明在这个时期文学发展演进中，诗、文、赋各体的不稳定性。[1]

程章灿《魏晋南北朝赋史》指出诗的赋化迹象，从汉代民间乐府看来，出现较早。赋的诗化倾向则自建安以后渐著。[2] 建安时期诗的赋化特点在曹丕《大墙上蒿行》与繁钦《定情诗》、曹植《美女篇》、徐幹《情诗》等作品中有显著体现。其中《定情诗》不仅形式上有赋化特点，其题目与写作主旨亦纯是止欲赋的套路。徐幹《情诗》的赋化亦不仅体现于名物铺陈，更体现于对赋的空间和意境构设的学习上。在赋的诗化方面，曹丕《寡妇赋》与《寡妇诗》难辨文体差异，曹丕、曹植有些赋作句式停顿节奏完全是诗歌的方式，加之部分建安赋题材与诗歌的重合，以及建安赋体现出的抒情性，都在加强诗赋融合渗透的趋势。曹道衡《试论汉赋和魏晋南北朝的抒情小赋》指出，建安抒情小赋的繁荣说明诗歌的复兴给辞赋带来了新的起色。[3] 徐公持《诗的赋化与赋的诗化——两汉

---

[1]《魏晋南北朝诗歌史论》，第 40 页。
[2]《魏晋南北朝赋史》，第 80—83 页。
[3] 曹道衡：《中古文学史论文集》，北京：中华书局，1986 年，第 20 页。

魏晋诗赋关系之寻踪》一文描述了诗赋相互渗透的现象,深度分析了这种现象背后的成因,并指出诗赋关系决定了建安诗歌的兴盛以及抒情小赋对散体大赋的压倒性优势。[1]

建安赋的骈化趋势也是一个颇为重要的文学现象,关于这个内容本课题已在王粲赋研究部分进行论述。建安赋有着明显的骈俪色彩,学界往往以此作为建安赋的特征之一。不过,如王粲部分的讨论所总结,建安赋的骈化,以王粲与曹植为代表,二者在赋的骈俪化程度方面有所不同,在汉赋与六朝骈赋之间,建安赋正好是一个转关,王粲赋更多地体现了承上的特点,曹植赋则更多地具有启下的作用。

建安赋以其抒情性,以及对现实的关怀,对生命的热爱,对赋体文学题材、体裁、表现手法、审美取向的拓展创新等等,成为建安文学的重要组成部分之一,形成文学史上一个生气灌注的时期。在赋史上,建安赋对汉大赋淡化抒情功能的创作倾向,是一次有力的反拨,对其后赋体诗化乃至文学平民化、世俗化、日常化的发展,也是有力的导引。稍后,正始文人身处司马氏高压统治之下,险恶的处境,使他们将外在的对政治、对生活的热情,收敛隐藏起来;玄学兴起,玄风大畅,又使他们将内敛的热情,化为对宇宙、对生命更为深入幽微的探究、思考和表达,这就是阮籍、嵇康的作品,为什么具有浓厚哲理意味和思辨色彩的原因,这是他们继承建安文学的抒情传统和对生命价值的关怀的结果,也是他们更为深刻地体认生命本质的结果,这与建安赋以及建安文学的内涵是相通的。

---

[1] 徐公持:《诗的赋化与赋的诗化——两汉魏晋诗赋关系之寻踪》,《文学遗产》1992 年第 1 期。

参考文献

古籍文献

1. 司马迁撰，裴骃集解，司马贞索隐，张守节正义：《史记》，北京：中华书局，1959年
2. 班固撰，颜师古注：《汉书》，北京：中华书局，1962年
3. 徐幹撰，孙启治解诂：《中论解诂》，北京：中华书局，2014年
4. 陈寿撰，裴松之注：《三国志》，北京：中华书局，1959年
5. 皇甫谧：《针灸甲乙经》，《丛书集成初编》本，北京：中华书局，1991年
6. 范晔撰，李贤等注：《后汉书》，北京：中华书局，1965年
7. 郦道元著，陈桥驿校证：《水经注校证》，北京：中华书局，2007年
8. 刘勰著，陆侃如、牟世金译注：《文心雕龙译注》，济南：齐鲁书社，1995年
9. 萧统编，李善注：《文选》，北京：中华书局，1977年
10. 孔颖达疏：《春秋左传正义》，阮元校刻《十三经注疏》本（清嘉庆刊本），北京：中华书局，2009年
11. 刘知几著，白云译注：《史通》，北京：中华书局，2014年
12. 司马光编著，胡三省音注：《资治通鉴》，北京：中华书局，1956年
13. 郭茂倩编：《乐府诗集》，北京：中华书局，1979年
14. 王存撰，王文楚、魏嵩山点校：《元丰九域志》，北京：中华书局，1984年
15. 苏轼著，孔凡礼点校：《苏轼文集》，北京：中华书局，1986年
16. 王观国著，田瑞娟点校：《学林》，北京：中华书局，1988年
17. 朱熹著，黄灵庚点校：《楚辞集注》，上海：上海古籍出版社，2015年
18. 洪迈撰，孔凡礼点校：《容斋随笔》，北京：中华书局，2005年
19. 祝尧：《古赋辨体》，《景印文渊阁四库全书》第1366册，台北：台湾商务印书馆，1986年
20. 贺复徵：《文章辨体汇选》，《景印文渊阁四库全书》第1409册，台北：

台湾商务印书馆,1986 年

21. 高棅编纂,汪宗尼校订,葛景春、胡永杰点校:《唐诗品汇》,北京:中华书局,2015 年

22. 谢榛:《四溟诗话》,《丛书集成初编》本,北京:中华书局,1985 年

23. 张溥编选:《汉魏六朝百三家集》,《景印摛藻堂四库全书荟要》第 469 册,台北:世界书局,1988 年

24. 张溥著,殷孟伦注:《汉魏六朝百三家集题辞注》,北京:人民文学出版社,1981 年

25. 吴淇著,汪俊、黄进德点校:《六朝选诗定论》,扬州:广陵书社,2009 年

26. 陈祚明评选,李金松点校:《采菽堂古诗选》,上海:上海古籍出版社,2008 年

27. 浦铣著,何新文、路成文校证:《历代赋话校证(附〈复小斋赋话〉)》,上海:上海古籍出版社,2007 年

28. 朱乾:《乐府正义》,《域外汉籍珍本文库》本,北京、重庆:人民出版社、西南师范大学出版社,2009 年

29. 何焯著,崔高维点校:《义门读书记》,北京:中华书局,1987 年

30. 费经虞:《雅伦》,《续修四库全书》第 1697 册,上海:上海古籍出版社,2002 年

31. 王之绩:《铁立文起》,《续修四库全书》第 1714 册,上海:上海古籍出版社,2002 年

32. 顾炎武著,黄汝成集释,栾保群、吕宗力校点:《日知录集释》,广州:花山文艺出版社,1990 年

33. 章学诚著,叶瑛校注:《文史通义校注》,北京:中华书局,1985 年

34. 洪亮吉撰,李解民点校:《春秋左传诂》,北京:中华书局,1987 年

35. 黄承吉:《梦陔堂文说》,清道光十一年刻本重印本,国家图书馆古籍馆馆藏

36. 严可均辑校:《全上古三代秦汉三国六朝文》,北京:中华书局,1958 年

37. 何文焕辑:《历代诗话》,北京:中华书局,1981 年

38. 丁福保辑:《历代诗话续编》,北京:中华书局,1983 年

今人著作

1. 费振刚校注:《全汉赋校注》,广州:广东教育出版社,2005 年

2. 费振刚校释:《文白对照全汉赋》,广州:广东教育出版社,2006 年

3. 韩格平、沈薇薇、韩璐、袁敏校注:《全魏晋赋校注》,长春:吉林文史出版社,2008 年

4. 龚克昌、苏瑞隆评注:《两汉赋评注》,济南:山东大学出版社,2011 年

5. 龚克昌、周广璭、苏瑞隆评注:《全三国赋评注》,济南:齐鲁书社,2013 年

6. 马积高主编：《历代辞赋总汇》，长沙：湖南文艺出版社，2014 年
7. 逯钦立辑校：《先秦汉魏晋南北朝诗》，北京：中华书局，1983 年
8. 龚斌校笺：《陶渊明集校笺》，上海：上海古籍出版社，1996 年
9. 俞绍初辑校：《建安七子集》，北京：中华书局，2005 年
10. 吴云校注：《建安七子集校注》，天津：天津古籍出版社，2005 年
11. 张兰花、程晓菡校注：《三曹七子之外建安作家诗文合集校注》，石家庄：河北教育出版社，2013 年
12. 夏传才、唐绍忠校注：《曹丕集校注》，石家庄：河北教育出版社，2013 年
13. 夏传才校注：《曹操集校注》，石家庄：河北教育出版社，2013 年
14. 张可礼、宿美丽编选：《曹操、曹丕、曹植集》，南京：凤凰出版社，2014 年
15. 赵幼文校注：《曹植集校注》，北京：中华书局，2017 年
16. 程俊英、蒋见元注析：《诗经注析》，北京：中华书局，2017 年
17. 张可礼：《三曹年谱》，济南：齐鲁书社，1983 年
18. 刘知渐：《建安文学编年史》，重庆：重庆出版社，1985 年
19. 陆侃如：《中古文学系年》，北京：人民文学出版社，1985 年
20. 何沛雄编著：《赋话六种》，香港：香港三联书店，1982 年
21. 王叔岷撰：《钟嵘诗品笺证稿》，北京：中华书局，2007 年
22. 穆克宏主编：《魏晋南北朝文论全编》，上海：上海远东出版社，2012 年
23. 孙福轩、韩泉欣编辑校点：《历代赋论汇编》，北京：人民文学出版社，2014 年
24. 马积高：《赋史》，上海：上海古籍出版社，1987 年
25. 廖国栋：《魏晋咏物赋研究》，台北：文史哲出版社，1990 年
26. 程章灿：《魏晋南北朝赋史》，南京：江苏古籍出版社，1992 年
27. 郭维森、许结：《中国辞赋发展史》，南京：江苏教育出版社，1996 年
28. 曹明纲：《赋学概论》，上海：上海古籍出版社，1998 年
29. 于浴贤：《六朝赋述论》，石家庄：河北大学出版社，1999 年
30. 郭建勋：《先唐辞赋研究》，北京：人民出版社，2004 年
31. 曹文心：《宋玉辞赋》，合肥：安徽大学出版社，2006 年
32. 侯立兵：《汉魏六朝赋多维研究》，北京：人民出版社，2007 年
33. 曹道衡：《汉魏六朝辞赋》，上海：上海古籍出版社，2011 年
34. 胡大雷：《中古赋学研究》，桂林：广西师范大学出版社，2011 年
35. 刘培：《两宋辞赋史》，济南：山东人民出版社，2012 年
36. 王琳：《六朝辞赋史》，西安：世界图书出版西安有限公司，2014 年
37. 刘伟生：《〈历代赋汇〉赋序研究》，湘潭：湘潭大学出版社，2016 年
38. 曹道衡：《中古文学史论文集》，北京：中华书局，1986 年
39. 罗宗强：《魏晋南北朝文学思想史》，北京：中华书局，2006 年
40. 徐公持：《魏晋文学史》，北京：人民文学出版社，1999 年

41. 张峰屹:《西汉文学思想史》,天津:南开大学出版社,2001年
42. 葛晓音:《八代诗史》,北京:中华书局,2007年
43. 孙明君:《三曹与中国诗史》,北京:商务印书馆,2013年
44. 刘师培:《中国文学讲义》,扬州:广陵书社,2013年
45. 王瑶:《中古文学史论》,北京:北京大学出版社,2014年
46. 漆绪邦:《中国散文通史》,北京:首都师大出版社,2014年
47. 傅刚:《汉魏六朝文学与文献论稿》,北京:商务印书馆,2016年
48. 傅刚:《魏晋南北朝诗歌史论》,北京:商务印书馆,2017年
49. 章培恒、骆玉明主编:《中国文学史新著》,上海:复旦大学出版社,2007年
50. 郭英德、过常宝:《中国古代文学史》,北京:中国人民大学出版社,2012年
51. 前野直彬主编,骆玉明、贺胜遂译:《中国文学史》,上海:复旦大学出版社,2012年
52. 刘大杰:《中国文学发展史》,北京:商务印书馆,2015年
53. 赵敏俐、谭家健主编:《中国古代文学通论》(先秦两汉卷),沈阳:辽宁人民出版社,2016年
54. 葛兆光:《道教与中国文化》,上海:上海人民出版社,1987年
55. 叶嘉莹:《汉魏六朝诗讲录》,石家庄:河北教育出版社,1997年
56. 李泽厚:《美学三书》,合肥:安徽文艺出版社,1999年
57. 吴承学:《中国古代文体形态研究》,广州:中山大学出版社,2002年
58. 孙明君:《汉魏文学与政治》,北京:商务印书馆,2003年
59. 王晓卫:《魏晋作家创作心态研究》,贵阳:贵州人民出版社,2004年
60. 罗宗强:《玄学与魏晋士人心态》,天津:天津教育出版社,2005年
61. 曹胜高:《汉赋与汉代制度——以都城、校猎、礼仪为例》,北京:北京大学出版社,2006年
62. 钱锺书:《管锥编》,北京:生活·读书·新知三联书店,2007年
63. 刘淑丽:《先秦汉魏晋妇女观与文学中的女性》,北京:学苑出版社,2008年
64. 陈师曾:《中国绘画史》,北京:中华书局,2010年
65. 徐吉军:《中国丧葬史》,武汉:武汉大学出版社,2012年
66. 魏宏灿、杨素萍:《曹魏文学论》,合肥:合肥工业大学出版社,2013年
67. 蒲松年:《中国绘画史》,上海:上海人民美术出版社,2013年
68. 刘跃进:《门阀士族与文学总集》,西安:世界图书出版西安有限公司,2014年
69. 过常宝:《楚辞与原始宗教》,北京:中国人民大学出版社,2014年
70. 王利器:《颜氏家训集解》,北京:中华书局,2014年
71. 戴燕:《〈三国志〉讲义》,北京:生活·读书·新知三联书店,2017年

论文

1. 闻一多：《高唐神女传说之分析》，《清华大学学报》1935 年第 4 期
2. 石兴邦：《有关马家窑文化的一些问题》，《考古》1962 年第 6 期
3. 文焕然、何业恒：《中国古代的孔雀》，《化石》1980 年第 3 期
4. 徐公持：《建安七子论》，《文学评论》1981 年第 4 期
5. 徐公持：《建安七子诗文系年考证》，《文学遗产》增刊第十四辑，1982 年
6. 陈飞之：《应该正确评价曹植的游仙诗》，《文学评论》1983 年第 1 期
7. 张士骢：《关于游仙诗的渊源及其他——与陈飞之同志商榷》，《文学评论》1987 年第 6 期
8. 张平：《有关曹植游仙诗的几个问题与陈飞之同志商榷》，《文学评论》1987 年第 6 期
9. 陈毓亨、章菽、胡治海、陈惠莉：《我国姜科药用植物研究——XIX. 郁金的原植物和药用部位演变的本草考证》，《中药材》1987 年第 6 期
10. 袁济喜：《汉魏六朝以悲为美》，《齐鲁学刊》1988 年第 3 期。
11. 马积高：《两汉文学思想的变迁与儒学》，《求索》1989 年第 1 期
12. 池万兴：《试论建安抒情小赋产生的多元因素》，《安康师专学报》1989 年第 Z1 期
13. 曹虹：《文人集团与赋体创作》，《文史哲》1990 年第 2 期
14. 章沧授：《论建安赋的新面貌》，《安庆师范学院学报》1991 年第 1 期
15. 徐公持：《诗的赋化与赋的诗化——两汉魏晋诗赋关系之寻踪》，《文学遗产》1992 年第 1 期。
16. 毕万忱：《论三国咏物抒情赋的时代特征》，《文学遗产》1994 年第 1 期
17. 于景祥：《骈文的形成与鼎盛》，《文学评论》1996 年第 6 期
18. 章沧授：《建安诸子辞赋创作的重新审视》，《中国文化研究》1998 年秋之卷
19. 王琳：《魏晋"赋序"简论》，《山东师范大学学报》1999 年第 3 期
20. 王晓卫：《曹丕〈典论·论文〉与徐幹〈中论〉》，《贵州大学学报》1999 年第 3 期
21. 力之：《试论汉赋之范围与汉赋"序文"之作者问题——读〈全汉赋〉》，《河南师范大学学报》1999 年第 1 期
22. 韩高年：《汉代四言咏物赋源流新探》，《西北师大学报》2000 年第 1 期
23. 王琳：《魏晋人对大赋的态度及魏晋大赋的地位》，《文学评论》2002 年第 2 期
24. 王鹏廷：《建安七子述论》，中国社会科学院研究生院 2002 年博士学位论文
25. 郭建勋：《论汉魏六朝"神女——美女"系列辞赋的象征性》，《湖南大学学报》2002 年第 5 期
26. 马予静：《论魏晋南北朝的同题共作赋》，《河南大学学报》2003 年第

5 期

27. 陈恩维：《论建安同题共作的三重功能》，《中国文学研究》2004 年第 4 期

28. 陈朝辉：《扬雄〈自序〉考论》，《四川师范大学学报》2006 年第 2 期

29. 胡大雷：《从〈文选〉的文体观念论〈文选〉赋"序"》，《惠州学院学报》2007 年第 2 期

30. 刘培：《汉末魏晋时期的经学与辞赋》，《南京师大学报》2007 年第 6 期

31. 张振龙：《汉末儒学及建安七子的儒家思想》，《信阳师范学院学报》2007 年第 3 期

32. 俞绍初：《"南皮之游"与建安诗歌创作——读〈文选〉曹丕〈与朝歌令吴质书〉》，《文学遗产》2007 年第 5 期

33. 刘淑丽：《徐幹笔下的思妇形象及文人自觉的代言体创作》，《古典文学知识》2007 年第 2 期

34. 龙文玲：《〈长门赋〉作者与作年》，《文学遗产》2007 年第 5 期

35. 赵逵夫：《魏晋赋的局限与拓展》，《周口师范学院学报》2008 年第 6 期

36. 谷口洋：《试论两汉"赋序"的不同性质》，《济南大学学报》2008 年第 2 期

37. 钱志熙：《"鸿都门学"事件考论——从文学与儒学关系、选举及汉末政治等方面着眼》，《北京大学学报》2008 年第 1 期

38. 马世年、李城瑶：《〈高唐〉〈神女〉主旨新探——兼论宋玉赋作中的"娱君"问题》，《甘肃社会科学》2010 年第 5 期

39. 王德华：《唐前七体讽谏功能发微》，《学术月刊》2010 年第 2 期

40. 朱秀敏：《由建安赋序的创作方式看当时的文学观念》，《连云港师范高等专科学校学报》2010 年第 1 期

41. 朱秀敏：《建安散文研究》，山东师范大学 2011 年博士学位论文

42. 易闻晓：《汉赋"凭虚"论》，《文艺研究》2012 年第 12 期

43. 江林昌：《"桑林"意象的源起及其在〈诗经〉中的反映》，《文史哲》2013 年第 5 期

44. 王子今：《龟兹"孔雀"考》，《南开学报》2013 年第 4 期

45. 徐公持：《论汉代悲情文学的兴盛与悲美意识的觉醒》，《文艺研究》2015 年第 8 期

46. 赵辉：《宋玉赋与倡优话语体系及赋的创始》，《中南民族大学学报》2015 年第 1 期

47. 戴燕：《〈洛神赋〉——从文学到绘画、历史》，《文史哲》2016 年第 2 期

后 记

　　这本书，是由西部课题《建安赋研究》的结题成果修改整理而成。犹记成果完稿之际，正值北国初冬，"是处红衰翠减，苒苒物华休"，于我，这个萧瑟的季节，是一段旅程的结束，也是另一段旅程的开始——在课题研究的过程中，我同时也找到了博士论文的选题。满城落叶的日子里，仿佛一扇晴日的窗户被推开，灿烂的阳光涌入心房。所以这本书，虽不免浅陋粗疏，却也凝聚着五年时光里探索与思考的艰辛和欢喜，是一个诚恳与真实的呈现。

　　感谢我的硕士导师贵州大学王晓卫教授，课题立项之初，先生以毛笔小楷书其建议于六张稿纸之上，连同数本学界相关著作送给我学习参考，并在初稿完成之际，给予切中肯綮、细致入微的修改意见。如今每读先生所赐之序，都深觉愧对先生的厚望，然而同时也从中感受到殷切的期待，内心深受鼓励。感谢我的博士导师中国人民大学诸葛忆兵教授，成果撰写过程中，先生对我的研究方法和写作习惯存在的问题，给予了直接有效的批评和指导。感谢贵州师范大学易闻晓教授，从课题申请书的撰写、到成果预评审，一路指点扶持。感谢首都师范大学踪凡教授、山东大学刘培教授，在成果预评审中给予许多令我受益匪浅的建议。还有课题评审组诸位匿名专家的建议，也都给予我启发和反思。感谢上海三联书店的支持，感谢特约编辑、我的小师姐苏碧铨在编校中的严谨细致。感谢家人的支持和陪伴。

　　忆起京城最严寒的冬日，玉兰树枝头长满毛茸茸的花骨朵，只等第一缕春风拂过，它们就一树一树地开放。生命如斯，人间便值得。

马黎丽

2021 年 10 月 26 日

图书在版编目（CIP）数据

建安赋研究/马黎丽著. —上海：上海三联书店,2021.11
ISBN 978－7－5426－7494－4

Ⅰ．①建… Ⅱ．①马… Ⅲ．①建安文学－古典文学研
究 Ⅳ．①I209.342

中国版本图书馆 CIP 数据核字（2021）第 140980 号

建安赋研究

著　　者 / 马黎丽

责任编辑 / 徐建新
特约编辑 / 苏碧铨
装帧设计 / 一本好书
监　　制 / 姚　军
责任校对 / 王凌霄　邓　珩　吴凯悦

出版发行 / 上海三联书店
　　　　　（200030）中国上海市漕溪北路 331 号 A 座 6 楼
邮购电话 / 021－22895540
印　　刷 / 上海惠敦印务科技有限公司

版　　次 / 2021 年 11 月第 1 版
印　　次 / 2021 年 11 月第 1 次印刷
开　　本 / 890mm×1240mm　1/32
字　　数 / 300 千字
印　　张 / 13.125
书　　号 / ISBN 978－7－5426－7494－4/I·1717
定　　价 / 72.00 元

敬启读者，如发现本书有印装质量问题，请与印刷厂联系 021－63779028